Zum Buch:

Trotz des milden Tages und der strahlenden Sonne lief Anna ein Schauder über den Rücken. Ja, das Ding hatte etwas Furchterregendes. Und das lag nicht nur an seinem Bestimmungszweck, sondern auch daran, dass es so groß war, wie Anna es bisher nur an einem Ort gesehen hatte: drüben beim Schwimmbad. Da hatten sie so eines ausgestellt oder vielmehr: aufgestellt. Eine Fünftausendkilo-Bombe, ein Monstrum mit einer Zerstörungskraft, die man sich in friedlichen Zeiten kaum vorstellen konnte. Und hier ragte sie aus dem Erdreich wie ein schlafendes Raubtier, das, wenn man es weckte, alles zerreißen würde, was ihm unterkam.
»Mitten im Ozean schläft bis zur Stunde ein Ungeheuer, tief auf dem Grunde«, flüsterte Anna.
Paul atmete schwer. Dann sagte er mit rauer Stimme: »Ein einziger Schrei – die Stadt ist versunken, und Hunderttausende sind ertrunken.«

Zum Autor:

Tim Erzberg entschloss sich nach dem Jurastudium, Literaturagent zu werden. Er vertrat unter anderem den berühmtesten deutschen Strafverteidiger Rolf Bossi und Zvi Aharoni, den Mann, der Adolf Eichmann aus Argentinien entführte, sowie mehrere ehemalige Geheimagenten. Seine dunklen Erfahrungen verarbeitet Tim Erzberg in Geschichten, in denen es nicht einfach nur Gut und Böse gibt.

Von Tim Erzberg sind bislang erschienen:

Hell-Go-Land
Sturmfeuer
Geisterfahrt

Tim Erzberg

Totenfels

Kriminalroman

HarperCollins

1. Auflage 2022
Ungekürzte Ausgabe im HarperCollins Taschenbuch

Umschlaggestaltung von Büro für Gestaltung, Cornelia Niere, München
Umschlagabbildung von [illegible]/C. Müller, Gordan / [illegible]
Gesetzt aus der Stempel Garamond
von GGP Media GmbH, Pößneck
Druck und Bindung von GGP Media GmbH, Pößneck
Printed in Germany
ISBN 978-3-7499-0389-4
www.harpercollins.de

Klimaneutral
Druckprodukt
ClimatePartner.com/15109-2009-1001

MIX
Papier
FSC FSC® C014496

18. April, 12.04 Uhr. Noch 56 Minuten bis zum großen Inferno.

Die See war ruhig. So ruhig, als wäre dies ein ganz normaler Tag in der Geschichte der Insel. Der Nordsee. Der Menschheit. Die meisten Schiffe hatten sich bereits auf ihre vorgesehene Position begeben, nur einige kleinere Schnellboote lagen noch an den provisorisch wieder instandgesetzten Kais. Doch auch sie würden in wenigen Augenblicken ablegen und sich auf eine Entfernung von mindestens neun Seemeilen zurückziehen. Ein Abstand, der von den Experten des Teams bestimmt worden war: eine Sicherheitsmaßnahme, die alle Eventualitäten berücksichtigte: Druckwellen, Splitterschutz, Aschewolken, Flutwellen. Alle Faktoren waren berechnet worden. Zumindest all diejenigen, von denen die Experten wussten. Doch niemand ist im Besitz aller Informationen, nicht einmal diejenigen, denen das Leben ihrer Untergebenen anvertraut ist.

1

SONNTAG

Natürlich musste das an einem Sonntag passieren. Die Insel bekam kaum Luft vor lauter Touristen, der Südstrand war voll von Spaziergängern, Dutzende Kinder tummelten sich auf den Spielplätzen, die Fähren waren bis auf den letzten Platz besetzt, um Ausflügler auf die Düne zu bringen oder von dort zurück auf die Hauptinsel. Vor den Strandcafés warteten die Leute auf einen freien Tisch – und oberhalb der Hummerbuden, wo sich, wie an solchen Tagen üblich, zahllose Menschen zu Krabbensalat, Fischbrötchen, Knieper oder auch nur zu einem Bier versammelt hatten, war geschehen, was irgendwann hatte geschehen müssen: Ein Teil des Hanges war abgerutscht. Eigentlich waren ja gerade Sicherungsarbeiten im Gange gewesen. Aber die Arbeiter waren wegen der starken Regenfälle in der letzten Woche nicht schnell genug vorangekommen. Anna hatte es geahnt. Sie hatte die Baustelle mehrmals besucht, hatte sorgenvoll auf die Stahlträger geblickt, die noch unverbaut an der Seite lagen, statt das Erdreich zu stützen. Und es war eingetreten, was hatte eintreten müssen: Die Arbeiter waren weg – und der Hang war abgesackt. Nur einige Meter. Es waren keine Menschen zu Schaden gekommen. Ein kleiner Teil des Invasorenpfads war verschüttet worden, aber man konnte noch seitlich daran passieren, vorausgesetzt, es kam nicht zu weiteren Erdrutschen. Im ersten Moment hatte Anna sogar eine Art Genugtuung empfunden, weil man ihre Sorgen nicht ernst genommen hatte. Doch dann hatte sich die ganze Dimension des Problems gezeigt. Und es war eine Dimension, die man nicht einmal ansatzweise einschätzen konnte – weder sie noch Paul Freitag, ihr Vorgesetzter, noch gar die Arbeiter, die angesichts des Problems im ersten Moment die Panik gepackt hatte.

Und nun saßen die Inselbewohner auf einem Pulverfass – wortwörtlich. Eine kleine Veränderung, eine Unachtsamkeit, eine unbedachte Aktion und es würde zur Katastrophe kommen. Helgoland war eine zauberhafte Insel. Immer gewesen. Oder jedenfalls fast immer. Aber sie war auch eine zerbrechliche Schönheit. Mehr denn je. Der Fels im Meer, er bot den Menschen Schutz. Aber er war auch auf den Schutz durch die Menschen angewiesen. Eine Gefahr, wie sie jetzt eingetreten war, war schlicht nicht mehr vorgesehen für diese Insel. Auch wenn sie immer wieder eintrat. Immer noch. Nach all den Jahren und Jahrzehnten.

»Wir werden evakuieren müssen«, sagte Paul, der unbemerkt neben seine Kollegin getreten war.

»Sicher«, erwiderte Anna. »Je schneller, desto besser.«

»Ausgerechnet am Sonntag.«

»Solche Dinge geschehen immer zur Unzeit.«

Paul seufzte. »Ich habe schon mit dem Bürgermeister, mit den Reedereien, mit der Kurverwaltung und mit der Hafenmeisterei gesprochen.«

»Der Hafenmeisterei?«

»Wenn es schnell gehen muss, brauchen wir auch die Frachtschiffe. Da können wir nicht warten, bis uns Cassen Eils ihre Flotte rüberschickt.«

Anna betrachtete das Monster, das vor ihnen aus der Erde ragte, und atmete schwer. »Wir werden aufpassen müssen, dass keine Panik ausbricht.«

»Wir werden warten, bis die Tagestouristen wieder weg sind. Dann informieren wir die Insulaner und die Übernachtungsgäste.«

Anna nickte. »Das klingt sinnvoll. Wie lange werden wir brauchen?«

»Beim letzten Mal waren es zwei Tage.«

»Das war im Winter, oder?«

»Ja. Da hatten wir nur die tausend Menschen zu evakuieren, die auf der Insel leben.«

»Wie viele haben wir aktuell?«

»Elftausendvierhundert.«

»Davon fünfzehnhundert Einheimische.«

»Yup. Die sind das Problem.«

Anna musste lächeln. Die Halunder waren ein sympathisches Völkchen, vor allem aber ein eigensinniges. Einem echten Helgoländer zu sagen, er müsse seine Insel verlassen, war ein mehr als schwieriges Unterfangen. Die Insulaner hatten den Fels mehr als einmal verlassen müssen. Jedes Mal zwangsweise. Und ihre Rückkehr war stets ungewiss gewesen. »Wir könnten sie auf den Nordteil evakuieren«, schlug sie vor.

»Vielleicht«, entgegnete Paul. »Wir können es sowieso nicht selbst entscheiden. Aber wenn ich mir das Ding so ansehe … Ich schätze, das Problem ist zu groß, um nur ein klein wenig in Deckung zu gehen.«

Trotz des milden Tages und der strahlenden Sonne lief Anna ein Schauder über den Rücken. Ja, das Ding hatte etwas Furchterregendes. Und das lag nicht nur an seinem Bestimmungszweck, sondern auch daran, dass es so groß war, wie Anna es bisher nur an einem Ort gesehen hatte: drüben beim Schwimmbad. Da hatten sie so eines ausgestellt oder vielmehr: aufgestellt. Eine Fünftausendkilo-Bombe, ein Monstrum mit einer Zerstörungskraft, die man sich in friedlichen Zeiten kaum vorstellen konnte. Und hier ragte sie aus dem Erdreich wie ein schlafendes Raubtier, das, wenn man es weckte, alles zerreißen würde, was ihm unterkam. *»Mitten im Ozean schläft bis zur Stunde ein Ungeheuer, tief auf dem Grunde«*, flüsterte Anna.

Paul atmete schwer. Dann sagte er mit rauer Stimme: *»Ein einziger Schrei – die Stadt ist versunken, und Hunderttausende sind ertrunken.«* Trutz, Blanke Hans, dachten sie beide, und jeder von ihnen wusste, dass der andere es dachte. Liliencrons altes Gedicht über die legendäre Stadt Rungholt, das sie alle in der Schule gelernt hatten, das jeder Halunder kannte und an das jeder bei jedem Sturm dachte. Das Lied von der Insel, die in der Nordsee versunken und von der nur noch die Erinnerung geblieben war. Ob es dem roten Felsen einst auch so ergehen würde? Ob der Tag womöglich näher war, als sie es sich hätten ausmalen können?

Als hätte er ihre Gedanken gelesen, erklärte Paul: »Eine einzige Bombe wird die Insel nicht versenken.«

»Nein, Paul. Das wird sie nicht. Sie kann Menschen töten, aber nicht Helgoland.«

Denn auch das wussten die Insulaner: Helgoland war unsinkbar. Zumindest beinahe. Die Insel hatte unendlich schwere Bombardements überlebt, sie würde nicht an einem einzelnen Monstrum zugrunde gehen, wie groß es auch sein mochte. Und dieses Monstrum war groß. Riesig.

*

Natürlich hatte sich der Fund herumgesprochen. Doch statt sich in sicherer Entfernung zu halten, drängten sich immer wieder und immer mehr Neugierige um die Fundstelle. Anna wurde übel, wenn sie sich bewusst machte, dass etliche der Schaulustigen praktisch genau unterhalb des Blindgängers standen, um mit ihren Handys die besten Fotos für ihre Profile zu schießen. Wenn das poröse Erdreich nur ein wenig mehr nachgab, musste das verfluchte Ding nicht einmal explodieren, um Menschenleben zu kosten. Der Koloss war schwer genug, ein Dutzend Umstehende in den Tod zu reißen oder schwer zu verletzen.

Natürlich hatten sie die Fundstelle notdürftig mit Absperrband gesichert. Und jetzt hielt Anna Wache, während Saskia sich um die Polizeistation kümmerte und Paul das weitere Vorgehen mit der Verwaltung besprach und alle darauf warteten, dass der Kampfmittelräumdienst auf die Insel kam. Ein Einsatz der Seenotrettung verbat sich, weil im Notfall Verletzte evakuiert werden mussten. Also hatte Paul die Küstenwache organisiert, die bereits mit mehreren Spezialisten auf dem Weg war und voraussichtlich in zwei Stunden eintreffen würde. Ein Vorauskommando war inzwischen in der Luft und musste jeden Augenblick auf der Düne landen. Immerhin war die MS Helgoland inzwischen ausgelaufen und der Halunder Jet hatte die Motoren angeworfen, sodass bald eine große Anzahl an Touristen die Insel würde verlassen haben. Jeder Mensch weniger, der sich in dieser Situation auf der Insel aufhielt, war ein Risiko weniger.

»Ganz schönes Kaliber«, hörte Anna jemanden schräg hinter sich sagen. Sie fuhr herum, um den Mann von diesem Ort zu verscheuchen. »Oh, Herr Eck«, sagte sie. Saskias Vater, der seit einigen Monaten auf der Insel lebte. Oder vielmehr: seine Entziehungskur machte. »Ja. Ein gewaltiges Ding. Eine der größten Bomben, die die Briten für Helgoland übrighatten.«

»Aha.« Der alte Mann musterte den rostigen Koloss ungerührt. »Schon erstaunlich, dass man immer noch Bomben aus dem Zweiten Weltkrieg findet, was?«

»Überhaupt nicht, Herr Eck«, erwiderte Anna. »Seit Kriegsende waren es allein auf Helgoland über zweitausend.«

»Zweitausend! Mein Gott …«

»Es sind jedes Jahr mehrere.« Sie betrachtete das Monstrum, das nur sechs oder sieben Meter entfernt aus dem Erdreich ragte. »Aber es war noch nie eine so große. Zumindest nicht, soweit ich weiß.«

»Das heißt, Sie wissen gar nicht, was passiert, wenn das Ding hochgeht.«

»So kann man es sagen.«

Es war schon bemerkenswert. Sie hatte Eck auf dem Dom in Hamburg kennengelernt, einen Penner, der mit Glück eine Schussverletzung überlebt, obwohl er eigentlich schon mit seinem Leben abgeschlossen hatte. Ein verrückter Zufall hatte es gewollt, dass er bei der Gelegenheit seiner Tochter wiederbegegnet war, nach vielen Jahren: Saskia Berneking, Annas Kollegin. Aber dass Saskia ihn zu sich auf die Insel holen würde, damit er wieder zurückfände in ein normales Leben, damit hätte Anna nie gerechnet. Nicht bei Saskia, die ein Biest war, eigensüchtig, eitel und lebenshungrig – vor allem: männerhungrig. Und doch hatte sie es getan. Also war Eck seit einigen Monaten im Inselklinikum untergebracht, das zwar keine Entzugsklinik war, aber immerhin seine neurologischen Ausfälle behandeln konnte. Dass man ihn nebenbei auch noch möglichst schonend trockenlegte, war ein Deal, den Paul für die junge Kollegin eingefädelt hatte.

»Dann hoffen wir mal das Beste«, sagte Eck und winkte müde. »So ein schönes Fleckchen Erde. Wäre ein Jammer, wenn ihm was passieren würde. Und den netten Menschen hier …« Er blickte Anna vielsagend an. »Ja«, murmelte sie und sah ihm hinterher, wie er zum Klinikum hinunterging. »All die netten Menschen hier.«

Zweitausend Bomben. Und doch hatte es sich ergeben, dass sie selbst noch nie bei einer Entschärfung hatte dabei sein müssen. Einmal hatte sie die Stellung auf der Hauptinsel gehalten, während die Männer vom Kampfmittelräumdienst drüben auf der Düne eine Fünfzig-Kilo-Bombe unschädlich gemacht hatten. Einmal war sie nicht auf der Insel gewesen. Einmal war es nur eine verrostete Wassermine gewesen, die die Spezialisten auf die hohe See gezogen und dort kontrolliert gesprengt hatten. Und jetzt dieses gigantische Mordwerkzeug! Es gab auf der Insel einen Krater, einen einzigen, der von einer solchen Bombe in den Fels gerissen worden war, mitten auf dem Oberland. Ein beliebtes Fotomotiv. Das Loch war so groß, dass man ein ganzes Haus darin hätte versenken können. Wenn diese Bombe hier hochging, dann …

Eine kleine Maschine kam aus Richtung Elbmündung herein, um auf der Düne zu landen. Vielleicht der Sprengmeister. Anna atmete auf. Auch wenn er das Monstrum nicht würde entschärfen können, solange nicht mindestens ein Großteil der Insel evakuiert war, war es doch beruhigend zu wissen, dass es zumindest einen Menschen auf Helgoland gab, der sich mit den Dingern auskannte und die konkrete Gefahr wirklich einschätzen konnte.

Sie konnte sehen, wie Paul die Polizeistation verließ und sich auf den Weg Richtung Landungsbrücke machte, wo die Profis mit der Fähre anlanden würden. Er blickte zu ihr herauf und winkte ihr zu. Zögerlich winkte Anna zurück, die von einem plötzlichen stechenden Schmerz in ihrem Kopf getroffen wurde. Stalin. Ihr persönlicher Folterknecht. Der offenbar unauslöschliche Schmerz ihres Lebens. Ein düsterer, perfider Begleiter, der sie immer dann packte, wenn sie nicht mit ihm rechnete. Sie musste nach Hause, brauchte ein paar Tabletten, um das Schlimmste in den Griff zu bekommen. Doch momentan konnte sie hier nicht weg. Denn es gab noch Schlimmeres als das Schlimmste. Und das lauerte in ein paar Schritten Entfernung und wartete seit über siebzig Jahren darauf, sein mörderisches Werk zu Ende zu bringen.

*

Zum wiederholten Male checkte Anna ihre Wetter-App. Regen für die nächsten Tage. Der Vorteil: Es würden weniger Touristen auf die Insel kommen – wenn man sie denn überhaupt noch kommen ließ. Der Nachteil: Der verdammte Hang würde nicht gerade stabiler werden, wenn er sich noch weiter mit Wasser vollsog. Man konnte nur hoffen, dass die Bombe nicht so gefährlich war, wie sie aussah. Oder dass der Sprengmeister sie ruckzuck entschärfte. Was nicht zu erwarten war. Denn nach allem, was Anna wusste, gingen die Spezialisten sehr sorgfältig vor – und das kostete Zeit.

Nun saß sie in der kleinen Polizeistation der Insel, wo sie Saskia abgelöst hatte, die ihrerseits auf Posten am Hang gegangen war. Am Falm, genauer gesagt, jenem vordersten Rand des Oberlands, der sich dreißig Meter über den unteren Teil der Insel erhob. Auf dem Bildschirm hatte sie die Fotos aufgerufen, die sie von der Szenerie gemacht hatten. Natürlich hatten die Kollegen von der Inselverwaltung schon versucht, die Bombe mit Blindgängerkarten abzugleichen. Das taten sie jedes Mal, und sie taten es jedes Mal vergeblich. Denn es war sinnlos, einzelne Sprengsätze lokalisieren zu wollen. Helgoland war wie kein anderer Ort auf dem Planeten bombardiert worden. Buchstäblich. Nirgendwo sonst waren auf so engem Raum so viele Bomben gefallen. Die Hölle. Hell-go-Land hatten die Briten die Insel getauft. Zu Recht. Es war ein Wunder, dass der Fels wieder bewohnbar gemacht werden konnte. Nein, eigentlich war das Wunder, dass es ihn überhaupt noch gab.

Das Telefon klingelte. Anna hob ab. »Polizei Helgoland«, sagte sie automatisch.

»JVA Kiel hier«, meldete sich eine Stimme am anderen Ende der Leitung. »Frau Krüger?«

»Am Apparat.«

»Es gibt eine unschöne Nachricht.«

»Eine unschöne Nachricht?« JVA Kiel. Anna spürte, wie sich die Härchen an ihren Armen aufstellten. Sie wusste, wer dort einsaß. Natürlich. Und sie wusste, warum. »Was ist denn geschehen, Herr Kollege?« Doch sie wusste es im selben Augenblick. Und als der Vollzugsbeamte es aussprach, da hätte sie die Worte mitsprechen können: »Ihr Kollege … Ihr ehemaliger Kollege Weber hat sich das Leben genommen.«

»Ja«, sagte Anna leise. »Ich weiß.«

»Sie wissen?«

»Entschuldigen Sie, so habe ich es nicht gemeint«, erklärte Anna, der plötzlich Tränen in die Augen schossen, obwohl es verrückt war. Weinte sie tatsächlich um den Mann, der sie beinahe ermordet hätte? Sie räusperte sich. »Ich habe es mir gedacht, als Sie sagten, es gebe eine unschöne Nachricht.« Eine *unschöne Nachricht*. War es das für die Vollzugsbeamten? Durfte man beim Tod eines Menschen von einer »unschönen Nachricht« sprechen? War es nicht eine Tragödie? War es nicht letztlich einfach nur traurig? Trotz allem? »Wie ist es geschehen?«, wollte sie wissen.

»Er hat sich in seiner Zelle erhängt.«

»Sie haben ihm nicht …?«

»Natürlich gab es in seiner Unterkunft keine Kabel, keine Seile, keine Betttücher.« Der Mann sog genervt die Luft ein. »Oder gar Gürtel, falls Sie das annehmen. Aber wir können den Insassen ja schlecht die Hosen abnehmen. Nicht wahr, Frau Krüger?« Er schwieg. Er wusste es. Wusste, dass Anna der Grund war, weshalb Marten zum Mörder geworden war. Dass sie außerdem beinahe sein Opfer geworden wäre. Dass sie es war, die ihn überführt hatte und trotzdem in seine Falle gegangen war. Das alles wusste er natürlich. Denn alle, die den Fall Marten David Weber kannten, wussten es.

»Tja«, sagte der Vollzugsbeamte. »Nun wissen Sie Bescheid.«

»Wann wird er beerdigt?«

»Er wird eingeäschert«, erklärte der Mann.

»Aha. Und wann ist dann die Beisetzung?«

»Das …« Ein Zögern. »Das lässt sich noch nicht sagen. Zuerst muss die Pathologie mit ihm fertig sein. Ich meine: Muss ihn der Pathologe …« Wie seltsam seine Stimme klang. »Freigegeben haben. Seinen Körper. Und dann bestimmt der JVA-Leiter einen Termin für die …«

»Entsorgung«, vollendete Anna bitter den Satz.

»Beisetzung«, murmelte der Vollzugsbeamte. Ein erneutes Zögern. »Also, ich spreche mit Frau Krüger, ja?«

»Anna Krüger, POM.«

»Tja, Frau Krüger, dann kann ich es Ihnen auch direkt sagen …«

»Direkt sagen? Was denn?«, fragte Anna irritiert. Was für ein merkwürdiger Mensch. Was für ein seltsamer Anruf.

»Er hat einen Abschiedsbrief hinterlassen. An Sie.«

»An mich.« Sie atmete tief durch. Der Abschiedsbrief eines Mörders und Psychopathen. Wollte sie den haben? Weshalb sollte Marten ihr einen Abschiedsbrief schreiben, nachdem er sie beinahe umgebracht hätte? Andererseits war es ja Liebe gewesen, die ihn in seinem Wahn bestärkt hatte. Oder etwas, von dem er glaubte, dass es Liebe sei. Es schauderte sie, wenn sie sich überlegte, dass er auch nach den Vorkommnissen in jener schrecklichen Nacht, nach dem Gerichtsverfahren, der Zeit in der Psychiatrie, nach den Jahren in Haft noch an sie dachte. Dass *seine letzten Gedanken* ihr gegolten hatten! Sie mochte sich nicht ausmalen, welche Gedanken das gewesen waren. »Ich nehme an, Sie werten das Schreiben noch aus?«, fragte sie.

»Ja«, bestätigte der Justizbeamte. »Das müssen wir leider.«

»Natürlich.« Es gab kein Briefgeheimnis für Strafgefangene. »Und danach?«

»Danach würden wir es an Sie schicken, nehme ich an. Das heißt, wenn die Staatsanwaltschaft keine Einwände hat.«

»Die Staatsanwaltschaft? Was sollte sie dagegen haben?«

»Es war ein gewaltsamer Tod«, sagte der Mann am anderen Ende. »Zunächst muss Fremdverschulden ausgeschlossen werden …«

»War er nicht in einer Einzelzelle untergebracht?«

»Doch, natürlich. Aber wenn keine natürliche Todesursache vorliegt, gehört es zur Routine, dass … das müssten Sie eigentlich wissen.«

»Ja«, bestätigte Anna. »Sicher. Ich weiß.« Für einen Moment herrschte Schweigen zwischen ihnen. »Danke«, sagte sie schließlich und legte auf.

*

Natürlich war ihr erster Impuls, Paul anzurufen und ihm diese traurige Neuigkeit mitzuteilen. Aber Paul war in diesen Minuten mit den Kampfmittelbeseitigern im Gespräch und überhaupt im Stress wegen der bevorstehenden Evakuierung. Sie würde es ihm später erzählen. Jetzt sollte sie erst einmal rüber zur Fundstelle und auf weitere Anweisungen warten. »Frau Schneider?«, rief sie hinüber ins Büro.

»Ja, Frau Krüger?«

»Ich bin kurz weg.«

»Alles klar. Ich weiß ja, wie ich Sie erreiche.«

Anna schnappte sich ihre Jacke und – einem Impuls folgend – die Dienstwaffe, die sie nicht immer bei sich trug. Das hier war schließlich eine kleine friesische Insel und kein Ghetto.

*

Ein Gesicht, das niemand sehen würde. Niemals. Die Perücke lag auf dem Nachttisch, die Wimpern klebten noch an den Fingern. Die Tränen hatten das Make-up verschmiert. Die Werte? Egal. Sie wollte sie nicht wissen, ließ den Brief ungeöffnet. Sie spürte es auch so, wie das Leben verrann. Ihr Leben. Unwie-

derbringlich. In ein paar Minuten würde sie wieder bereit sein. Bereit, das Spiel weiterzuspielen, solange es noch ging. Aber sie würde jede Minute auskosten, die ihr noch blieb, jede einzelne.

*

Allein in einer Zelle. Wie gut sie sich das vorstellen konnte. Sie starrte an die Decke. Es war Nacht. Nur der grelle Streifen, mit dem der Leuchtturm in regelmäßigen Abständen durch den Himmel säbelte, erhellte die Decke ihres Zimmers. Allein. Das war sie auch. Und würde es immer sein. Denn auch wenn sie manches Mal gedacht hatte, es gäbe eine Chance, jemanden zu finden, mit dem sie ihre Zeit verbringen konnte, jemanden, der zu ihr stehen und vor allem: der sie verstehen würde, hatte sie doch immer wieder feststellen müssen, dass am Ende nur die Einsamkeit auf sie wartete. Die Einsamkeit ihres Körpers und die ihrer Seele. Sie selbst war es, die körperliche Nähe nicht aushielt – und eine unsichtbare Wand war es, die weder sie noch die anderen durchdringen konnten, ein gläsernes Gefängnis, in dem nur sie allein saß. Und Stalin. Der stete Begleiter, der ihr das Leben zur Hölle machte. Manchmal schien es ihr geradezu, als wäre Stalin der Einzige, der sie verstand, ihr Kopfschmerz, der jeden Gedanken im Voraus ahnte, jede Gefühlsregung vorwegnahm und jeden kleinsten Hoffnungsschimmer in ihr schon kannte, ehe sie selbst ihn entdeckt hatte. Und der immer im perfekten Augenblick sein Messer zückte, um es ihr in den Schädel zu treiben: im Augenblick der Schutzlosigkeit, wenn es am meisten schmerzte und ihre Seele am meisten peinigte. Ja, Stalin kannte ihre Seele. Besser als sie selbst.

Natürlich konnte sie nicht schlafen, auch wenn der finstere Geselle in ihrem Kopf sich nicht regte. Sie hatte das Fenster weit geöffnet, um die kühle Nachtluft hereinzulassen. Der Wind trug den Lärm der Wellen herüber und den Schrei einiger Vögel. Morgen um sechs Uhr würde sie wieder zum Dienst antreten. Drüben am Falm, gar nicht weit von ihrer Wohnung entfernt. Aber auf Helgoland, dieser winzigen Insel, war ja nichts jemals weit entfernt. Sie fragte sich, ob auch dieses Haus in Gefahr war, wenn das Ding hochging. Andererseits war der Sprengmeister ziemlich entspannt gewesen. Er hatte die Bombe respektvoll angesehen, hatte ein wenig mit den Stahlkappen seiner Arbeitsschuhe im Erdreich gescharrt, zum Himmel geblickt und dann erklärt: »Ab Sonnenaufgang müssen wir mit den Sicherungsarbeiten beginnen, während wir auf die Geologen warten.«

»Die Geologen?« Anna betrachtete die Situation. »Das ist doch eigentlich alles ziemlich offensichtlich hier, oder?«

»Ist es das?«, fragte Klüver, der Sprengmeister. »Können Sie sagen, wie es um die Festigkeit des Untergrunds bestellt ist? Ob es hier Verwerfungen gibt? Frakturen im Fels, Einschlüsse aus früheren Sprengungen?«

Anna blickte verlegen zur Seite. »Nein«, sagte sie. »Natürlich nicht.«

»Eben. Wir auch nicht. Und die Geologen werden auch nur eine Einschätzung geben können. Und ein paar konkrete Messungen anstellen, die uns zumindest Klarheit verschaffen, wo der Fels besonders sensibel ist.« Er klatschte in die Hände. »Aber erst muss sichergestellt werden, dass unser kleiner Freund hier nicht aus Zufall oder Dummheit herunterfällt und hochgeht, weil er noch ein bisschen weiter abrutscht und der Zünder ausgelöst wird.«

»Und bis dahin?«, hatte Paul gefragt.

»Bis dahin hilft am besten Beten.«

Ein Blick zur Uhr auf dem Nachttisch sagte Anna, dass noch fast fünf Stunden übrig waren bis zum Start der Arbeiten. Sechs Uhr. Um halb sechs würde sie aufstehen, duschen und sich auf den Weg machen. Vielleicht würde sie bis dahin sogar ein paar Minuten geschlafen haben. Es wäre ihr leichter gefallen, hätte sie nicht unablässig an Marten denken müssen. Über ihr hing die Lampe von der Decke. Immer, wenn der Lichtstrahl des Leuchtturms vorüberschwenkte, warf er einen schrägen Schatten an die gegenüberliegende Wand – und die Lampe sah aus, als wäre sie ein Gehenkter am Seil. Das Schlimmste war, dass Anna dieses Bild auch vor sich sah, wenn sie die Augen schloss. Es hatte einen Abdruck auf ihrer Netzhaut hinterlassen, der jedes Mal sichtbar wurde, wenn das Licht wiederkehrte. Wieder und wieder und wieder.

*

Sie musste doch eingenickt sein. Denn als sie wieder auf die Uhr blickte, war es nach drei. Durch das geöffnete Fenster drang kalte Luft. Anna fröstelte. Sie zog die Bettdecke weit über sich und versuchte wieder einzuschlafen. Doch die Kälte war ihr schon unter die Haut gekrochen. Also stand sie auf, um das Fenster zu schließen. Ein Blick hinüber zum Friedhof ließ sich nicht vermeiden, ein Blick dorthin, wo Leo seine letzte Ruhe gefunden hatte – ehe er noch so richtig hatte leben können. Als Anna vor bald drei Jahren die Wohnung in der Kirchstraße gefunden hatte, war sie froh gewesen, ihrem Jugendfreund so nahe sein zu können. Doch nach allem, was seither geschehen war, dachte sie manchmal, es wäre besser, anderswo hinzuziehen, wo sie nicht täglich mit den düstersten Stunden ihrer an düsteren Stunden reichen Vergangenheit konfrontiert wäre. Mit klammen Fingern schloss sie das Fenster und war schon im Begriff, wieder zum Bett zurückzukehren, als ihr aus den Augenwinkeln eine Gestalt auffiel, die auf dem Kirchhof stand. Erschrocken drehte sie sich noch einmal um und starrte in die Dunkelheit. Dort! Zwischen Kirchturm und dem Portal zum Gotteshaus: War dort nicht der Schatten eines Menschen zu sehen? Eines Menschen, der zu ihr herüberblickte?

Unwillkürlich wich sie einige Schritte zurück in ihr Schlafzimmer. Er konnte sie hier unmöglich sehen, wer immer es war. Sie hatte kein Licht gemacht, sie stand nicht im Schein der müden Straßenlaterne. Und doch, es wirkte, als starrte der Schatten auf dem Friedhof unverwandt zu ihr her, ja geradezu in sie hinein!

Natürlich meldete sich Stalin, fing an zu bohren. Denn das Monster in ihrem Kopf liebte es ja, immer dann zur Stelle zu sein, wenn es ihr schlecht ging. Ein Schreck, worüber auch immer, war die reine Lust für den Schmerz. Er kroch aus seinem Versteck und streckte seine langen, spitzen Krallen nach ihrem Gehirn aus. Diesmal war es die linke Seite, eine Stelle hinter der Schläfe, die er packte, sodass Anna aufstöhnte, als sie sich wieder unter die Decke krümmte. Vielleicht sollte sie eine Tablette nehmen. Sonst würde sie mit pochenden Kopfschmerzen aufwachen, die sich im Lauf des kommenden Tages zu reiner Folter auswuchsen. Sie kannte sich selbst gut genug, kannte Stalin, kannte ihr Schicksal.

Eine halbe Stunde hielt sie es durch, dann griff sie nach dem Blister, der immer neben ihrem Bett lag, und drückte sich zwei Kapseln heraus, von denen sie dann doch nur eine einwarf, die sie am Wasserhahn im Badezimmer runterspülte. Doch sie legte sich nicht mehr hin. Vielmehr trat sie von der

Seite ans Schlafzimmerfenster, stellte erleichtert fest, dass der Schatten verschwunden war, und fragte sich kurz, ob dieser Schatten nicht womöglich doch nur der eines Grabsteins oder Strauchs gewesen sein konnte – und jetzt weg war, weil der Mond seine Position gewechselt hatte.

Dann setzte sie sich an den Küchentisch und nahm ihr Tagebuch zur Hand, in dem sie schon so lange nichts mehr notiert hatte.

Hi Leo.
Sie haben eine Bombe gefunden. Ein großes Ding. Es macht mir Angst, wenn ich davorstehe. Es könnte doch jeden Augenblick explodieren, wer weiß das schon? Und dann wieder denke ich, lass es doch hochgehen, das hässliche Ding! Dann wären wir wieder zusammen, du und ich. Aber das weiß ja auch niemand. Wenn es sowas gibt wie ein Jenseits, lass mir doch mal eine Nachricht zukommen. Denn falls es keines gibt, dann wäre ich hier so ziemlich das Einzige, weshalb Du noch existierst. Und wenn ich auch tot bin, existieren wir beide nicht mehr.

Entschuldige. Blöde Gedanken. Ich bin verwirrt. Irgendwer hat zu mir heraufgeschaut vom Friedhof aus. Das hat mich an Marten erinnert. Ich bin ein bisschen durcheinander. Wird schon wieder. In ein paar Stunden fängt die Arbeit an. Wir werden bald die Insel evakuieren. Das bringt mich hoffentlich wieder auf andere Gedanken. Ich bin froh, wenn ich arbeiten kann. Dann muss ich nicht nachdenken. Über mich und das Leben. Und den Tod.

18. April, 12.07 Uhr. Noch 53 Minuten bis zum großen Inferno.

Das Signal. Ein hoher, durchdringender Ton. Es war nicht das erste Mal, dass sie es hörten. Immerhin hatten sie einige Probesprengungen durchgeführt. Wobei das Signal unmittelbar vor dem Auslösen einer Detonation aggressiver klang. Einerseits. Andererseits gab es nichts, was so aggressiv klang wie der Krieg selbst. Wie das Pfeifen einer Granate, die einen um Haaresbreite verfehlte. Wie das Heulen der Stukas, die auf wehrlose Zivilisten herabstürzten. Wie das Kreischen der Menschen, die zusehen mussten, wie ihre Kinder, ihre Eltern, ihre Nachbarn von Bomben zerfetzt wurden ... Kannte er alles. Hatte er alles erlebt. Und noch viel mehr, was er in den Tiefen seiner Seele vergraben hatte. Nichts davon sollte jemals wieder an die Oberfläche kommen. Aber wie sollte das gehen, wenn er wieder und wieder daran erinnert wurde? Durch die Sprengungen, durch die Sirenen und durch die Erinnerungen, die ihn jedes Mal heimsuchten, wenn die Dunkelheit ihn umgab.

Auch das ein Grund, warum er die Arbeit hier unten verabscheute. Sie brachte ihn zurück in die Schützengräben und in die Luftschutzkeller und Unterstände, in die Bunker, in denen er sich in die Hosen gemacht hatte, weil über ihnen Bomben einschlugen, abgeschossene Kampfflugzeuge sich in die Erde bohrten und Panzer rollten. Alles das brachte die Arbeit in diesen verdammten Stollen zurück. Sicher war es auch der Umstand, dass es eben nicht irgendeine Arbeit war, sondern dass er seit Tagen selbst den Tod durch die unterirdischen Gänge dieses verdammten Felsens schleppte. Bomben. Granaten. Minen. All das verfluchte Zeug, das keinen anderen Zweck hatte, als Menschen in den Tod zu treiben. Oder in den Wahnsinn.

»Richard! Hast du gehört? Wir müssen rauf!«

»Nichts lieber als das, John«, rief er dem Kameraden zu. »Ich bin gleich so weit. Ein letztes Kabel noch.«

»Beeil dich.«

»Sicher. Ich bin froh, wenn das hier vorbei ist.« Die letzten Worte waren nur gemurmelt. Musste ja niemand wissen, wie sehr er unter dem Horror litt, der ihn in diesen finsteren Gängen regelmäßig anfiel. Auch wenn er letztlich selbst verantwortlich war für das, was hier geschah. Denn war es nicht seine eigene Idee gewesen? Eine verrückte Idee, halb im Scherz geäußert, auch wenn man solche Scherze besser unterließ. Und doch ... Bedauerte er es? Nein. Die Deutschen hatten so viel Leid über die Welt gebracht. Sie hatten auch Richard Grenfells Familie zerstört, hatten seine geliebte Frau getötet mit einem Bombenangriff, der militärisch völlig sinnlos gewesen war. Nein, er bedauerte nicht, was er hier tat. Dass es dieses Labyrinth des Grauens bald nicht mehr geben würde, das fühlte sich richtig an. Tröstlich. Wenn man über so etwas wie Trost überhaupt nachdenken durfte angesichts dessen, was in diesem verfluchten Krieg geschehen war. Es war nur gerecht, was dieser Insel in ein paar Minuten bevorstand.

»Na?«, fragte jemand hinter ihm. »Alles erledigt?«

»Alles fest verschnürt und gut verkabelt«, erwiderte Richard.

»Fein, fein. Dann bist du jetzt dran.«

»Dran? Womit?«

»Verkabelt zu werden.« In dem Moment sah er die Waffe in der Hand des Kameraden.

2

MONTAG

»Rein statistisch gesehen gibt es auf diesem Flecken Erde mehr Blindgänger als auf jedem anderen des Planeten«, erklärte Klüver, während er mit dem Finger über die Landkarte fuhr.

»Wieso sollte es?«, warf Paul ein und erntete verständnislose Blicke von allen Seiten.

»Vielleicht deshalb, weil kein Ort von dieser Größe im Laufe der Menschheitsgeschichte mehr Bomben abbekommen hat als Helgoland?«, schlug Gerd Raabe von der Verwaltung vor.

Paul nickte und murmelte: »Sorry.«

»Das macht die Sache noch delikater«, erklärte der Sprengmeister. »Denn wenn das Ding hochgeht, dann müssen wir damit rechnen, dass noch mehr Blindgänger durch die Erschütterung explodieren.«

»Gibt es irgendeine Einschätzung, wie viele solche schlafenden Monster in der Erde liegen?«

Klüver schüttelte den Kopf. »Nein. In jedem anderen Fall trauen wir uns durch Auswertung von Luftaufnahmen solche Einschätzungen zu. Aber erstens ist hier nicht alle paar

Meter eine Bombe gefallen, sondern auf jedem Quadratzentimeter mehrere. Und zweitens hat das Bombardement der Insel ja nicht ein- oder zweimal stattgefunden, sondern über Jahre hin wieder und wieder. Jede Luftaufnahme birgt also die Gefahr, dass es eine spätere gibt, die neue und andere Einschläge zeigt. Außerdem wurde die Oberfläche des Felsens durch die Explosionen so heftig umgepflügt, dass manches, was vielleicht einmal sichtbar war, verworfen worden ist. Im wahrsten Sinn des Wortes. Übrigens ein treffender Ausdruck!« Er blickte auf und nickte Raabe zu. »Schlafendes Monster.«

»Eine Schätzung, wie viele es insgesamt sein könnten?«

Klüver zuckte die Achseln. »In ganz Deutschland rechnet man mit siebzig- bis dreihunderttausend. Wenn ich mir die Situation hier ansehe, liegt wahrscheinlich ein Gutteil davon noch im Erdreich dieser Insel.« Er schüttelte den Kopf. »Das ist natürlich eine Übertreibung. Helgoland ist ja nach dem Dauerbombardement der Briten so sorgfältig untersucht worden wie kein anderer Ort vergleichbarer Größe in der ganzen Republik.« Raabe nickte voll Nachdruck. Es war ihm wichtig, dass kein Zweifel daran bestand, dass man auf Helgoland tat, was man nur tun konnte, um solche Gefahren zu bannen. »Dennoch …«, fuhr der Sprengmeister fort, »… kann man natürlich nicht übergehen, dass auch die Operation B. ihren Anteil an nicht gezündeten ›schlafenden Monstern‹ hier haben wird.«

»Operation B?«, flüsterte Saskia Anna zu.

»Als die Briten die Insel sprengen wollten«, erklärte die leise, aber ohne sich Mühe zu geben, dass man sie nicht hörte.

»Die Insel? Du meinst den Hafen oder so.«

»Nein, Saskia: die Insel.«

»Auch in der Hafenregion müssen wir damit rechnen, dass erhebliche Gefahren lauern«, fuhr Klüver fort und deutete auf der Karte auf die Hummerschere im Süden. »Im April fünfundvierzig haben die Briten hier mit sechsunddreißig Lancaster-Bombern ein hübsches kleines Inferno veranstaltet. Da wird sicherlich auch nicht alles hochgegangen sein, was hochgehen sollte. Aber wenn jetzt der Hang abrutscht, weil uns der Kleine da oben explodiert, dann würde ich meine Hand nicht dafür ins Feuer legen, dass nicht auch dort noch der eine oder andere Blindgänger zündet.«

»Hm«, machte Raabe und starrte auf die Karte, als würde dort jeden Augenblick etwas Entscheidendes passieren. »Und was heißt das jetzt für uns? Was sollen wir tun?«

»Wir tun genau das, was wir sowieso getan hätten«, sagte der Sprengmeister, während er seine Brille abnahm und in die Brusttasche steckte. »Wir entschärfen das verdammte Ding.« Er hob die Hände. »Sprengen scheidet aus, liegen lassen erst recht.«

Alle Anwesenden im Stabsraum schwiegen. Lipotzki von der Feuerwehr drängte sich nach vorne. »Gibt es irgendetwas, das wir speziell tun können, außer uns für den Katastrophenfall bereitzuhalten?«

»Ich möchte, dass Sie mit den Ärzten vor Ort mehrere Sammelpunkte für Verletzte einrichten«, sagte Klüver. »Haben Sie Bergegerät?«

»Wir haben natürlich die Seilwinden an unseren Einsatzfahrzeugen. Außerdem gibt es auf der Insel mehrere …«

»Machen Sie mir eine Liste«, unterbrach ihn Klüver. »Ich möchte wissen, wie viel Mann Sie zur Verfügung haben, welches Gerät Sie zum Einsatz bringen können und wer die Koordination mit uns macht. Gibt es THW?«

»Hier!«, rief ein Mann, der etwas im Hintergrund stand. »Eine Einheit aus Cuxhaven«, erklärte er. »Wir stehen zur Verfügung.«

»Sehr gut. Bitte auch Sie: eine Liste mit allem, was Sie einbringen können.« Der Sprengmeister wandte sich an Paul, Anna und Saskia. »Und nun zu Ihnen«, sagte er. »Wenn uns das hier irgendwie aus dem Ruder läuft, dann garantiere ich Ihnen maximalen Ärger.«

»Ich verstehe nicht …«, sagte Paul.

»Natürlich nicht. Sie leben ja auch im Tal der Ahnungslosen.« Klüver seufzte. »Worauf ich jede Wette eingehe, ist, dass wir am Fundort jeden Tag haufenweise Neugierige haben werden. Machen Sie eine Ordnungswidrigkeit draus und verhängen Sie saftige Bußgelder, sonst kriegen wir das nicht unter Kontrolle.«

»Herr Klüver, Schaulustige sind nun einmal die normalste Sache der Welt«, erwiderte Paul.

»Schon klar. Aber tote Schaulustige sind eine elende Sauerei. Fast so sehr wie tote Kampfmittelbeseitiger. Und ich schwöre Ihnen, wenn Sie den Dingen nur lang genug ihren Lauf lassen, dann fliegt Ihnen irgendwann einer von denen in die Luft – und wir alle mit ihm.«

*

Wenige Augenblicke später waren die Arbeiter bereits mit dem Sprengmeister in der Besprechung darüber, welche Sicherungsmaßnahmen in welcher Reihenfolge vorzunehmen seien. Es galt zunächst, eine provisorische Stütze für den Fall zu errichten, dass sich weiteres Erdreich lösen könnte. Dann musste eine Absperrung eingerichtet werden, die den nötigen

Sicherheitsabstand für Dritte gewährleistete und nicht vom leichtesten Wind weggepustet wurde. Im nächsten Schritt ging es dann darum, die Bombe selbst sorgfältig zu befestigen, ehe sich die Mitarbeiter des Kampfmittelräumdienstes unmittelbar heranwagten. Denn das Erdreich, auf dem der Blindgänger lagerte, war lose, und ein Zugriff von oben war auch nicht möglich, weil hinter dem Sprengsatz ein größerer Hohlraum vermutet wurde, möglicherweise einer von den alten Tunneln, die nach dem Krieg eigentlich so gut wie alle verschlossen worden waren, wenn sie nicht sowieso durch die vielen Explosionen verschüttet lagen.

»Können wir denn sonst irgendwas beitragen?«, fragte Paul, wie immer maximal korrekt und engagiert.

»Schaffen Sie uns einfach nur möglichst schnell die Leute vom Hals und bereiten Sie die Evakuierung sorgfältig vor«, erklärte der Sprengmeister lässig. »Der Rest ist unser Job.«

»Alles klar. Anna?«

»Ja?«

»Ich habe uns den Evakuierungsplan rausgelegt. Ist ja nicht das erste Mal. In Grün die Bereiche, für die du zuständig bist.«

»Okay. Und Saskia?«Die Kollegin stand mit zwei Männern vom Kampfmittelräumdienst etwas abseits.

»Sie übernimmt dann die pinken Bereiche.«

Die pinken Bereiche. Immerhin hatte Paul Humor. »Gut«, sagte Anna. »Dann geh ich jetzt runter zu unserem Laden.«

»Tu das. Und ich bin dann im Rathaus, damit wir uns mit den anderen koordinieren.«

Den anderen. Das waren Feuerwehr, Technisches Hilfswerk, natürlich auch Seenotrettung und vor allem die Inselverwaltung, die in einem solchen Fall die Federführung innehatte.

Bei der kleinen Polizeistation standen bereits einige Menschen vor der Tür, die, wie sich rasch herausstellte, überzeugt waren, ein Fall für eine Sondergenehmigung zu sein. Denn das Evakuierungsvorhaben war offenbar bereits durchgesickert. In der folgenden Stunde musste Anna sich hauptsächlich mit Problemen herumschlagen wie: »Ich habe nur einen befristeten Forschungsauftrag. Wir arbeiten sowieso schon am Limit«, »Mein Vater hat sich das so gewünscht! Wer weiß, ob er überhaupt noch jemals ...«, »Das ist nicht nur für mich wirtschaftlich wichtig, sondern auch für die ganze Insel!« oder »Die Kleine hat vierzig Fieber. Die kann ich doch jetzt nicht auf ein Schiff schleppen«.

»Wir werden uns was für Sie überlegen«, erwiderte Anna und ließ sich die Telefonnummern geben. Sie würde die Informationen an die Inselverwaltung weitergeben, die schließlich zuständig war. Natürlich war es aussichtslos, dass nennenswerte Ausnahmen gemacht wurden. Eine Bombe war eine Bombe war eine Bombe. Da konnte sonst geschehen, was wollte. Kein Forschungsauftrag rechtfertigte es, die Forscher in Lebensgefahr zu bringen, kein Lebenstraum durfte durch die Detonation eines Blindgängers zum Albtraum werden.

Als sie die Leute nach und nach wieder vor die Tür geschafft hatte, wo es inzwischen zu regnen begonnen hatte, konnte sie sich endlich mit dem Evakuierungsplan beschäftigen. »Der Bereich in Grün« war im Wesentlichen das Unterland. Paul hatte »Anna« daneben geschrieben, so wie »Saskia« neben den pink angemarkerten Bereichen im Mittelland und an der Nordseite der Insel stand, »Eversbusch« für das Hafengelände und »Paul« für alles Übrige. Eversbusch war der neue Hafenleiter. Ein ruhiger, freundlicher Mann, der nicht viele Worte machte und offenbar von Anfang an alles ziemlich gut im Griff hatte. Jedenfalls war Anna noch nichts Gegenteiliges zu Ohren gekommen, und das hieß ja was, wenn man bedachte, wie komplex die Aufgaben der Hafenmeisterei auf einer Insel wie dieser waren.

Dann gab es noch den hinter dem Hafen gelegenen militärischen Bereich, der auf dem Plan weiß geblieben war und um den sich die Bundeswehr zweifellos selbst kümmerte. Obwohl Anna gewisse Zweifel hatte, ob die Militärs ihr Gelände tatsächlich komplett räumen würden. Aber letztlich ging es hier ohnehin um eine irgendwie militärische Angelegenheit. Schließlich waren es Soldaten gewesen, die die Bombe auf Helgoland geworfen hatten.

Das Telefon klingelte ohne Unterlass. Frau Schneider, die gerade in der Tür stand, weil sie offenbar ein wenig hatte plaudern wollen, verdrehte die Augen. »Ich weiß nicht, warum alle glauben, sie müssten sich wegen der Evakuierung an die Polizei wenden«, stöhnte sie.

»Na ja«, gab Anna zu bedenken. »An wen würden Sie sich denn wenden?«

»Ich weiß nicht …«

»Eben. Dass sie nicht bei der Kurverwaltung anrufen, liegt auf der Hand. Und im Rathaus ist wahrscheinlich genauso schwer durchzukommen wie bei uns.«

»Vermutlich«, sagte Frau Schneider und seufzte. »Soll ich uns einen Tee machen?«

»Könnten wir vermutlich beide gut brauchen, was?«

»Absolut!« Frau Schneider war der gute Geist der kleinen Polizeistation. Sie war nie krank – nun gut, fast nie: nur einmal, als sie womöglich am dringendsten gebraucht worden wäre, hatte sie tagelang gefehlt –, erledigte alles jederzeit zur besten Zufriedenheit und hatte das Talent, zu jedem Menschen stets freundlich und hilfsbereit zu sein, wie groß der Stress auch war. »Danke«, sagte Anna, als ihr die Sekretärin ein paar Minuten später die Tasse hinstellte. »Sie sind die Beste.«

»Ach, sagen Sie das nicht«, widersprach Frau Schneider. »Jeder hat doch seine Schattenseiten.«

Anna lächelte. »Dann wüsste ich gerne mal Ihre.«

»Ach, glauben Sie mir, Frau Krüger, das wollen Sie nicht.« Kopfschüttelnd ging sie wieder hinüber in ihr kleines Büro, wo pausenlos das Lämpchen an ihrer Telefonanlage blinkte. »Polizei Helgoland, was kann ich für Sie tun?«, hörte Anna die Mitarbeiterin, während sie selbst zum Hörer griff und im Hotel Insulaner anrief. »Krüger hier von der Polizei. Sie haben sicher schon von der Evakuierung gehört?«

*

Nach etwa anderthalb Stunden war Anna mit den Hotels und Gästehäusern des Unterlands durch. Natürlich hatten die Betreiber alle längst von dem Fund gehört und sich auf eine Teilevakuierung eingestellt. Dass die Insel voraussichtlich vollständig geräumt werden sollte, war indes nur auf bedingtes Verständnis gestoßen. Immerhin gab es einige, die eine Chance sahen, ihren Gästen das Ärgernis als Event zu verkaufen. »Sie erwarten aber nicht, dass die Gäste die Kosten für die Evakuierung selbst tragen«, hatte Reinmar Echter von der kleinen »Pension Inselblume« festgestellt. »Die müssen von der Gemeinde übernommen werden.«

»Soweit ich weiß, lieber Herr Echter, werden sie das. Unser Problem ist eher, genügend Plätze auf Schiffen und Booten zu finden, um alle Menschen darauf unterzubringen – also alle, die die Insel nicht sowieso verlassen und aufs Festland zurückkehren.«

»Auch *unsere* Kosten«, stellte Echter fest, den die Nöte der Polizei wenig interessierten.

»Auch Ihre, da bin ich ganz sicher.«

»Ich möchte, dass Sie mir das schriftlich geben.« Echter war ein knorriger Typ, der das Leben als unablässigen Kampf auffasste: gegen die Konkurrenz, gegen die Behörden, gegen die Umstände. Aber es war ja auch kein leichtes Brot, mit einer kleinen Pension, die nur ein paar Monate lang bewirtschaftet werden konnte, übers ganze Jahr zu kommen.

»Ich werde Ihnen gar nichts schriftlich geben, Herr Echter«, sagte Anna, so freundlich und verbindlich wie klar. »Diskutieren Sie das gerne mit der Inselverwaltung. Wir sind hier bloß dafür zuständig, dass alles geregelt abläuft und alle sich an die behördlichen Vorgaben halten.« Sie hatte es kaum ausgesprochen, da hatte der Pensionsbesitzer schon den Hörer auf die Gabel geknallt.

Andere waren verständiger. Oder sie taten zumindest so. Was außer Frage stand, war, dass Vertrauen gut, aber Kontrolle weitaus besser war. Wenig Verständnis erntete Anna für den Hinweis, dass selbstverständlich auch die Mitarbeiter der Hotellerie und die Inhaber der betreffenden Häuser die Insel würden verlassen müssen.

Frau Schneider erschien in der Tür. »Herr Freitag für Sie.«

»Her mit ihm.«

Die Sekretärin stellte durch. »Und?«

»Die Geologen haben die Gefährdungslage hochgestuft.«

»Hochgestuft? Auf was? Vollkatastrophe?«

»Stufe drei. Höchste unmittelbare Gefahr für Leib und Leben.«

»Klingt entzückend. Und jetzt?«

»Jetzt werden noch ein paar Statiker hinzugezogen.«

»Wow. Was bitte sollen die dann noch machen?«

»Offenbar geht es darum, die Sicherungsmaßnahmen nicht allein den Kampfmittelbeseitigern zu überlassen.«

»Klingt vertrauenerweckend«, stellte Anna trocken fest.

»Hm. Ja. Allerdings.«

»Und soweit es uns betrifft? Müssen wir da irgendetwas Besonderes berücksichtigen?«

»An unserem Vorgehen ändert sich nichts, weil es anders gar nicht machbar ist. Wenn wir dann doch noch zurückgepfiffen werden, haben wir zumindest schon mal alles vorbereitet.«

»Verstehe. Für wann ist die Evakuierung jetzt angesetzt?«

»Mittwochmorgen.«

»Also haben wir achtundvierzig Stunden.«

»Na ja. Dreiundvierzig.«

Richtig, inzwischen arbeitete Anna seit drei Stunden von hier aus, mit der Zeit, die seit Schichtbeginn am Fundort vergangen war, waren das achtundvierzig. »Eigentlich sind es eher dreißig oder so«, sagte sie. »Denn in der Nacht werden wir die Leute nicht mehr aufs Meer schicken können.«

Paul seufzte. »Am Ende wird es auf ein paar Stunden sowieso nicht ankommen«, erklärte er. »Hauptsache ist, wir bekommen das so schnell wie möglich organisiert.«

»Vorhin hatte ich Echter am Apparat, der ernsthaft über die Kosten sprechen wollte.«

»Echter? Von der Inselblume?«

»Genau der.«

»Was für ein Idiot.«

»Herr Polizeioberrat!«, rügte ihn Anna scherzhaft, während sie sich die pochenden Schläfen rieb.

»Ich habe nichts gehört. Muss jetzt raus. Das Problem ist, dass wir uns koordinieren müssen, wer welche Menschen aufnimmt.«

In dem Moment fiel Anna etwas ein. »Sag mal, der Jet kommt heute nicht, oder? Und die anderen. Ich meine: Wir können keinesfalls Touristen anlanden lassen. Oder sonst wen …«

»Keine Sorge. Die kommen alle. Aber ohne Passagiere.«

»Gute Planung.« Anna atmete erleichtert auf. »War das eine Idee von dir?«

»Gehört zum Standardplan bei Vollevakuierungen.«

»Verstehe.« Auch wenn sie von der Insel stammte und seit drei Jahren wieder hier lebte, musste sie doch noch einiges dazulernen. »Ich schau nachher bei euch vorbei.«

»Lass mal. Du musst sowieso die Schicht ab drei übernehmen.«

»Geht klar. Bis nachher.«

»Bis dann.«

Die Schicht ab drei. Anna spürte einen leichten Schwindel, als sie aufstand und sich die Polizeikappe aufsetzte. Jetzt merkte sie die Müdigkeit doch. Kaum Schlaf die letzte Nacht, das würde sich später am Tag noch rächen. Immerhin, die Tablette hatte geholfen, Stalin hielt sich zurück, drückte nur manchmal bei einer unbedachten, plötzlichen Bewegung seinen Stachel in ihr Hirn – oder wenn das Telefon mit seinem fiesen Schrillton läutete.

Die frische Luft tat ihr gut. Dass es etwas regnete, machte Anna nichts aus. Sie mochte Inselwetter. Und Inselwetter war nun einmal echtes Wetter. Wenn der Wind wehte, flatterten die Kleider. Wenn die Sonne schien, brannte sie auf der Haut. Und wenn es schiffte, schiffte es. So war Helgoland. Und so war auch Anna gemacht: offen und direkt.

»Moin!«, rief ihr Henry zu, der vor seiner Hummerbude stand und die Menschen am Südstrand beobachtete. Noch war es zu früh für viel Kundschaft.

»Moin, Henry. Alles klar?«

»Alles bestens, Anna. Einen Kaffee?«

»Gerne. Muss aber schnell gehen, wir haben alle Hände voll zu tun.«

»So gut wie da«, sagte der Wirt, verschwand in seiner Hummerbude und war tatsächlich kaum eine Minute später schon wieder da, um ihr einen Becher mit Kaffee in die Hand zu drücken, schwarz mit Zucker, so wie sie ihn immer trank. »Wann geht es los?«, fragte er.

»Was?«

»Die Evakuierung! Wird ja wohl nicht ausbleiben bei dem Riesending und der Lage …«

»Wir arbeiten längst dran. Wer weg ist, kommt jetzt nicht mehr auf die Insel, das ist mal die erste Maßnahme.«

»Oha. Also keine Touris heute?«

»Nope. Keine Touris.« Sie konnte sich denken, dass ihn das traf. Immerhin, er hatte kein großes Restaurant, das auf seinen Vorräten saß, die frisch verarbeitet werden mussten. Insoweit war es für Henry wohl leichter verschmerzbar.

»Und wie lange wird der ganze Spaß dauern?«

»Übermorgen schaffen wir die Leute von der Insel. Aber ich weiß nicht … das Ding liegt blöd da …«

Henry nickte. »Hab's mir angesehen. Ziemlicher Brummer.«

»Die größte Bombe, die sie hier gefunden haben bisher.«

»Wird wohl so bleiben. Soweit ich weiß, gab's keine größeren damals. Höchstens noch die Grand Slam. Aber wenn die nicht explodiert wäre, das wüsste man.«

Anna nickte anerkennend. »Bist gut informiert, Henry.«

»Man tut, was man kann.«

Anna entdeckte die Silhouette eines Dampfers am Horizont. »Die Lady?«

Henry kniff die Augen zusammen. »Könnte sie sein.«

Die Lady von Büsum, eines der Linienschiffe, die täglich Touristen auf die Insel brachten. Sonst. Heute nicht. Heute würde sie nur aufnehmen, wen man ihr zuteilte. So wie all die anderen. Anna nahm einen Schluck, zuckte zusammen, weil er so heiß war, trank dennoch weiter, weil sie keine Zeit für ein Kaffeepäuschen hatte, und klopfte Henry schließlich auf die Schulter. »Danke. Ich schreibe an.«

»Bist eingeladen, Anna.«

»Danke. Grüß mir deine Freundin. Ich schau nachher bei ihr vorbei.«

»Bei Nele?« Henry grinste schräg. »Lohnt sich nicht. Die ist bei mir eingezogen.«

»Echt?« Damit hätte Anna nicht gerechnet. Nele Steenkamp war so ziemlich die selbstständigste Frau, die sie je kennengelernt hatte. Sie ließ sich nichts sagen und kannte keine Konventionen. Wäre auch hinderlich gewesen bei ihrem Beruf. »Und Doras Hotel?«, fragte Anna, die nichts weniger als die bizarrsten Erinnerungen an das kleine Inselbordell hatte, dessen Besitzerin und einzige Mitarbeiterin Nele war.

»Macht Betriebsferien.«

»Aha. Und wie lange?«

»Wenn's nach mir geht, auf Dauer.«

»Verstehe«, sagte Anna, die sich gut vorstellen konnte, dass es für eine funktionierende Partnerschaft nicht eben einfach war, wenn man als Prostituierte arbeitete. »Na, dann müssen wir das wohl nicht mehr evakuieren.« Sie tippte sich an die Kappe und ging grinsend ihrer Wege. Nele hatte also den Job als Hure an den Nagel gehängt? Hatte ihr Glück gefunden? Anna gönnte es ihr von Herzen. Dieser Beruf war schließlich alles andere als ein Zuckerschlecken. Körperlich ruinös und seelisch sowieso eine einzige Qual. Anna mochte sich gar nicht vorstellen ... Sie stand bereits vor dem Rathaus, als Paul sie wieder anklingelte. »Ja?«

»Könnt ihr bitte koordinieren, in welcher Reihenfolge wir die Straßen räumen? Die Feuerwehr möchte das in ihrem Einsatzplan berücksichtigen. Saskia kommt gleich runter.«

»Soll ins Rathaus kommen«, erwiderte Anna. »Ich bin gerade dort angekommen, um genau das zu besprechen.«

Für einen Moment schwieg Paul, und Anna fragte sich schon, ob sie ihre Kompetenzen überschritten hatte. Doch dann gab er ein anerkennendes Brummen von sich und sagte: »Wunderbar. Ich geb' ihr schnell Bescheid.«

»Danke!« Sie drückte den Anruf weg, als es schon wieder läutete. »Ja?«

»Du bist als Nächste dran«, sagte eine heisere Stimme.

»Bitte?«

»Ja. Du.«

»Paul?« Aber es war nicht Paul. Natürlich nicht. Es war – sie blickte auf das Display: keine Nummer. Es war jemand, von dem Anna nicht wusste, wer es war. »Hallo?« Doch die Leitung war unterbrochen. Nur den Ton, diese fiese heisere Stimme, diesen Ton hatte Anna noch im Ohr, als hätte ihn der Anrufer hineingeklebt. »Als Nächste dran?«, flüsterte sie und starrte auf das Handy. »Als Nächste womit?« Aber da machte sich Anna keine Illusionen. Es war klar, was die Drohung sollte. Die Frage war: Wer war vor ihr an der Reihe gewesen? Und: Was bedeutete das für sie?

*

Und Marten hat sich umgebracht, Leo, stell dir vor. Er hat sich erhängt. Ist es nicht schrecklich? Ich weiß nicht, ob er noch einmal ein normales Leben hätte führen können. Aber jetzt ist alles für ihn vorbei. Irgendwie ist das so unendlich traurig, Leo. Unendlich traurig.

*

DIENSTAG

Wie Geisterschiffe lagen die drei großen täglichen Linienschiffe im Hafen beziehungsweise in der Binnenreede. Niemand war von Bord gegangen, niemand hatte die Dampfer bisher betreten, zumindest kein Passagier. Von Büsum, von Hamburg und von Cuxhaven waren sie gekommen, die »Lady«, der »Halunder Jet« und die »MS Helgoland«, die nun unter tiefen Wolken auf ihre lebende Fracht warteten. Die Frage war, ob man die Übernachtungsgäste, die an diesem Tag abzureisen gedachten, tatsächlich noch übersetzte oder ob man sie zusammen mit denjenigen, die noch auf der Insel bleiben wollten, zunächst nur auf die Sicherheitslinie mitnahm, jenen gedachten Kreis von zwei Seemeilen, hinter den sich alle Boote und Schiffe zum Zeitpunkt der Entschärfungsarbeiten zurückzuziehen hatten – und mit ihnen alle Menschen, die nicht unmittelbar an den Arbeiten beteiligt waren. Eine Evakuierung, das stellte Anna nun fest, war eine sehr komplexe Angelegenheit, für die sie hier auf der kleinen Insel eigentlich personell völlig unterbesetzt waren. Alle zu überwachen, jeden Einzelnen richtig zuzuteilen und wieder zurückzuholen, die Abriegelung der Insel lückenlos zu kontrollieren und zugleich jederzeit für alle Eventualitäten zur Verfügung zu stehen, das war schlicht ein Ding der Unmöglichkeit.

Dazu kam, dass es inzwischen wie aus Eimern goss. Immer wieder musste Anna an den Hang denken, aus dem die Bombe ragte und der sich mit jeder Minute weiter voll Wasser sog, schwerer wurde und instabiler. Die offene Flanke, die der Erdrutsch verursacht hatte, war genau das, was bei solchen Arbeiten maximales Risiko bedeutete: Niemand wusste, wie das Erdreich reagierte, niemand konnte sicher sein, dass der nächste Tritt nicht eine weitere Gerölllawine auslöste. Anna beneidete die Arbeiter nicht. Auch wenn der Blindgänger eine gewaltige Sprengkraft hatte und auch wenn der Sprengmeister darauf bestand, die ganze Insel zu evakuieren und niemanden auch nur in die Nähe der Bombe zu lassen, war ihr doch klar, dass die Gefahr, durch eine Explosion tatsächlich Schaden zu nehmen, in einer mittleren Entfernung schon nur noch eine theoretische war. Einerseits. Andererseits wusste niemand, wie der Fels reagierte, wenn ein solches Kaliber hochging. Schließlich war ganz Helgoland durchzogen von unterirdischen Gängen, die niemand mehr kannte, die nirgends ordentlich kartografiert waren, dazu kamen die Verwerfungen des Erdreichs aus der Zeit der Bombardements während und nach dem Krieg … Wer konnte schon wissen, welche Folgen eine große Detonation an einem so prominenten Ort wie dem Falm hatte? Diese riesige Klippe hing wie ein Fallbeil über dem Unterland. Wenn der Falm abrutschte, vergrub er die eine Hälfte der bewohnten Fläche Helgolands unter der anderen. Unvorstellbar, was das für die Menschen bedeutete.

Immerhin, die Verwaltung arbeitete wie ein Uhrwerk. Auch wenn Anna die Bürokraten sonst eher geringschätzte, jetzt war sie froh, dass es Menschen gab, die sich so penibel in ihre Aufgaben stürzen konnten. Man hatte einen Planungsstab eingerichtet und man hatte eine »Taskforce Evakuierung« installiert. Klang lächerlich, war aber effizient. Gerd Raabe, der Büroleiter des Bürgermeisters und »heimliche Chef der Insel«, wie er gelegentlich genannt wurde, schien ein Weltmeister im Organisieren und Delegieren. Wie Anna erkannt hatte, lag auch eine Kopie von Pauls Einsatzplan auf Raabes Konferenztisch, auf dem eine Vielzahl von Listen, Skizzen und Laufzetteln verteilt war. »Die wenigsten gehen freiwillig«, stellte Raabe fest, der schon mehr als eine Evakuierung erlebt und schon die ein oder andere organisiert zu haben schien. »Machen Sie den Leuten klar, dass sie die Möglichkeit haben, sich morgen gemütlich übersetzen zu lassen oder übermorgen wie die Ölsardinen auf die Schiffe gepfercht zu werden, um für unbestimmte Zeit auf dem Meer zu schaukeln«, wies er einen seiner Mitarbeiter an.

»Die Evakuierung wird für die meisten doch nur ein Event sein«, gab Anna zu bedenken.

»Wenn die Bombe hochgeht, ja«, erklärte Raabe. »Aber wenn sie nicht hochgeht, was wir ja wohl alle hoffen, dann wird das eine öde Angelegenheit sein: auf ungewisse Zeit vor der Insel zu liegen. Sieht vielleicht hübsch aus, wenn das Wetter mitspielt. Aber nachts oder wenn es gießt … Und die Vorhersagen sind ja auch nicht gerade beglückend … Was machen Sie dann, wenn Sie auf so einem Schiff festsitzen? Da haben erstens nicht mal alle Platz, um sich die Insel anzusehen – und zweitens gibt es keine Betten und keine Kabinen. Also …« Er fing wieder an, Aufgaben zu verteilen und Anweisungen zu geben. Anna unterdrückte ein Gähnen und nahm das Handy raus, um auf die Uhr zu sehen. Schon wieder eine Nachricht: *Du bist die Nächste.* Was zum Teufel …

»Ja, Frau Krüger?«

»Bitte?«

»Können Sie das bitte übernehmen?«

»Entschuldigung. Was übernehmen?« Verdammt, wer schickte ihr solche Nachrichten? Das war ja eine unverhohlene Drohung. Die Nächste … Und Raabe hatte sie angesprochen und dachte jetzt, sie würde sich nicht um ihre Aufgaben kümmern. »Dass Sie dann die Friesenstraße auf die MS Helgoland eskortieren.«

»Klar. Übernehme ich gern. Nur die Friesenstraße?«

»Ist nur die erste Kolonne. Wir haben keine genaue Zahl der Anwesenden auf der Insel. Unsere Schätzung sagt, dass wir die Siemens- und die Gartenstraße auch unterbringen. Aber auf einmal können wir die sowieso nicht evakuieren, das gibt nur Chaos.« Und Chaos ist des Bürokraten größter Feind, dachte Anna. Sie nickte. »Okay. Klingt nach einem guten Plan«, sagte sie. Aber Raabe hatte den Kopf schon wieder woanders. Und sie auch. Bei der Nachricht. Wie damals, dachte sie. Und sie musste an die mörderischsten Stunden denken, die sie auf der Insel verbracht hatte.

*

Es regnete. Inzwischen hatte sich eine graue Wolkendecke über die See gelegt – und über die Insel. Der Wind hatte nachgelassen, man durfte also davon ausgehen, dass es eine Weile nass und trüb bleiben würde. Der Vorteil war natürlich, dass vielleicht der eine oder andere Tagestourist ohnehin nicht die Reise angetreten hätte – auch wenn an sich gar keine Überfahrten auf die Insel mehr zugelassen waren. Der Nachteil war, dass bei Regenwetter alles doppelt so lange dauerte, selbst hier auf der Insel, wo jeder daran gewöhnt war, sich nicht um das Wetter zu scheren, weil es sowieso immer tat, was es wollte.

Die Friesenstraße lag friedlich vor Anna, nichts regte sich, gerade so, als wollten sich alle nun erst recht in ihren Häusern einmummeln, wo es doch übermorgen früh darum gehen würde, sie so schnell wie möglich herauszuholen und auf die Schiffe zu verfrachten. Eskortieren, dachte Anna. In Wirklichkeit ging es in erster Linie darum, die Leute zu überzeugen, bei der Evakuierung mitzumachen. Für Menschen vom Schlage der Helgoländer war das eine echte Herausforderung. Die waren mit ihrer Insel verwachsen wie der Sanddorn, der überall wucherte. Lieber gingen sie mit dem Felsen unter, als sich woandershin zwingen zu lassen. Das hatte die Bevölkerung dieses kleinen Fleckens Erde schon zu oft erlebt: unfreiwillige Umsiedlung. Evakuierung.

»Sieht nicht aus, als würde heute viel geschehen«, hörte Anna eine Stimme hinter sich. Sie wandte sich um. »Doktor Rückert!« Ihr alter Englischlehrer. Längst im Ruhestand. Einmal mehr erschrak Anna, wie gebrechlich, wie *alt* er geworden war. Es lag doch erst zehn, elf Jahre zurück, dass sie die Schule verlassen hatte. Zwölf. Dennoch … »Nun ja«, erklärte sie. »In ein paar Stunden wird das sehr anders aussehen.«

»Es soll also wirklich evakuiert werden?«

»Die ganze Insel«, bestätigte Anna. »Übermorgen früh.«

Der alte Herr nickte. »Viel Erfolg«, sagte er und schickte sich an, weiterzugehen.

»Danke. Sie brauchen nicht viel Gepäck.«

»Viel Gepäck?« Rückert hielt inne.

»Für die Evakuierung. Die Friesenstraße ist die erste. Wir werden alle Bewohner am Mittwochmorgen um acht Uhr bitten, die Häuser zu verlassen.«

»Ach.« Rückert winkte mit seiner schmalen, fleckigen Hand ab. »Für mich ist das nichts.«

»Bitte?«

»Ich bin zu alt. Mir passiert schon nichts. Und wenn, dann ist es nicht schade um mich.« Er nickte ihr zu, lächelte müde und wandte sich seinem Haus zu, das wenige Meter entfernt stand.

»Tut mir leid, Doktor Rückert«, rief Anna. »Aber es gibt keine Ausnahmen!« Sie schloss zu ihm auf. »Die Insel wird vollständig evakuiert. Auch Sie und Ihre Frau müssen Helgoland verlassen.«

»Helgoland verlassen?«, sagte er und blinzelte hinter seiner Brille. Er machte eine kurze Pause, als müsse er diesen Worten selbst nachlauschen. Dann schüttelte er den Kopf. »Also was mich betrifft, Anna, tut es mir leid, da kann ich dir nicht helfen. Helgoland verlassen, das werde ich nicht mehr. Nicht in meinem Alter.«

»Sie gehen nur aufs Schiff«, erklärte Anna. »Auf die MS Helgoland!« Als wäre er damit praktisch gar nicht weg von seiner Insel. »Für ein paar Stunden. Sobald die Bombe entschärft ist, landen Sie wieder an.«

Rückert nickte, sperrte die Tür zu seinem Haus auf, lächelte erneut. »Danke, Anna, ich weiß deine Fürsorge sehr zu schätzen. Aber das müsst ihr leider alles ohne mich erledigen. Ich gehöre hierhin und ich werde auch nicht mehr weggehen.«

»Denken Sie an Ihre Frau!«

Der alte Mann zögerte kurz, dann hob er die Hände, als sei alles bestens geregelt, und sagte: »Da kann ich dich zumindest beruhigen. Die ist sowieso zurzeit bei ihrer Schwester. In Cuxhaven.«

Immerhin. Ein Problem weniger. »Ich informiere jetzt erst einmal die anderen Bewohner der Friesenstraße und komme dann noch einmal zu Ihnen zurück, Herr Doktor Rückert«, sagte Anna. »Und dann sehen wir weiter.«

Der alte Mann lächelte nur, dann verschwand er in seinem Haus und schloss die Tür hinter sich. Altersstarrsinn, dachte Anna. Nun, wenigstens das würde ihr erspart bleiben. Denn dass sie jemals so alt werden würde, hielt sie für ziemlich ausgeschlossen.

*

Die Kampfmittelbeseitiger hatten in die Lagezentrale im großen Saal des Gemeindeamts einbestellt. Alles war da: Feuerwehr, Technisches Hilfswerk, Verwaltung – und natürlich die Polizei, hundert Helfer, eng auf eng. Saskia saß zwischen zwei Männern, die ihre Uniformen der Freiwilligen Feuerwehr angezogen hatten und sich in Heldensagen gegenseitig zu übertrumpfen versuchten. Paul war im Gespräch mit Ole Kreißler von der Hafenmeisterei, einem einsilbigen und undurchsichtigen Mann, der noch nicht sehr lange auf der Insel war, aber schon überall seine Fäden gesponnen zu haben schien. Anna stand seitlich neben der Tür und beobachtete die Szenerie. Menschenmengen waren ihr ein Gräuel. Sie hatte sowieso ein Problem mit körperlicher Nähe – noch größer war das Problem, wenn es praktisch keinerlei Distanz mehr gab zwischen ihr und einer unüberschaubaren Masse. Ein Phänomen, das womöglich durch die Vorfälle im letzten Jahr auf dem Hamburger Dom noch verstärkt worden war.

Warum der Psychiatriepfleger Kellermann anwesend war, erschloss sich ihr nicht. Und dass man Ulrich Weikert vom Hamburger Express zugelassen hatte, erschloss sich ihr auch nicht ganz. Sicher, freie Presse und alles das, schon klar. Aber man hätte die Sache doch zunächst einmal hinter verschlossenen Türen besprechen und anschließend die Presse informieren können – und sei es einen einzigen Journalisten, der sich wegen dieser Geschichte auf die Insel verlaufen hatte.

Anna hatte nichts gegen Weikert, im Gegenteil. Sie hatten sich sogar schon mal »gedatet«, auch wenn das mal wieder ein Vollflop gewesen war. Sie war nun einmal nicht geschaffen für so etwas wie eine Partnerschaft, eine Beziehung oder auch nur unverbindlichen Sex. Konnte sie alles nicht haben. Es war wie eine Allergie. Sobald ihr jemand körperlich nahe kam, sträubte sich alles in Anna, bekam sie Panik, wurde ihr geradezu schlecht – selbst wenn sie den Betreffenden mochte! Sie seufzte und blickte wieder zu Saskia hin, die eine Hand auf den Schenkel eines der Feuerwehrmänner gelegt hatte, während der andere eifersüchtig auf diese Geste guckte. Auch wenn sie und Saskia im Leben nicht mehr Freundinnen werden würden, beneidete sie sie ein wenig um diese Unbefangenheit. Die Kollegin ging so offensiv auf Männerfang, dass es einem schon peinlich sein konnte. Aber das war Saskia schlichtweg egal.

»Danke, dass Sie alle gekommen sind!«, begrüßte Gerd Raabe von der Inselverwaltung die Anwesenden. »Wir möchten Ihnen nun einen kleinen Überblick über die Lage geben und dann beraten, wie wir weiter vorgehen. Mich kennen Sie ja, hier darf ich Ihnen Herrn Arnold vorstellen, der das

Geologenteam leitet. Herr Arnold hat in den letzten Stunden die Fundstelle sorgfältig untersucht und wird uns jetzt seine Einschätzung mitteilen. Bitte, Herr Arnold.« Er nickte einem kleinen Mann mit dunklem, schütterem Haar zu, der neben ihm saß, bei diesen Worten aufstand, einmal in die Runde nickte und erklärte: »Ja, wie Herr Raabe schon sagte, wir haben gemeinsam mit den Kollegen Statikern die Fundstelle untersucht. Unser Befund ist leider alles andere als einfach. Können wir das erste Bild haben?« Er zwinkerte durch seine verschmierte Brille in Richtung einer Helferin im hinteren Teil des Saals. Die tippte etwas in ihr aufgeklapptes Laptop und Augenblicke später wurde eine Zeichnung an die Wand hinter Arnold gebeamt.

»Hier sehen Sie eine Karte der Fundstelle«, sagte der Geologe. »Wir haben Ihnen eine Schichtdarstellung gemacht, damit Sie sich das alles besser vorstellen können ...« Tatsächlich fand Anna, dass das, was man sah, eher wirkte wie eine ganze Sammlung von Karten, die man zum Zwecke der völligen Verwirrung des Betrachters übereinanderprojiziert hatte.

»Das Problem, das sich hier zeigt, ist, dass in den tieferen Schichten ...« Er deutete mit der Hand auf einige Linien, die mit unterschiedlichen Schraffuren gegeneinander abgegrenzt waren. »... erhebliche Verwerfungen vorliegen. Sie können es hier und hier genau erkennen. Das sind keine natürlichen Strukturen, die etwa bei der Entstehung des Gesteins so angelegt worden sind, sondern Brüche, die später entstanden sind. Angesichts der Geschichte dieser Insel dürfen wir mit an Sicherheit grenzender Wahrscheinlichkeit annehmen, dass wir es mit Frakturen durch die Sprengungen während und nach dem Zweiten Weltkrieg zu tun haben. Natürlich können auch einzelne Risse durch die Anlage der zahlreichen

Stollen entstanden sein, aber eigentlich ist das poröse Gestein, aus dem der Fels besteht, in der Hinsicht ein ganz dankbares Material ...«

Annas Gedanken schweiften ab. Schweiften hin zu den schrecklichen Erlebnissen, die sie in einem der besagten Stollen gehabt hatte. Vor nicht allzu langer Zeit hatte sie in einem abgelegenen Teil der alten Tunnel den Expolizisten Fleischer gefunden: schwer verwundet, gefoltert und dem Tod näher als dem Leben. Sie war eingeschlossen und beinahe verbrannt worden von ihrem ehemaligen Kollegen Marten. Ein Albtraum, wie man ihn sich in seinen schrecklichsten Fantasien nicht ausmalen konnte. Und doch war ihr all das widerfahren.

»... müssen wir eine vollständige Evakuierung der Insel empfehlen. Denn es lässt sich leider nicht ausschließen, dass bei einer größeren Erschütterung nicht nur ein kleiner Erdrutsch geschieht, so wie jetzt. Es wäre durchaus möglich, dass ein beträchtlicher Teil des Gesteins seine Statik einbüßt und zusammenbricht.«

Ein Mann aus dem Auditorium meldete sich: »Heißt das, dass das Oberland abrutschen könnte?«

Der Statiker neben Arnold nickte. »Das ganze Oberland wohl nicht«, erklärte er. »Aber im Prinzip trifft es die Sache. Sehen Sie hier ...« Er deutete auf eine Stelle der Karte, die etwas über der Fundstelle lag. »In dieser Region gibt es eine größere Verwerfung. Sozusagen die Sankt-Andreas-Spalte von Helgoland ...« Er blickte in die Runde, ob sein Vergleich angekommen war und gewürdigt wurde, erntete aber nur leere Mienen. »Nun, wenn zum Beispiel an der Stelle die noch verbliebenen Strukturen aufbrechen, dann könnte alles, was südlich des Leuchtturms liegt, abrutschen.«

»Aber das ist doch ziemlich weit vom Fundort weg«, warf der Fragesteller ein.

»Richtig. Sie dürfen aber nicht davon ausgehen, dass hier nur unmittelbare Kräfte wirken. Wenn der Blindgänger explodiert, könnte es sein, dass scheinbar außer ein paar geborstenen Fensterscheiben zunächst nicht viel zu sehen ist. Dann fängt es aber doch irgendwo zu bröckeln an, ein kleiner Brocken löst sich und rollt ein paar Meter. Doch dadurch ist die Stelle, die er bisher durch seine bloße Existenz gehalten hat, plötzlich ohne die nötige Stütze. Und so bricht ein größerer Teil ab, der nicht nur eine Lücke hinterlässt, sondern beim Herabstürzen neue Erschütterungen erzeugt. Man kann das gut vergleichen mit dem Kalben von Eisbergen. Da bricht auch nicht ein einzelnes großes Stück ab, sondern es brechen erst ein paar Brocken weg und dann Dutzende oder Hunderte.«

»Wir werden also einen Tsunami auslösen?«, fragte jemand im Publikum.

»Möglich«, sagte der Geologe. »Aber nicht sehr wahrscheinlich.«

»Was ist also das wahrscheinlichste Szenario?«, wollte Raabe wissen.

»Das wahrscheinlichste Szenario ist, dass in einem solchen Fall ein großer Teil der Insel unter einem anderen großen Teil der Insel verschüttet wird. Das Unterland, zumindest sein westlicher Bereich, von dem, was Sie den Falm nennen – und einer nicht genau zu bemessenden Menge Land, die dahinter liegt.«

Schweigen.

*

Es war kaum mehr als ein vager Plan, der an diesem Abend für die Evakuierung stand. Der Rest schien Improvisation sein zu müssen. Dabei wurde Helgoland ja nun wahrlich nicht zum ersten Mal evakuiert. Aber es war doch jedes Mal anders. Jetzt war Saison, da gab es tausenderlei Dinge zu berücksichtigen, die sonst keine Rolle spielten. Als Anna endlich nach Hause kam, war es fast zehn Uhr. Wie immer flackerte in Frau Hovekamps Wohnzimmer das bläuliche Licht ihres Fernsehers. Für Anna hatte das etwas Tröstliches: Man konnte sich auf die alte Dame verlassen. Sie hatte ihre Gewohnheiten, ihren geregelten Tagesablauf, ihre Marotten. Außerdem war sie schwerhörig, was Anna nicht unrecht war. Denn auch wenn es aus ihrer eigenen Wohnung eigentlich kaum je etwas zu hören gab, was Dritte nichts anging, so hatte diese Schwerhörigkeit doch den Nebeneffekt, dass man sich zurückgezogener fühlte. Andere hätten gesagt: einsamer.

Nach diesem langen Tag fühlte Anna sich so erschöpft, wie man es nur sein konnte. Aber das war gut, es würde ihr helfen, in den Schlaf zu finden. Stalin war einigermaßen unter Kontrolle und der Schock von Martens Tod war einigermaßen verdaut. Dennoch würde Anna versuchen, nicht an ihn zu denken und all die Erlebnisse heraufzubeschwören, die mit ihm zusammenhingen und die sie aus gutem Grund in die tiefsten Tiefen ihrer Seele verbannt hatte. Hätte es irgendeine Möglichkeit gegeben, diesen Teil ihres Lebens einfach zu löschen, sie hätte keine Sekunde gezögert. Genau genommen hätte sie keinen Augenblick gezögert, den größten Teil ihres Lebens zu löschen. Aber so funktionierte die Welt nun einmal nicht. Man musste sich mit seiner Vergangenheit abfinden. Nur die Gegenwart und die Zukunft konnte man in Maßen selbst bestimmen. Doch auch da war Anna keineswegs optimistisch. Bisher zumindest war es ihr nicht gelungen, die alte Anna Krüger hinter sich zu lassen: die Frau, die sich mit Erinnerungen quälte, die ihre Migräne nicht in den Griff bekam, die nicht wusste, was sie eigentlich vom Leben erwartete.

In ihrer Wohnung brannte Licht. Sie hatte wieder einmal vergessen, es auszuschalten, als sie aus dem Haus gegangen war. Ein eigentümlicher Geruch hing in der Luft. Mit zwei großen Schritten war sie beim Fenster und riss es weit auf. Kühle Abendluft drang herein, erfrischend und belebend. Vielleicht sollte sie sich noch ein Glas Wein einschenken? Lieber nicht. Stalin liebte Alkohol. Ein Glas zu viel und er fing an, aus allen Rohren zu feuern und ein fürstliches Gemetzel in ihrem Kopf anzurichten. »Nein«, flüsterte sie. »Das werden wir nicht tun.« Sie ging ins Bad, zog sich aus, machte sich frisch und huschte hinüber ins Schlafzimmer, um in ihren Pyjama zu schlüpfen. Als sie die Bettdecke zurückschlug, konnte sie einen Aufschrei nicht unterdrücken: ein riesiger Fleck zeichnete sich dort ab, wo … Sie schnappte nach Luft. Dunkelrot verkrustet zum Teil, zum Teil noch feucht schimmernd im Licht der Deckenlampe. Anna hatte am ganzen Körper Gänsehaut. Als hätte ihr jemand den Bauch aufgeschlitzt und sie in ihrem Blut liegen lassen, so prangte dieser Blutfleck in der Mitte der Matratze. Keuchend fuhr Anna zurück und hielt sich am Nachttisch fest. »O Gott!«, entfuhr es ihr. »O mein Gott!« Ein Brechreiz versuchte sich aus ihren Eingeweiden hochzuarbeiten, doch sie konnte sich gerade noch rechtzeitig dagegen wehren, indem sie sich zwang, ruhig durchzuatmen. Ruhig. Ruhig. Anna Krüger, dies ist nicht dein Blut. Es ist nichts passiert. Dir geht es gut. Du bist unverletzt. Niemand hat dir etwas angetan.

So gefasst wie möglich setzte sie sich auf den Boden und versuchte, einen klaren Kopf zu bekommen.

Dieses Blut, wenn es denn Blut war, sollte etwas besagen. Aber was? Wer wollte ihr damit was sagen? Wer war hier gewesen, wer hatte diesen Fleck in ihrem Bett hinterlassen und warum?

Es war nicht das erste Mal, dass sie sich in ihrem eigenen Zuhause unsicher fühlte, dass sie in ihrem eigenen Zuhause bedroht wurde. Beim letzten Mal war es der Auftakt zu einem mörderischen Spiel gewesen, an dessen Ende sie beinahe selbst ums Leben gekommen wäre. »Ich kann hier nicht bleiben«, flüsterte sie. »Ich muss hier weg.«

Aber zuerst musste dieses Blutmal weg. Angewidert packte sie ihr Bettzeug und riss es von der Matratze. Natürlich war einiges durchgesickert. Sie wuchtete die Matratze hoch und drehte sie um. Atmete durch. Hier war alles sauber. Die blutverschmutzten Sachen stopfte sie in die Waschmaschine, die Bettdecke verschwand im Schrank, sie würde das Sommerbettzeug rausholen. Wenig später sah es in Annas Schlafzimmer aus, als wäre nichts geschehen. Natürlich wusste sie, dass sie ein Foto hätte machen müssen. Dass sie Paul hätte anrufen müssen. Dass sie … Aber alles das überforderte sie in diesem Moment. Man kann nicht immer kämpfen. Man kann nicht immer jagen. Vor allem wollte sie sich nicht eingestehen, dass sie eine Gejagte war. Denn das war sie. Jemand hatte beschlossen, sie vor sich herzutreiben. Und in dem Augenblick, in dem aus diesen sehr persönlichen Angriffen etwas Offizielles wurde, war sie das, was sie nie wieder sein wollte: ein Opfer.

Marten war es gewesen, der einst ein großes Herz aus Blut an ihre Schlafzimmerwand gemalt hatte. Aber Marten war nun tot. Sollte alles wieder von vorne anfangen? Gab es wieder einen Verrückten auf der Insel, der seine Spielchen mit ihr spielte? Danach sah es mit einem Mal aus.

Nicht daran denken. Es ignorieren. Es nicht an sich heranlassen. Das waren die richtigen Maßnahmen. Anna überzog die Sommerdecke frisch und auch das Kissen, strich das Laken glatt – und hob dann doch noch einmal die Matratze an. Da war er, der Fleck. Er war da. Es war keine Einbildung gewesen. Anna wusste nicht, ob sie sich darüber freuen sollte oder ob sie darüber verzweifeln sollte. Hätte sie Erleichterung verspürt, wenn das alles ein Hirngespinst gewesen wäre? Sie wusste es nicht. Wollte es auch gar nicht wissen.

Mit zitternden Fingern löschte sie das Licht und ging hinüber in ihre kleine Wohnküche, wo sie sich an den Tisch setzte und ihr Tagebuch hervorholte. Ein paar Gedanken auf Papier bringen, das half ihr oft, wenn sie vom Leben überfordert war. Es würde ihr auch jetzt helfen. Sie durfte nur nicht an den Blutfleck denken. Am besten nie wieder.

Leo!
Es ist verrückt, aber ich bin traurig. Wegen Marten. Unendlich traurig macht mich das. Ich will es gar nicht, aber ich kann nicht anders. Er wollte mich töten, aber er tut mir leid. Vielleicht ist das, weil er mich geliebt hat? Auf seine verrückte Art natürlich, aber ja trotzdem irgendwie. Er war bereit, für mich zu morden. Eigentlich hat er ja sein ganzes Leben für mich geopfert. Und jetzt ist er tot. Ob er sich für mich geopfert hat? Aber was sollte das bringen? Ich bin durcheinander, Leo. Was soll ich denn jetzt machen? Ich kann doch nicht zur Beerdigung des Mannes gehen, der mich beinahe umgebracht hätte. Morgen werde ich Paul um Rat fragen. Ich wünschte, wir

hätten jetzt die Zeit, Dinge vernünftig zu besprechen. Aber mit der Evakuierung kommen wir zu nichts. Die ganze Welt scheint verrückt geworden zu sein, Leo. Nur du bist mein Halt. Nur du.

18. April, 12.12 Uhr. Noch 48 Minuten bis zum großen Inferno.

Frank Woosnam war ein erfahrener Sprengstoffexperte. Vor allem sein technisches Wissen wurde von der Admiralität hochgeschätzt, weshalb es nur folgerichtig war, dass man ihm die Organisation der Operation auf dem Felsen übertragen hatte. Mehr als achtzehn Kilometer Kabel hatten sie nun verlegt, dazu ein Seekabel von mehr als neun Meilen Länge, eine logistische Meisterleistung – zumal, wenn man bedachte, welche Mühen es gekostet hatte, all das Material herbeizuschaffen. Denn Rohstoffe waren knapp geworden über die letzten Jahre, in denen alles ins Feuer geschickt worden war, dessen man nur habhaft werden konnte. Der Krieg war eine gigantische Materialschlacht gewesen. Keiner zuvor hatte auch nur annähernd solche Mengen an Öl und Erz gefressen wie dieser. So verdammt schuldig die Deutschen an diesem Krieg auch gewesen waren, die Insel vor der Elbmündung in die Luft zu jagen, das erschien Frank Woosnam dennoch barbarisch. Barbarisch und unnötig. In den ganzen fünf Jahren, die das Vereinigte Königreich mit den Nazis im Krieg gelegen hatte, hatte es nicht einen einzigen Angriff auf die Briten gegeben, der von hier ausgegangen war. Sicher, der U-Boot-Hafen war ein Problem. Aber den konnte man auch demontieren. Oder das, was noch von ihm übrig war. Zerstört war ohnehin schon alles. Aber im Grunde ging es nicht darum, etwas unbrauchbar zu machen, es ging darum, es zu vernichten. Es ins absolute Nichts zu bomben. So wie die Deutschen es mit Millionen Menschen gemacht hatten. Und in gewisser Weise konnte Frank Woosnam damit trotz aller Kritik seinen Frieden machen. Ganz abgesehen davon, dass ihm Kritik nicht zustand. Denn er war nur Lieutenant. Bisher. Wenn die OBB abgeschlossen sein würde, wäre jedenfalls ein Orden fällig. Ein großer. Und Frank würde ihn mit Stolz tragen. Auch wenn das, wofür er ihn bekommen haben würde, eigentlich eine schändliche Tat war. Eine Tat, die er nun zum Abschluss bringen musste. Denn die Zeit drängte. Und er konnte verdammt noch mal nicht sicher sagen, ob auch aus den Sektoren drei und vier schon alle Männer evakuiert waren.

3

MITTWOCH

Helgoland. Auf der einzigen deutschen Hochseeinsel ist am Freitag bei Erdarbeiten ein Blindgänger aus dem Zweiten Weltkrieg gefunden worden. Die Bombe hat eine Sprengkraft von 5000 t und gilt damit als der größte Fund der letzten Jahre. Nach Auskunft der Inselverwaltung haben Spezialisten des Kampfmittelräumdienstes aus Bremen bereits die Arbeit an der Entschärfung der Bombe aufgenommen. Es wird erwartet, dass die Insel in den nächsten Tagen mindestens teilweise evakuiert wird. UW

Hamburger Express

Nun ja. Wie sie so waren, diese Artikel. Nahezu jedes Detail falsch, aber alles in allem dann doch irgendwie richtig. Helgoland war keine Hochseeinsel, die lag auf dem Festlandsockel, das lernte auf dem Felsen jedes Kind schon in der Schule. Die Bombe war nicht der größte Fund der letzten Jahre, sondern aller Zeiten – weil die anderen entsprechenden Kaliber alle hochgegangen waren. Sie hatte nicht die Sprengkraft von fünftausend Tonnen, sondern sie war eine Fünftausend-Kilogramm-Bombe, aber das bedeutete auch schon eine unvorstellbare Zerstörungsmacht. Die Kampfmittelbeseitiger würden mit der Entschärfung des Blindgängers erst beginnen, wenn er gesichert war. Und die Insel würde nicht teilweise, sondern vollständig evakuiert werden. Klüver, der die Truppe vom Kampfmittelbeseitigungsdienst – wie er richtig hieß – leitete, hatte klar gemacht, dass nicht einmal diejenigen bleiben durften, die für die Sicherheit zuständig waren. »Sie können auf halber Entfernung zwischen den umliegenden Schiffen und der Insel Stellung beziehen.«

»Auf halber Entfernung?«, hatte Paul gefragt. »Sie meinen: auf dem Wasser?«

»Haben Inseln so an sich«, erklärte Klüver lässig und steckte sich eine Zigarette an. »Dass man aufs Wasser muss, wenn man sie verlässt.«

»Was ist mit der Düne?«

»Da besteht keine Gefahr. Sie können auf die Düne bringen, wen sie wollen. Und natürlich auch selbst rübergehen.« Klüver musterte Saskia, die sich in ihrer wie immer sehr körperbetonten Uniform an der Absperrung zu schaffen machte. Ein spöttisches Lächeln umspielte seine Mundwinkel.

»Aber wir sind für die Sicherheit auf der Insel zuständig«, sagte Paul, der sich so einfach nicht abschieben lassen wollte.

»Hören Sie, guter Mann …«

»Freitag.«

»Hören Sie, Herr Freitag … Ist das nicht eine Figur aus Robinson Crusoe? Egal. Sie vertreten hier zwar hoheitlich die Staatsgewalt. Aber die Verantwortung für die Entschärfung liegt bei mir.« Klüver blies den Rauch aus dem Mundwinkel und hob eine Augenbraue. »Und wenn ich das Ding entschärfe, dann machen wir das nach meinen Regeln. Alternativ ziehe ich mit meinem Team wieder ab und Sie entschärfen die Kleine selbst.« Womit er einen weiteren Blick auf Saskia warf.

Paul seufzte. »Alles klar. Sie leiten den Einsatz. Wir kümmern uns darum, dass Sie professionell arbeiten können.«

»Finde ich gut.« Klüver nickte und winkte seinen Leuten, die sich am Rand des abgesperrten Bereichs aufgestellt hatten. »Wir müssen jetzt als Erstes das Gelände sondieren. Denn Gesteinsstrukturen sind die eine Sache. Weitere Blindgänger und sonstige Fremdkörper sind eine andere. Gibt es Kartenmaterial, auf dem zum Beispiel Leitungen eingezeichnet sind? Wasserrohre, Kabel, so was.«

»Fragen wir bei der Verwaltung nach«, erklärte Paul Freitag und nickte Anna zu, die danebenstand. »Es gibt unterirdische Gänge«, sagte sie in die Runde.

»Hm.« Klüver musterte den Hang, an dem sich rotes Geröll gelöst hatte und in dessen Mitte der Blindgänger in die Luft ragte. »Gänge.«

*

»Warum haben Sie mir nicht Bescheid gegeben, Anna Krüger?«

Er war so leise hinter sie getreten, dass Anna den Impuls verspürte, mit einer eingeübten Abwehrbewegung herumzufahren und ihn mit zwei, drei professionellen Hieben k.o. zu schlagen. »Herr Weikert«, sagte sie nach einer Schrecksekunde. »Sie haben es offenbar auch so herausgefunden.«

»Es gibt Zeitgenossen, die weniger unkooperativ sind«, erklärte der Journalist des Hamburger Express und trat neben sie.

»Sie sollten Ihre Mitmenschen nicht so unvermittelt ansprechen«, sagte Anna, ohne auf seine Vorhaltung einzugehen. »Das könnte böse ins Auge gehen.«

Weikert lachte leise. »Da haben Sie recht. Vor allem bei unbeschäftigten Dorfpolizistinnen muss man mit allem rechnen.«

Anna schüttelte den Kopf. Sie konnte ein Grinsen nicht unterdrücken. »Sie sprechen von niemandem, den wir beide kennen, oder?«

»Wie kommen Sie darauf?« Weikerts Miene weitete sich ebenfalls zu einem breiten Grinsen. »Aber ich freue mich, Sie mal wieder zu sehen.«

»Hm.« Anna machte einen Schritt zur Seite, um etwas Abstand zu gewinnen, und betrachtete ihn. »Ich habe den Eindruck, wir laufen uns ständig über den Weg.«

»Scheint fast so. Ob das was zu bedeuten hat?« Der Journalist musterte sie frech.

»Es hat wohl zu bedeuten, dass Sie ein ziemlich penetranter Mitbürger sind.«

»Wenn Sie es sagen, Anna Krüger …« Er nickte Richtung Landungsbrücke, wo erkennbar Vorbereitungen für die anstehenden Evakuierungsarbeiten im Gange waren. »Wollen wir mal rübergehen und zusehen? Kann ja auch für Sie nicht schaden, mal zu prüfen, ob alles ordentlich erledigt wird.«

»Das ist nicht unsere Baustelle, Herr Weikert«, erklärte Anna. »Dafür ist die Verwaltung zuständig.«

»Verstehe. Und Sie sind zuständig für …?«

Anna ertappte sich dabei, wie sie dennoch neben Weikert her Richtung Kurpavillon ging. »Lesen Sie im Landesverwaltungsgesetz nach«, empfahl sie dem Journalisten. Weikert lachte. »Immer noch und immer wieder Haare auf den Zähnen, was?« Er blieb stehen. »Falls Sie es noch immer nicht gemerkt haben, liebe stellvertretende Polizeidienstleiterin von Helgoland, ich finde Sie sehr sympathisch.« Plötzlich war er ernst geworden. »Und ich bin Ihr Freund.«

Anna seufzte. »Ich weiß nicht, ob es so etwas wie Freundschaft zwischen Polizei und Journalismus geben kann, Herr Weikert«, sagte sie. »Aber ich glaube Ihnen.«

»Zwischen Polizei und Journalismus nicht, Anna Krüger. Aber zwischen einer Polizistin und einem Journalisten sehr wohl. Denn wir sind ja nicht nur, was wir tun. Wir sind doch auch Menschen.« Es klang beinahe wie eine Frage aus seinem Mund. Mit offenem Blick stand er ihr gegenüber und suchte nach einer Antwort in ihren Augen. »Sicher«, sagte Anna. »Das sind wir. Und ja, Sie haben recht, Ulrich Weikert.« Dann zwinkerte sie ihm zu und wandte sich ab, um wieder hinüber zur Polizeistation zu gehen. »Aber das heißt nicht, dass Sie mir irgendwelche Informationen aus der Nase ziehen können!«, lachte sie.

»Einen Versuch war's wert«, rief Weikert ihr hinterher. Und zückte doch gleich seinen Notizblock, um sich etwas aufzuschreiben.

*

Jeder Schritt fiel ihr schwer. Alle würden sie überleben. Alle würden sie ihr Leben weiterleben, ohne es zu schätzen zu wissen. Nur sie wäre nicht mehr. Weil das Leben ungerecht war. Einer der Hafenarbeiter winkte ihr zu. Sie winkte zurück, zwang sich zu einem strahlenden Lächeln. Ein Lächeln wie das blühende Leben – obwohl es doch eigentlich der Tod war, der ihn anblickte, diesen jungen Mann, für den sie schon nur noch eine vage Erinnerung sein würde, wenn er in ein paar

Jahren heiratete oder Vater wurde. Anders als sie: Sie würde nicht heiraten. Würde keine Kinder bekommen. Würde keine Erinnerungen mehr haben.

*

Während Paul oben am Falm die Situation rund um den Blindgänger unter Kontrolle behielt, kümmerten sich Anna und ihre Kollegin Saskia um die Evakuierung. An die Tür jedes Hauses, das geräumt war, machte Anna ein kleines Kreuz mit Kreide, neben jeden Namen auf der Liste, die sie von der Verwaltung bekommen hatte, setzte sie einen Haken, sobald der Betreffende zur Kolonne gestoßen war. Natürlich war es unmöglich, die Leute beisammenzuhalten. Während sie hinten neue Leute in Empfang nahm, marschierten vorne schon wieder welche los. Es war klar, dass niemand ewig im Regen herumstehen wollte. Außerdem verhieß frühes Eintreffen am Schiff die besten Plätze. Jedenfalls war der Gedanke naheliegend, auch wenn er nicht stimmte: Denn am Hafen würden die zu Evakuierenden sich abermals in einer Schlange wiederfinden, einmal mehr als Name auf einer Liste stehen, abermals abgehakt und dann in alphabetischer Reihenfolge aufs Schiff gebeten werden – wobei kein Mensch hätte sagen können, wozu es gut sein sollte, die Leute zu katalogisieren.

Die Häuser waren nach einer guten Stunde fast vollzählig geräumt. An manchen Türen hatte Anna Überzeugungsarbeit leisten müssen. Dem einen oder anderen alten Muttchen hatte sie helfen müssen. Ein paar Kinderwagen und Buggys waren wieder zurück in die Wohnungen verfrachtet worden, weil dafür auf dem Schiff kein Platz war. So, wie es aussah, waren ohnehin eher mehr Menschen vorhanden, als für die

Friesenstraße auf der MS Helgoland vorgesehen gewesen waren. Es würde eng werden. Und wenn es eng war an einem geschlossenen Ort, dann gab es Stress, das war keine neue Erkenntnis. Anna war froh, dass sie nicht auf dem Schiff würde sein müssen. Obwohl … Der Sprengmeister hatte Paul ja wissen lassen, dass auch die Polizisten und sonstigen »Offiziellen« der Insel evakuiert werden würden. Ob das hieß, dass sie mit ihren »Schutzbefohlenen« aus dem Unterland oder mit denjenigen aus dem Oberland, wo ihre Wohnung lag, das Schiff teilen würde, das stand wohl noch nicht fest. Und spielte letztlich vermutlich auch keine Rolle. Es war jedenfalls keine Frage, dass sie die Evakuierung nicht als Anna Krüger aus der Kirchstraße mitmachen würde, sondern als POM Krüger von der Polizeidienststelle Helgoland. Und wenn die Leute drei Tage evakuiert waren, dann wäre sie entsprechend drei Tage im Dienst. Rund um die Uhr.

Mit ungutem Gefühl betrachtete Anna die Armee, die sich über die Friesenstraße verteilte. Ein paar Hundert Menschen in Regenjacke, die Kapuze über dem Kopf. Wenn man sie so sah, konnte man praktisch niemanden identifizieren. Im Grunde war es völlig hoffnungslos, eine lückenlose Evakuierung durchzuführen. Und dann kamen noch die Widerständler dazu. Sie musste an Doktor Rückert denken, der meinte, dass es in seinem Alter nicht mehr darauf ankäme, in Sicherheit gebracht zu werden. Weil es um einen Alten weniger nicht schade wäre? Weil er genug vom Leben hatte? Weil seine Frau ja sowieso schon in Sicherheit war und es auf ihn nicht ankam? Seufzend wandte sie sich um und blickte auf sein Haus, das dunkel im trüben Licht dieses regnerischen Tages lag. Nützte ja nichts, sie musste ihn dazu bewegen, auch sich in Sicherheit zu bringen.

Allerdings reagierte er weder auf Klopfen noch auf Klingeln. Ob er womöglich doch nach draußen gekommen war und sich irgendwo unter all diesen vermummten Gestalten befand? Anna ließ den Blick über die Menschen schweifen, die auf der Friesenstraße standen und darauf warteten, endlich hinüberzugehen zum Hafen, um sich ein trockenes Plätzchen auf der MS Helgoland zu suchen. Sie war schon dabei, sich wieder zu den anderen zu begeben, als sie aus dem Augenwinkel eine Bewegung hinter dem Vorhang wahrnahm. »Doktor Rückert?«, rief sie. »Hallo? Bitte machen Sie auf!«

Es dauerte noch mal einige Augenblicke, bis sich endlich die Tür öffnete, einen Spaltbreit nur. Der alte Mann stand gebeugt im Dunkeln und blickte missmutig nach draußen. »Ich habe gesagt, ich werde nicht kommen.«

»Hören Sie, Herr Doktor Rückert«, versuchte es Anna verbindlich. »Es geht um Ihre Sicherheit …«

»Ist mir nicht wichtig.«

»Und um Ihre Frau.«

»Meine Frau? Um die musst du dir keine Sorgen machen, das hatte ich dir doch schon gesagt.«

»Und wenn tatsächlich etwas passiert? Was dann? Ihre Frau ist doch sicher auch nicht mehr die Jüngste. Was macht sie denn, wenn Ihnen etwas zustößt?« Rückert hatte keine Kinder, das wusste sie. Vielleicht ja, weil seine Frau wegen der Behinderung keine hatte bekommen können?

Der alte Mann schien zu überlegen, zögerte, da wusste Anna, dass sie ihn am Haken hatte. »Hören Sie«, sagte sie. »Ich bringe jetzt die anderen zum Schiff und Sie machen sich fertig. Nachher komme ich und hole Sie, dann bringe ich Sie auch rüber, ja?«

»Wohin? Zum Schiff? Nichts für ungut, Anna, aber das schaffe ich auch alleine.«

»Gut. Dann kommen Sie bitte so bald wie möglich, ja?«

»Hm. Gut.« Er schloss die Tür. Fast war Anna überzeugt, dass er sich doch evakuieren ließ. Fast.

Ihr Handy klingelte. Es war Paul, der sich von ihr über den Stand der Dinge berichten ließ und ihr sein Leid mit den Kampfmittelbeseitigern klagte. »Jetzt haben sie auch noch festgestellt, dass ein ziemliches Loch hinter dem Blindgänger im Felsen klafft. Scheint ein Zugang zu einem der verschütteten Stollen zu sein.«

»Zu den Stollen ...«, sagte Anna leise. Auch daran hatte sie nicht eben die besten Erinnerungen.

»Und jetzt bereiten sie eine Erkundung vor.«

»Eine Erkundung?«

»Wegen der Statik. Sollte der Stollen einstürzen, wird wahrscheinlich alles ins Rutschen kommen.« Er ließ die Worte wirken, Anna fröstelte. Alles ins Rutschen. Wenn das passierte, dann würde womöglich das halbe Unterland vom Felssturz begraben, beginnend drüben bei Henry's Hummerbude bis hin zu Doktor Rückerts Haus. Und dazwischen so erinnerungsbeladene Orte wie Doras Hotel und ihr Elternhaus. Wobei es um Letzteres nicht schade gewesen wäre. Im Gegenteil: Vielleicht war das der einzige Ort, dem Anna es auf dieser Insel gewünscht hätte, vom Erdboden zu verschwinden.

»Paul, ich muss dir etwas erzählen.« Sie musste ihm doch von dem Anruf aus Kiel berichten. Von Marten.

»Erzählen?«

»Es gibt schlechte Nachrichten.«

»Wenn es nichts mit der Evakuierung zu tun hat, Anna, verschon mich bitte. Ich brauche jetzt keinen Extrastress. Du übrigens auch nicht. Vielleicht kann sich Frau Schneider darum kümmern, ja?« Sie konnte hören, wie angespannt er war.

»Na ja, Frau Schneider hat damit eigentlich nichts …«

»Ich muss aufhören«, unterbrach Paul sie. »Sie machen sich gerade fertig, um reinzugehen. Wir sprechen später.«

»Okay.« Marten wurde ohnehin nicht wieder lebendig, egal, wann sie Paul davon erzählte. »Wir machen uns jetzt auch auf den Weg«, sagte sie.

»Viel Erfolg!«

»Euch auch, Paul.«

Zu ihrer Erleichterung sah sie etwas weiter die Straße runter eine Frau mit zwei Kindern vor die Tür treten. Alle drei hatten Rucksäcke übergeworfen, die Kinder trugen kleine gelbe Südwester, die Kapuzen über die Köpfe gezogen. Klar, eine Evakuierung konnte man den Kleinen als Abenteuer verkaufen. Anna nickte der Frau von weitem zu, erkannte, dass es Peter Franzens war, spürte einen winzigen Schmerz in ihrem Herzen und war doch zugleich von Dankbarkeit erfüllt. Mit Franzen hatte sie ihren Frieden gemacht, trotz der grausamen gemeinsamen Vergangenheit, die sie verband. Einer Vergangenheit, in der sie das Opfer und Peter Franzen einer der Täter gewesen war. Und doch … Sie lief hinüber zu der Frau, schenkte ihr ein Lächeln und betrachtete die beiden Kinder. »Na, ihr! Da habt ihr ja was Großes vor heute!«

Die Kleinen betrachteten sie aus runden Augen. Sie mochten fünf oder sechs Jahre alt sein. Zwillinge. Ob sie überhaupt schon verstanden, was eine Evakuierung bedeutete? Und welche Gefahr bestand, wenn man eine Bombe entschärfte? Eine *solche* Bombe? Vermutlich nicht. »Ich bin froh, dass Sie mitmachen«, sagte Anna.

»Mitmachen? Kann man sich das denn aussuchen?« Die Frau blickte sie erstaunt an. Wie schön sie war. Einmal mehr ertappte sich Anna dabei, Peter Franzen das Glück nicht zu gönnen, das er gefunden hatte. »Nein«, sagte sie. »Eigentlich nicht. Aber ich bin … wir sind dankbar für jeden, bei dem wir nicht harte Überzeugungsarbeit leisten müssen.«

»Ach. Da machen Sie sich mal keine Gedanken. Ich trage schließlich eine Verantwortung für meine Kinder.«

»Ja. Das tun Sie. Und Peter?«

»Ist geschäftlich in Hamburg.«

»Gut. Einer weniger, den wir unterbringen müssen.«

Die Frau blickte zur Seite. Sicher, ihr wäre es vermutlich lieber gewesen, ihren Mann bei sich zu wissen, da es eine so gefährliche Situation auf Helgoland gab. »Tja, ich muss dann mal«, erklärte Anna, tippte sich an die Kappe und ging ihrer Wege.

*

Aus der Ferne konnte sie Anna Krüger sehen. Wie absurd all dies war. Jeder bedauerte Anna, aber niemand wusste, wie es in ihr aussah, wie sie litt, welche Hölle sie durchmachte! Seelischer Schmerz kann so viel grausamer sein als körperlicher. Die Angst ist der größte Feind eines Menschen. Und wenn sie ganz tief sitzt, wenn sie sich in die tiefste Seele gegraben hat, dann ist jeder Atemzug, jedes Wort, jede kleine Geste ein Hilferuf. Ein Hilferuf, den niemand hört. Es war, als würden sie alle jemand anderen ansehen, wenn sie auf sie blickten. Es war die Hölle. Gewiss: Sie hatte ein Spiel daraus gemacht. Zeigte den anderen, was sie sehen wollten. Wollte sich selbst als Sinnbild blühenden Lebens sehen, ja. Und dennoch: eine Hölle aus Angst und Unverstandensein.

*

Nach zwei weiteren Gesprächen mit der Ersten Offizierin des Schiffs und mit Gerd Raabe von der Inselverwaltung marschierte Anna an der Spitze der Friesenstraßenbewohner los. Wobei es natürlich nicht in erster Linie die Bewohner waren, sondern die »Nichtresidenten«, also all jene, die nur für ein paar Nächte dort untergekommen waren oder eine Ferienwohnung dort gemietet hatten und deshalb mehr Unterstützung brauchten. Paul hätte gesagt: mehr Aufsicht. Immerhin waren ein paar sympathische Leute dabei. Eine bemerkenswert dicke Frau mit rosigem Gesicht bot Anna Tee aus einer Thermoskanne, Butterkekse und sogar eine Banane an. Aus Höflichkeit nahm Anna einen Keks – und dann noch einen, weil sie spürte, wie ihr dieser heimelige Geschmack guttat. Ein schwules Pärchen gab ein paar Schwulenwitze zum Besten, was vielleicht nicht ganz das Richtige war für die Handvoll Kinder, die hinter ihnen standen, aber irgendwie ganz rührend. Anna hatte den Eindruck, die beiden waren darum bemüht, die anderen aufzuheitern, der Situation den Schrecken zu nehmen. Denn irgendwie war es eben doch passiert, dass eine gedrückte Stimmung unter den Leuten herrschte. Dabei hatten alle versucht, bloß keinen Alarmismus aufkommen zu lassen.

Der Weg war kurz, führte vorbei an den Hummerbuden, an der kleinen Polizeistation, an den Kais des Binnenhafens und hinüber zu den Anlegern der großen Fähren: des Halunder Jets und der MS Helgoland, die trotz des trüben Wetters stolz und glänzend über der Mole aufragte.

Jennifer Plock, die Erste Offizierin, hatte wie immer alles perfekt organisiert. Die Frau war beinahe beängstigend souverän. »Moin!«, rief sie Anna zu.

»Moin, moin. Alles bereit?«

»Klar. Kann losgehen.«

»Je eher, desto besser«, sagte Anna. »Ich bin froh, wenn wir ein paar Leute verstaut haben. Die Zeit rennt uns sowieso davon.«

»Wieso? Im Grunde ist es doch egal, wie lange das hier dauert. Also wenn man nicht unsere Reederei fragt.« Jennifer Plock grinste und zwinkerte Anna zu.

Klar, die Reeder konnten solche Ereignisse absolut nicht brauchen. Alles, was den normalen Geschäftsbetrieb unterbrach, brachte Verluste. Und auch wenn in solchen Fällen wie dem Fund eines Blindgängers Tickets nicht erstattet werden mussten, waren die Passagiere verärgert, schrieben schlechte Bewertungen, machten Stress und blieben in Zukunft womöglich weg. »Na ja«, sagte Anna. »So ganz egal ist es wohl nicht. Die Leute müssen ja auch verpflegt werden. Sie müssen schlafen, der ein oder andere wird vielleicht medizinische oder psychologische Betreuung brauchen …«

»Möglich«, sagte die Offizierin. »Aber eine Fahrt auf unserem hübschen Schiff hier ist doch sowieso die reinste Seelenmassage.« Sie winkte und wandte sich wieder ihrer Arbeit zu, die darin bestand, sich von einem Crew-Mitglied die Passagierliste geben zu lassen, sie noch einmal kurz zu prüfen und dann die Gangway freizugeben.

In der Tat war die MS Helgoland so ungefähr das hübscheste Schiff, das man sich vorstellen konnte. Sehr neu, von außen ein Traum in Weiß, von innen bunt und fröhlich mit Bars und Kinderzimmern, kleinen süßen Abteilen, die den Hummerbuden nachempfunden waren, und allerlei sonstigen Einfällen – das reinste Kreuzfahrtschiff. Dabei verkehrte sie nur im Linienverkehr zwischen Cuxhaven und der Insel, Tag für Tag, immer hin und her. Nachdenklich betrachtete Anna die Schlange von Leuten, die sich an der Gangway gebildet hatte. Zu ihrer Erleichterung sah sie Doktor Rückert ziemlich weit vorne stehen. Er blickte zu ihr her und nickte ihr zu. Verärgert war er aber wohl trotzdem, denn diesmal hatte er kein Lächeln für sie übrig. »Ich geh dann mal!«, rief sie der Offizierin zu. Die nickte und winkte ihr, um sich sogleich wieder der Registrierung der Passagiere zu widmen.

Anna klappte den Kragen ihrer Polizeijacke hoch. Es regnete nicht wirklich stark, aber unablässig. Hätte sie mal besser die Lederjacke genommen heute Morgen. Aber da war sie mit dem Kopf woanders gewesen. Bei Marten. Bei den seltsamen Ereignissen der letzten zwei Tage. Sie blickte auf die Insel, die von hier aus erstaunlich groß aussah. Das lag natürlich daran, dass die Hafenmolen, die sich wie Hummerscheren ins Meer erstreckten, so weit hinausreichten. Man hatte vom Hafen aus den Eindruck, das alles wäre Land und der Felsen wäre nur ein Hügel auf diesem Land. Doch in Wirklichkeit war es eben doch nur der Felsen, der hier aus dem Meer ragte – und all die Aufschüttungen waren die Illusion einer Größe, die es nicht gab. Anna atmete tief durch und machte sich wieder auf den Weg. Von ferne konnte sie Saskia sehen, die mit einer bedenklich kleinen Gruppe zu Evakuierender auf sie zukam. Wie immer war die Kollegin umgeben von einer Traube von Männern, die sich produzierten, um Eindruck bei ihr zu schinden. Und wie immer genoss Saskia diese Aufmerksamkeit. Sie grinste zu Anna herüber und bog dann mit ihrer Gruppe hinüber zum Halunder Jet. Wenn Saskia in dem Tempo weitermachte, würden sie die Insel an Weihnachten evakuiert haben.

Das Handy. Paul. »Ja?«

»Kannst du mal kurz hochkommen?«

»Zur Bombe?«

»Ja. Wäre vielleicht wichtig.«

»Bin unterwegs. Was ist denn los?«

»Blöde Sache. Ich weiß auch nicht, was das für unsere Aktion bedeutet.«

»Was was bedeutet, Paul?« Stalin hackte ihr in die Schläfe. »Du sprichst in Rätseln.«

»Sie haben jemanden gefunden. In dem Stollen.«

»Jemanden? Wen?«

»Eine Leiche, Anna. Eine Leiche.«

*

18. April, 12.13 Uhr. Noch 47 Minuten bis zum großen Inferno.

»Was soll das, Vic? Wir haben es eilig!« Richard spürte, wie sich ihm die Haare sträubten. Victor war ein Waffenbruder, sie hatten beide in der Normandie gekämpft, hatten beide Verwundungen überlebt – anders als Richards Bruder, der …

»Na los!«, herrschte ihn Victor an. »In die Ecke.« Er deutete mit der Pistole in den hintersten Winkel des Stollens, wo sie bis vor wenigen Minuten eine ganze Batterie Landminen aufgetürmt und miteinander verkabelt hatten.

»Das ist ein schlechter Scherz, Vic. Steck die Waffe weg, ehe noch was passiert.« Aber als er in die eisigen Augen seines Kameraden blickte, war ihm klar, dass Victor Bly keinen Scherz machte. Richard bemerkte einen Stich in der Brust. Panik fuhr ihm in die Glieder. »Bitte, Vic«, sagte er mit rauer Stimme. »Hör jetzt auf damit.«

Doch Victor schien ihn nicht einmal zu hören. Er wiederholte seine Geste mit der Pistole und trat einen Schritt auf Richard zu. Und noch einen. Der wich unwillkürlich zurück, spürte, wie er die raue Wand des Stollens berührte, stolperte und fing sich. »Vic, bitte …« Er griff nach hinten, um nicht aus Versehen noch über eine der Minen zu stolpern und sie womöglich auszulösen. »Wir müssen raus!«

»Keine Sorge, Richard. Du hast alle Zeit der Welt.«

»Aber die Sirene … Wir müssten längst oben sein!«

»Setz dich und streck die Hände vor. Los!«

Richards Beine gaben wie von selbst nach, als er sich auf den Boden setzte. Nur wenige Zoll trennten ihn vom Depot. Es war eines von mehreren Hundert, die sie überall auf der Insel verteilt hatten, die meisten tief in den Tunneln, die sich wie die Röhren eines Maulwurfs durch den ganzen Felsen zogen. Seit Generationen hatten die Helgoländer ihre Insel durchbohrt, im großen Stil aber waren es die Militärs gewesen, die dieses Stollensystem perfektioniert und auf viele Meilen ausgedehnt hatten. Immerhin hatte das dem allergrößten Teil der Bevölkerung bei den großen Bombardements der Briten ein Überleben ermöglicht, auch wenn sie bei der Rückkehr an die Oberfläche nur noch brennende Wüste vorgefunden hatten.

»Vic, ich …«

»Hände vor!«

Richard streckte die bebenden Hände vor sich und beobachtete mit kaltem Grauen, wie sein Kamerad ihm ein Kabel um die Gelenke schlang. »Hoch!« Er hob die Arme. Victor Bly schnürte mit teuflischer Ruhe Richards Handgelenke aneinander, als wäre es eine seiner leichtesten Übungen. Und tatsächlich erinnerte sich Richard plötzlich, dass der Kamerad einige Zeit zu den Verhören deutscher Gefangener eingeteilt gewesen war. Ob er es dort gelernt hatte? Die Pistole blieb die ganze Zeit in Victors Hand. Und Richard fürchtete in dem Moment nichts mehr, als dass sie versehentlich losgehen könnte. »Was ist los, Vic? Was soll das?«

»Das weißt du nicht? Im Ernst?«

»Komm schon, sag, was los ist. Wir müssen raus.« Richards Herz klopfte wie verrückt. Jetzt, wo er zwischen den aufgehäuften Sprengstoffen saß, wirkten die Stapel von Minen und Granaten noch viel höher. Und schienen ihm viel näher als eben noch.

»Füße vor!«

»Füße? Willst du mich etwa hier zurücklassen?«

Um die Mundwinkel des Kameraden zuckte ein amüsiertes Lächeln. »Ist dir das jetzt schon klar geworden?«

Die Batterie der Stollenlampe flackerte. Sie würde nicht mehr lange durchhalten. Die Armee war mit dem Material am Ende. In den Jahren des Krieges war buchstäblich alles mobilisiert worden, was man nur hatte mobilisieren können. Nun fehlte es an allen Ecken und Enden. Sie hatten den verdammten Krieg gewonnen. Aber niemand wusste, wie sie den Frieden gewinnen sollten. Wenn nicht noch ein Wunder geschah, würden sie das ohne ihn schaffen müssen. Richard blickte in die Mündung der Pistole. So nah hatte er dem Tod während des ganzen Kriegs nicht ins Auge geblickt, auch wenn ihm mehrfach die Kugeln um die Ohren gesaust waren und eine ihn an der Brust gestreift hatte. »Warum?«, krächzte er. Doch Victor schien ihn gar nicht zu beachten. Er legte die Waffe beiseite, verschnürte Richards Füße mit der gleichen Methode wie die Handgelenke und packte ihn dann am Arm. Mit einem Ruck drehte er den Gefesselten auf die Seite und legte ihn schließlich mit dem Gesicht nach unten hin. »Und damit du nicht gleich versuchst, nach draußen zu robben, sichern wir das noch ein wenig ab«, erklärte er, als spräche er mit sich selbst, ehe er ein weiteres Stück Kabel um die gefesselten Hände schnürte und es schließlich mit einer der Minen verknotete. »Eine falsche Bewegung«, sagte er so leise, dass Richard ihn kaum verstehen konnte, »und du kommst unserem Einsatzleiter zuvor.«

4

Es dauerte einige Augenblicke, bis Anna bewusst wurde, dass es nicht am Licht lag. Die Lampen des Kampfmittelbeseitigungsdienstes und der Statiker des Geologischen Instituts der Uni Hamburg warfen ein kaltes Licht von bläulichem Weiß. Die Leiche aber war gelb. Wachsgelb. Abgezehrt und eingesunken das Gesicht, die Hände vor den Brustkorb gekrampft, als hätte der Tote mit einem unsichtbaren Feind gerungen: seinem Mörder. Aber wahrscheinlich war der Körper nur einem Täter zum Opfer gefallen, der viele Menschen auf dem Gewissen hatte, auch hier auf der Insel: dem Krieg. Sicher sogar. Denn die Leiche trug unverkennbar eine englische Uniform. Sie mochte verstaubt und fadenscheinig geworden sein, der Fels hatte sie gut konserviert. So wie er die Wachsleiche konserviert hatte in seiner Trockenheit. Mumifiziert, schoss es Anna durch den Kopf, die den Blick nicht von den toten Augen wenden konnte. Oder vielmehr: den Höhlen, in denen einst die Augen gewesen waren. Im wackeligen Licht der Taschenlampen schien es geradezu, als würde der Tote aus diesen Augenhöhlen heraus mal hierhin, mal dorthin starren. Anna würgte. Ließ sich nichts anmerken. Sie hatte schlimmere Leichen gesehen. Grausam Ermordete. Tote Kinder! Wenn sie daran dachte, fühlte sie sich, als hätte ihr jemand die Faust in den Magen gerammt. Aber diese Leiche hier, die sah einfach nur aus wie … ja, irgendwie falsch. Wie in der Geisterbahn. Als wäre es gar kein Mensch, sondern eine Puppe aus Madame Tussauds Wachsfigurenkabinett. Zumindest stellte Anna es sich so vor, sie war nie dort gewesen. »Ein Engländer«, sagte sie.

»Soldat aus dem Zweiten Weltkrieg«, bestätigte der Sprengmeister. »Erstaunlich.«

»Dass man ihn hier gefunden hat?«

»Eher, dass man ihn hier vergessen hat.«

»Was meinen Sie mit vergessen«, wollte Paul wissen.

»Nun, nach meinen Informationen haben die Briten so gut wie keine Landgänge mehr hier unternommen, nachdem sie die Insel großflächig gesprengt hatten.«

Großflächig gesprengt. »Sie meinen die Operation Big Bang«, sagte Anna.

»Genau die. Danach war hier sowieso nichts mehr zu wollen. Außerdem war die Insel dermaßen mit Chemikalien aus all den Sprengkörpern verseucht, dass es ein Gesundheitsrisiko gewesen wäre, überhaupt hierher zu kommen.«

»Mhm.« Paul wiegte den Kopf. »Und die Gefahr muss riesig gewesen sein, auf einen Blindgänger zu stoßen.«

»Tja, die war natürlich gegeben.« Der Sprengmeister ging in die Hocke und betrachtete den Toten aus nächster Nähe. »Aber ich schätze, die war in den Jahren darauf noch deutlich größer.«

»In den Jahren darauf?« Anna spürte einen bitteren Geschmack auf der Zunge. Die Luft hier unten war muffig, es hing ein fieser Geruch in dem Stollen.

»Na ja, Ihre Insel war ja jahrelang Bombenabwurfgelände für die Royal Air Force. Da ist im Lauf der Zeit noch viel mehr runtergekommen als in den zwei Wellen gegen Kriegsende.« Er richtete sich wieder auf, blickte zu Paul, dann zu

Anna und wieder zurück. »Ich weiß nicht, irgendwie passt mir die Leiche hier nicht.«

Paul lachte trocken. »Ich schätze, die passt uns allen nicht.«

»Sicher«, erwiderte Klüver. »Aber ich habe das Gefühl, hier stimmt etwas nicht. Sie sollten sie untersuchen lassen.«

»Das werden wir natürlich tun«, erklärte Anna. »Erstens gehört das zum üblichen Vorgehen, wenn irgendwo ein Toter gefunden wird, dessen Todesursache nicht feststeht. Und zweitens ...« In dem Moment erkannte sie, was an der Leiche nicht stimmte.

»Zweitens?«, fragte der Sprengmeister nach.

»Zweitens ...« Anna stockte. Die Hände. Die Finger. Sie trat näher und beugte sich über den Körper, der halb sitzend, halb liegend zu ihren Füßen war. Dann nahm sie einem der Statiker die Lampe aus der Hand und hielt sie auf die toten Hände gerichtet. Sie konnte hören, wie Paul die Luft ausstieß. »Die Fingernägel«, sagte Paul.

»Ja«, erwiderte Anna. »Die Fingernägel sind lackiert.«

*

Hatte es in der britischen Armee Soldatinnen gegeben? Und wenn ja, hatten sie sich die Fingernägel lackiert? Als sie die Leiche mit Latexhandschuhen angepackt und auf eine Trage gelegt hatten, war die Kappe vom Kopf gefallen. Darunter war langes Haar zum Vorschein gekommen. Natürlich hatten sie ordnungsgemäß Bilder vom Fundort gemacht, von der Position der Leiche, Detailaufnahmen, Fotos aus jedem Winkel. Einer der Statiker hatte jedes Mal einen Zollstock ins Bild gelegt, um Position und Abstände zu dokumentieren. Auch wenn es Spezialisten aus völlig unterschiedlichen Disziplinen waren – und keiner von ihnen war Forensiker oder Kriminaltechniker –, so hatten sie doch ein ziemlich gutes Team ergeben. Schließlich hatten sie die Leiche also auf die Trage gelegt, die Paul aus dem Inselklinikum hatte holen lassen. Und dorthin brachten sie den Toten nun auch. Oder die Tote. So kurz der Weg vom Ausgang des Tunnels aus war, der Regen machte ihnen Sorgen. Was bedeutete es für den vertrockneten Körper eines Menschen, wenn er feucht wurde? Was geschah mit ihm? Welche Pilze begannen zu wuchern und den Leichnam zu zersetzen und ihre Sporen freizusetzen? Alles Fragen, die Anna durch den Kopf gingen und die zu beantworten niemand vor Ort war, der sich darauf verstanden hätte. Paul schien ihre Gedanken zu lesen und winkte einen der Männer vom Bautrupp herbei, die unbeirrt mit den Sicherungsarbeiten am Hang beschäftigt waren. »Eine Plastikplane! Schnell!«

Notdürftig mit einer Bauplane bedeckt, wurde der Leichnam die hundert Meter zum Inselklinikum getragen. Anna ging einige Schritte hinterher, betrachtete die kleine Prozession, die das seltsame Gegenstück zu einer Beerdigung darstellte: ein Toter wurde der Erde entrissen und ans Tageslicht befördert.

Wobei Tageslicht in dem Fall hieß: Neonlicht. Denn man schaffte die Leiche diskret durch den Seiteneingang ins Klinikum und dann rasch mit dem Lastenaufzug hinunter in den Keller. Als sie zurückblickte, konnte Anna durch die sich hinter ihnen schließende Tür gerade noch ein ihr bekanntes Gesicht erkennen: Eck. Saskias Vater. Der Penner. Der Mann, der so gern in Rätseln sprach.

*

Anna hatte keine Zeit, der Untersuchung beizuwohnen. Sie hatte eine Evakuierung zu leiten. Nach der Räumung der Friesenstraße war jetzt die Siemensstraße dran. Und dort lebten eher noch mehr Menschen. Vor allem war sie unübersichtlicher, weil es mehr Geschäfte und Lokale dort gab, potenziell also auch mehr Nichtresidenten. Und die mussten alle aufgestöbert und eingesammelt werden. Wenn Anna etwas mehr hasste als die immergleiche Routine der Alltagsarbeit, dann waren es solche Jobs, bei denen sie ständig gegen den Unmut der Einheimischen und der Touristen ankämpfen musste. Es lag nun einmal in der Natur der Sache, dass eine Evakuierung unbequem, anstrengend und geschäftsschädigend war. Aber es half ja nichts. Was getan werden musste, musste getan werden.

Die Siemensstraße lag nah genug am Falm, dass eine Explosion des Blindgängers sie auf jeden Fall getroffen hätte. Wenn die Klippe herabstürzte, würde sie auf diese Häuser niedergehen und womöglich alles unter sich begraben, was hier stand, zumindest am vorderen Teil. Anna fragte sich, warum sie nicht mit der Siemensstraße begonnen hatte. Eine Evakuierung sollte man immer so anlegen, dass die am meisten gefährdeten Bereiche als erste geräumt wurden.

Immerhin, die Kollegen von Feuerwehr und THW hatten schon ganze Arbeit geleistet und die Leute weitestgehend aus ihren Häusern geholt. In einiger Entfernung konnte Anna eine lebhafte Diskussion erkennen, eher ein Handgemenge. Als sie näher kam, erkannte sie, dass es eine Frau war, die nur mit Mühe von den Einsatzkräften gebändigt werden konnte. Frida Fischer. Anna kannte sie von einem Abend im Klinikum, an dem sie beide teilgenommen hatten. Suchttherapie. »Frida?« Sie trat näher und schob einen der Helfer beiseite. »Frida?«

Die Frau sah auf, und Anna erkannte im selben Moment, dass sie den Blick eines gehetzten Tiers hatte, das Flackern der Panik, dazu den Atem eines Menschen, der kurz vor dem Ertrinken ist. Sie war auf Entzug. Oder auf einem Trip, der zu hart geraten war. »Frida, ich bin's, Anna.«

»Ja«, keuchte die Frau und versuchte, sich aus den Händen zu befreien, die sie von allen Seiten gepackt hatten. »Ja. Anna. Ja.«

»Geht es dir nicht gut? Brauchst du Hilfe, Frida?«

»Die hier!« Sie starrte wild um sich. »Die hier! Die wollen mich … sie wollen mich …«

»Ich weiß, Frida«, versuchte es Anna beruhigend und gab den Einsatzkräften ein Zeichen, von ihr abzulassen. »Bitte, die Herren. Wenn Sie erlauben. Frau Fischer ist ein gute Freundin von mir.«

Skeptisch nahmen sich die Männer des THW zurück und ließen Anna ganz durch. »So, ich glaube, wir brauchen die Herren nicht, oder? Was meinst du, Frida?«

»Anna! Was wollen die von mir?«

»Hör mal«, ging Anna nicht auf die Frage ein. »Ich finde, wir zwei, wir könnten jetzt gut eine Tasse Kaffee vertragen, oder?«

»Hm.« Die Frau stolperte ein paar Schritte rückwärts auf ihre Haustür zu. »Hab keinen Kaffee«, nuschelte sie und blickte gehetzt nach allen Seiten, als suche sie einen Fluchtweg. Und dann schien sie ihn gefunden zu haben: ihr Haus! Schneller als Anna es ihr zugetraut hätte, stürzte sie nach drinnen und schlug die Tür zu. Doch einer der Männer des THW war so geistesgegenwärtig gewesen, den Fuß dazwischenzustellen. Anna warf ihm einen dankbaren Blick zu und trat näher. »Ich kann uns Kaffee machen, Frida. Soll ich?«

»Weiß nicht«, murmelte die Frau im Inneren. Und dann machte sie einen taktischen Fehler: Sie wich weiter zurück und gab damit die Tür frei. Anna bedeutete den Einsatzkräften, zurückzubleiben und trat ein. »Ich wusste gar nicht, dass du ein so schönes Haus hast, Frida«, sagte Anna, die wusste, dass es jetzt darauf ankam, so normal wie möglich zu klingen. Ein Trip, zumal ein harter, schärfte die Sinne auf geradezu schmerzhafte Weise. Sie lächelte die Bekannte an. Gott, offenbar war Frida Fischer völlig in der Sucht versunken. Das strähnige Haar hing stumpf herunter, die Wangen waren eingefallen, die Augen lagen tief in den Höhlen. Fast wie bei der Leiche im Stollen, dachte Anna voll Grauen. Doch sie ließ sich nichts anmerken, oder versuchte es zumindest.

Auf dem Wohnzimmertisch lag eine Spritze, halb zerknüllte Alufolie, eine herabgebrannte Kerze flackerte auf einem kleinen Teller. Heroin. Frida Fischer war auf Heroin. Das hatte Anna nicht gewusst. Fast schien ihr ihre Medikamentensucht in diesem Moment harmlos.

Ein Kaffee würde nichts nützen. Gutes Zureden ebenso wenig. Frida war heroinabhängig. Es würde Stunden dauern, sie wieder zurückzuholen. So lange hatten sie nicht Zeit. Die Straße musste *jetzt* evakuiert werden. Anna brauchte ... Das Handy! »Paul?«

»Wollte dir nur sagen, dass es tatsächlich eine Frau ist. Dachte, das interess...«

»Paul, gut, dass du anrufst. Ich brauche hier zwei Mitarbeiter des Klinikums.«

»Mitarbeiter.«

»Du erinnerst dich, dass ich in der Suchttherapie war?«

»Anna, ich habe dich hingeschickt. Natürlich erinnere ich ...«

»Gut. Da gab es diesen Doktor Oppelt. Kannst du versuchen, ihn aufzutreiben und ihn so schnell wie möglich zu mir schicken? Siemensstraße. Hausnummer …« Sie hatte nicht geguckt. »Fischer. Frida Fischer. Das Haus liegt …«

»Kenn ich«, sagte Paul.

»Er soll noch jemanden mitbringen. Jemand kräftigen.«

»Hör mal, die sind hier eigentlich auch gerade dabei, die Klinik zu evakuieren.«

»Das ist ein Notfall, Paul! Frida ist auf einem Drogentrip.«

»Drogen?«

»Heroin. Heftigst.«

»Scheiße.«

»Eben.« Sie drückte den Anruf weg und ging auf die Frau zu. »Wollen wir uns kurz hinsetzen?«

Doch Frida Fischer hatte nicht die Absicht, sich zu setzen. »Ich hab alles … hab es mitbekommen«, krächzte sie. »Du gehörst auch dazu.«

»Wozu, Frida?«

»Du bist auch eine von ihnen.« Sie wich hinter den Tisch zurück, entdeckte die Spritze und packte sie. »Aber ihr bekommt mich nicht! Niemand bekommt mich!« Sie zielte mit der Spritze auf Anna, die unwillkürlich zu ihrer Waffe griff. Zum Glück hatte sie die Dienstpistole dabei. Auch wenn es natürlich eine Katastrophe wäre, sie gegen eine Frau einsetzen zu müssen, die geistig verwirrt in ihrem eigenen Haus Angst um ihr Leben hatte. »Frida, niemand will dich holen. Wir wollten doch einen Kaffee trinken.«

»Du willst mich vergiften!«, zischte die Frau und sprang so plötzlich auf Anna zu, dass sie rückwärts stolperte und beinahe der Länge nach hinfiel. »Bitte, Frida, das ist nicht nett«, sagte sie, so gefasst wie möglich, während sie das Holster öffnete und unauffällig nach der Waffe griff. Doch die Frau schien die Bewegung genau zu erkennen, sie vielleicht sogar geahnt zu haben, denn im nächsten Moment trat sie mit dem Fuß gegen Annas Arm, sodass ihr die Pistole entglitt und über den Flur schlidderte. Anna warf sich nach hinten und versuchte, sie wieder zu fassen zu bekommen, doch schon hatte Frida Fischer sie am Bein gepackt und zerrte sie zurück. Sie selbst hatte die Spritze fallen lassen. Doch jetzt nahm sie sie wieder vom Boden auf und hob sie wütend über Anna. Sie hielt sie so fest in ihrer Faust, dass die Knöchel weiß hervortraten.

Eine Spritze, dachte Anna, lächerlich. Es sei denn, es war noch Stoff darin. Oder etwas anderes. Das Virus zum Beispiel. »Bitte!«, keuchte sie. »Lass das Frida, ich bin doch deine Freundin!«

Doch die Frau lachte nur bitter. Dann stieß sie zu.

*

Vielleicht war sie für einen winzigen Augenblick ohnmächtig gewesen. Vielleicht war es auch nur eine Art Blackout, eine Wahrnehmungslücke, stressbedingt, oder eine Form von Panikattacke. Vielleicht auch hatte sie nur für den Bruchteil eines Augenblicks die Augen geschlossen, weil sie wusste, dass sie nichts tun konnte, dass sie zu spät war in ihrer Reaktion. Als sie Frida Fischer das nächste Mal sah, saß die Frau wie der gekreuzigte Heiland über ihr, die Arme zur Seite gestreckt, den Blick hilflos nach oben gerichtet. »Zum Glück hat sie nicht die Waffe in die Hände bekommen«, knurrte einer der Männer vom THW, der hinter ihr stand und ihren rechten Arm festhielt. Anna atmete auf. »Wow, das war knapp«, ächzte sie. »Danke!«

Die Männer hatten sich offenbar gegen Annas Anweisung Zutritt verschafft und waren in dem Moment zur Stelle gewesen, in dem Anna der Frau ausgeliefert gewesen war. »Sie kann nichts dafür«, sagte sie, als müsse sie Frida Fischer verteidigen. Dabei wusste Anna, dass es tatsächlich ein Glück war, dass nicht die Pistole, sondern die Spritze nah genug bei der Frau gelegen hatte. Immer noch umkrampften ihre Finger das medizinische Instrument. »Lass sie fallen«, sagte Anna. »Bitte.«

Natürlich tat sie es nicht. Frida Fischer war nicht bei Sinnen. Sie schüttelte den Kopf, wieder und wieder, als wäre sie längst an einem ganz anderen Ort. Was sie vermutlich war. Und für einen winzigen Augenblick spürte Anna, dass sie sie um diese Abwesenheit beneidete. *Du bist die Nächste.* Erst jetzt bemerkte sie, dass sie selbst am ganzen Leib zitterte. *Du bist die Nächste.* Wer hatte ihr diese Nachricht geschrieben?

*

Doktor Oppelt war schneller zur Stelle, als man es hatte erwarten können. Und er hatte Gernot mitgebracht, den Krankenpfleger, den Anna von ihrem letzten Aufenthalt in der Klinik her kannte, ein Bulle von Mann, dabei so sanftmütig wie eine Säuglingsschwester. Aber er konnte zupacken. Und das tat er. Oppelt mochte ein moderner Psychologe sein, der genau wusste, wie wichtig es war, Patienten respektvoll und unter allen Umständen behutsam zu behandeln. Aber er war kein Dummkopf. Weshalb Gernot auf seine Anweisung hin nicht zögerte, Frida Fischer eine Zwangsjacke anzulegen und sie mit eisernem Griff im Rücken zu halten, um gefahrlos mit ihr wieder hinüber zum Inselklinikum zu kommen.

Anna trat gerade aus dem Haus, als auch Paul vor Ort eintraf. »Anna! Alles in Ordnung?«

Abgesehen davon, dass sie sich wackelig auf den Beinen fühlte: »Ja. Alles okay, Paul, danke.«

Er legte ihr die Hände auf die Oberarme, schien zu spüren, dass das nur die halbe Wahrheit war. »Du brauchst eine Pause.«

»Lass nur, Paul, es geht schon.«

»Wusstest du, dass sie süchtig ist?«

»Ich kannte sie. Von der Suchttherapie.«

»Klar.« Paul blickte verlegen an ihr vorbei. »Entschuldige.«

»Aber ich wusste nicht, dass es so schlimm ist.«

Ja. Schlimm. Das war es. Anna wusste genau, wie zerbrechlich das Eis war, auf dem man sich bewegte, wenn man seine Sucht in den Griff bekommen hatte. Ein winziger Sprung auf der Oberfläche genügte, um einen wieder in die Tiefe zu ziehen: hinein in die Abhängigkeit, die Gier nach dem Gift, das einem am Leben nagte und das alle Hoffnung und alle Kraft unerbittlich zersetzte.

Wie gut ihr Pauls Berührung getan hatte, merkte Anna erst, als er sie wieder losließ und ihr forschend in die Augen blickte. »Hast du heute schon eine Pause gehabt?« Er seufzte und antwortete sich selbst: »Nein. Natürlich nicht. Wahrscheinlich hast du seit dem Frühstück nichts gegessen.« Er konnte nicht wissen, dass sie auch kein Frühstück gehabt hatte. »Du machst jetzt eine halbe Stunde Pause. Geh zu Henry.«

Henry und seine Hummerbude, das wäre jetzt genau das Richtige gewesen. Aber hatte er nicht schon geschlossen? Egal, Henry war ein Freund, er würde ihr auch dann etwas zubereiten, wenn sie nicht als Kundin kam. Vielleicht war sogar Nele da. »Ja«, flüsterte Anna. »Ich geh kurz zu den beiden rüber.«

»Den beiden?«

»Henry und Nele.«

»Ach so, ja.« Auch wenn Paul alles andere als der spießige Typ war, schien er immer noch nicht damit zurechtzukommen, dass Henry sich ausgerechnet auf eine Partnerschaft mit der Inselhure eingelassen hatte. Andererseits war es nicht zuletzt diese Beziehung gewesen, die Nele dazu bewogen hatte, ihren Job an den Nagel zu hängen und »was Anständiges« zu machen. Nur dass sie bisher nichts Passendes gefunden hatte. Was zweifellos auch damit zusammenhing, dass es schwierig war, an einem so kleinen Flecken Erde etwas anderes zu machen als sich zu prostituieren, wenn man damit vorher seinen Lebensunterhalt verdient hatte. Etwas anderes *zu sein* als eben die Inselhure. Und bis zu einem gewissen Grad konnte Anna das sogar verstehen. Wie hätte sich der Bürger gefühlt, wenn er in die Kurverwaltung kam, um sich eine Genehmigung für einen neuen Wintergarten zu holen – und dann hätte ihm die Frau gegenübergesessen, die alle seine intimen Wünsche kannte. Wie sich die Frau, die sich im Laden von einer Verkäuferin bedienen lassen musste, die vielleicht vor Kurzem noch ihren Mann »bedient« hatte. So einfach war das alles nicht. Aussteigen aus der Prostitution war vermutlich kaum weniger schwer als Aussteigen aus einer Sucht. Und damit zumindest kannte Anna sich aus. Auch wenn es ihr bis heute nicht wirklich gelungen war. Nicht ganz.

»Moin, Anna!«, rief Henry schon von weitem. Wie so oft stand er vor seiner Hummerbude und betrachtete die Leute, die vorüberzogen. Sonst waren es Touristen, die sich auf die

Insel schoben oder zu den Schiffen hasteten. An diesem Tag waren es nach und nach alle Bewohnerinnen und Bewohner des Unterlands und des Mittellands. Als Anna bei ihm eintraf, führte Saskia gerade eine weitere Gruppe von vielleicht vierzig oder fünfzig Menschen vorbei. Sie sah so gut aus, dass es eine Frechheit war: frisch, kraftvoll, das Haar in perfekter Unordnung, ein Siegerlächeln im Gesicht, lässig und sportlich. »Hallo, Anna!«, rief sie herüber. Anna winkte. Lächelte, obwohl ihr nicht danach war. Dann atmete sie tief durch. »Henry, ich brauche jetzt was Kräftigendes. Kannst du mir helfen?«

»Jederzeit, meine Liebe!«, rief Henry, jovial wie eh und je. »Ein paar Rühreier? Mit Speck? Dazu ein schönes, kühles Bier?«

»Besser kein Bier. Ich habe heute noch nichts gegessen.«

»Dann lass mich mal machen und setz dich hin. Aber mach die Tür zu, sonst denkt noch jemand, wir hätten geöffnet.«

Dankbar ließ Anna sich auf einen Stuhl in Henry's Hummerbude sinken und angelte ihr Handy aus der Tasche. *Du bist als Nächste dran.* Deutlicher konnte eine Drohung nicht sein. Und vager auch nicht. Sie drückte auf »Antworten« und schrieb: *Sagt wer?*

*

Eine schnelle Nummer. Hinter dem Hafenamt. Eversbusch war ein miserabler Liebhaber. Hektisch. Fahrig. Nicht sehr steif. Zu viel Panik, zu viel Adrenalin. Zu wenig Fantasie. Aber es machte ihr nichts. Er war einer in ihrer Sammlung. Ihrer Sammlung von Leben. Nichts wollte sie versäumen, keine Gelegenheit mehr verpassen, noch einmal etwas mitzunehmen, ehe es vorbei war. »Yeah!«, stöhnte Eversbusch, als er kam. »Uuuuh.« Sie selbst stöhnte nicht. Brachte es nicht über sich. Seufzte nur, was er verstehen konnte, wie er wollte. »Das war guuut«, sagte er leise, als er sich von ihr trennte und die Hose hastig hochzog. Wie er sich dabei umsah! Als ob er Angst hatte, man könnte seinen weißen Hintern bis hinüber zu den Liegeplätzen leuchten sehen. Aber hier hinter den Baracken würden sie nicht entdeckt werden. Nicht an diesem Tag. »Super«, sagte sie und knöpfte ihre Bluse wieder zu, an der er sich wie ein Sechzehnjähriger zu schaffen gemacht hatte. »Toll.« Sie zwinkerte ihm zu. »Bis zum nächsten Mal.« Das es nicht geben würde.

»Bis zum nächsten Mal«, erwiderte Eversbusch grinsend. Er hatte was zwischen den Zähnen. Nein, ein nächstes Mal würde es nicht geben. Nicht mit ihm.

*

Gegen sechzehn Uhr war die Evakuierung der Insel abgebrochen worden. Es bestand keine Aussicht mehr darauf, die Arbeiten noch am selben Tag durchführen zu können. Dafür waren mehrere Faktoren verantwortlich: Zunächst hatte sich die Kripo Kiel eingeschaltet und erklärt, der Tunnel, in dem die Leiche gefunden worden war, dürfe unter keinen Umständen gesprengt werden – auch nicht »aus Versehen«. Dann hatte der Sprengmeister mitgeteilt, dass es mehr als einen Zünder gebe, weshalb die Entschärfung komplizierter werde als gedacht. Und schließlich war offenbar geworden, dass die vollständige Räumung der Insel zu spät in Angriff genommen worden war. Auch am Nachmittag waren noch etliche Hundert Menschen vor Ort, die eigentlich längst in Sicherheit hätten gebracht werden müssen.

Eine Rückkehr in die geräumten Häuser bedeutete für die meisten Insulaner nichts weiter als eine entspanntere Nacht. Für Anna und ihre Kollegen, aber natürlich auch für die Leute von der Feuerwehr und vom THW, bedeutete sie, dass alles, was sie an diesem Tag geleistet hatten, Sisyphusarbeit gewesen war. »Schöne Scheiße«, fluchte Saskia, als sie kurz vor dem offiziellen Dienstschluss in der Polizeistation auftauchte und ihre Kappe auf den Schreibtisch pfefferte. »Hätten wir uns sparen können, den Mist.«

»Tja«, sagte Paul, der wie stets Fassung bewahrte und die Dinge von einer höheren Warte aus zu betrachten versuchte. »Nehmen wir's als Manöver.«

»Manöver …« Saskia verdrehte die Augen, ließ sich auf ihren Stuhl fallen, streifte sich die Schuhe von den Füßen und legte die Beine hoch. Wie immer sah sie ziemlich umwerfend aus, vielleicht noch mehr als sonst, etwas aufgelöst, etwas abgekämpft, vor allem: ein wenig wütend. Paul allerdings schien immun gegen Saskias Reize, anders als so ungefähr jeder andere Mann auf der Insel. Und Anna hatte eine Theorie, woran das lag. Denn Saskia, da war sie sich einigermaßen sicher, war der Typ Frau, an dem man sich verbrannte, wenn man ihr zu nahe kam …

»Anna?«

»Ja?«

Paul betrachtete seine Kollegin voller Wärme. »Denkst du, wir können das morgen oder übermorgen noch einmal so in Angriff nehmen? Ich meine, vorausgesetzt, wir bekommen einen neuen Auftrag für die Evakuierung.«

»Von mir aus jederzeit«, erklärte Anna und ignorierte den pochenden Schmerz in ihrem Kopf. Natürlich wusste sie, dass etwas mehr Regelmäßigkeit hilfreich gewesen wäre im Kampf gegen die Migräne. Aber natürlich wusste sie auch, dass es diese Regelmäßigkeit in ihrem Leben nicht gab. Oder wenn, dann nur für kurze Zeit. Ein paar Tage vielleicht, mit Glück einige wenige Wochen – bis die nächste Katastrophe eintrat. Denn das war es, was ihr Leben prägte, seit sie auf die Insel zurückgekehrt war: eine immerwährende Abfolge von Unglücken, Dramen und Situationen, die man seinem ärgsten Feind nicht wünschte. Anna schien Gefahr und Tod geradezu anzuziehen.

Pauls Blick war nicht frei von Skepsis. Aber er nickte und wandte sich der jüngeren Kollegin zu. »Saskia?«

»Jederzeit wieder«, ätzte Saskia und griff mit den Fingern in ihr langes, blondes Haar, schüttelte es und atmete tief durch. »Von mir aus können wir die Insel täglich einmal räumen. Sehr nützlich das.«

Mit einem Seufzen wandte sich Paul ab und holte sich einen Kaffee von nebenan. »Es wird euch freuen zu hören, dass wir beim nächsten Versuch einen etwas praktikableren Evakuierungsplan haben«, sagte er, bemüht um so etwas wie einen optimistischen Ton.

»Nämlich?« Neugierig beugte sich Anna vor und versuchte in seiner Miene zu lesen, für wie vielversprechend er selbst die neue Order hielt.

»Wir müssen nur noch das Unterland auf die Schiffe evakuieren. Das gesamte Oberland geht geschlossen auf die Düne.«

»Hätte man auch gleich draufkommen können«, warf Saskia ein.

»War man auch«, erklärte Paul leicht angefasst. »Da gab es aber noch kein geohydrologisches Gutachten.«

»Das es jetzt gibt.«

»Richtig. Und das besagt, dass im Falle eines größeren Felssturzes keine Überflutung der Düne zu befürchten ist.«

»Echt jetzt?« Saskia nahm die Beine runter und blickte Paul staunend an. »Die dachten, es gibt einen Tsunami?«

»Sie konnten eine Flutwelle nicht ausschließen«, erklärte Paul. Und mit einem Blick zu Anna: »Mit Flutwellen hat die Insel nicht die besten Erfahrungen.«

*

Der neue Evakuierungsplan sah vor, dass am Freitag die ersten Häuser ab fünf Uhr morgens geräumt werden sollten. Die Inselverwaltung hatte den Bewohnern Nummern zugeteilt, das Unterland sollte bis neun Uhr in fünf Blöcken geräumt werden, das Oberland anschließend in vier Blöcken bis Mittag. Die restlichen Bereiche waren bis vierzehn Uhr vorgesehen, die Sprengmeister würden eine Stunde später am Blindgänger zu arbeiten beginnen. Wenn alles gut ging, war die Bombe gegen siebzehn Uhr entschärft, sodass bis zum Abend alle Einwohner und die Gäste, die man nicht bereits wieder aufs Festland verbracht hatte, zurück auf der Insel sein würden. Es würde einen weiteren Tag brauchen, bis der Linienverkehr zwischen Helgoland und Hamburg, Cuxhaven und Büsum wieder den geregelten Verkehr aufgenommen hatte. Denn üblicherweise liefen die Dampfer am Nachmittag aus und legten am nächsten Tag gegen Mittag wieder auf der Insel an.

Die Wettervorhersage war optimistisch: Im Laufe des Donnerstags würde es angeblich aufklaren, spätestens ab dem Mittag war nicht mehr mit Regen zu rechnen. Gerlind Reuß von der Kurverwaltung, die inzwischen zur Evakuierungskoordinatorin ernannt worden war, meldete sich inzwischen stündlich bei Paul oder – wenn sie ihn nicht erreichte – bei Anna. Anna kannte die Frau von verschiedenen Events, die sie organisiert hatte und bei denen die Polizei nicht hatte fehlen dürfen. Sie mochte sie. Frau Reuß war eine patente Person, die nie großes Aufheben um sich selbst machte. Um die Sache allerdings sehr wohl! »Wir haben jetzt das gesamte Unterland klargemacht«, erklärte sie Anna am Telefon, als die gerade wieder in die kleine Polizeistation zurückgekehrt war.

»Und Unterland meint was genau? Bis zum Invasorenpfad? Oder einschließlich der Hummerbuden? Den Hafen auch?« In die andere Richtung war der Begriff leichter zu definieren, weil es dort natürliche Grenzen gab: das Meer. Die Bebauungsgrenze. Aber Richtung Hafen verschwammen an einem bestimmten Punkt Unterland und Mittelland, also der Teil der Insel, der durch die Sprengungen der Briten nach dem Zweiten Weltkrieg erst entstanden war. »Im Moment geht es bis zu den Hummerbuden. Also einschließlich.«

»Gut. Um wie viel Uhr sollen denn die ersten Kolonnen losmarschieren?«

»Wir gehen im Moment von neun Uhr am Morgen aus.«

»Verstehe. An sich können wir dann von hier aus agieren, oder? Ich meine: Wir nehmen die Leute hier in Empfang und eskortieren sie zu den Schiffen.« Anna blickte aus dem Fenster der kleinen Polizeistation, an der die Hafenstraße vorbeiführte.

»Ja. Das wäre gut. Allerdings wird ein Teil der Menschen auch auf die Düne gebracht.«

»Klar. Ist auch sinnvoller.«

»Vor allem müssen wir uns dann nicht so sehr um den Platz sorgen. Ich konnte ein paar von den Ferienhäuschen beschlagnahmen. Und sanitäre Einrichtungen gibt es ja auch …«

»Beschlagnahmen?« Anna fragte sich, ob das einer Mitarbeiterin der Kurverwaltung überhaupt zustand.

»Na ja, sagen wir, wir haben eine Abmachung mit den Besitzern getroffen.« Gerlind Reuß kicherte ein wenig, und Anna stellte sich vor, wie sie in ihrem Büro saß und das alles ausheckte. Es schien ihr Spaß zu machen. Die Frau war einfach ein geniales Organisationstalent. »Wissen Sie was, Frau Reuß? Ich bin wirklich froh, dass Sie das übernommen haben«, erklärte Anna. »Sie haben für so etwas einfach ein gutes Händchen. Und einen kühlen Kopf.« Anders als ich, dachte Anna, die spürte, wie die Betäubung durch die Mittel, die ihr Sarah Reiter hatte zukommen lassen, nachließ. Bald würde Stalin sie wieder auf die Bretter werfen. Sie legte auf und bat Frau Schneider, ihr einen Kaffee zu machen. Etwas, das sie sonst nie tat, weil sie es unwürdig fand. Wer sich nicht selber Kaffee kochen konnte, brauchte auch keinen trinken. Aber diesmal, ausnahmsweise … »Gerne, Frau Krüger«, erwiderte die Sekretärin und musterte Anna skeptisch. »Geht es Ihnen gut?«

»Ging mir nie besser, Frau Schneider. Danke! Nur schrecklich viel zu organisieren gerade.« Sie setzte sich wieder an ihren Schreibtisch und nahm das Handy aus der Jackentasche. *Du bist die Nächste.* Sie sog scharf die Luft ein und tippte: *Du machst mir keine Angst.*

Aber das stimmte natürlich nicht. Das letzte Mal, als jemand ihr anonyme Botschaften geschickt hatte, hatte es am Ende Tote gegeben. Einen Toten. Wenn man Marten nicht mitzählte, der nun … Sie zuckte zusammen, als jemand kräftig an die Tür klopfte. Sarah Reiter! Anna stand auf und öffnete ihr. »Hallo!«

»Hallo. Darf ich reinkommen?«

»Gerne.« Anna trat beiseite und ließ die Ärztin eintreten. »Paul ist leider nicht da.« Sie wusste ja, dass die beiden eine inzwischen langjährige Freundschaft verband, die auch zeitweilig mehr gewesen war.

»Ach.« Sarah Reiter sah sich um. »Ich würde ja gerne sagen, dass ihr es hier nett habt.« Sie nahm ihren Südwester ab, von dem es auf den Boden tropfte. »Aber ehrlich gesagt ... Es ist genauso trostlos, wie ich es in Erinnerung habe.«

Anna lachte. »Ja. Ich weiß. Irgendwie bringen wir nie die Zeit auf, das alles mal etwas gemütlicher zu machen. Bisschen neue Farbe wäre schon mal ein Anfang«, erklärte sie mit Blick auf die vergilbten Wände. Sie deutete auf einen Stuhl und setzte sich selbst. »Was kann ich für dich tun?«

»Eigentlich wollte ich fragen, ob ich etwas für euch tun kann«, sagte die Ärztin. »Ich meine ...« Das Zögern, der Blick. Das war ein Hintergedanke. »Also, wenn es jetzt ernst wird mit der Entschärfung ...« Und Anna wusste auch, was es war. »Ich meine, dann wäre es doch vielleicht sinnvoll, wenn ich nicht ebenfalls evakuiert würde.«

»Weil?« Anna zeigte keinerlei Regung.

»Weil es Verletzte geben könnte.« Die schöne Frau, die ihr schon einmal das Leben gerettet hatte, hob die Hände. »Und dann wäre es doch sinnvoll, eine Ärztin in der Nähe zu haben.«

Anna nickte und suchte in ihren Augen nach der Wahrheit. »Klar«, sagte sie. »Das ist absolut sinnvoll. Und du bist gekommen, um ...«

»Um? Um eben meine Hilfe anzubieten.« Sarah Reiters Blick wanderte unauffällig über Annas Gesicht, verfing sich in ihren Augen, landete auf ihren Händen. Nicht unauffällig genug allerdings.

»Und deshalb kommst du her? Schon gar nichts mehr los in der Praxis?«

»Wie bitte?« Verwirrt sah die Ärztin auf.

»Na, du hättest auch anrufen können.«

»Ja. Stimmt«, sagte Sarah Reiter und lachte verlegen. »Das hätte ich tatsächlich tun können.« Sie stand auf. »Wahrscheinlich hätte ich es besser tun sollen. Wir sind schließlich alle gut beschäftigt.«

Anna lächelte und nickte.

»Tja dann … Ich schätze, ich gehe jetzt besser wieder.«

»Natürlich.« Anna sah ihr zu, wie sie aufstand und einen Schritt Richtung Tür machte.

»Und du …«

»Mir geht es gut, Sarah. Vielen Dank. Falls Paul dich wieder einmal fragt, ob du nach mir gucken könntest, fühl dich nicht verpflichtet. Wenn ich ärztliche Hilfe brauche, melde ich mich.«

»So war das nicht gemeint, Anna«, erklärte die Ärztin und blickte verlegen zu Boden. »Es ist nur … ich meine … Er macht sich Sorgen. Du kennst ihn.« Sie blickte auf. »Und du kennst dich!«

»Stimmt.« Anna zuckte die Achseln. »Ich kenne mich. Deshalb weiß ich auch, dass es nichts bringt.«

Die dunklen Augen der schönen Frau ruhten auf ihr, schienen ihr ins Gehirn blicken zu wollen. »Dass was nichts bringt, Anna?«

»Alles, Sarah. Pauls Sorgen. Deine Hilfe. Die Kontrolle. Ich bin nicht kontrollierbar. Wenn es gut geht, geht es gut aus. Wenn nicht …« Den Rest ließ Anna im Ungefähren. Sie stand auf, ging zur Tür und hielt sie Sarah Reiter demonstrativ auf. »Danke für dein Angebot.«

Die Ärztin nickte. »Gerne. Dann kann ich bleiben?«

»Ich bespreche es mit dem Sprengmeister und gebe dir Bescheid.«

Als die Ärztin weg war, ging Anna auf die Toilette und stellte sich vor den Spiegel. Sah sie wirklich so angegriffen aus, dass Paul ihr schon eine Krankenschwester vorbeischicken musste? Sie musterte sich und versuchte, ehrlich zu sein. Nein, sie sah nicht schlecht aus. Sie sah schrecklich aus.

Ein »Ping« von ihrem Handy riss sie aus den Gedanken. Sie spürte, wie Stalin seine Krallen wetzte. Mit klopfendem Herzen ging sie wieder an den Schreibtisch. *Das werden wir ja sehen.*

*

Es war dunkel, als Anna endlich die Tür in der Kirchstraße aufsperrte. Dankbarkeit durchflutete sie, als sie Licht hinter dem Fenster von Frau Hovekamps Wohnzimmer im Erdgeschoss sah. Ihre Vermieterin war alt und schwerhörig, aber sie war eine Seele von Mensch, überraschte Anna oft mit einem Stück selbstgebackenem Kuchen oder lud sie auf eine Tasse Tee ein. Und Anna machte sich keine Illusionen, dass es vielleicht nur deshalb war, weil die alte Dame einsam gewesen wäre. Eher war es wohl so, dass Frau Hovekamp genau wusste, wie es um Anna bestellt war, und dass sie es war, die allein war. Mehr als gut für sie war.

An diesem Abend klopfte Anna von sich aus an der Tür zu ihrer Wohnung. Sie musste es mehrmals probieren, bis die alte Dame sie hörte. »Anna! So eine Aufregung heute, was?«

»Das kann man wohl sagen, Frau Hovekamp. Ich wollte nur nachsehen, dass es Ihnen gut geht. Waren Sie schon auf einem der Schiffe?«

Die alte Dame schüttelte den Kopf. »Das hatte sich hier oben so lange verzögert, dass ich noch nicht einmal auf dem Kirchhof stand, als man uns sagte, dass wir doch nicht evakuiert würden.« Richtig, für die Kirchstraße und die jenseits von St. Nicolai gelegenen Häuser war der Kirchhof der Sammelpunkt gewesen. Frau Hovekamp zuckte die Achseln. »Ich bin froh. Evakuierung ist etwas, was ich in keiner guten Erinnerung habe.«

»Das kann ich verstehen.« Frau Hovekamp gehörte zu der Generation der Insulaner, die bei Kriegsende aufs Festland gebracht worden waren und jahrelang darauf hatten warten müssen, wieder zurückkehren zu dürfen. »Sie müssen noch sehr jung gewesen sein.«

Die alte Dame nickte. »Ja«, sagte sie leise. »Ich war vier.«

Vier Jahre, dachte Anna. So klein. Man konnte sich kaum vorstellen, was für eine Kindheit das gewesen war. Zuerst die Nazizeit, dann die Bombenangriffe, dann die Vertreibung von der völlig zerstörten Insel ... »Denken wir nicht mehr daran!«, sagte Frau Hovekamp und atmete tief durch. »Kommen Sie auf ein Gläschen Grog zu mir herein?«

»Vielleicht genau das Richtige nach diesem Tag«, stimmte Anna zu und trat in Frau Hovekamps gute Stube, wo alles so friedlich und zierlich aussah wie in einem Puppenhaus, von den gehäkelten Tischdecken bis zu den geblümten Lampenschirmen. Es war eine Wohnung aus einer anderen Zeit.

»Ich dachte, Sie wären schon längst zu Hause«, plauderte die alte Dame munter, während sie eine Tasse aus dem Schrank holte und Anna aus einer Porzellankanne einschenkte. Offenbar hatte sie sich selbst eine gute Portion Eiergrog gemacht, von der sie nun etwas für ihre Mieterin abzweigte. »Das wäre heute völlig unmöglich gewesen«, erklärte Anna. »Wir mussten ja erst die ganze Insel auf die Beine bringen. Und dann mussten wir sie alle wieder von den Schiffen holen.« Sie lachte. »Ein verrückter Tag.« Doch das Lachen blieb ihr im Halse stecken, als sie daran dachte, dass sie außerdem eine Leiche gefunden hatten. Eine Frau. In Uniform. Mit lackierten Fingernägeln. Eine Wachsleiche, wie der Sprengmeister sie genannt hatte. Anna sah den seltsamen Leichenzug vor sich, die Prozession Richtung Klinikum. Den Fahrstuhl in den Keller. Den Blick des alten Mannes, der sie beobachtet hatte. Sie hörte gar nicht hin, was Frau Hovekamp sagte. Bis etwas ihre Aufmerksamkeit erregte. »... klar, dass Sie gleich wieder wegmussten vorhin.«

»Wegmussten?«

»Na ja, als Sie vorhin hier waren.«

»Aber ich war nicht ...« Anna hielt inne. Hatte wirklich nur im Erdgeschoss Licht gebrannt? Plötzlich war ihr, als hätte sie auch im Obergeschoss Licht gesehen. Dort, wo ihre Wohnung war. »Wann war das denn?«, fragte sie mitten in Frau Hovekamps unbekümmerte Rede hinein.

»Wann war was?«, fragte die alte Dame verwirrt zurück.

»Als Sie mich gesehen haben!«

Frau Hovekamp lachte. »Gesehen haben wir uns ja nicht, nicht wahr? Also jedenfalls ich habe Sie nicht ... Ich habe Sie doch nicht übersehen?« Mit einem Mal wirkte sie verunsichert.

»Nein, nein, so habe ich es nicht gemeint. Es ist nur: Heute war so viel los, dass ich völlig mit der Zeit durcheinandergekommen bin.« Sie überlegte kurz und fügte hinzu: »Ich hoffe nicht, dass ich meinen Zeitplan nicht eingehalten habe.«

»Ach so. Nun ja, wann war das? Also ich habe bemerkt, dass Sie da sind, das war so gegen ...« Sie warf einen Blick zum Fernseher. »Jedenfalls war die Evakuierung schon abgesagt. Und ich hatte mich gerade hingesetzt, um die Nachrichten zu gucken. Das muss so gegen fünf gewesen sein.«

Gegen fünf. Als sie bei Henry's gewesen war. »Und da haben Sie gedacht, ich wäre da, weil ich …«

»Ich habe die Tür gehört. Und wie Sie hochgehen.«

Ja, die Tür war laut. Die Treppen waren es auch. Und das Haus war hellhörig. Sogar eine schwerhörige alte Frau konnte einen Besucher bemerken, der sich keine Mühe gab, leise zu sein. Einen Besucher, der auf dem Weg zu Annas Wohnung war. »Aber Sie haben nicht gehört, wie ich wieder gegangen bin?«

Das Lächeln in Frau Hovekamps Gesicht gefror. »Nein«, sagte sie heiser. »Das nicht.«

*

Kalt und dunkel lag die Wohnung vor ihr. Vor dem gekippten Fenster im Wohnzimmer blähte sich der Vorhang ein wenig. Klamm fühlte es sich an in den Räumen: im Wohnzimmer und mehr noch im Schlafzimmer. Anna ließ ihren prüfenden Blick über das Bett gleiten, hob vorsichtig die Decke an und atmete durch: nichts. Sah zur Kommode hin, erinnerte sich, wie sie einmal erlebt hatte, dass ihre Unterwäsche durchwühlt worden war, musste an das riesige Herz aus menschlichem Blut denken, das an ihrer Schlafzimmerwand geprangt hatte. Eine Gänsehaut überzog ihre Arme. War wirklich jemand hier gewesen? Oder hatte es sich die alte Frau nur eingebildet? Der Fernseher war ja gelaufen, da konnte man schon mal ein Geräusch falsch zuordnen, wenn man gerade nicht hinguckte. Aus irgendeinem Grund brachte Anna es nicht über sich, Licht zu machen. Gerade so, als bliebe dadurch etwas, das man nicht sehen möchte, weg. Doch wenn jemand hier gewesen war, wenn er Spuren hinterlassen hatte, dann würde sie

sie irgendwann entdecken. Besser früher als später, dachte sie und streckte die Hand nach dem Lichtschalter aus – da sprang sie die Erkenntnis an: Unter der Tür zum Badezimmer drang ein schmaler Schimmer hervor.

Anna bemühte sich, ihren Atem unter Kontrolle zu halten. Sie nahm ihre Pistole aus dem Holster und streifte sich die Schuhe ab, um so lautlos wie möglich hinüberzuschleichen. Bisher hatte sie wenig Geräusche verursacht. Falls also jemand in ihrem Badezimmer war, war es möglich, dass er noch gar nicht bemerkt hatte, dass sie zurück war. Dann hatte sie das Überraschungsmoment auf ihrer Seite. Vorsichtig setzte sie einen Fuß vor den anderen, postierte sich neben der Tür und legte eine Hand auf den Griff. Sie zählte lautlos bis drei, dann schleuderte sie die Tür auf, riss die Hand mit der Pistole herum und ging gleichzeitig in die halbe Hocke, um möglichst wenig Angriffspunkte zu liefern und zugleich eine perfekte Sprungposition einzunehmen.

Doch sie musste nicht springen. Das Badezimmer war leer. Niemand hatte sich hier verborgen. Der Duschvorhang zitterte leicht, aber das mochte an ihrer Aktion eben liegen. Dennoch rief Anna: »Strecken Sie Ihre Hände über die Vorhangschiene! Sofort! Ich bin bewaffnet!« Nichts. Anna spürte ihren Herzschlag wie eine Dampframme. Das Adrenalin trieb ihr den Schweiß auf die Stirn. Sie entdeckte den kleinen Mülleimer links neben der Tür, packte ihn mit der freien Hand und schleuderte ihn gegen den Duschvorhang, der nach innen gedrückt wurde, sodass der Eimer laut scheppernd in die Badewanne fiel. Keiner da. Anna atmete auf. Niemand war in ihrer Wohnung. Sie war allein. Das sicherste Gefühl, das sie kannte. Und doch merkte sie, wie sie am ganzen Leib zitterte.

»Ist alles in Ordnung, Anna?«, hörte sie die unsichere Stimme von Frau Hovekamp hinter sich.

»Alles in bester Ordnung, Frau Hovekamp!«, rief sie über die Schulter und steckte unauffällig ihre Pistole weg. »Ich bin nur über den Mülleimer gestolpert.«

»Dann ist ja gut. Soll ich Ihnen noch einen Grog bringen?«

»Nein danke, Frau Hovekamp. Das ist sehr nett. Aber ich muss bald wieder arbeiten. Da darf ich nicht zu müde sein.« Und vor allem: nicht zu betrunken, dachte sie, sagte es aber nicht. Denn es mochte ja ungesund sein, wenn solche alten Leutchen sich allzu oft etwas Alkoholisches gönnten. Aber wer konnte schon sagen, ob es nicht noch viel ungesünder war, ganz ohne Trost allein zu Hause zu sitzen und auf das letzte Stündlein zu warten.

Die alte Dame zog sich zurück, Anna schloss die Wohnungstür, machte die Fenster zu und zog die Vorhänge vor. Sie wollte jetzt nur noch für sich sein. Sich einschließen. Sogar die Wohnungstür verschloss sie von innen. Eine sichere Burg brauchte sie, einen Ort, an dem niemand ihr zu nahe kommen konnte.

Sie zog sich aus, machte im Badezimmer Ordnung und stellte sich unter die heiße Dusche. Zog die Arme fest an sich, genoss den warmen Regen, der an ihr herabrieselte, versuchte, nichts zu denken, einfach nichts, sank ganz tief in sich hinein, dankbar, dass auch Stalin sie für den Augenblick alleine ließ. So bei sich verharrte sie einige Zeit, bis das Wasser kühler wurde. Der Boiler war leer. Sie drehte den Hahn zu, schnappte sich ihr großes Badetuch und wickelte sich darin ein, ein kleineres wand sie sich um die Haare und stieg aus der Wanne. Beruhigt. Entspannt. Müde. Es gab keinen Grund, sich Sorgen zu machen. Heute war ein harter Tag gewesen, aber eigentlich war nichts Schlimmes passiert. Das Bild der Wachsleiche tauchte vor ihrem geistigen Auge auf. Nun ja, ein toter Mensch, gewiss. Aber eben auch nichts weiter. Tote Menschen werden wir alle eines Tages sein, das gehört zu unserem Leben. Anna versuchte, sich von dem Bild freizumachen. Sie trat vor den Spiegel, der vom heißen Dampf beschlagen war. Beschlagen bis auf die Schrift, die sich darauf abzeichnete: *Du bist als Nächste dran.*

*

Natürlich war Stalin erwacht und hatte ein Fest gefeiert, indem er ihren Schädel nach allen Regeln der Kunst filetiert hatte. Wieder und wieder trieb er seine Klingen durch ihr Gehirn, bis ihr schwarz vor Augen wurde und sie nur noch mit allergrößter Willensanstrengung den Weg ins Schlafzimmer fand, wo in ihrem Nachttisch ihre Tabletten lagen. Hätten liegen *müssen!* Doch die Schublade war leer. Anna versuchte verzweifelt, sich zu erinnern, ob sie den Blister woanders hingelegt hatte. Aber natürlich hatte sie das nicht. Der Blister war hier gewesen. Nun war er weg. Und nicht sie war es gewesen, die ihn weggenommen hatte. Stöhnend ließ sie sich aufs Bett fallen, grub den Kopf ins Kissen, versuchte, irgendwie aus der Schmerzspirale herauszukommen. Was völlig sinnlos war. Stalin tat, was er wollte. Er war der Herr über ihr Leben. Und sie war seine Sklavin und würde es immer sein. Wenn es ihm gefiel, sie zu foltern, zelebrierte er seine dunklen Künste gnadenlos. Und wenn er sich zurückzog, blieb es sein Geheimnis, wann er wieder hervorkam, um sich an Annas Schmerz zu weiden.

Das Handy nahm sie nur ganz am Rande wahr. Dennoch schaffte sie es irgendwie, den Anruf anzunehmen. »Anna?«, fragte Paul am anderen Ende der Leitung. »Alles in Ordnung mit dir?« Er hatte längst ein feines Gespür dafür entwickelt, ob es ihr gut ging oder nicht.

»Mein Kopf«, ächzte Anna. Fast war es ein Lallen.

»Brauchst du etwas? Soll ich dir Medikamente bringen?«

»Das … wäre … ja. Paul. Wenn du kannst …« Sie schluchzte ins Handy, das sie neben sich aufs Bett gelegt hatte, weil sie die Faust gegen die Schläfen pressen musste. »Ich … brauche …«

»Ich frage Sarah«, fiel ihr Paul ins Wort. »Ich beeile mich. Versuch, es durchzustehen!« Dann war die Leitung weg. *Versuch es durchzustehen.* Ja, Paul wusste, dass Anna schon einmal ihrem Leben ein Ende hatte setzen wollen. Dass er offenbar befürchtete, sie könnte es ein weiteres Mal versuchen, rührte Anna. Es rührte sie so sehr, dass ihr die Tränen kamen.

Im Kühlschrank lagen ein paar Kühlpacks. Zitternd kämpfte Anna sich hoch und kroch hinüber in die Küche, holte die blauen Beutel heraus und presste sie gegen ihre Schläfen. Zurück ins Bett schaffte sie es nicht mehr. Stattdessen blieb sie auf dem Küchenboden liegen und wiegte ihren Körper auf dem blanken Boden.

So fand Paul Freitag seine Kollegin, als ihm die alte Frau Hovekamp aufsperrte und ihn hereinließ. »Anna!«

Sie blinzelte ihn an, rang um Worte, während Paul hektisch eine Tablette aus der Packung drückte und noch eine, Frau Hovekamp um ein großes Glas Wasser bat und dann die Hand in Annas Nacken legte, um sie ein wenig vom Boden hochzuziehen. »Hier. Mach den Mund auf.« Er legte ihr die beiden Tabletten auf die Zunge und hielt ihr das Wasser hin. »Trink. Trink es aus.«

Es fiel ihr unendlich schwer, auch nur zu schlucken, der

Schmerz hatte sie wie unter Strom gesetzt, jeder Muskel ihres Körpers war verspannt. Aber mit Pauls Hilfe schaffte sie es, die Tabletten runterzuspülen.

»Frau Hovekamp, könnten Sie uns eine Decke holen?«, bat Paul die Vermieterin.

»Ja. Eine Decke.« Die alte Frau war sichtlich schockiert. Seit Anna bei ihr eingezogen war, geschahen immer wieder schreckliche Dinge in ihrem Haus. Sie machte ihr keine Vorwürfe – eher schien ihr zu schaffen zu machen, dass sie Anna kein sicheres Obdach bieten konnte. Als sie nach wenigen Augenblicken mit der Bettdecke wiederkam, hatte auch sie Tränen in den Augen. »Wie geht es dir, Kind?«, fragte sie und beugte sich hilflos über die junge Frau, die sich unter Schmerzen auf dem Boden krümmte. »Es wird bestimmt gleich besser sein«, antwortete Paul, der erkannte, dass Anna nicht dazu in der Lage war. So sanft wie möglich wickelte er Anna in die Decke. »Vielleicht noch das Kissen?«, bat er Frau Hovekamp, die dankbar, etwas tun zu können, wieder hinüberging ins Schlafzimmer.

»Der Spiegel«, lallte Anna.

»Der Spiegel?«

»Im … Bad.«

»Was ist mit dem Spiegel im Bad?«

»Die … Schrift.« Anna stöhnte unter einem besonders heftigen Stich auf, den ihr die Migräne versetzte. Verständnislos hob Paul ihren Kopf abermals an, als Frau Hovekamp mit dem Kissen zurückkam, und schob es ihr unters schweißnasse Haar. »Du ruhst dich jetzt aus, Anna«, erklärte er. »Wir brauchen dich!« Und leiser: »Ich brauche dich.«

Es war ein Flüstern, aber er glaubte, seine Kollegin verstanden zu haben mit den Worten: »Schau den Spiegel an.«

Paul Freitag nickte, erhob sich und wandte sich an die Vermieterin. »Glauben Sie, dass Sie ein wenig bei Anna bleiben können, Frau Hovekamp? Das wäre eine sehr große Hilfe.«

»Die ganze Nacht«, erklärte die alte Frau. »Es tut mir ja so leid!«

»Das ist lieb, haben Sie vielen Dank.« Er sah sich um. »Ich müsste mal kurz ins Badezimmer.«

»Oh, natürlich, gleich hier drüben! Ich zeige es Ihnen!« Die Vermieterin führte ihn hinüber. Das Licht brannte noch. Paul blickte in den Spiegel, ohne dass ihm etwas Besonderes aufgefallen wäre, betrachtete das restliche Badezimmer, warf auch einen Blick ins Schlafzimmer. Doch alles war aufgeräumt und ganz normal.

Er ging noch einmal in die Küche, wo Anna aufgehört hatte zu stöhnen. Vielleicht wirkte das Zeug, vor dem ihn Sarah Reiter, Annas Ärztin und eine gute Freundin, nachdrücklich gewarnt hatte, ja wirklich so schnell. »Anna? Ich geh jetzt. Frau Hovekamp bleibt noch ein bisschen bei dir, ja?«

»Paul!« Ihr Blick war jetzt klarer, auch wenn Panik aus ihm sprach. »Der Spiegel …«

»Was ist denn mit dem Spiegel, Anna? Ich war gerade dort. Es ist alles mit ihm in Ordnung.«

»Die Schrift!« Sie rang um Luft. »Die Schrift darauf!«

»Es steht doch gar nichts drauf, Anna.« Dass Medikamente Halluzinationen auslösen konnten, das war ihm bekannt. Dass die Tabletten, die Anna geschluckt hatte, Psychopharmaka waren, legte mehr als nahe, dass Anna halluzinierte.

»Doch, Paul. Der Spiegel …« Sie mühte sich auf, ächzte, hielt sich an ihrem Kollegen fest, wankte, ließ sich von ihm ins Badezimmer führen und musste feststellen, dass der Spiegel nicht mehr beschlagen und die Schrift verschwunden war.

Nachdem sie eine Minute fassungslos auf das blanke Glas gestarrt hatte, konnte sie einen vernünftigen Gedanken fassen: »Dreh das Wasser auf. Ganz heiß. Bitte.«

Paul tat, worum sie ihn gebeten hatte. Doch es kam kein heißes Wasser, sondern nur kaltes. Der Boiler war leer. Und der Spiegel blieb glatt und klar.

*

18. April, 12.15 Uhr. Noch 45 Minuten bis zum großen Inferno.

Jeder wusste, dass der Hinweg immer länger war als der Rückweg. Diesmal war es anders. Als nähmen die Gänge im Inneren des Felsens nie ein Ende, stolperte Victor Bly durch die Stollen Helgolands, entlang an Rohren und Kabeln, mit denen sich die Nazis hier unten mit Licht und Luft versorgt hatten, vorbei an Depots mit schier unübersehbaren Mengen an Bomben und Granaten und Minen. Munition, ja sogar unverarbeitetes Rohdynamit hatten sie hier heruntergeschafft, alles, was nur irgend in die Luft fliegen konnte und zweifellos auch würde. Mit der flackernden Taschenlampe in der Hand war alles das der reine Horror. Sie brauchten es gar nicht erst zu zünden, Victor Bly heulte schon jetzt wie ein Säugling. Er konnte kaum aus den Augen sehen vor Tränen. Als Kind war er auf dieser Insel gewesen. Seine Vorväter hatten hier gelebt. Ein friedliches Leben als Untertanen erst der dänischen, dann der britischen Krone. Warum um alles in der Welt sollte dieses wunderbare kleine Eiland im Meer versenkt werden, nur weil es sich ein größenwahnsinniger Möchtegernkaiser und ein noch größenwahnsinnigerer Tyrann unter den Nagel gerissen hatten! Konnte der Fels etwas dafür? Hatte Helgoland auch nur einen berühmten Nazi hervorgebracht? Die Braunen hatten die Insel doch selbst geschunden. Wenn man nur betrachtete, was für einen Moloch von Hafen sie der Insel angetan hatten für ihre U-Boote und für ihre Panzerkreuzer.

Alles hätte anders kommen können. Es hatte Helden gegeben! Helden, die die Insel kampflos an die britische

Armee übergeben wollten. Aber sie waren verraten worden. Und selbst dann: Warum hatte Grenfell diese fürchterliche Idee aussprechen müssen, dass man die Insel doch in die Luft blasen könnte? Warum hatte die Generalität daran Gefallen finden müssen? Warum hatte kein vernünftiger Geist diesem Wahnsinn widersprochen! Nein, diese kleine Insel war wieder und wieder und immer wieder ein Opfer des Wahnsinns geworden. Und sie würde es heute wieder werden.

Bly bemerkte erst, dass er auf die Knie gefallen war, als er in der Nähe Stimmen hörte. Die Taschenlampe war ausgegangen, aber ein schwacher Schimmer war zu sehen. Er musste ganz in der Nähe eines Ausgangs sein. Verzweifelt scharrte er eine Handvoll Staub zusammen und stopfte ihn in seine Tasche. Eine Erinnerung an die Insel, die es in ein paar Minuten nicht mehr geben würde. Er würde ihn als Andenken an seine Vorfahren bewahren.

5

DONNERSTAG

Der Alte war Paul Freitag unangenehm. Nicht weil er etwas gegen Penner gehabt hätte – zumal Eck kein Penner war. Nicht mehr. Er war nur mal einer gewesen. Jahrelang hatte der Mann in Hamburg auf der Straße gelebt, ehe ihn ein unglaublicher Zufall in eine Katastrophe verwickelt hatte, bei der er nicht nur mit enormem Glück überlebt, sondern auch noch seine vor langer Zeit verlorene Tochter wiedergefunden hatte: Saskia Berneking. Pauls Kollegin. Die Frau, die, seit sie auf der Insel angeheuert hatte, ganz Helgoland den Kopf verdrehte. Zumindest dem männlichen Teil der Einwohnerschaft. Und ausgerechnet Saskia, die das Talent hatte, immer und ausschließlich an sich selbst zu denken, war auf den Gedanken verfallen, Eck auf die Insel zu holen, damit er im Klinikum einen Weg aus der Sucht fand. Denn natürlich war Eck ein schwerer Alkoholiker gewesen, als er ihnen auf dem Hamburger Dom über die Füße gestolpert war.

»Moin, Herr Oberwachtmeister«, grüßte Eck den Polizisten und hob schlaff die Hand.

»Moin, Herr Eck«, grüßte Paul zurück. »Polizeiobermeister, wenn Sie es schon so förmlich machen wollen.«

»Jo, dann werd ich das mal in Zukunft so sagen, Herr Oberwachtmeister«, erwiderte Eck mit mildem Lächeln. Der Alte hatte trotz seiner Beschwerden etwas erstaunlich Gelassenes. Genau das, was Paul Freitag fehlte. Paul litt darunter, in allem penibel zu sein, alles sehr genau zu machen und vor allem: den Dingen mit einem oft etwas anstrengenden Ernst zu begegnen. Vor allem für ihn war dieser Ernst anstrengend.

»Was macht die Moorleiche?« Offenbar hatte Eck seine Ohren überall. Paul gab sich nicht die Mühe, sein Missvergnügen zu verbergen. »Ist immer noch tot«, sagte er verdrossen.

»Tja. Und haben Sie schon rausgefunden, wer es ist?«

Paul blickte zum Himmel, der genauso trüb und regnerisch war wie tags zuvor. »Ich habe meine Zweifel, ob wir das überhaupt herausfinden werden.«

»Vielleicht auch besser so«, überlegte Eck und zog die Jacke enger um seinen fröstelnden Körper. Der Mann war nur Haut und Knochen. Der Entzug hatte ihm zugesetzt. Aber er war zäh. Das immerhin imponierte Paul. »Manche Dinge«, sagte Eck leise. »Manche Dinge bleiben besser im Dunkeln.«

»Da bin ich anderer Ansicht«, entgegnete Paul. »Falls sich herausstellen sollte, dass die Tote keines natürlichen Todes gestorben ist, müssen wir der Sache nachgehen. Das sind wir ihr schuldig.«

Der Alte blickte Paul erstaunt an. »Die Tote? Also eine Frau? Hieß es nicht erst, es wäre ein englischer Soldat gewesen?«

Paul seufzte. »Dazu kann ich nicht mehr sagen, Herr Eck. Und jetzt muss ich …«

»Klar, Herr Oberwachtmeister, eilen Sie!« Abermals hob Eck die Hand zum Gruß und schlurfte dann den Invasorenpfad hinunter Richtung Unterland, während Paul Freitag sich beeilte, ins Klinikum zu kommen. In einer halben Stunde musste er drüben beim Blindgänger sein – und eigentlich war auch seine Anwesenheit im Gemeindeamt nötig, damit die neuerliche Evakuierung abgesprochen werden konnte. Ausgerechnet in all dem Chaos fiel nun auch noch Anna aus. Anna, die so kompliziert und anstrengend war, aber die das Talent besaß, Dinge zu erkennen, auf die er selbst oder auch Saskia nicht gekommen wären. Anna hatte ein feines Gespür dafür, ob etwas nicht so war, wie es hätte sein sollen. Und dieses Gespür hatte in der Zeit, die sie nun auf der Insel war, manchem Menschen das Leben gerettet – nicht zuletzt ihm.

»Gut, dass Sie endlich da sind!«, grüßte der Chefarzt, ohne wenigstens einen guten Morgen zu wünschen. Paul blickte auf die Uhr über der Tür: 6.58 Uhr. Er verkniff sich einen Kommentar und trat an die Bahre, auf der mit einem weißen Tuch bedeckt offenbar die Leiche lag, die zwischenzeitlich von den Ärzten des Klinikums untersucht worden war.

»Wir haben keine regelrechte Obduktion vorgenommen«, erklärte der Chefarzt. »Das hätte bei unseren beschränkten Möglichkeiten hier nichts gebracht. Es fehlen uns die labortechnischen Voraussetzungen. Aber natürlich konnten wir dennoch einige Tests unternehmen und die Leiche sorgfältig in Augenschein nehmen.«

»Und? Was haben Sie dabei herausgefunden?« Paul hielt die Luft an, als der Assistenzarzt das Laken zurückschlug. Ein penetranter Geruch stieg von dem toten Körper auf. Paul musste schlucken.

»Wir haben es mit einer Frau zu tun«, fing der Chefarzt mit seinen Ausführungen an und machte eine Pause. Das hätten wir auch ohne ärztliche Hilfe herausgefunden, dachte Paul, sagte aber nichts, weil er darum bemüht war, sein Frühstück bei sich zu behalten, während er in die hohlen Augen der Toten blickte. »... schätzen wir auf fünfzig Jahre, vielleicht auch etwas mehr«, hörte er den Arzt dozieren. »Der Zustand der Konservierung ist erstaunlich gut, was vermutlich am trockenen Klima in dem Stollen lag. Die Leiche war ...« Braunes Haar, dachte Paul. Sie hatte braunes Haar gehabt – und es war immer noch braun. Wurde das Haar von Toten nicht auch weiß? Behielt es seine Farbe? Andererseits: Vielleicht waren die Haare ja gefärbt. »Auffällig war«, erklärte der Chefarzt und nickte seinem Assistenten zu, der die Leiche mit einem Ruck etwas zur Seite drehte, wodurch ein Arm herunterklappte und Paul beinahe die Gewalt über seinen Magen verloren hätte. »... dass es eine Verletzung am Hinterkopf gibt. Hier!« Der Arzt deutete auf eine dunkle Stelle, die tatsächlich wie eine Vertiefung aussah. Paul versuchte gleichzeitig, nicht hinzusehen und sich dennoch selbst zu befehlen, alles ganz genau zu betrachten. »Kommen Sie doch mal einen Schritt näher«, hielt ihn der Chefarzt an.

Es war der falsche Schritt. Der Schritt zu viel. Paul Freitag konnte sich gerade noch auf einen Stuhl retten, der neben der Tür stand. Sein Kreislauf war weggesackt, sein Gesicht weiß wie die Wand, vor der er saß. »Oh«, sagte der Chefarzt und hob erstaunt die Augenbrauen. »Es tut mir leid, wenn ich Sie überfordert habe!« Das süffisante Lächeln, das seine Mundwinkel umspielte, zeugte vom Gegenteil.

»Kein Problem«, ächzte Paul. »Ich kannte Ihren Vorgänger.« Der war genauso ein Arschloch wie Sie, dachte er, sagte es aber nicht. Klar, Ärzte wurden in der Pathologie abgehärtet. Rein gingen sie als empfindsame Menschen, raus kamen sie als seelische Krüppel. Nicht alle. Das Bild von Sarah Reiter schob sich vor Pauls inneres Auge. Sie war empathisch und mitfühlend. Aber der hier … »Sprechen Sie weiter.«

»Bringen Sie dem Polizeiobermeister doch bitte einen Kaffee«, schnarrte Oppelt seinem Assistenten zu, der die Leiche sogleich wieder zurückkippen ließ und sich auf seinen Botengang machte. »Also, Sie werden mir auch so glauben, dass hier Gewalteinwirkung vorlag. Was wir nicht mit Sicherheit sagen können, ist, ob sie zu Lebzeiten der Toten erfolgte oder postum.«

»Postum? Wer sollte denn einer Toten den Schädel einschlagen?«

»Vielleicht der Fels, auf den sie gestürzt ist, nachdem sie einen tödlichen Schlaganfall oder Herzinfarkt erlitten hatte?« Das süffisante Lächeln war zurück. »So oder so, wir empfehlen eine kriminaltechnische Untersuchung.«

Paul nickte und überlegte, was das für ihn bedeutete. »Können wir die Tote für einige Zeit hier lagern?«

Der Arzt breitete die Arme aus. »Nicht gerne. Wir haben nicht viele Plätze hier. Wenn wir selbst einen Todesfall zu beklagen haben, dann wird es schnell eng.« Er deutete auf die drei Fächer an der Wand.

»Liegen sie da drin?«

Der Arzt nickte. »Im Moment natürlich nur Emma hier.« Er nickte zu der Toten hin.

»Emma?«, fragte eine Stimme neben Paul.

»Wir haben ihr einen Namen gegeben. Das macht es angenehmer, mit ihr zu arbeiten.«

Fassungslos starrte Paul seine Kollegin an. »Anna! Du bist nicht in der Lage zu arbeiten. Geh nach Hause und ruh dich aus!« Er holte Luft, verfluchte sich innerlich dafür, weil ihm der fiese Geruch der Toten so tief in die Lungen drang. »Das ist ein Befehl«, krächzte er.

»Danke, dass du dich um mein Wohlbefinden kümmerst«, sagte Anna leise, den Schwindel ignorierend, der sie hierher begleitet hatte. »Aber wir haben nicht genug Leute, um alles zu erledigen, was jetzt erledigt werden muss. Außerdem bin ich privat hier.«

»Privat?«

»Ich habe bei der zuständigen Stelle für Urlaubsplanung um einen freien Tag gebeten und ihn bewilligt bekommen.«

»Sie haben hier eine zuständige Stelle für Urlaubsplanung?«, fragte der Arzt amüsiert. »Bei drei Mitarbeitern?«

»Sicher«, erklärte Anna. »Mich.«

*

»Bist du sicher, dass du das kannst?«, fragte Paul, als sie wenig später endlich wieder draußen vor dem Klinikum standen. Es regnete ohne Pause. Nicht stark, aber lästig. Paul blickte verdrossen den in weitem Bogen Richtung Binnenhafen verlaufenden Invasorenpfad hinab, wo sich bereits einige Helfer in Warnwesten eingefunden hatten, um sie bei der Evakuierung zu unterstützen. Gestern war das noch zu zäh gegangen, hatte zu lange gedauert. Heute sollte es effektiver organisiert werden. Daher hatte die Inselverwaltung die Gepäcktransporteure und einige Mitarbeiter des Zollamts hinzugezogen. Sie unterstanden zum Glück nicht der Polizei, weshalb es zwischen Paul und seinem Team und den neu Rekrutierten keine Lagebesprechung geben musste.

»Ich denke schon«, erwiderte Anna. »Ich habe noch eine Tablette genommen …« Sie warf Paul einen beruhigenden

Blick zu, weil sie wusste, wie besorgt er war, dass sie wieder in die totale Medikamentensucht zurückfallen könnte. »Habe mich noch eine halbe Stunde mit einem Kühlpack auf der Stirn hingelegt und eine ausgiebige Dusche genommen. Zwei Kaffee getrunken … Jetzt bin ich wirklich ganz gut drauf. Ziemlich gut sogar«, murmelte sie, selbst erstaunt, dass sich Stalin so schnell und so weit zurückgezogen hatte.

»Hm«, brummte Paul. »Hoffentlich ist das so.« Auf seiner Stirn waren tiefe Falten zu erkennen. Dass er skeptisch blieb, hatte nicht zuletzt damit zu tun, dass Anna in dem Punkt schon öfter eine geschönte Version der Realität erzählt hatte. »Und hoffentlich bleibt es so.«

»Das hoffe ich auch, Paul.«

Er seufzte. »Okay. Dann stürzen wir uns mal wieder ins Tagesgeschäft.«

»Soll ich wieder mit der Friesenstraße anfangen?«

»Nein, heute sind wir anders organisiert«, erklärte Paul. »Die eigentliche Evakuierung übernimmt die Verwaltung. Wir müssen nur zusehen, dass alles geregelt abläuft.« Er lächelte etwas fatalistisch. »Und uns um die Problemfälle kümmern.«

»Hatte ich gestern«, sagte Anna. Und auf Pauls fragenden Blick: »Doktor Rückert.«

»Dein ehemaliger Lehrer?«

»Mhm. Englisch. Wollte die Insel nicht verlassen.«

»Tja. Alte Leute eben. Die gehen nicht gerne. Alleinstehend?«

Anna schüttelte den Kopf. »Verheiratet. Aber seine Frau ist gerade nicht auf Helgoland. Besucht ihre Schwester in Cuxhaven.«

»Immerhin. Eine weniger.«

»Immerhin«, stimmte Anna zu. »Wird noch genügend Leute geben, die es uns schwer machen.«

»Darauf kannst du Gift nehmen.« Er tippte sich an die Kappe. »Ich geh dann mal zum Blindgänger. Schau du kurz in der Station vorbei, sprich mit Frau Schneider, ob alles passt. Dann mach dich auf die Streife.«

»Und Saskia?«

»Ist im Moment am Fundort. Ich schicke sie dann zur Verwaltung. Ist wichtig, dass wir uns gut mit denen absprechen.«

»Alles klar. Bis dann.« Anna nickte ihm zu und machte sich auf den Weg ins Unterland. Die Polizeistation lag Richtung Hafen, ein kleiner, grün gestrichener Holzbau, eigentlich ein Witz für ein Amtsgebäude, das der Sicherheit der Bevölkerung gewidmet war. Andererseits war es vielleicht gerade das, was die Arbeit auf Helgoland so besonders machte: Niemand konnte sich vorstellen, dass hier tatsächlich einmal ein gefährlicher Polizeieinsatz vonnöten war. Niemand jedenfalls, der nicht in die Ereignisse eingeweiht war, die seit Annas Rückkehr auf die Insel vor ein paar Jahren geschehen waren.

Frau Schneider stand vor der Tür, eine Zigarette in der Hand. »Sie rauchen?«, fragte Anna erstaunt.

»Selten«, erwiderte die Sekretärin. »Entschuldigung. Aber manchmal, wenn ich nervös bin …«

»Und jetzt sind Sie besonders nervös?«

Die Frau, die vielleicht fünfzig Jahre alt sein mochte, nickte. »Wenn da oben was passiert …« Sie blickte Richtung Falm. »Dann ist mein Elternhaus als Erstes dran.« Anna folgte ihrem Blick und stellte fest, dass von hier aus alles zwar enorm weit weg aussah, allerdings die Stelle, die abgerutscht war, ganz gut zu erkennen war. Unterhalb war die Bremer Straße. »Klar«, murmelte sie. »Kann ich verstehen. Wohnen Sie eigentlich noch da?«

Frau Schneider schüttelte den Kopf. »Nein. Mein Mann und ich haben drüben beim Nordstrand-Bohlwerk was gefunden.« Nun gut, dort immerhin bestand keine konkrete Gefahr. »Die Eltern noch dort?«

»In der Bremer Straße? Ja. Die Mutter. Mein Vater ist vor ein paar Jahren gestorben.«

»Verstehe. Und wenn Sie die Mutter …« Zu sich nehmen, wollte sie sagen. Doch dann fiel ihr ein, dass ja ohnehin niemand auf der Insel bleiben durfte, bis das Monstrum entschärft war.

»Haben wir schon«, erklärte Frau Schneider, die ihrem Gedankengang offenbar auch so gefolgt war. »Das heißt: nicht zu uns, sondern ins Hotel. Ist ja gerade sowieso ziemlich viel frei.« Frau Schneiders Mann war Angestellter eines Hotels am Südstrand. Sie hatten die alte Dame also offenbar dort einquartiert. »Gut«, sagte Anna. »Das haben Sie gut gemacht. Man kann ja nie wissen.« Sie blickte verstohlen in den Himmel. Doch Frau Schneider hatte auch das bemerkt. »Macht mir auch Sorgen«, sagte sie leise.

»Hm?«

»Der Regen. Der verdammte Hang wird immer schwerer.« Solche Reden kannte Anna eigentlich von der braven Frau nicht. Es schien ihr auf der Seele zu lasten. »Na«, sagte Anna. »Dann wollen wir mal zusehen, dass wir die Insel möglichst schnell geräumt bekommen – und dann werden die das Ding hoffentlich ruckzuck entschärft bekommen.«

»Ihr Wort in Gottes Ohr, Frau Krüger.«

Ein penetrantes und lauter werdendes Brummen kündigte

die Landung eines Kleinflugzeugs drüben auf der Düne an. »Kommen da echt noch Leute rein?« Frau Schneider drückte ihre Zigarette auf dem Boden aus und wickelte sie in ein Taschentuch.

»Vielleicht die Kollegen von der Kripo.«

»Kripo?« Die Sekretärin holte Luft. »Hab ich was verpasst?«

»Es geht um die Tote aus dem Stollen.«

Eine kleine Weile schwieg die Bürokraft und betrachtete gemeinsam mit Anna, wie der Flieger zwischen die Sandbänke eintauchte. Das Geräusch veränderte sich, hielt aber noch einige Zeit an, bis es endlich erstarb. »Ach, Frau Krüger«, seufzte Frau Schneider. »Ich weiß nicht … Das ist einfach nicht mehr meine Insel.«

Anna legte ihr eine Hand auf den Arm. »Doch, Frau Schneider«, sagte sie und drückte sie leicht. »Das ist sie. So richtig friedlich und harmlos war's hier doch eigentlich kaum jemals.« Sie zwinkerte ihr zu. »Wenn wir ehrlich sind. Das waren nur ein paar Jahre, in denen hier Friede, Freude, Eierkuchen herrschten.«

Die Mitarbeiterin der Polizeistation zuckte die Achseln. »Auf Eierkuchen kann ich verzichten«, sagte sie. »Aber Friede wäre mal wieder eine gute Sache.«

»Keine Sorge, Frau Schneider«, erwiderte Anna. »Der kommt schneller, als Sie denken.« Aber würde er das? Würde er tatsächlich schon so bald wiederkommen? Noch während sie es aussprach, hatte Anna das Gefühl, dass das womöglich vor allem eines war: eine fatale Hoffnung.

*

Er sieht aus, als hätte er sich schon ganz gut auf der Insel eingelebt. Aber wahrscheinlich findet sich so einer überall gut zurecht. Wer mal so lange auf der Straße gelebt hat, ist anpassungsfähig. Wahrscheinlich wird er mich überleben. Wahnsinn. Die Welt ist verrückt.

Die Perücke juckte, sie spürte, dass sie ihre Medikamente brauchte. Aber von jetzt auf gleich ging es nicht. Und sie wollte auch gar nicht. Es nützte ohnehin nichts. Die Kapseln wirkten nicht. Das hieß, doch: Sie wirkten. Aber sie wirkten auf eine fatale Weise. Sie machten ihr Herzrasen und Übelkeit, versetzten den ganzen Körper in Aufruhr und verdarben ihr den Appetit. Sie waren Teufelszeug.

*

Wie sie so dasteht, könnte man meinen, sie wäre ein Engel! Dabei ist sie alles andere als das. Er hatte sie beobachtet. Jeden Tag. Manchmal war er ihr unauffällig gefolgt, hatte sich an ihre Fersen geheftet, hatte gesehen, wie sie mit den Männern war, was sie mit ihnen tat ... Gestern erst hinter dem Hafenamt. Er verstand ja nicht viel von Sex. Aber dass das Spaß gemacht hatte, konnte er sich beim besten Willen nicht vorstellen. Mit der harten Blechwand im Rücken, und dann dieses hektische Geruckel. Warum ließ sie sich mit solchen Typen ein? Andererseits: Dass etwas nicht mit ihr stimmte, das war ihm sehr bald aufgefallen. Und langsam begann er zu ahnen, dass es nichts Harmloses war.

*

Schon von weitem konnte Anna die weiß-rot gestreiften Pflöcke erkennen, die die Kampfmittelbeseitiger aufgesteckt hatten. Sie maßen ein weiträumiges Areal oberhalb der Südtreppe ab. Frachtstraße, Klippenrandweg, Falm – mehrere Wege führten an die betreffende Stelle, St. Michael lag nebenan und man konnte sich vorstellen, dass manche Gläubige in diesen Tagen dafür beteten, dass alles gut gehen würde.

Abgesteckt war das Gebiet, in dem die Einsatzkräfte nach weiteren Blindgängern zu suchen gedachten. »Reine Routine«, hatte Klüver erklärt.

»Wir müssen uns also keine Sorgen machen, dass Sie was finden?«, hatte Paul naiverweise nachgefragt und nur ein Lachen geerntet. »Keine Sorgen? Wie man's nimmt. Reine Routine, weil wir wahrscheinlich so viel Eisenschrott auf diesem Gebiet finden werden, dass wir die ganze Insel abtragen müssten, um sicherzugehen, dass nichts in die Luft fliegt, während wir entschärfen.«

»Ich verstehe nicht …«

»Mann, das hier ist doch wie ein einziger großer Sprengkörper. Sie haben hier genauso viel Sprengstoff wie Sand. Nur dass er nicht so offen sichtbar herumliegt.«

»Also suchen Sie pro forma?«

»Kann man so sagen, ja. Die Alternative wäre, dass wir das Ding nicht erst entschärfen.«

»Das wäre keine Alternative.«

»Eben.« Klüver hob grüßend die Hand und verschwand.

Sie hatten ein Zelt aufgestellt. Darunter arbeiteten Klüvers Männer weitgehend unsichtbar für Passanten. Obwohl es die Aufgabe der drei Inselpolizisten war, dafür zu sorgen, dass es eben keine Passanten gab. Die Absperrung machte es immerhin etwas einfacher. Sie war zwar wegen ihrer Ausdehnung schwerer zu kontrollieren, aber dafür konnte niemand behaupten, er sei nur »aus Versehen« zu nah gekommen.

*

Wenig später war Anna auf ihrem Inselrundgang am Anleger der Dünenfähren angekommen. Ein Boot legte eben an und zwei Männer mit Kapuzenjacken kamen die Treppe zur Landungsbrücke hoch. Fast hätte Anna sie nicht erkannt – schlimmer noch: Es wirkte, als müssten sie selbst einen Moment nachdenken, wen sie vor sich hatten. »Moin!«, sagte Anna schließlich. »Tut mir leid, dass Sie schon wieder auf unsere kleine Insel kommen müssen.«

»Frau Krüger«, schnarrte der Größere der beiden. Das letzte Mal, dass die Kripo auf Helgoland gewesen war, hatte es einen Toten gegeben, der von der Klippe gestoßen worden war. Diesmal also eine Leiche aus dem Felsen. »Wo müssen wir lang?«

»Ins Klinikum«, sagte Anna und drehte sich um, ohne darauf zu warten, dass auch der Kollege des Kripomannes vom Boot gestiegen war. Sie hatte ihre Zeit nicht geklaut. Und die Herren waren offenbar auch nicht von ihrer Arroganz zu kurieren, wenn man ihnen bewies, dass ein Mord ein Mord war. Strammen Schrittes ging Anna vor ihnen her Richtung Klinikum. Noch hielt sich Stalin zurück. Sie musste ihre Zeit nutzen. »Haben Sie den Fundort gesichert?«, fragte der Ältere in ihrem Rücken.

»Natürlich«, erwiderte Anna. »Wäre in dem Fall aber gar nicht eigens nötig gewesen.«

»Wie bitte?«

»Wir haben hier einen Blindgänger gefunden. Die Stelle ist weiträumig abgesperrt.«

»Weiträumig abgesperrt mag ja sein«, schnarrte der Mann, der so schlampig aussah wie beim letzten Besuch. »Aber wenn uns die Sprengstoffexperten ständig überall herumlaufen, nützt uns das auch nichts.«

Anna wandte sich um und musterte die beiden Männer. Der Jüngere war ein anderer, als der, den sie in Erinnerung hatte. Hochgeschossen, schlank, fast dünn. Mit dunklem Haar und dunklen, neugierigen Augen. »Sieht nicht so aus, als hätten Sie auch die Spusi dabei?«, stellte Anna lakonisch fest.

Der Ältere der beiden schnaubte verärgert. »Umso wichtiger, dass nicht alle Spuren gleich mal verwischt werden.« Er kniff die Augen zusammen. »Haben Sie wenigstens Fotos gemacht?«

»Haben wir.« Den Rest der Strecke gingen sie schweigsam hintereinander. Anna hatte nicht die Absicht, die Herren aufholen zu lassen. Sie hatten sie einmal schlecht behandelt, hatten ihr einmal nicht geglaubt, als es um Leben und Tod gegangen war. Noch einmal würde sie sich nicht unterbuttern lassen. Und das machte sie mit jedem Wort und jeder Geste klar.

Als sie vor dem Klinikum standen, fragte sie: »Erst die Leiche oder erst den Fundort?«

»Erst die Leiche«, bestimmte der Ältere, während der Jüngere in seinem Rücken entschuldigend die Achseln zuckte. Ja, der Juniorpartner war auch beim letzten Besuch schon der Sympathischere gewesen, das schien so die Arbeitsteilung zu sein. »Gut«, sagte Anna. »Dann sehen wir uns in zwanzig Minuten drüben beim Blindgänger, Herr …« Sie wies in Richtung Falm.

»Knabe. Zehn Minuten«, erwiderte der Ältere. »Ist nur ein erster Augenschein. Und dann arbeiten wir der Reihe nach. Und die fängt beim Fundort an.«

»Gut.« Anna tippte sich an die Kappe und ließ die beiden stehen. Sie marschierte den Invasorenpfad hinauf zum Leuchtturm hin und ein paar Meter den Klippenrandweg entlang, um sich zu versichern, dass sich hier oben keine Touristenhorden herumtrieben. Die Lange Anna hatte jetzt Pause, das Oberland jenseits der Schule und der schicken neuen Häuschen, die vor wenigen Jahren dort errichtet worden waren, war gesperrt. Ein weiß-rotes Band flatterte im Wind. Knabe. Anna lachte. Der kauzige Kerl hatte wirklich den falschen Namen.

Sie sog tief die frische Luft in ihre Lungen, schloss kurz die Augen und entschied sich dann, den Weg über die Kirche zu nehmen. Wenn sie Glück hatte, traf sie den Pastor an und konnte ihn bitten, das Gotteshaus zu schließen, damit sie dort nicht noch einmal zusätzlich prüfen mussten, ob alles leer war, wenn der Sprengmeister sich an den Zünder machte.

Doch St. Nicolai war nicht abgeschlossen – und der Pastor war nicht zu sehen. Stattdessen gähnte die Kirchenpforte Anna an, als wollte sie sie auffordern, doch näher zu treten. Was Anna auch tat. Ein kurzer Blick ins Innere: niemand. Einige Kerzen flackerten vorne beim Altar. Sie wandte sich um, entschied sich, einen Blick auf Leos Grab zu werfen, lauschte auf ein Husten, das in ihrem Rücken erklang, beschloss aber, nicht noch einmal in die Kirche zu gehen, wandte sich nach rechts – und blieb schreckensstarr stehen. Das Grab! Jemand hatte das Holzkreuz entfernt. Nur ein Loch in der Erde zeigte an, wo es gestanden hatte. Anna empfand diesen Anblick wie einen Schlag in den Magen. Unwillkürlich blickte sie sich in alle Richtungen um, als hätte es eben erst geschehen sein müssen. Doch im selben Moment wurde ihr klar, dass sie tagelang nicht da gewesen war.

Ein Holzkreuz war etwas sehr Untypisches für ein Grab auf Helgoland. Die Hinterbliebenen setzten ihren Verstorbenen Steine, legten Platten auf die letzte Ruhestätte. Aber ein Holzkreuz, das war nicht üblich. Anna hatte nie darüber nachgedacht, warum Leo ausgerechnet ein Kreuz bekommen hatte. Vielleicht lag es daran, dass seine Eltern aus den Niederlanden hierhergezogen waren. Steckte man dort Kreuze an die Gräber?

Die Blumen, die sie Leo hingelegt hatten, sahen aus wie … Als hätte sie jemand zertreten, dachte sie. *Als hätte jemand sie einfach zerstören wollen. Und dann hatte er das Kreuz herausgerissen und …* Sie blickte sich um. Tatsächlich entdeckte sie Leos Kreuz an den Kirchturm gelehnt. Als sie nähertrat, blieb ihr für einen Moment das Herz stehen. »Anna« stand da. Mit Kreide auf das verwitterte Holz geschrieben. Mit zitternden Fingern griff sie nach dem Kreuz und richtete es auf. Es war die Rückseite. Auf der Vorderseite stand nach wie vor in ausgeblichener Schrift »Leo van de Loop«. Sie ließ das Kreuz wieder sinken und lehnte sich daneben an die kühle Mauer des Turms. Die Botschaft. Sie griff in ihre Tasche. Das Handy. Sie musste es gar nicht rausnehmen. Musste nicht nachsehen. Sie kannte die Botschaft ja. Sah sie vor sich: *Du bist die Nächste.*

*

»Zehn Minuten?«, fragte Knabe. Aber natürlich war es keine Frage. Es war eine Feststellung.

»Tut mir leid«, sagte Anna müde. »Ich hoffe, Sie ...« Hatten keine Angst ohne mich. Haben einen Zeitvertreib gefunden. Konnten es aushalten, ohne aufs Klo zu müssen. All die Retourkutschen, die Anna sonst eingefallen wären, sie ließ sie bleiben, hob stattdessen nur in einer hilflosen Geste die Hände und murmelte: »Unvorhergesehene Umstände.«

»Scheint der Normalzustand auf dieser Insel zu sein«, schnarrte Knabe.

»Und?«, wollte Paul wissen, dessen sorgenvoller Blick auf der Kollegin ruhte. Irgendwie wirkte Anna seltsam. Er kannte diesen Gesichtsausdruck. Und er erinnerte sich gut, dass jedes Mal, wenn er Anna so gesehen hatte, etwas Schreckliches geschehen war. Als zöge sie das Unglück magisch an. »Schon irgendwelche Erkenntnisse bezüglich der Leiche?«

»Klar«, erwiderte der Ältere. »Weiblich, 23, ledig, Jungfrau, hat zwei Stunden vor ihrem Tod noch einen Joint geraucht und dazu ein Kalbsschnitzel gegessen.«

»Wie bitte?« Paul blickte fassungslos von Knabe zu seinem jungen Kollegen und zurück.

»Nein, Mann! Natürlich noch keine neuen Erkenntnisse. Wir haben uns nur rasch von den Klinikärzten ins Bild setzen lassen – was nicht viel heißt. Und jetzt wollen wir uns mal den Fundort ansehen, wenn es Ihre Zeit zulässt.«

Paul atmete tief durch. Dann erklärte er: »Gut. Unsere Zeit lässt aktuell sowieso nichts zu. Also spielt es keine Rolle. Folgen Sie mir. Anna? Du bleibst hier?«

»Ich komme mit«, sagte Anna, die auffällig blass, sonst aber gefasst auf ihren Chef wirkte.

»Du ... na gut, komm mit.« Paul wurde einfach nicht schlau aus ihr. Ging es ihr gut? Gut genug? Oder war sie schon wieder im Steilflug auf die nächste Migräneattacke? Konnte er ihr vertrauen? Menschlich ja, natürlich, da hatte Anna alle Qualitäten. Aber professionell? Da war sie alles andere als berechenbar. Und Berechenbarkeit gehörte nun einmal zur Grundausstattung eines guten Polizisten. Man musste sich verlassen können. Auch auf die Selbsteinschätzung, die jemand in der Position aufbrachte, die Anna innehatte.

Einer der Arbeiter vom Sicherungstrupp kroch voran in den Tunnel. Hinten fluchte Knabe, der nicht damit gerechnet hatte, sich die Schuhe schmutzig machen zu müssen. Sein junger Kollege ließ es sich nicht nehmen, ein paar Scherze über die verzweifelte Personalsituation zu machen, die drohte, falls die Bombe hochging. Doch niemand lachte. Auch die Kriminalpolizisten hatten den Blindgänger gesehen. Und er war größer, als sie es sich vorher vorgestellt hatten. Um einiges größer.

»Sie haben sie Emma genannt«, sagte Paul, der als Zweiter durch den Tunnel kroch, nach hinten gewandt.

»Die Bombe?«

»Nein. Die Leiche.«

»Verstehe. Reizend.«

Nach wenigen Metern konnte man beinahe aufrecht gehen. Hier war der Stollen beinahe unbeschädigt. »Erstaunlich eigentlich, dass das alles noch so existiert«, sagte der junge Kripomann.

»Ja? Wieso?«

»Na, die Briten haben doch damals alles mit Sprengstoff vollgepackt und hochgejagt. Dass trotzdem noch solche Tunnelanlagen existieren, finde ich bemerkenswert.«

»Hm.« Sein Chef zuckte die Achseln. »Die Leiche wäre uns jedenfalls erspart geblieben, wenn sie einfach gleich mit hochgegangen wäre.«

»Ich denke nicht«, meldete sich Anna von hinten. »Sie ist erst später hier hergekommen, wenn stimmt, was die Mediziner sagen.«

»Später?« Knabe wandte sich zu ihr um, stieß sich den Kopf an der Decke, fluchte und presste sich die Faust auf den Scheitel.

»Ob lebend oder tot, das werden wir nun herausfinden müssen.«

»Wir?«

»Sie.«

»Richtig, Frau Krüger. Wir. Sie unterstützen uns, wenn wir das anfordern, und kümmern sich im Übrigen um ihre eigenen Themen.«

»Genau so werden wir es machen«, sagte Paul und warf Anna einen besänftigenden Blick zu. »Wir haben auch gar keine Zeit, uns um eine Leiche zu kümmern, die schon wer weiß wie lange hier unten vor sich hin modert.«

»So, wie ich das sehe, Herr Freitag, ist es ja gerade das Problem, dass sie nicht vermodert ist, sondern dass wir es eigentlich mit einer Mumie zu tun haben.«

*

Unter normalen Umständen hätte sie Paul ins Vertrauen gezogen. Aber sollte er sich ausgerechnet jetzt, wo er die Evakuierung und eine unbekannte Leiche am Hals hatte, auch noch mit Annas Privatangelegenheiten beschäftigen? Nein, es war unmöglich, ihn damit zusätzlich zu belasten. Aber Paul war ja nicht der einzige Vertraute, den sie auf der Insel hatte. Deshalb saß sie nun in Henry's Hummerbude, die natürlich auch an diesem Tag geschlossen war, weil sie ja dichtgemacht hatte, und blickte ihrer besten Freundin in die blassblauen Augen. »Und du hast keinen Schimmer, wer dich stalkt?«, fragte Nele Steenkamp und nahm einen tiefen Zug von ihrer Zigarette.

»Nicht den geringsten, Nele. Aber ich …« Sie zögerte. Sollte sie Nele von der Schrift auf dem Spiegel erzählen? Vom Einbruch in ihre Wohnung, für den es aber eigentlich keine Zeugen und schon gar keine Beweise gab? Von dem Blut in ihrem Bett? Von dem Holzkreuz, auf dem ihr Name gestanden hatte? Verdammt, sie hätte Fotos davon machen sollen. Vielleicht ging sie ja nachher noch einmal auf den Friedhof. Ob sie doch Paul einweihen sollte? Sie konnte ihn mitnehmen. Ihm das Kreuz zeigen. Und ihren Namen. Falls er noch dort stand.

»Du was?«, fragte Nele, die Anna die ganze Zeit wie ein Studienobjekt musterte.

»Ich denke, es hängt mit damals zusammen«, erklärte Anna.

»Damals? Du meinst …?«

»Meine Vergewaltigung. Leos Tod. Ja.« Und auch wenn sie es nicht wollte, wenn sie sich ein ums andere Mal schwor, dass sie es nicht zulassen würde, dass sie es verdrängen würde: Die Bilder flackerten vor ihrem inneren Auge auf. Steve, wie er sich in sie zwängte, Lars und Bernd, wie sie ihre Arme und Beine festhielten, Leo mit einem Messer am Hals, hilflos zusehend, wie seine Freundin missbraucht und misshandelt wurde … »Marten ist tot«, flüsterte Anna.

»Marten? Wer sagt das? Marten ist doch nicht tot, oder?«, widersprach Nele, die ihre Hand auf Annas gelegt hatte. Doch die nickte langsam. »Doch, Nele. Er ist … er hat sich in seiner Zelle erhängt.«

Warm und sanft ließ Nele die Hand an ihrem Ort. Da war kein Zurückzucken, kein Erschrecken. Stattdessen bemerkte Anna, wie ihre Freundin nach ein, zwei Sekunden ihre Hand ein wenig drückte. »Vielleicht war das die richtige Entscheidung«, sagte Nele Steenkamp und suchte wieder Annas Blick. »Hätte man ihn je aus der Psychiatrie entlassen können? Wer weiß, was er dann getan hätte.«

»Niemand weiß das, Nele. Niemand.«

»Das klingt jetzt vielleicht blöd, Anna. Aber ich an deiner Stelle wäre erleichtert.«

Henry trat zu ihnen. »Also ich wäre auch erleichtert«, erklärte er. Offenbar hatte er gute Ohren, denn bis gerade eben war er noch hinter dem Tresen zugange gewesen.

Anna blickte zu ihm auf. »Bin ich aber nicht, Henry. Das kann ich nicht sein. Denn es ist doch nichts dadurch besser geworden, oder? Ich meine, jetzt gibt es noch einen Toten. Nach Leo, Steve und Fleischer …« Pauls Vorgänger als Polizeichef von Helgoland, der damals die Täter gedeckt hatte, um jeden Skandal auf der kleinen Insel zu vermeiden. Am Ende war er von Marten gefoltert und ermordet worden – und beinahe hätte ihn Anna noch gerettet. Aber eben nur beinahe.

»Ich kann dich gut verstehen, Anna«, sagte Nele. »Wirklich froh bin ich, dass du mit Peter Franzen Frieden machen konntest.«

Anna nickte und zog ihre Hand zurück. »Ja. Das ist zumindest gut. Aber bei ihm war es irgendwie noch am einfachsten, weil er … weil er …«

»Er hat dich nicht auch vergewaltigt.«

»Ja. Sonst weiß ich nicht …«

»Klar. Aber warum denkst du, dass die Drohungen, die du bekommst, mit der Sache damals zusammenhängen? Ich meine, die meisten sind doch sowieso tot. Oder außer Gefecht.« Nele spielte auf Lars Braun an, der in einer Klinik in Flensburg lebte, ein Wrack, nachdem er bei einem Unfall zum Krüppel geworden war.

»Vielleicht täusche ich mich ja«, sagte Anna. »Es ist nur so ein Gefühl. Vielleicht, weil es sich genauso anfühlt wie damals, als mir Marten diese anonymen Präsente geschickt hat.« Einen abgetrennten Daumen. Ein menschliches Ohr. Ein Glas voll Blut.

»Tja, also wenn du dich im Moment bei dir zu Hause nicht sicher fühlst«, schlug Nele vor, »dann kannst du gerne bis auf weiteres zu mir ziehen.«

»Ins Bordell?«

»Wenn dich die Einrichtung nicht stört … Ich hab den Job ja an den Nagel gehängt. Und dass jetzt jeden Abend ein paar enttäuschte Freier vor der Tür stehen, musst du auch nicht befürchten. Das hat sich längst rumgesprochen.«

»Verstehe.« Ein Haus in der Friesenstraße im Unterland. Weit genug entfernt von ihrer eigenen Wohnung im Oberland. Vielleicht keine schlechte Idee. »Ich würde natürlich Miete zahlen«, sagte Anna.

»Dann vergiss es. Du wirst mir ganz bestimmt keine Miete zahlen«, erklärte Nele und zündete sich eine neue Kippe an. Sie lachte. »Du mir! Das wäre ja noch schöner!« Henry schmunzelte und schob ab. »Ich würde das Angebot annehmen«, sagte er über die Schulter. »Nele will sowieso verkaufen. Wer weiß, wie lange es noch gilt.«

»Du willst verkaufen?«

»Interesse?«

»Nein. Aber warum? Ich meine, so ein Haus auf Helgoland ist doch was wert.«

»Weißt du, Anna«, sagte Nele und beugte sich ein wenig vor. »Auch wenn es nicht so wirkt, ein bisschen geht es mir wie dir: Es gibt einfach Erinnerungen, die man hinter sich lassen möchte. Und die schlimmsten davon sind in diesem Haus verborgen.«

*

Anna ertappte sich dabei, wie sie jeden, der ihr begegnete, voller Argwohn musterte. Denn jeder konnte es doch sein, der ihr unheilvolle Botschaften schickte. Auch wenn sie das Gefühl hatte, es könnte mit den Vorfällen von früher zusammenhängen, war es natürlich genauso gut möglich, dass sie mal jemandem in ihrer Eigenschaft als Vertreterin der Staatsgewalt quergekommen war. Ein falscher Bußgeldbescheid, ein Platzverweis, der als ungerecht empfunden wurde, ein Querulant, den man nicht ernst genug genommen hatte – jeden Tag gab es Gründe, aus denen jemand in Annas Position den Zorn eines Mitmenschen erwecken konnte.

Auf einer Bank auf der Binnenreede saß Saskias Vater. Josef Eck. Der Penner. Der *ehemalige* Penner. Ein fragwürdiger Typ. Nicht, dass Anna etwas gegen gescheiterte Existenzen gehabt hätte. Sie war ja in gewisser Weise selbst eine. Aber Eck hatte etwas Undurchsichtiges an sich. Er sprach nicht viel. Aber wenn er etwas sagte, klang es oft, als hätte er ein Wissen über die Welt, das sich Normalsterblichen nicht erschloss. »Moin, Herr Eck«, grüßte sie ihn und deutete auf die Bank. »Darf man?«

Eck nickte. »Bitte.«

»Sie sehen gut aus.«

Der Alte lächelte gequält.

»Zufrieden mit Ihrer Unterkunft?«

»Ich seh mich um.«

»Oh. Müssen Sie die Klinik schon verlassen?«

»Wenn ich muss, war ich eindeutig zu lange drin«, erklärte Eck und kniff die Augen zusammen, ohne den Blick von den Booten an der Landungsbrücke zu nehmen. Anna versuchte zu erkennen, was er beobachtete. »Aber Sie wünschen sich was anderes?«

Er lachte leise. »Kann man so sagen, ja.«

»Ist nicht einfach während der Saison.«

Der Alte zuckte die Schultern. »Hab ganz in der Nähe Ihrer Polizeistation was Hübsches gesehen.«

»In der Nähe unserer Station?« Anna drehte sich um, als könnte ihr dort drüben irgendwas entgangen sein. »Ich wusste gar nicht, dass dort was frei ist.« Und vor allem: was das sein könnte.

»Hübsche Boje«, sagte Eck und nahm seinen Tabak zur Hand, um sich eine Zigarette zu drehen. Ein Laster, das er im Gegensatz zum Alkohol nicht aufgegeben hatte.

»Boje? Ich verstehe nicht …«

»Müssen Sie sich mal angucken. So komfortabel habe ich jahrelang nicht geschlafen. Ist ein richtiges Dach über dem Kopf.«

»Sie wollen in einer Boje schlafen?«

»Warum nicht? Ich wüsste nur gerne, wem sie gehört. Nicht dass ich jemanden in Verlegenheit bringe.«

»Tja, also …« Es war sein Ernst. Offensichtlich. »Aber Saskia kann Ihnen mit Sicherheit etwas Besseres verschaffen. Ich meine, sie ist schließlich als Polizistin hier auf der Insel tätig, da hat keiner Sorge, dass …«

»Dass er sich einen versoffenen Penner ins Haus holt?«,

vollendete Eck ihren Gedanken, der ihr selbst im Hals stecken geblieben war. »Mag sein. Aber das interessiert mich nicht. Ich habe so lange auf der Straße gelebt, mir fehlt das.«

»Ihnen fehlt es, auf der Straße zu leben?«

Eck nickte. »Ja.« Er schien einen Moment zu überlegen. »Eigentlich nicht das Auf-der-Straße-leben, sondern das Unabhängig-sein. Man hängt sein Herz nicht an Dinge.«

»Ich möchte Ihnen nicht zu nahe treten, Herr Eck. Aber so viel kann es doch eigentlich noch nicht sein, oder?« Was hatte er schon? Er war mit einem Rucksack gekommen, dessen Inhalt Saskia praktisch vollständig verbrannt hatte, nachdem sie ihn auf ihrem Schreibtisch ausgeleert hatte. Man konnte den schwarzen Fleck hinter der Polizeistation noch sehen.

»Es war die Bonbondose.« Er sprach so leise, dass Anna nicht sicher war, ob sie ihn richtig verstanden hatte. »Welche Bonbondose?«

»Die Schwester hat sie mir geschenkt. Ich hab die Dropse weggeworfen, weil sie mir zu süß waren. Aber die Dose, die konnte ich nicht wegwerfen. Sie war so hübsch. Dabei war sie völlig nutzlos für mich! Sie stand auf meinem Nachttisch, und ich hab sie immer wieder zur Hand genommen. Bis mir aufgegangen ist, dass das jetzt immer so weitergehen würde. Erst ist es eine Dose. Dann ist es ein Tuch oder ein Stift. Als Nächstes ein Glas oder wer weiß was – bis ich ein Haus voll Zeug habe, das ich nicht brauche. Hatte ich alles. Ganz früher. Hat mich nicht davor bewahrt unterzugehen. Im Gegenteil. Man hängt sein Herz an Dinge statt an Menschen. Und irgendwann steht man allein da. Und wenn dann die Dinge weg sind, hat man nichts mehr. Hatte ich auch. Einmal genügt. Ich brauche nichts. Nur ein Fleckchen, wo der Wind nicht so zieht und der Regen nicht hinkommt.«

»Aber Sie können doch nicht wieder als Obdachloser leben!« Anna war ehrlich erschüttert. Konnte es wirklich sein, dass ein Mensch ein Dasein als Penner einem Leben in Sicherheit vorzog? Sie wusste, dass Saskia es für ihn geregelt hätte, dass er nicht mehr auf die Straße musste. Außerdem gab es immer irgendeinen Job auf der Insel zu erledigen. Zumindest in der Saison.

»Nichts leichter als das, Frau Krüger. Und genau das werd ich auch tun.« Er seufzte. »Wenn man mal so lange ohne feste Bleibe war, fühlt sich jedes Zimmer an wie ein Gefängnis. Können Sie das verstehen?«

Konnte sie? Vielleicht. Vielleicht sogar besser, als er es sich vorstellen mochte. Denn im Grunde schleppte auch sie ein Gefängnis mit sich herum – ein Gefängnis der Erinnerungen. Eines, aus dem es kein Entkommen gab. Ein feines Lächeln lag auf seinen zerfurchten Gesichtszügen. »Ich sehe, dass Sie mich verstehen«, sagte er. Als ob er ihre Geheimnisse kannte.

*

Das Problem war, dass sie einerseits im Erdreich arbeiten mussten, um den Blindgänger weiter freizulegen und endlich an einen Zünder zu kommen, andererseits befürchteten, dass weitere Teile absacken könnten, wenn noch mehr Wasser den Boden immer schwerer machte.

»Aber das ist doch hier ein Felsen«, warf Saskia ein, die offenbar irritiert war, dass der Sprengmeister sie nicht annähernd so anhimmelte, wie es praktisch alle anderen Männer der Insel und des Restes der Welt taten.

»Der Fels ist erstens porös«, erklärte Klüver. »Und zweitens haben wir es ja nicht nur mit Gestein zu tun, sondern mit jeder Menge Erdreich. Wir müssen also nicht nur das Kluftvolumen berücksichtigen, sondern auch die Speicherkapazität der darüberliegenden Scholle, die pro Flächenmeter auch noch einige hundert bis tausend Liter Wasser bindet. Mit dem entsprechenden Gewicht.«

»Jaja«, sagte Eck, der sich neugierig dazugestellt hatte. »Es ist das Grün.«

»Das Grün?«, fragte seine Tochter patzig. Saskia war nicht sonderlich scharf darauf, ihren Vater, den Ex-Penner, in ihrer Nähe zu haben. Schon gar nicht, wenn sie im Einsatz war.

»Rot der Fels, weiß der Sand, grün das Land«, sagte Eck leise, es klang fast wie eine Melodie, wenn auch wie eine des späten Johnny Cash. Auch wenn Eck inzwischen trocken war, hörte man die Jahre auf der Straße, die Jahre der Sauferei und der Einsamkeit aus seiner Stimme.

»So ist es«, stimmte Klüver zu. »Das Grün ist das Problem.«

Einer der Statiker trat hinzu. »Wenn wir den hinteren Teil nicht bald abstützen, kann ich nicht dafür garantieren, dass die Böschung, die da entstanden ist, nicht doch noch auf die Bombe draufrutscht.«

»Und sonst können Sie es garantieren?«, fragte Klüver.

»Garantieren kann ich gar nichts.«

»Dann drücken Sie sich mal lieber genauer aus, Mann.« Er knurrte. »Aber Sie haben ja recht. Das Problem ist, dass wir erst einen Zünder freilegen müssen, ehe wir irgendeine Art von Maßnahme hinter dem Blindgänger zulassen. Denn wenn wir jetzt mal eben eine Stahlstrebe in so einen Zünder rammen, um die Böschung zu stützen, dann jagen wir vielleicht gleich auch die Statiker in die Luft. Und alle, die sonst noch in einem Umkreis von hundert Metern oder mehr stehen.«

»Die Böschung kann auch einen Ihrer Männer verschütten«, warf der Statiker ein.

Klüver schnaubte verächtlich. »Also wenn wir an einem Sprengkörper arbeiten, dann ist es nicht unsere größte Sorge, dass uns ein Stein auf den Kopf fallen könnte, ja? Wenn hier eine Mure abgeht, dann wär's schon fast ein Wunder, wenn der Blindgänger nicht doch noch zündete. Und dann ist es egal, wenn einer meiner Männer verschüttet wird.«

»Sie sind ziemlich cool«, schmeichelte Saskia dem Sprengmeister.

»Nein«, erwiderte der nüchtern. »Nicht cool. Nur realistisch. Und als Realist sehe ich, dass das hier nichts für Sie ist. Sie sollten sich jetzt wieder Ihren Aufgaben widmen, Frau ...«

»Berneking«, sagte Saskia spitz. »Keine Sorge, ich habe genug zu tun.«

Erstaunt blickte Anna ihrer Kollegin hinterher, die mit gekonntem Hüftschwung den Invasorenpfad hinablief. Dann sah sie zu dem Sprengmeister hin, und beinahe schien es ihr, als habe Klüver ihr mit wissendem Lächeln zugezwinkert.

*

Nichts wies darauf hin, wozu dieses Haus bis vor Kurzem gedient hatte. Es war so bieder, dass man meinte, im Erdgeschoss Großvater mit seinen Hausschlappen vor dem Fernseher finden zu müssen. Und doch war es das eine und einzige Inselbordell gewesen. Das Etablissement, in dem die eine und einzige Inselhure, zumindest die eine, von der man wusste, ihrer Arbeit nachgegangen war: Nele Steenkamp, achtundzwanzig, blondiert, ziemlich groß. Und ehemalige Mitschülerin von Anna Krüger, der stellvertretenden Leiterin der

Polizeistation Helgoland. »Ein unmögliches Paar« hatte Paul die beiden genannt, und es war halb verwundert, halb respektvoll gemeint gewesen. »Bullette« hatte Saskia für die Freundinnen erfunden: eine Kombination aus Bulle und Nutte. Henry hatte gewiehert vor Lachen, als er es gehört hatte. Allerdings nur, bis ihm Nele dafür beherzt in den Schritt gegriffen hatte. Sie war bei Gott nicht humorlos. Aber sie hatte etwas dagegen, wenn man sich über ihre Arbeit als Prostituierte lustig machte. Was Anna verstehen konnte. Denn so lässig und cool Nele auch auftrat, dass dieser Job jeden Tag eine Qual gewesen war, lag auf der Hand. Bezahlter Missbrauch eben. Erniedrigung mit staatlichem Segen. Anna war froh, dass ihre Freundin den Ausstieg gefunden hatte. Dass Henry mal der rettende Engel sein würde, hätte sie auch nicht gedacht. Aber so war das eben: Die Liebe überwand auch die größten Hürden und heilte auch die tiefsten Wunden.

Und nun stand sie hier, vor dem Bett mit der Blümchenwäsche, gegenüber das Badezimmer, in dem sie selbst schon Dramen erlebt hatte, die um ein Haar tödlich ausgegangen wären. All das Sexspielzeug, mit dem Nele ihren Arbeitsplatz dekoriert hatte, war verschwunden. Es standen keine Dildos mehr auf dem Nachttisch und es hingen keine Peitschen mehr an der Wand. Lediglich der große Spiegel an der Decke war verräterisch. Aber sowas hängten sich vielleicht auch liebeshungrige Pärchen übers Bett, ganz ohne Rotlichtbezug.

Ein wenig seltsam schien ihr der Gedanke dennoch, dass sie auf der Matratze schlafen sollte, auf der … Andererseits: Niemand würde sie hier vermuten, niemand würde sie hierher verfolgen. Hier war sie so sicher, wie sie auf Helgoland eben sein konnte, dieser Insel, auf der man naturgemäß eng aufeinandersaß. Sie setzte sich und wippte ein wenig auf dem Bett. Eine feste Matratze, das war gut. Mit Blick aus dem Fenster, hinüber Richtung Südstrand, auch wenn man ihn von hier aus nicht sah, weil ja noch eine Reihe Häuser davorstand. Der nächste Supermarkt war nur ein paar Schritte entfernt, die nächste Kneipe im Nebenhaus. Was man womöglich an den Abenden hörte. Doch jetzt war es still, nur das Kreischen der Möwen drang herein, als Anna die Fenster kippte, um ein wenig frische Luft einzulassen. Denn eines hatte Nele nicht so schnell vertreiben können: den Geruch ihres Parfums, das mit der Mischung aus kaltem Zigarettenqualm eine fiese Mischung einging und aus jeder Ritze zu dringen schien.

Das Handy klingelte. Paul. »Ja?«

»Magst du rüberkommen? Ich weiß, du hast eigentlich Dienstschluss …«

»Kein Problem. Ich komme. Liegt irgendwas Besonderes an?«

»Wir wollten mal gemeinsam die Fotos analysieren.«

»Und zwar welche?« Anna verdrehte die Augen. Manchmal hatte Paul eine Art an sich, die ihr querging.

»Von der Leiche. Also vom Fundort. Die Herren von der Kripo sind gerade hier. Wäre sicher hilfreich, dich bei eventuellen Nachfragen dabeizuhaben.«

»Bin in fünf Minuten drüben.«

Anna stand auf und wollte gerade ihre Jacke wieder überziehen, als ihr aus dem Augenwinkel eine Bewegung vor dem Fenster auffiel. Sie blickte hin und erkannte gerade noch eine Gestalt im Haus gegenüber, die im Dunkeln verschwand. Hatte jemand sie beobachtet? Oder war das Zufall? Sie schloss die Vorhänge und löschte das Licht, blieb noch einen Moment im Zimmer stehen und starrte hinüber. Doch es zeigte sich niemand mehr. Vielleicht war es auch nur Einbildung gewesen?

*

Der Dauerregen sorgte dafür, dass es schon früh dunkel wurde auf Helgoland. Die Straßen waren kalt und düster. Alles, was sonst so idyllisch und putzig wirkte, erweckte jetzt den Eindruck einer auf gespenstische Weise verlassenen Puppenstube. Als wären die Häuser nur Kulissen eines finsteren Spiels, und jeden Augenblick konnte eine gnadenlose Hand aus dem Himmel herabfahren und mit zornigen Fingern diese kleine Welt wegfegen.

Paul und die Herren aus Kiel saßen an zwei zusammengeschobenen Schreibtischen und starrten auf einen Bildschirm, auf dem sich mit aufgerissenem, lippenlosem Mund und leeren Augen der Kopf der Leiche präsentierte. Wie Munchs Schrei, dachte Anna. Genauso. Wie dieses verfluchte Bild, das sie nicht anschauen durfte, weil sie damit unweigerlich Stalin weckte. Was sie auch diesmal tat. Schon bohrte es in ihrem Schädel. Aber sie ließ sich nichts anmerken, sondern grüßte mit einem Nicken in die Runde und setzte sich auf die Kante des dritten Schreibtisches – ihres eigenen –, um den drei Beamten über die Schultern zu schauen. »Die Frage ist«, sagte der Ältere der beiden Kripoleute, »ob der Sturz für den Tod ursächlich war oder ob die Verletzung erst später entstanden ist.«

»Aber wodurch könnte das geschehen sein?«, fragte Paul. »Die Leiche lag doch da.«

»Aber hat sie das schon immer getan? Ich meine: War diese Frau tot, als sie dorthin kam? Oder lebte sie noch?«

»Es wäre vieles einfacher, wenn wir zumindest herausfinden könnten, wer sie war«, sagte der Jüngere der Männer, Schmalhorst.

Paul hob in einer hilflosen Geste die Hände. »Leider gibt es keine Vermissten, auf die die Beschreibung der Frau zutreffen würde. Oder zum Glück. Wie man's nimmt.«

»Können wir denn inzwischen eingrenzen, wann sie zu Tode gekommen ist? Denn wenn es während des Kriegs war, dann ...«

»Es war deutlich später, Herr Knabe«, erklärte Anna. »Auch wenn wir da noch die Forensiker draufschauen lassen müssen, scheint mir die Aussage von Herrn Dr. Wielenberg plausibel, dass die Frau nicht schon seit siebzig Jahren tot ist, sondern dass die Leiche ein paar Jahrzehnte jünger ist. Der Zustand der Erhaltung, die Gegebenheiten des Fundorts, die Länge der Haare ...«

»Die Länge der Haare?«

»Sie wachsen weiter«, erklärte der Jüngere der beiden. »Wussten Sie das nicht?«

»Doch. Aber das geht doch nicht ewig so, oder?« Anna spürte, wie ihr ein Schauder den Körper hinabrieselte.

»Nein. Das hört nach ein paar Jahren auf. Und dann beginnt der Zerfall der Haare.«

»Hm. Und was ist das mit der Uniform? Die spricht doch eindeutig dafür, dass es eine britische Soldatin war. Und dann wäre doch ein Zeitpunkt näher Richtung Kriegsende wahrscheinlich«, mutmaßte Anna.

»Da ist Herrn Doktor Oppelt was Interessantes aufgefallen!«, sagte der Kripo-Assistent. Er beugte sich vor und legte die Hand auf die Maus. »Darf ich?«

»Bitte«, sagte Paul und rollte mit seinem Schreibtischstuhl

ein paar Zentimeter zurück. Mit zwei, drei Klicks waren sie bei einem anderen Bild, einer Nahaufnahme, die allerdings nicht die Leiche selbst zeigte, sondern ein Stück Stoff. »Unterwäsche«, erklärte der Assistent und deutete auf eine feine Rüschenborte. »Die kämpfende Truppe hatte keine solche Unterwäsche. Selbst wenn die Frau eine britische Soldatin gewesen wäre – und dabei sollten wir nicht vergessen, dass es keine Frauen in der kämpfenden Truppe bei den Briten gab –, dann können wir ausschließen, dass die hier dazugehörte.«

»Sondern?«

»Sondern dass sich in der Uniform eben keine Soldatin befand, sondern eine ganz normale Frau.«

»Sie hat sich als Soldatin verkleidet«, stellte Anna staunend fest.

»Oder jemand hat die Leiche verkleidet«, ergänzte Paul. »Aber warum?«

*

Der Regen hatte nachgelassen. Als Anna wieder nach draußen trat, fuhr ihr lediglich kalter Wind ins Haar und ließ sie ihren Kragen hochklappen. Die Boote, die im Südhafen lagen, schaukelten ein wenig, der Leuchtturm zeigte eine dichte Wolkendecke, die sich hastig über die Insel schob. Anna war müde. Sie war erschöpft. Der Tag war lang gewesen, die letzte Nacht allzu kurz. Es war höchste Zeit, endlich ins Bett zu gehen. Aber genau davor hatte sie Angst. Sie wollte nicht mit Stalin allein sein. Nur einen Moment lang zögerte sie, überlegte, ob sie noch irgendwo einen Absacker nehmen sollte, da trat der Kripo-Assistent neben sie. »Langen Tag gehabt?«

»Können Sie Gedanken lesen?«

»Nein«, lachte der junge Mann, der vielleicht ein wenig zu lang und zu hager war, mit einer ein wenig zu großen Nase und etwas zu prägnanten Ohren, im Übrigen – oder gerade deshalb – ziemlich sympathisch aussah. »Aber Gesichtszüge. Die kann ich ganz gut deuten.«

»Das ist bei mir nicht schwer«, erwiderte Anna und schickte sich an, fortzukommen.

»Ist das so?« Ohne zu fragen, lief Schmalhorst einfach neben ihr her Richtung Südstrand. »Ich glaube, dass es in Ihrem Fall eher schwierig ist. Oder sagen wir: kompliziert.«

»Herr …«

»Schmalhorst.«

»Herr Schmalhorst …«

»Sie können auch einfach Andreas sagen.«

»Herr Schmalhorst. Unter anderen Umständen würde ich jetzt vielleicht sagen, Sie machen mich neugierig. Und dann würde ich Sie auffordern, mir doch bei einem Bier im Henry's mehr zu erzählen. Aber die Umstände sind, wie sie sind. Und deshalb sage ich, es war nett, mit Ihnen zu plaudern. Aber jetzt muss ich nach Hause.«

»Ha!«, lachte Schmalhorst. »Jetzt machen Sie mich aber neugierig! Wer wartet? Ihr Ehemann? Glaub ich nicht. Sie sind Single.«

Sah man ihr das so an? Unwillkürlich blieb Anna stehen.

»Entschuldigung«, sagte der junge Mann etwas verlegen. »Ich wollte nicht … Also, das sollte jetzt nicht …«

»Alles gut«, sagte Anna und schritt umso kräftiger aus. Doch Schmalhorst ließ nicht locker. Vor allem schien ihm ihr Tempo keine Schwierigkeiten zu machen, obwohl Anna selbst schon fast aus der Puste kam.

»Okay«, sagte der junge Mann. »Wer wartet? Und was sind das für Umstände, die so sind, wie sie sind? Kommen Sie, seien Sie nicht langweilig! Erklären Sie's mir. Hier ist doch sowas von tote Hose. Da können Sie doch einen neugierigen Kollegen nicht einfach so stehen lassen. Auf dieser verschlafenen kleinen Insel.«

Anna musste grinsen. »Auf Helgoland ist mehr los, als Sie denken.«

»Sehen Sie? Schon wieder etwas, was ich nicht wusste. Und wenn Sie mir nicht helfen, werde ich nie erfahren, was man hier so machen kann. Ich meine nachts.«

Wieder hielt Anna an. Sie drehte sich zu ihm, schenkte ihm einen milden, ja beinahe freundlichen Blick und erklärte: »Schlafen, Herr Schmalhorst. Das kann man hier ganz wunderbar. Vor allem nachts. So ganz am Ende der Welt. Probieren Sie's aus! Und morgen sehen wir uns dann wieder.«

Schmalhorst nickte, zuckte die Achseln und seufzte. »Ich musste es einfach versuchen, wenn Sie verstehen, was ich meine.«

»Alles gut.« Und ohne so wirklich selbst zu verstehen, was sie da tat und vor allem: warum, gab sie dem jungen Mann einen Kuss auf die Wange und verschwand in der Nacht, ohne zu bemerken, dass ein neugieriges Augenpaar sie genau beobachtet hatte – und sie auch weiterhin beobachtete.

*

Die Treppen schienen endlos. Stufe um Stufe hastete Anna hinauf ins Oberland. Tausendmal war sie diesen Weg schon gelaufen. Doch diesmal schien es ihre Lunge zerreißen zu wollen. Sie hätte sich umdrehen können, hätte ihre Dienstwaffe ziehen und die Biester erschießen können. Und das hätte sie auch getan, sie hätte es wirklich. Doch als sie nach der Pistole gegriffen hatte, war das Holster leer gewesen. Sie spürte den kalten Schweiß im Nacken, hörte das Knurren und Kläffen der Hunde, hörte ein nervenzerfetzendes Pfeifen in ihrem Kopf, der beinahe zu platzen schien. Ihre Beine dagegen spürte sie nicht mehr, so erschöpft war sie. Den ganzen Weg von der Landungsbrücke hier herauf und nun ... Endlich war sie auf dem Falm angekommen, wandte sich instinktiv nach links und rannte weiter, während sie die Hunde immer näher kommen hörte. Ihr raues Bellen hörte. Ihre Ketten. Ketten, die auch an ihr zu hängen schienen, die sie mit aller Macht zurückzuzerren versuchten. Sie hätte sich mit einem Sprung in eines der Häuser gerettet, in den Zeitschriftenladen. In die Parfümerie. In eines der Hotels. Doch alles war geschlossen, sogar das kleine Restaurant ganz vorne hatte schon zu. Es war wie verhext. Sie rang um Atem, versuchte etwas hinter sich zu erkennen, meinte die Schatten der Biester schon ganz nah zu sehen, hastete weiter, stürzte voran, stolperte – und fiel. Die Hunde jagten heran, als hätten sie nur darauf gewartet. Verzweifelt rappelte sich Anna auf und wollte schon vorwärtsstürmen, als ihr jemand den Weg versperrte. Und als sie hinsah, erkannte sie auch, wer es war: die Wachsleiche aus dem Stollen. Sie grinste sie mit ihrem lippenlosen Mund an. Und Anna schrie.

Schrie, bis sie aus dem Bett hochfuhr und mit weit aufgerissenen Augen an die gegenüberliegende Wand starrte. Nichts. Da war nichts. Vor allem keine Leiche. So wenig wie dort Hunde waren oder irgendwo sonst. Es war tiefe Nacht. Helgoland lag friedlich in der Nordsee, es hatte wieder leicht zu regnen begonnen, der Lichtkegel des Leuchtturms drehte wieder und wieder seine Runden, die Vögel schwiegen und die Wellen sandten eine beruhigende Melodie der Gezeiten übers Meer. Allein in Annas Kopf herrschte Terror. Ihr Herz schlug wie verrückt. Erst nach einiger Zeit merkte sie, dass sie die Hände ins Laken gekrampft hatte. Zitternd ließ sie es los und versuchte, gleichmäßig zu atmen.

Schweißgebadet stand sie auf und ging ins Badezimmer. Sie knipste das Licht an, vermied den Blick in den Spiegel, der ihr nur einmal mehr gezeigt hätte, wie verzweifelt sie war, und setzte sich auf die Toilette. Dann wusch sie sich mit kaltem Wasser das Gesicht und ging in die Küche hinunter, wo sie den Teekessel aufsetzte, nur um dann doch ein Bier aus dem Kühlschrank zu nehmen und sich an den nackten Tisch zu setzen. Sie hatte gerade den ersten Schluck genommen, als es an der Tür klingelte. Der Schreck des Albtraums steckte ihr noch so sehr in den Gliedern, dass sie zusammenzuckte. Doch dann war sie dankbar, abgelenkt zu werden. Sie warf sich rasch ihre Strickjacke über, die auf einem der Stühle lag, und ging barfuß an die Tür. Durch den Spion war niemand zu sehen. Sofort war sie misstrauisch, eine Berufskrankheit. Situationen, die man nicht überblickt, sind potenziell gefährlich. »Hallo?«, fragte sie durch die geschlossene Tür. »Was gibt es?«

Doch natürlich bekam sie keine Antwort. Sie packte die Bierflasche am Hals und riss mit Schwung die Tür auf, gefasst auf eine böse Überraschung. Doch da war nichts. Nichts außer einer nächtlichen Straße im Regen. Und einem Paar Fußabdrücken unter dem kleinen Vordach von Neles Haus. Hastig trat Anna einen Schritt hinaus, blickte die Friesenstraße rauf und runter, drehte sich um die eigene Achse. Probierte es noch einmal: »Hallo?«

»Anna?« Paul war so unvermittelt aus der Seitengasse aufgetaucht, dass Anna ihn beinahe mit der Bierflasche bedroht hätte. »Alles gut?«

»Alles gut, Paul. Ich …«

»Warum stehst du nachts allein auf der Straße?« Er blickte an ihr herab. »Mit einem Bier in der Hand und …«

»Jemand hat bei mir geläutet«, erklärte Anna.

»Bei dir?« Er betrachtete das Haus, das bis vor Kurzem noch »Doras Hotel« gewesen war, das Inselbordell. »Gehört das Haus nicht deiner Freundin Nele?«

Anna nickte. »Doch. Schon. Ich … ich wohne für ein paar Tage hier.«

»Tatsächlich? Warum hast du mir das nicht gesagt? Ich finde es nicht ganz unwichtig, dass ich dich erreichen kann, wenn was anliegt.«

»Das stimmt, Paul. Tut mir leid.«

Paul zögerte. »Jemand hat bei dir geläutet? Irgendetwas, das mich interessieren sollte? Ich meine, weil du hier nachts auf der Straße herumstehst …«

»Nein. Oder doch. Ich weiß nicht.« Anna zuckte die Achseln. »Es war nur so … seltsam.«

»Seltsam? Weshalb?« Seine Augen hatten diesen forschenden Blick angenommen, der sich für Anna anfühlte, als wollte er sie durchleuchten.

»Weil … ich weiß auch nicht.«

»Wer war es denn, der geläutet hat?«

»Das ist es ja, Paul. Als ich aufgemacht habe, war niemand da. Nur diese … Fußabdrücke.« Sie deutete auf den kleinen trockenen Fleck unter dem Vordach, wo immer noch Spuren nasser Schuhe zu erkennen waren. Immerhin, dachte Anna. Diesmal konnte Paul sehen, dass sie sich nicht einfach etwas einbildete. Der Kollege starrte auch tatsächlich auf die Abdrücke. Dann begannen seine Mundwinkel zu zucken, bis er in ein lautes, befreites Lachen ausbrach. »Anna!«, rief er glucksend. »Du bist wirklich ein Phänomen!«

Irritiert wich Anna einen Schritt zurück. »Ich verstehe nicht ...«

»Offensichtlich! Du verstehst nicht!« Erneut schüttelte ihn ein Lachen, ehe er kichernd seinen Kragen hochklappte und ihr zunickte. »Geh mal besser schlafen«, sagte er schließlich und wandte sich selbst zum Gehen. »Zieht ins Inselbordell und wundert sich, dass jemand wieder abgezogen ist, als er erkannt hat, dass jemand anderer im Haus ist als die Besitzerin des Ladens ...« Er winkte ihr über die Schulter zu und ging die Friesenstraße runter Richtung Treppe zum Oberland, wo er wohnte.

»Paul!«, rief Anna. »Warte!« Etwas in ihrer Stimme musste ihn unvermittelt alarmiert haben, denn er blieb abrupt stehen und drehte sich um, sein Lachen war erstorben.

»Was, Anna?« Er kam zurück und blickte sie an, als wisse er, dass sie ihm gleich etwas Ungeheuerliches offenbaren würde.

»Marten«, sagte sie leise.

»Marten?«

Sie holte Luft. Ihre Stimme zitterte, als sie es aussprach: »Er ist tot, Paul.«

Eine Weile standen sie schweigend beieinander auf der nächtlichen Straße und sahen sich in die Augen wie zwei Übriggebliebene einer großen Tragödie. »Tot«, flüsterte Paul schließlich. »Und wie?«

»Er hat sich das Leben genommen.«

*

An Schlaf war natürlich nicht mehr zu denken. Anna lag auf dem Bett und starrte in ihr Spiegelbild: eine einsame, junge Frau im schlabberigen Pyjama, die über ihr an der Decke klebte. Wie oft mochte Nele sich in diesem Spiegel betrachtet haben, einen Kerl auf sich, der … Anna versuchte den Gedanken wegzuwischen. Es schien doch alles immer falsch zu sein: Was die eine an Kerlen zu viel hatte, das hatte die andere zu wenig. Sie. Sie musste an Schmalhorst denken, der ihr mehr als eindeutige Avancen gemacht hatte. Eigentlich mochte sie ihn, fand ihn sogar attraktiv. Er wirkte so jung, obwohl er vermutlich älter als sie war. Aber vielleicht wirkte ja auch nur sie so alt. Zumindest in ihren eigenen Augen.

An der Wand gegenüber hatte Nele Arbeitsutensilien hängen gehabt: Dinge aus Leder, mit denen sie die Bedürfnisse weniger zimperlicher Kunden befriedigt hatte. Jetzt waren die Haken, die sie dort angebracht hatte, leer, sahen im Dämmerlicht der Nachttischlampe aus wie Insekten, die darauf warteten, sich auf Anna zu stürzen. Sie setzte sich auf, betrachtete das Muster dieser dunklen Sprenkel und stellte verblüfft fest, dass, wenn man sie mit Linien verband, in etwa die Umrisse der Insel Helgoland entstehen würden. Es war wie bei einem Ermittlungsboard: Zuerst ist es leer, dann werden Punkt für Punkt Informationen angebracht – und irgendwann schält sich ein Bild heraus, das einem den Täter liefert. Den Täter. Das setzte erst einmal eine Tat voraus. Konnte man sagen, dass die Frau aus dem Stollen getötet worden war? Oder war das nur eine fixe Idee, die sich zunehmend in Annas Kopf festsetzte, je länger sie im Dunkeln tappten und je ominöser diese Tote ihr erschien?

Anna holte einen Stift aus der Kommode in der Diele und zeichnete die Lage des Stollens auf der »Karte« ein. Sie war kurz versucht, die Haken mit Linien zu verbinden, um die Insel zu zeichnen, aber dann ließ sie es: Es war schlicht nicht nötig, sie sah es ja ohnehin genau vor sich. Den Punkt, an dem der Blindgänger aufgetaucht war, zeichnete sie ganz nah daneben. Es waren ja kaum zwanzig Meter zwischen den beiden Orten. Dann setzte sie sich wieder aufs Bett und studierte das Bild, das sich ihr bot. Sie sah nicht nur das, was klar zu erkennen war, sie sah auch all die anderen Punkte, die sich ihr über die Jahre eingebrannt hatten: die Gartenlaube, in der sie vergewaltigt worden war; Leos Grab; die Klippe, an der er zu Tode gestürzt war; das Verlies, in dem Fleischer verblutet war; der Nordosthafen, wo sie die Leiche eines ermordeten Jungen entdeckt hatte … Es war eine Landschaft des Grauens, die sich vor ihrem inneren Auge ausbreitete. Und je länger sie daraufstarrte, umso mehr hasste sie ihre geliebte Insel. Zugleich aber faszinierte sie dieses Panorama des Grauens mit jeder Minute, die sie es betrachtete, mehr. Denn es schien mit ihr zu sprechen, schien ihr Dinge erklären zu wollen – sie musste lediglich lernen, die Sprache zu verstehen, in der es mit ihr kommunizierte.

18. April, 12.17 Uhr. Noch 43 Minuten bis zum großen Inferno.

Frank Woosnam hatte noch eine zusätzliche Runde angeordnet. Eigentlich sollten die letzten Männer bereits an den Booten sein, um die Insel zu verlassen. Doch aus irgendeinem Grund hatte er ein ungutes Gefühl. Das hier war keine gewöhnliche Aktion. Was sie hier taten, war unumkehrbar. Und wenn tatsächlich noch jemand auf dem Felsen war, dann war die Operation Big Bang sein Todesurteil. Deshalb war es so verdammt wichtig, sicher zu sein.

Die Männer durchsuchten das Unterland mit ihren Hunden. Deutschen Schäferhunden. Man konnte den Deutschen nachsagen, was man wollte, sie verstanden etwas von Hundezucht. Zu Hause in Manchester hatte Grenfell mehrere Rottweiler. Starke, kräftige Hunde, folgsam und perfekt trainiert. Waren sie zumindest gewesen, ehe dieser verdammte Krieg begonnen hatte. Woosnam suchte mit seinem Feldstecher die Ruinen ab, die aus dem Chaos ragten, in das sie diese Insel gebombt hatten. Da waren die gewaltigen U-Boot-Bunkeranlagen, die selbst die härtesten Bombardements nicht hatten brechen können. Sie waren das eigentliche Ziel der ganzen Aktion, selbst wenn dabei der Rest des kleinen Eilands untergehen sollte. Dann die völlig verwüsteten Hafenanlagen innerhalb der Hummerschere. Die Wracks, von denen etliche immer noch aus dem Wasser ragten. Die in Trümmern liegende Bebauung der beiden Siedlungen, die es auf Helgoland gegeben hatte: des Unter- und des Oberlands. Nur noch Gerippe ragten schwarz aus den Trümmerfeldern, die einst Straßen und Wege gewesen waren. Ganz oben stand noch immer der

Flakleitturm, ein scheinbar unzerstörbares Bauwerk, das Hunderte von Bomberpiloten angesteuert hatten und auf das vermutlich mehr Sprengkörper abgeworfen worden waren als auf jedes andere Objekt in der Geschichte. Woosnam fragte sich, ob am Ende dieser Turm das Einzige bleiben würde, was noch aus der See ragte.

Die erste Staffel kehrte zurück. »Nichts, Sir!«, meldete der Leiter.

»Aye. Dann gehen Sie jetzt mit Ihren Männern aufs Boot, Sergeant.«

»Sir.« Ein knapper militärischer Gruß, dann hasteten die Soldaten mit den Suchhunden an Woosnam vorbei zum Hafen.

Suchhunde. Kampfhunde. Jagdhunde. Alles eins, dachte Woosnam. Am Ende kam es darauf an, dass das Tier wie eine Maschine funktionierte. Und das taten sie.

»Sir?« Einer der Männer stand winkend dort, wo die U-Boot-Bunker aus dem roten Felsen hervorragten. »Sir?«

»Was gibt es, Corporal Wright?« Woosnam stieg über die Reste einer ehemaligen Häuserfront. »Haben Sie was gefunden?«

»Max hat angeschlagen!«

Woosnam blickte auf die Uhr. Zweiundvierzig Minuten bis zur Sprengung. Wenn sie jetzt tatsächlich jemanden gefunden hatten und die betreffende Person nicht schnell geborgen und evakuiert werden konnte, mussten sie die ganze Aktion abblasen. In einem Winkel seines Herzens hoffte Woosnam, dass das der Fall sein würde. Denn so verrückt es war, die Insel als geschundenes Land zu erleben, hatte ihn für sie eingenommen. Kein Flecken Erde hatte es verdient, dass so mit ihm umgegangen wurde. Es war kein

Ruhmesblatt für die Royal Air Force. Vielleicht aber war auch das ein Grund, weshalb viele der Beteiligten hier darauf zählten, dass die Reste, die nach dem Big Bang noch stehen blieben, schon bald von der Nordsee geholt werden würden. »Schicken Sie jemanden rein«, wies Woosnam seinen Untergebenen an.

»Aber die Zeit, Sir …«

»Die Zeit spielt keine Rolle. Wenn wir Gefahr laufen, dass noch jemand dort drinnen ist, müssen wir ihn rausholen. Und wenn es zu lange dauert, wird der Countdown abgebrochen.«

»Aye, Sir«, sagte Wright. »Dann gehe ich selbst.« Er wollte gerade seinen Kopf in den Zugang zu der Tunnelanlage stecken, die hier frei lag, da drang ihm der Ruf eines Kameraden von drinnen entgegen. »Stopp! Ich bin noch hier unten!«

Wenige Augenblicke später trat Warrant Officer Victor Bly ins Freie, die stark geröteten Augen zusammengekniffen, die erloschene Taschenlampe in der Hand. »Meine Batterie hat es nicht durchgehalten«, erklärte er. »Deshalb hat es so lange gedauert, bis ich den Weg nach draußen gefunden habe.«

»Sie können von Glück sagen, dass wir noch eine zusätzliche Suchrunde gedreht haben, Bly«, entgegnete Woosnam. »Eigentlich sollten wir alle die Insel längst verlassen haben.«

»Danke, Sir. Ich danke Ihnen.«

»Danken Sie nicht mir, sondern den Kameraden, die noch gesucht haben«, sagte Woosnam und nickte dem Corporal zu, der ihn gerufen hatte. »Das hätte auch schiefgehen können, so viele Blindgänger, wie hier überall noch herumliegen. Wright, rufen Sie die anderen, es wird Zeit.«

Der Corporal nickte und wandte sich ab. Einige Pfiffe und kurze Befehle später waren auch die letzten Männer auf dem Weg zu den Booten. Niemand achtete auf Victor Bly – und niemand bemerkte deshalb auch den Ausdruck grimmiger Genugtuung auf seinem Gesicht, als er sich nach dem Tunnel umblickte, aus dem er vor wenigen Sekunden getreten war.

6

FREITAG

Der Regen hatte aufgehört. Wie bestellt. Als Anna um kurz vor sieben zur Absperrung kam, war der Sprengmeister bereits vor Ort. »Moin!«, rief sie ihm zu, munterer, als sie sich nach dieser weiteren durchwachten Nacht fühlte.

»Moin«, entgegnete Klüver. »Gute Bedingungen. Jetzt müssen wir nur die Leute schnell von der Insel bringen.«

»Seit Frau Reuß von der Verwaltung die Koordination übernommen und alle Mitarbeiter einbezogen hat, geht es schneller.«

»Gut. Soweit ich es mitbekommen habe, sind ja viele auch schon gar nicht mehr da.«

»Klar. Wer eine Alternative hat, hat nicht gewartet, bis er von uns genötigt wird.«

»Alternative?«

»Wohnung in Hamburg, Tochter auf Pellworm, was weiß ich …«

»Verstehe. Gut. Bis wann denken Sie, dass die Insel frei ist?«

»Geplant ist bis dreizehn Uhr.«

»Spät genug.«

»Guter Mann, das ist hier eine Insel. Da ist es eben nicht damit getan, dass man die Bewohner bittet, mal ein paar Hundert Meter zu spazieren und sich ins Café zu setzen, bis die Bombe entschärft ist. Wir ...«

»Alles gut, junge Frau«, fiel ihr der Sprengmeister ins Wort. »Ich hab's kapiert.«

»Dann ist ja gut.« Anna wandte sich ab. Über den Falm sah sie Paul zum Fundort kommen. Er wirkte müde, aber er hatte wie stets seine professionelle Haltung eingenommen und grüßte Klüver mit knappem Nicken. »Alles klar?«

»Alles klar, Herr Freitag. Sobald Sie Ihren Job getan haben, tun wir unseren.«

Paul lächelte mitleidig. »Unser Job ist nie getan.« Er seufzte. »Umso wichtiger, dass wir loslegen. Anna, kannst du dich mit Saskia absprechen, wie ihr euch verteilt? Ich werde versuchen, der Verbindungsmann zwischen dem Räumdienst, der Verwaltung und euch zu sein und zugleich noch den Fundort hier zu sichern. Wir können das besser als beim ersten Anlauf, da bin ich ganz sicher.«

»Das bin ich auch«, sagte Anna. »Ich bin dann erst mal unten in der Station, warte, bis Frau Schneider da ist, bespreche mich mit Saskia, und dann sehe ich zu, dass wir uns möglichst gut aufteilen werden, um die Evakuierung zu begleiten.«

»Genau so. Danke.« Er nickte dem Sprengmeister zu. »Sie bereiten Ihre Sache vor, ich bin kurz im Rathaus und in einer halben Stunde wieder bei Ihnen.«

»Müssen Sie nicht«, erklärte Klüver. »Wenn wir Sie hier brauchen, ruf ich Sie an, okay?«

»Noch besser. Bis dann.«

»Bis dann.«

»Bis dann«, sagte auch Anna und verschwand Richtung Invasorenpfad und Mittelland. Seltsamerweise fühlte sie sich voller Energie. Die Arbeit an ihrem Panorama des Grauens hatte ihr irgendwie geholfen, auch ihr eigenes Inneres etwas aufzuräumen. Jetzt noch ein starker Kaffee, dann würde das heute alles einigermaßen geordnet über die Bühne gehen. Sie musste nur darauf achten, Stalin nicht zu triggern.

Zu ihrer völligen Verblüffung war Saskia schon da. Als Erste in der Polizeistation. Das hatte Anna noch nicht erlebt. »Moin?«

»Moin, Moin. Du kommst spät«, sagte die Kollegin grinsend.

Annas Blick wanderte unwillkürlich zur Uhr. Viertel nach sieben. »Spät?«

»Kleiner Scherz. Kommt schließlich nicht oft vor, dass ich vor dir hier bin.« Irgendetwas an Saskia wirkte eigenartig, Anna konnte nur nicht recht festmachen, was es war. »Stimmt. Ich bin tatsächlich erstaunt«, sagte sie. »So kann man sich täuschen.«

»Jaja …« Saskia Berneking hob die Schultern, als wollte sie sagen: Undank ist der Welten Lohn. Und dann ging die Tür auf und ein verwuschelter Männerkopf lugte herein. Daniel Arnold, der Leiter der Geologen. »Sorry. Ich hab meine Uhr vergessen«, murmelte er, huschte durch den Raum Richtung Ausnüchterungszelle und wieder zurück und war weg, ehe Anna etwas eingefallen wäre, was sie hätte sagen können.

»Tja«, sagte stattdessen die Kollegin. »Er wollte mal in unserer Arrestzelle schlafen. War neugierig.« Und sie steckte sich einen Kaugummi in den Mund.

Jetzt wusste Anna auch, was es war: Saskia sah nicht nur

aus, als hätte sie gerade noch heißen Sex gehabt – sie roch auch so.

*

Ein »Pling« riss Anna aus ihren Gedanken. Paul. *Bitte Du oder Saskia zum Südhafen. Besprechung mit Raabe.* Anna war froh, dass sie wegkam. Raabe war ein, zwei Jahre älter als Anna. Sie kannte ihn noch aus der Schule, auch wenn sie eigentlich nichts miteinander zu tun gehabt hatten. Ein seltsamer Typ. Marke Nerd. Dicke Brille, fettiges Haar und ein Blick zum Fürchten. Damals, als alles noch gut gewesen war, hatten die Mädchen sich immer über ihn lustig gemacht. Und Anna hatte ihn mehr als einmal dabei ertappt, wie er ihr auf den Hintern geglotzt hatte. Seit sie vor einigen Jahren wieder auf die Insel zurückgekehrt war, hatte sie im Grunde kaum je mit ihm zu tun gehabt. Aber wenn sie ihm begegnet war, war Raabe die Freundlichkeit in Person gewesen, eigentlich ein richtig netter Typ. Auch wenn er immer noch ein wenig beängstigend aussah. Aber das mochte auch die Erinnerung an früher sein, die da mitschwang. Auf dem Weg hinüber zum Südhafen versuchte Anna krampfhaft, sich daran zu erinnern, wie er noch mal mit Vornamen hieß. Denn das Blöde war ja, dass sie ihn damals auch schon immer nur »Raabe« genannt hatten. Oder »Zecke«. Also: die anderen. Sie selbst hatte sich daran nicht beteiligt. Allerdings wäre es gelogen gewesen zu behaupten, sie hätte sich nicht auch heimlich darüber amüsiert.

Raabe wartete bereits, umgeben von einigen Leuten des THW und der Feuerwehr. »Hallo, Anna!«, rief er, sichtlich erfreut, sie zu sehen.

»Moin!«, grüßte Anna zurück und vermied es, seinen Namen zu nennen, der ihr schlicht nicht einfallen wollte. »Schon alle da?«

»Fehlt noch jemand vom Räumkommando.«

»Echt jetzt? Die haben doch mit der Evakuierung gar nichts zu tun.«

»Schon richtig. Aber ich habe keine Lust, dass wir unsere Zeit damit vergeuden, denen alles haarklein zu erzählen. Die haben jetzt sowieso nicht viel zu erledigen. In der Hauptsache warten die. Und dann können sie auch hier warten und wissen gleich Bescheid, wie es ablaufen wird.«

»Haben wir denn eine Planänderung?«, fragte Anna.

»Nichts Wesentliches. Dadurch, dass es jetzt nicht mehr regnet, könnten wir sogar schneller sein.«

Anna blickte zum Himmel. »Ich denke nicht, dass das halten wird.«

»Möglich. Aber wir nutzen aus, was wir nutzen können.«

»Sehr clever.« Ja, doch, sie mochte ihn. Raabe war ein aufgeräumter, praktisch denkender Zeitgenosse geworden. Genau genommen war er ja vielleicht auch nie ein Nerd gewesen. Sah nur so aus, als würde er seine Nächte vor dem Computer verbringen und in irgendwelchen Rollenspielen den Terminator geben.

»Hi, Anna!«, grüßte von der Seite eine Frau, die ihr vage bekannt vorkam. »Gisela.«

»Gisi?«

»Mhm. Lange nicht gesehen, was?«

Verblüfft betrachtete Anna ihre Freundin von früher, die auf ein Gymnasium nach Stade gewechselt und nicht mehr wiedergekommen war. »Ich glaub's ja nicht! Du bist beim THW?«

»So isses. Als die Anforderung von Helgoland kam, dachte ich, das ist ein Zeichen. Jetzt musst du endlich mal wieder hinfahren.«

»Du warst die ganze Zeit weg?«

»Ach, ich bin immer mal wieder hergekommen. Aber ich hab dich nicht mehr gesehen. Und, ehrlich gesagt …« Sie stockte. Blickte betreten zur Seite. »Also irgendwie wollte keiner über dich sprechen.«

Anna lächelte bitter. »Kann ich mir denken«, sagte sie. »Musst du gleich wieder weg, wenn wir hier fertig sind? Oder haben wir Zeit, uns auf ein Bier zu treffen?«

Gisela Gensken zuckte die Achseln. »Kommt drauf an, wie lange das hier dauert. Ich habe zwei kleine Töchter zu Hause. Und mein Mann muss eigentlich auch an den Arbeitsplatz. Aber bei Helgoland, da konnte er natürlich nicht gut was dagegen haben.« Sie lachte. War schon als Mädchen hübsch, aber ein bisschen moppelig gewesen. Und war jetzt eher noch ein bisschen moppeliger, aber immer noch hübsch. Auch Raabe schien das bemerkt zu haben, denn trotz allem professionellen Auftreten und obwohl er im Mittelpunkt des Treffens hier stand, zielte sein Blick immer wieder auf Gisela. Genauer gesagt: auf ihre Rundungen. Vielleicht war er doch nicht so ein feiner Kerl, wie Anna es sich vorgestellt hatte.

»… dann kommt natürlich hinzu, dass wir auch noch Fluchtwege einplanen müssen«, erklärte Raabe mit Nicken in Richtung des Einsatzleiters der Feuerwehr. »Dazu wird uns gleich Hauptbrandmeister Meier etwas sagen. Für mich ist wichtig, dass jeder eine genaue Vorstellung hat, wann er was wo und wie machen soll. Wenn es dazu noch Fragen gibt, bitte ich, jetzt etwas zu sagen, damit wir das gleich klären können. Später wird es schwieriger sein, sich darum zu kümmern und eventuell noch etwas umzuorganisieren.« Raabe blickte in die Runde, fing auch Annas Blick auf, hielt ihn vielleicht einen Moment zu lange fest, wanderte weiter zu Gisela, zuckte kurz in Richtung ihres Busens und wandte sich dann den männlichen Kollegen des THW zu. Niemand schien noch Fragen zu haben. Raabe nickte zufrieden, klatschte in die Hände und erklärte: »Dann legen wir mal los.« Er sah auf die Uhr. »Vier vor halb acht. Wir liegen gut in der Zeit. Danke, meine Herrschaften.«

Auch Gisela nickte Anna zu und sagte: »Bis später. Ich kann ja nach dem Einsatz rasch rüberkommen zu euch.« Sie deutete Richtung Polizeistation.

»Unbedingt, Gisi! Ich freu mich!« Anna winkte ihr zu und wandte sich um. Sie war froh, dass sie nicht mehr aktiv für die Evakuierung verantwortlich war. Im Wesentlichen würde sie sich darum kümmern, dass im Unterland alles ruhig ablief und es keine Probleme gab. Einschließlich Landungsbrücke, Binnenhafen und Nordhafen. Ein überschaubares Viertel. Saskia, wenn sie nicht gerade mit irgendeinem Typen eine Nummer schob, würde sich ums Mittelland kümmern, was wenig Aufwand war, da es dort wenige Einwohner und ein militärisches Sperrgebiet gab, auf das sie ohnehin keinen Zugriff hatten – allerdings den Hafen, wo im Zweifel am ehesten mit Stress zu rechnen war. Und Paul hatte das Oberland unter seinen Fittichen. Wer eigentlich für die Düne zuständig war, war nicht geregelt. Vermutlich die- oder derjenige, der im Notfall gerade verfügbar war und schnell übersetzen konnte.

Anna ließ ihren Blick über die Häuserzeile schweifen, die am Südstrand lag. Alles Hotels. Alle fein herausgeputzt. Man gab sich Mühe auf der Insel. Auf einem der Balkone stand ein Mann, der in ihre Richtung sah. Erst auf den zweiten Blick wurde ihr klar, dass es Schmalhorst war, der Assistent des Kripokommissars. Als er bemerkte, dass sie ihn erkannt hatte, hob er die Hand und winkte ihr zu. Anna nickte, vermied es aber, zurückzuwinken. Zu ihrem Erstaunen stellte sie fest, dass ihr Herz ein klein wenig schneller schlug. Fast hätte sie über sich selbst gelacht. Ausgerechnet dieser etwas linkische, zu lang und zu dünn geratene Jungspund? Das wäre ja ein Witz gewesen.

Rasch ging sie hinüber zu Henry, um sich noch einen Kaffee zu gönnen und eine Kleinigkeit zu essen, ehe sie wieder im Stress gefangen sein würde und Stalin aus seinem Versteck lockte.

Aber natürlich war die Tür verschlossen, und Anna ließ es dann lieber bleiben. Die beiden Turteltäubchen – Henry und Nele – bereiteten sich vermutlich gerade auf die Evakuierung vor, und eigentlich war das Lokal ohnehin geschlossen. Nebenan gab es einen Imbiss, der zwar noch gar nicht geöffnet war, aber dessen Besitzerin Anna gut kannte: Friederike Reeker, eine Frau mittleren Alters, die zwar den scheußlichsten Kaffee der ganzen Insel servierte, dafür aber die besten Hörnchen. Und genau das würde sich Anna jetzt gönnen – sofern ihr die Wirtin schon etwas gab.

Als sie klopfen wollte, stellte sie fest, dass die Tür nur angelehnt war. »Hallo?«, rief sie in das Dunkel des Gastraums. »Jemand da?«

Als niemand antwortete, drückte sie die Tür etwas weiter auf und steckte den Kopf hinein. »Frau Reeker?«

Ein leises Ächzen war zu hören. »Frau Reeker? Alles in Ordnung?« Schon war sie drinnen und hatte – ganz automatisch – nach ihrer Waffe gegriffen. Es war so dunkel, dass es einen Moment dauerte, bis sich ihre Augen daran gewöhnt hatten. »Frau Reeker?« Sie hielt die Pistole mit beiden Händen, als könnte jeden Augenblick ein bewaffneter Killer um die Ecke stürmen.

Stattdessen kam Friederike Reeker mit einem Putzeimer die Treppe herunter. »Ist noch geschlossen«, knurrte sie und schrie erschrocken auf, als sie Anna mit der Waffe sah.

»Alles gut, Frau Reeker, entschuldigen Sie«, erklärte Anna verlegen. »Ich hatte nur ... Es war ... Ich habe Sie gehört und dachte ...«

Und dann lachten sie beide. Nichts war ja erleichternder als die Erkenntnis, dass alles halb so wild war. »Sie sind bestimmt nicht zur Mörderjagd gekommen«, stellte die Wirtin fest, als sie sich wieder beruhigt hatte.

»Nein. Eigentlich wollte ich Sie fragen, ob es schon einen Kaffee gibt.«

»Für Sie schon, Frau Krüger.« Die Wirtin stellte den Eimer zur Seite und wischte sich die Hände am Kittel ab. »Noch was Kleines zum Essen dazu?«

»Sie haben doch immer diese köstlichen Hörnchen.«

»Stimmt. Da back ich uns rasch ein paar auf. Ich kann auch etwas vertragen. Habe noch nicht gefrühstückt.«

»Da sind wir schon zwei.«

Erstaunt stellte Anna fest, dass sie Friederike Reeker mochte. Die Frau war geradeheraus und irgendwie viel positiver, als sie sie in Erinnerung gehabt hatte.

»Eins für Sie? Oder zwei?«

»Gerne zwei. Ich seh noch mal rasch draußen nach dem Rechten und bin in drei Minuten wieder bei Ihnen.«

»Perfekt.«

Im nächsten Moment war Anna wieder vor den Hummerbuden, lief ein Stück Richtung Polizeistation, wo sie aus der

Ferne Paul im Gespräch mit einem der Kapitäne der Schiffe sah, die bereit waren, erneut die Evakuierten aufzunehmen, soweit sie nicht auf die Düne gebracht wurden.

Etwas weiter entfernt glaubte sie, Saskias Vater zu erkennen, der sich an einer der großen Bojen zu schaffen machte, die unweit der Polizeistation auf einer Brachfläche lagen. Seltsamer Mensch, dieser Eck.

*

Das Korsett machte, dass sie eine top Haltung hatte, selbst wenn es ihr schien, als würden ihr die Knochen im Leib verfaulen. Was sie ja auch taten. Was machten die Männer bloß in einer solchen Situation? Als lebende Leichen herumlaufen? Nein, das würde sie nicht. Sie wollte noch im Sarg liegen als ewige Verlockung. Ja, das würde sie. Sie musste nur verdammt noch mal endlich aufschreiben, was zu tun war, wenn es vorbei war. Aber das fühlte sich so nach Abschied an. Irgendwie hatte sie das Gefühl, als ließe sich das Ende mehr Zeit, wenn sie sich nicht darum kümmerte. Und es gab ja auch noch so viel Leben zu leben in der kurzen Zeit, die dafür übrig war! »Haben Sie einen Schnaps für mich?«, fragte sie Hähnrich, der gerade dabei war, seine Kneipe zuzusperren. »Für Sie?«, antwortete er mit einem Augenzwinkern. »Immer doch. Moment.« Er huschte noch einmal hinein und streckte sogleich den Kopf wieder heraus. »Whisky? Oder lieber Gin?«

»Whisky klingt gut.«

»Geht aufs Haus«, erklärte Hähnrich, als er ihr zwei Minuten später ein Glas entgegenstreckte. »Dann trink ich auf Sie«, erwiderte sie und stürzte das Feuerwasser runter. Wegbrennen. Wegbrennen hätte sie ihn wollen. Einfach heraus-

brennen aus ihrem Körper, den Krebs, der sich in ihren Eierstöcken eingenistet hatte und sie jetzt von innen her zerfraß. »Ahhh. Danke!«

»Kommen Sie doch mal vorbei, wenn wir wieder geöffnet haben.«

»Mache ich, Herr Hähnrich. Versprochen.« Und sie schenkte ihm ihr strahlendstes Lächeln: ein Versprechen geradezu. Einen Blick, an den er noch lange denken würde. Auch wenn es sie dann schon gar nicht mehr gab.

*

»Sie wissen, dass Sie die Insel auch verlassen müssen?«, fragte Anna, als sie wenig später mit Friederike Reeker in deren Lokal saß – allein, weil die Bude an diesem Tag nicht öffnen würde, natürlich.

»Wir sind erst um zehn dran«, erwiderte die Wirtin. »Zeit genug, noch ein wenig zu putzen.« Sie schenkte Kaffee nach. »Und mit unserer Dorfpolizistin zu plaudern.«

Anna nickte. Ja, Dorfpolizistin. Lustig eigentlich, aber obwohl die Gemeinde Helgoland nur ein winziges Nest mit gerade mal tausend Einwohnern war, fühlte es sich nicht an wie ein Dorf. Eher wie ein eigenes Land. Vielleicht ja auch, weil es diesen Begriff im Namen trug. Aber vor allem, weil man hier draußen eben tatsächlich »Land« war inmitten weiter See, und weil die Geschichte der Insel so groß war, dass auch Helgoland in der Wahrnehmung der Menschen viel größer war, als es der Wirklichkeit entsprach.

»Ich habe gehört, es ist ein Toter gefunden worden«, sagte Frau Reeker leise, fast, als könnte ihnen jemand hier drinnen zuhören.

Ein Toter. Das hieß zumindest, dass sie nichts Genaueres wusste. Aber irgendwer hatte mal wieder geplaudert. Vermutlich jemand vom Klinikum. »Sagt wer?«, fragte Anna, statt zu antworten.

»Sagen alle.« Die Wirtin nahm einen Schluck ihres grässlichen Gebräus. »Ich weiß gar nicht, von wem ich es zuerst gehört habe.«

»Hm. Vielleicht wissen Sie ja, von wem Sie es zuletzt gehört haben?«

Doch diesmal war es Frau Reeker, die Anna die Antwort schuldig blieb. Anna seufzte. »Es stimmt. Wir haben eine Leiche gefunden.«

»Jemand von der Insel?«

Seltsame Frage, dachte Anna. War das nicht das Naheliegendste? »Das wissen wir nicht.«

»Also niemand, den man kennt.«

»Auch das wissen wir nicht«, erklärte Anna und zwang sich, die Tasse zu leeren. Sie brauchte Energie. Und dieser Magenbrecher war vielleicht sogar besser geeignet, die Lebensgeister zu wecken, als ein perfekter, milder Feelgood-Kaffee.

»War's ein Mord?«

»Wir sind noch ganz am Anfang, Frau Reeker. Und es wäre großartig, wenn Sie alles, was Sie hören, für sich behalten würden. Es hilft uns einfach nicht weiter, wenn allzu viele Spekulationen die Runde machen.«

»Das verstehe ich.«

»Es ist jedenfalls jemand, der schon vor längerer Zeit gestorben ist«, erklärte Anna, um die wildesten Mutmaßungen etwas einzuhegen.

»Ach. So wie damals der Immel?«

»Immel?«

»Vom Leuchtturm! War verschwunden und ist dann irgendwann erhängt in seiner Gartenlaube gefunden worden.«

Gartenlaube. Ein Wort, das in Anna Übelkeit erzeugte. »Hat denn dort niemand nach ihm gesucht?«

»War die Laube von einem Freund, die er sich gemietet hatte. Der hat ihn dann auch gefunden.«

Geschichten, wie sie überall auf der Welt vorkamen. Auch auf Helgoland. Aber eine Frau, die offenbar niemand vermisste, in der Uniform eines englischen Soldaten in einem Stollen tief im Fels? »Und wo haben Sie ihn eigentlich genau gefunden?«, fragte Friederike Reeker neugierig.

»Ach, das hat sich bei den Untersuchungen wegen der Bombenentschärfung so ergeben«, blieb Anna im Vagen.

»Aha.« Die Wirtin musterte ihre einzige Kundin an diesem Morgen. »Na, die werden Sie zumindest nicht evakuieren müssen.«

»Die?«

»Die Leiche.«

»Ach so, ja.« Anna nickte. »Die und ein paar, die schon vorher weg waren.«

»Mein Mann ist zurzeit in Cuxhaven. Ich hab ihn gleich angerufen, als es hieß, dass wir evakuiert würden, und gesagt, er soll mal lieber dortbleiben.«

»Wie Doktor Rückerts Frau.«

»Doktor Rückerts Frau? Was ist mit ihr?«

»Die ist auch in Cuxhaven.«

»Ach.« Frau Reeker hätte nicht verblüffter dreinblicken können. »In Cuxhaven?«

»Ja. Bei ihrer Schwester«, erklärte Anna, die sich die Überraschung der Wirtin nicht erklären konnte.

»Hm. Hätte ich nicht gedacht, dass die noch mal aufs Festland fährt.«

Anna griff nach dem letzten Rest Hörnchen. »Wieso? Ich finde es wichtig, dass auch die alten Leute aktiv bleiben.«

»Aber mit dem Rollstuhl?«

»Sie sitzt im Rollstuhl?«

»Schon ewig. Bestimmt …« Die Wirtin überlegte. »Bestimmt schon zehn, fünfzehn Jahre oder so. Wenn's reicht. Und eigentlich geht sie auch nicht mehr aus dem Haus. Jedenfalls kann ich mich gar nicht erinnern, wann ich sie zum letzten Mal gesehen habe.«

Durch das Fenster sah Anna, wie die ersten Insulaner in einer Kolonne Richtung Hafen marschierten. Sie erkannte Heinichen, den Postboten, Frau Kratzfeld mit ihren kleinen Kindern, aber ohne ihren Mann. Vor allem waren es natürlich die Gäste der Hotels am Südstrand, die jetzt weggebracht wurden. Die Kurverwaltung hatte mit den Pensionsbetreibern und den Hotels den Plan gefasst, möglichst ein Rundum-sorglos-Abenteuer für die Inselbesucher aus der Räumung zu machen. Wenn schon unbequem, dann zumindest mit Erlebnis-Anmutung. Weshalb jeder der Hotelgäste einen dieser »The Rock«-Rucksäcke bekommen hatte, die es seit einiger Zeit gab und die tatsächlich ziemlich cool aussahen, vollgepackt mit Lunchpaket, Getränken und Zeitschriften. Auf den Schiffen würden die Herrschaften auch gepampert werden, als wär's der Fehler der Insulaner, dass wieder mal eine Altlast aus dem Krieg gefunden worden war.

»Frau Krüger?«

Anna schrak auf. »Ja?«

»Noch eine Tasse Kaffee oder noch was zu essen?«

»Nein, danke. Ich muss an die Arbeit. Dringend. Was bin ich schuldig?«

»Lassen Sie mal. Ist mein Beitrag zu Ihrem Einsatz für die Insel.«

»Sehr nett, danke!« Anna setzte ihre Kappe auf und machte sich auf den Weg. Wobei sie vor der Tür dem Kripoassistenten Schmalhorst praktisch über die Füße stolperte. »Ihre Kollegen von der Inselverwaltung haben uns ja ein schönes Kuckucksei ins Nest gelegt«, sagte er statt einer Begrüßung.

»Ihnen auch einen schönen guten Morgen«, erwiderte Anna und musterte ihn halb genervt, halb amüsiert. »Ich weiß nichts von einem Kuckucksei.«

»Wir bekommen keine Landeerlaubnis.«

»Landeerlaubnis? So wie ich das sehe, sind Sie nicht mal in der Luft.«

Schmalhorst rollte die Augen. »Wir wollten uns abholen lassen, aber jetzt pocht das Rathaus darauf, dass wegen der Evakuierung keine Flugzeuge mehr auf der Düne landen dürfen. Und wenn keines landet, kann es auch nicht wieder abheben – mit uns.«

»Verstehe«, sagte Anna, während sie die Szenerie am Südstrand mit den Augen scannte. »Das tut mir natürlich ganz furchtbar leid. Aber ich kann es nicht ändern. Wenn nicht mal Sie das können, ich meine: als Kripo!«

Der Assi wusste genau, worauf Anna anspielte. »Hören Sie, ich kann nichts für meinen Chef«, erklärte er. »Und ehrlich gesagt, wenn's nach mir ginge, könnten wir auch gerne noch ein bisschen bleiben. Ist immerhin eine hübsche Insel. Mit hübschen Polizistinnen.« Er warf ihr aus blitzenden Augen einen Blick zu.

»Sie haben Frau Berneking schon kennengelernt?«

»Frau Berneking? Nein. Sagt mir nichts.«

Nun war es Anna, deren Blick funkelte. Der Junge war schüchtern, aber mutig. Eine irgendwie sympathische Mischung. »Gut, ich muss dann mal«, sagte sie und tippte sich an die Kappe.

»Ich leider auch.« Er hob die Hand.

»Leider?«

»Kein Vergnügen, meinem Vorgesetzten klarzumachen, dass es kein Flugzeug geben wird.«

»Kann ich verstehen«, erwiderte Anna. »Sehen Sie's doch so: Vielleicht können Sie mit der gewonnenen Zeit mehr über die Tote herausfinden.«

»Das werden wir jedenfalls versuchen.«

Anna hielt inne. »Gibt es denn etwas Neues?«

»Zu der Toten? Nein. Die Forensik könnte uns sicher um einiges mehr erzählen, aber dazu müssten wir die Leiche erst einmal nach Kiel schaffen. Und das würden wir auch nicht mit dem Flugzeug tun, selbst wenn wir eines hätten.«

»Weil …«

»Weil wir die Kühlkette nicht unterbrechen wollen. Jetzt, wo der Körper einige Zeit in einer Kühlkammer zugebracht hat, ist es heikel, ihn wieder wechselnden Außentemperaturen auszusetzen. Es könnte nicht nur dem Körper selbst zusetzen, sondern auch etwaigen Beweismitteln.«

»So was wie Blut, Haaren, Hautschüppchen …«

»Sperma … Ja. Sowas.«

»Verstehe. Das heißt: Sie bleiben da und die Leiche bleibt auch da.«

»Sieht so aus.«

»Dann mal viel Spaß mit Ihrem Vorgesetzten.«

»Sehr freundlich, danke.« Sein Lächeln war vielleicht fatalistisch, aber es war auch auf nette Weise milde. Vermutlich würde Schmalhorst nie ein großer Kriminalist werden. Dazu fehlte ihm offensichtlich der Jagdinstinkt. Aber ein guter Polizist, das würde er sicherlich. Denn wenn man eines bei ihm erkannte, dann war es, dass er sich für die Menschen interessierte und dass nichts Menschliches ihm fremd war.

*

Von fern konnte Anna erkennen, wie Ole Kreißler von der Hafenmeisterei den Fundort mit schnellen Schritten verließ. Was hatte er denn mit den Kampfmittelbeseitigern zu tun? Es wäre einfacher gewesen, wenn sich die Insulaner strenger an die Anweisungen gehalten hätten. Die Inselverwaltung hatte an alle Haushalte klare Regeln ausgegeben: kein Sightseeing am Fundort, klare Ansage an die Kinder, Mutproben zu unterlassen, kooperatives Verhalten gegenüber Behörden und Einsatzkräften gefordert.

Dennoch war heute Morgen eine Touristengruppe unter der Führung von Anemone Heckert vor dem Zelt des Sprengkommandos aufgetaucht und hatte den Worten der Hexe gelauscht, die von den Flüchen erzählt hatte, die auf der Insel lasteten, und davon, wie Helgoland schon seit Urzeiten dem Untergang geweiht sei. »Seit zehntausend Jahren ragt dieser Fels aus der Ebene. Aber einst war hier kein Meer, sondern Steppe«, erzählte sie, während Anna sich näherte. »Eine eisige Steppe, denn es herrschte Eiszeit. Und dann kam das Wasser und aus den gefrorenen Sümpfen wurde die Nordsee und aus den Hügeln wurden Inseln. Helgoland ist die einsamste dieser Inseln, von der See nicht nur abgeschnitten, sondern umtost. Wieder und wieder reißt sie sich Stücke aus dem Felsen wie ein Raubtier, das …«

»Das ist sehr eindrucksvoll, Frau Heckert, was Sie da erzählen«, fiel ihr Anna ins Wort. »Aber hier ist der Aufenthalt für Nichteinsatzkräfte verboten.«

»Das ist auch meine Insel, Frau Krüger«, erwiderte die Frau, die auf der ganzen Insel als Hexe galt. »Und nicht nur meine! Sie gehört allen Menschen! Alle Menschen sollen diesen Felsen sehen, bevor er untergeht.«

Anna seufzte und versuchte es in einem freundlichen Ton: »Wir versuchen, darauf hinzuwirken, dass es mit dem Untergang noch ein wenig dauert. Deshalb ist es wichtig, dass der Kampfmittelräumdienst in Ruhe arbeiten kann und niemand der Fundstelle zu nahe kommt.«

»Wir verhalten uns völlig friedlich«, erklärte Anemone Heckert und starrte Anna aus ihren schwarzen Augen so durchdringend an, dass es schien, als spräche sie heimlich einen Fluch aus.

»Das glaube ich aufs Wort, Frau Heckert. Aber wir wissen nicht, ob sich auch der Blindgänger friedlich verhält. Und wir wollen vermeiden, dass Ihre packende Inselführung an dieser Stelle ein tragisches Ende nimmt. Deshalb bitte ich Sie, jetzt diesen Ort zu verlassen. Ihre Zuhörer sind sicherlich auch interessiert, den Lummenfelsen zu sehen oder am Nordstrand nach Feuerstein zu suchen.«

Kurz herrschte Stille, dann nickte die Hexe und erklärte: »Gut, wir verlassen diesen Ort und gehen auf die Klippen.«

»Sie denken daran, sich rechtzeitig für die Evakuierung bereitzuhalten? Es ist wichtig, dass alle genügend Zeit haben, sich vorzubereiten.«

Doch Anemone Heckert hatte sich bereits in Bewegung gesetzt und führte ihre Gruppe von fünf, sechs Leuten den Klippenrandweg entlang Richtung Leuchtturm. Aus einiger Entfernung meinte Anna noch zu hören, wie sie von den »hochmütigen Insulanern« sprach, »deren Schicksal dem von Rungholt gleichen wird«. Und vielleicht hatte die Hexe ja recht und der Fels würde eines Tages in der See versinken mit allem und allen, die darauf waren. Aber noch nicht jetzt. Egal, wie groß die Aufgabe war, egal, wie sehr Stalin sie terrorisierte, egal, dass ein Wahnsinniger sie offenbar in den Wahnsinn treiben wollte – Anna würde nicht zulassen, dass diese Insel unterging.

»Chef?« Einer der Arbeiter rief etwas aus der Grube, in der die Bombe lag. Klüver trat hinter der Böschung hervor, wo er seine Mitarbeiter bei der Suche nach weiteren Blindgängern unterstützt hatte. »Was gibt's?«

»Ich glaube, wir haben den Zünder lokalisiert.«

»Endlich!«

Anna beobachtete, wie Klüver ins Zelt ging und zu ihm hinunterstieg. Auch wenn der Sprengmeister nicht mehr der Allerjüngste war, war er fit, wie Anna es sich für sich selbst gewünscht hätte. Vor allem war er kontrolliert, die Selbstbeherrschung in Person. Umso überraschter war Anna, als sie ihn fluchen hörte. Sie trat näher und blickte hinab. »Irgendein Problem?«

»Gut gesagt«, erwiderte der Sprengmeister. »Wenn's kein Problem gäbe, wären wir gar nicht hier. Aber so, wie die Sache aussieht, werden wir ziemliche Schwierigkeiten haben, den Zünder zu identifizieren.«

»Aha. Und warum?«

»Dieses Ding ist total überwuchert und verrostet.« Er deutete auf eine Stelle, an der eine Erhebung aus dem Monstrum ragte wie ein verwitterter Furunkel voller Eiter und Blut.

»Das ist der Zünder?« Anna war fasziniert. Sie hatte noch nie einen gesehen.

»Einer. Ja.«

»Einer? Kann es denn mehrere geben?«

»Wir rechnen damit, dass es nicht der einzige ist. Diese Brocken sind meist mit zwei, manche sogar mit drei Zündern ausgestattet worden.«

»Um sicherzugehen, dass sie auch wirklich zünden«, stellte Anna fest.

»Richtig.«

»Und doch hat keiner funktioniert.«

»Das ist die Frage«, sagte Klüver und wischte mit der Hand über die Beule. »Schließlich kann das Ding immer noch hochgehen.«

Anna spürte, wie sich ihr Puls beschleunigte. »Ist das nicht gefährlich, wenn Sie den Zünder so anfassen?«

Klüver warf ihr einen etwas belustigten Blick zu. »Ohne ihn anzufassen, werden wir ihn nicht entschärfen können.«

»Schon klar.« Anna nickte, versuchte, sich nicht anmerken zu lassen, dass sie die Angst gepackt hatte in diesem Augenblick, so nah an dem Monstrum. »Und werden Sie ihn entschärfen können?«

»Dazu müssten wir erst einmal wissen, was für ein Zünder es ist.« Der Sprengmeister seufzte. »Aber so zugewuchert, wie das Teil ist, lässt es sich nicht identifizieren. Wir werden also entweder im Blindflug arbeiten müssen oder wir müssen den Zünder so lang bearbeiten, bis die Kennung sichtbar wird.«

»Im Blindflug?«

»Das Ding rausdrehen, auf die Gefahr hin, dass es uns um die Ohren fliegt, weil man es seiner Natur nach nicht rausdrehen kann.«

*

18. April, 12.19 Uhr. Noch 41 Minuten bis zum großen Inferno.

In absoluter Dunkelheit zu liegen war vielleicht das Schlimmste. Zu wissen, dass man das Licht nie wieder sehen würde. Nichts mehr auf dieser Welt sehen würde. Nie wieder hier rauskommen würde. Wäre die Angst vor dem Tod, wäre die Angst vor den Schmerzen nicht so groß gewesen, Richard Grenfell hätte Dankbarkeit empfinden können, dass es nur eine kurze Zeit war, die er an diesem teuflischen Ort verbringen musste. Aber die Angst war da, und sie war überwältigend. Sie war so groß, dass er das unkontrollierte Zucken seiner Beine nicht verhindern konnte. Dass seine Hände wie verrückt zitterten. Vor allem: dass er nicht mehr denken konnte! Es gab kein Entkommen. Aber selbst, wenn es eines gegeben hätte, er wäre nicht imstande gewesen, den geistigen Weg dorthin zu finden, weil in seinem Kopf ein Sturm toste. Ein Sturm aus Angst und Schreckensbildern. Aus Verzweiflung und Panik. Aus Scham und Trostlosigkeit.

Aus Reue.

Denn auch wenn es sein Schicksal besiegelt hatte, konnte er Victor verstehen. Niemals hätte er diese Idee haben, niemals hätte er sie laut äußern dürfen. Es war der Fehler seines Lebens gewesen. Dass er nun hier lag, war am Ende nichts als eine gerechte Strafe.

Da es dem Krieg nicht gelungen war, Richard Grenfell aus dem Leben zu reißen, so musste es Victor Bly eben selbst erledigen. Oder vielmehr: die Bomben erledigen lassen, mit denen man Helgoland vollgepackt hatte. Ein Knopfdruck auf einer Fregatte, die neun Meilen entfernt auf der ruhigen See lag, den Bug zur Insel hin ausgerichtet. Mit einem Knopfdruck würden sie sein Leben auslöschen – und Victor Blys Angst, alles zu verlieren. Oder nichts. Das wenige, das der Krieg ihm noch gelassen hatte.

Er hätte um Hilfe gerufen, wäre er nicht geknebelt gewesen. Aber es war unmöglich, das Halstuch auszuspucken, das ihm Vic in den Mund gestopft hatte. So wie es unmöglich war, die Beine stillzuhalten oder die Hände. Die Hände! Er könnte sein Leiden verkürzen, wenn er ... Was für ein wahnsinniger Gedanke!

7

Es war gar keine Absicht gewesen. Aber als Anna wenig später vor Doktor Rückerts Haus stand, musste sie einfach klingeln. Einerseits, um sicherzugehen, dass er sich an die Abmachung gehalten hatte und tatsächlich der Evakuierungsaufforderung gefolgt war. Andererseits, weil ihr das Gespräch mit Friederike Reeker über seine Frau nicht aus dem Kopf ging. Sie hatte schon die Hand am Knopf, da kam ihr ein Geistesblitz. Rasch kramte sie ihr Handy heraus und rief eine Nummer an, die sie so selten benutzte, dass sie zunächst gar nicht wusste, unter welchem Stichwort sie sie gespeichert hatte. Aber dann fiel ihr ein, dass es *MS Helgoland* war. Sie hatte Jennifer Plocks Nummer unter dem Namen der Cuxhavenfähre gespeichert. »Plock«, meldete sich die Offizierin schon nach dem ersten Läuten. Die Frau war auf Zack, das war nichts Neues, aber jedes Mal wieder auffällig.

»Anna hier. Anna Krüger. Kann ich dich um einen Gefallen bitten?«

»Wir sind hier natürlich gerade ziemlich busy. Was ist es denn?«

»Ich wüsste gerne, ob kürzlich eine bestimmte Passagierin bei euch mitgefahren ist.«

»Oh. Was heißt kürzlich? Und um wen geht es? Du weißt, dass ich wegen Datenschutz eigentlich nichts sagen kann.«

»Weiß ich. Ich frage auch gar nicht offiziell nach, sondern mehr aus Neugier.«

»Was es eher schwieriger macht«, erklärte die Erste Offizierin.

»Nein«, widersprach Anna. »Was bedeutet, dass es ein persönlicher Gefallen ist, ganz unter uns. Ich möchte nur sichergehen, dass mir hier niemand einen Bären aufbindet.« Sie hörte Jennifer Plock atmen und entschloss sich, die Karten auf den Tisch zu legen. »Wir müssen auch die Familie Rückert evakuieren. Zwei alte Leutchen. Er ist störrisch und möchte am liebsten auf der Insel bleiben. Seine Frau ist angeblich bei ihrer Schwester in Cuxhaven. Was ich seltsam finde, weil sie im Rollstuhl sitzt und schon ewig nicht mehr aus dem Haus gegangen ist.«

»Okay, pass mal auf, ich versuche, das herauszufinden. Gib mir fünf Minuten.«

»Danke.« Anna drückte das Telefonat weg. Gegenüber ging eine Tür auf. Die Familie Fischer trat heraus, ein Ehepaar mit einer halbwüchsigen Tochter, die Anna sehr an sich selbst erinnerte in dem Alter. »Moin«, grüßte der Mann und blickte entgegen seines launigen Tons ziemlich grimmig drein.

»Moin!«, grüßte Anna zurück. »Danke, dass Sie dabei sind.«

»Wieso?«, knurrte Winfried Fischer. »Kann man es sich denn aussuchen?«

»Nicht wirklich.«

»Tja, dann …« Und während er die Haustür hinter sich zuschloss, nörgelte er laut: »Soll Leute geben, die eigentlich arbeiten müssten.« Er warf einen Blick über die Schulter, als hätte Anna persönlich die Evakuierung angeordnet.

»Wir hätten es auch gerne anders gehabt«, erklärte die.

»Aber es ist ja auch niemandem damit gedient, wenn Ihnen hier der Falm aufs Haus rutscht und Sie alle unter sich begräbt.«

Die Augen der Frau weiteten sich. »Im Ernst? Ist es so gefährlich?« Sie wandte sich an ihren Mann. »Winnie, sperr noch mal auf! Wir müssen die …« Sie warf einen Blick auf Anna, entschied dann aber wohl, dass die Polizei es ruhig hören durfte. »Wir müssen die Schmuckschatulle mitnehmen und das Bargeld im … das Bargeld.«

»Und die Pässe«, stimmte Winfried Fischer zu, sperrte wieder auf und ließ seine Frau hinein, während er selbst mit verdrießlicher Miene unter der Tür stehen blieb. Die Tochter trat verlegen von einem Bein aufs andere. Sie war in der Phase, in der irgendwie alles unförmig war: die Arme und Beine zu lang, die Nase zu groß, die Füße erst recht. »Spannend, was?«, versuchte Anna, positive Stimmung zu verbreiten.

»Mhm.« Das Mädchen schluckte. Und verstockt, dachte Anna. Wie alle Mädchen in dem Alter. Augenblicke später tauchte Felicitas Fischer wieder auf. »Okay, wir können«, sagte sie und strich sich eine Haarsträhne aus der Stirn. Sie nickte Anna zu, anders als ihr Mann, der von der Polizistin keine Kenntnis mehr zu nehmen schien, dann trabten sie Richtung Landungsbrücke los. Anna folgte ihnen ein Stück weit, beobachtete für ein paar Minuten die Ausbootung der Unterländer Richtung Düne und nahm dann den Rückruf von Jennifer Plock an. »Anna?«

»Ich höre.«

»Also wir konnten auf die Schnelle nichts finden.«

»Vielleicht können die in der Zentrale …«

»Die hab ich gefragt, Anna.«

»Oder von der Reservierungsstelle …«

»Das ist die Zentrale.«

»Oh. Also ihr wisst nichts von einer Frau Rückert, die kürzlich als Passagierin an Bord der MS Helgoland war?«

»Wenn du mit kürzlich innerhalb der letzten vier Jahre meinst: nein.«

»Alles klar. Dann danke für die Info!«

»Gerne.«

Keine zwei Minuten später stand Anna wieder vor dem Haus der Rückerts. Konnte es sein, dass ihr alter Englischlehrer ihr so dreist ins Gesicht gelogen hatte? Sie klingelte. Und wartete. Klingelte erneut. Und wartete wieder. Schließlich rief sie noch einmal Jennifer Plocks Nummer an. »Was jetzt?«, meldete sich die Offizierin, hörbar genervt. »Hier ist gerade richtig was los, Anna!«

»Ich weiß, entschuldige. Nur eine kurze Frage noch. Ist heute schon Doktor Alfred Rückert bei euch an Bord gegangen?«

Es dauerte nur einen Augenblick, dann hatte die Offizierin nachgesehen. »Nein. Kein Rückert.«

»Kein Rückert. Alles klar. Danke.«

»Wo ist kein Rückert?«, fragte eine Stimme in ihrem Rücken. Als Anna sich umdrehte, stand ihr alter Lehrer vor ihr und musterte sie mit kleinen Augen hinter seiner Brille. Blitzenden Augen. So scharf hatte er sie noch nie angeblickt. Plötzlich fühlte sie sich schuldig, ohne zu wissen, warum. »Ich … ich wollte nur sichergehen, dass Sie auf der Liste stehen.«

»Auf welcher Liste, Anna Krüger?«

»Auf der Liste für die MS Helgoland.«

»Weshalb sollte ich? Hieß es nicht, dass die Friesenstraße auf die Düne evakuiert wird?«

»Richtig. Stimmt. Ein Versehen. Tut mir leid.«

Der alte Mann ließ seinen eisigen Blick unbewegt auf Anna liegen, dann wandte er sich ab, ohne ein weiteres Wort zu sagen. Stalin rührte sich, stach unvermittelt in Annas Schläfe, sodass sie für einen Moment die Augen zupresste und die Luft anhielt. Als sie sie wieder öffnete, war Doktor Rückert weg.

*

So eine Insel ist wie eine Welt im Kleinen. Im Grunde ganz ähnlich wie die Gesellschaft der Obdachlosen. Du lebst in einer Blase. Andere Dinge, andere Geschehnisse, andere Menschen finden kaum statt. Oder wenn, dann nur wie von fern. Von seinem Platz auf einem der Stühle vor einem geschlossenen Café aus konnte Eck die Halunder beobachten, wie sie auszogen. Viele genervt, andere schicksalsergeben. Manche schwatzten munter mit Leuten, die sie auf dem Weg zum Schiff oder zur Fähre trafen. Andere vermieden mehr oder weniger offensichtlich ein Zusammentreffen. Natürlich: Je enger man aufeinandersitzt, umso tiefer sind Zu-, vor allem aber Abneigung. Es ist wie mit dem Alk: Auch wenn er dir nur ein bisschen fehlt, auch wenn er dich nur ein bisschen quält, musst du die ganze Zeit daran denken, er geht dir nicht mehr aus dem Kopf.

Eck zog den Mantel enger um sich. Er war Regen gewöhnt, hatte lang genug in nassen Einfahrten oder unter Baugerüsten gelegen, um damit klarzukommen. Aber seit er wieder Dächer über dem Kopf und Kleider hatte, die den Namen verdienten, war es anders geworden. Die Feuchtigkeit zog ihm in die Knochen, der Wind fuhr ihm in die Glieder, die Kälte biss ihm in die Haut.

Es war interessant zu beobachten, wie sich die junge Polizistin bemühte, alles unter Kontrolle zu bekommen. Was bei tausend Menschen, die sich auf den Weg gemacht hatten, denkbar schwer war. Vor allem, wenn man bedachte, dass sie in unterschiedliche Richtungen evakuiert wurden, dass sie sehr unterschiedlich damit umgingen und dass nicht jeder den Ernst der Lage verstanden zu haben schien.

Den Ernst der Lage. Eck musste lächeln. Aber er schloss schnell wieder den Mund. Seine Zähne schmerzten in der kühlen Luft. Oder vielmehr das, was von den Zähnen noch übrig war. Im Grunde tat ihm alles weh. Deshalb war es auch ganz egal, was passierte. Was *mit ihm* passierte. Was er tat. Oder was er ließ. Er kniff die Augen zusammen und versuchte zu erkennen, wie es der Polizistin ging. Anna! Jetzt fiel ihm der Name wieder ein. Noch so ein Problem: Sein Gedächtnis wurde immer löchriger. Aber gut, dass er noch einmal eine so erstaunliche Zeit erleben würde wie hier auf der Insel, das hätte er sich noch vor ein paar Monaten nicht gedacht. Sie ist auf Entzug, dachte er. Ja, es war deutlich genug. So viel konnte er erkennen, er kannte es ja ausreichend. Kannte die Anzeichen. Vor allem wusste er, wie es sich anfühlt. Mädchen, Mädchen, dachte er. Das wird nicht gut ausgehen mit dir.

*

Nur ein paar Häuser von Rückert entfernt lebten die Franzens. Peter Franzen, seine Frau und die beiden entzückenden Töchter. Eine ganz normale Familie. Hätte Peter Franzen damals nicht an Annas Vergewaltigung mitgewirkt. Einer von vieren. Der Einzige, mit dem Anna ihren Frieden geschlossen hatte. Aber Peter Franzen war nicht dabei, als die Tür aufging und die Familie ins Freie trat, ausgestattet wie für einen Picknickausflug. Es war nur seine Frau mit den Kindern. »Moin«, grüßte Anna und lächelte freundlich. Die Frau war sympathisch, das hatte Anna schon im ersten Augenblick gemerkt, als sie sie kennengelernt hatte. Und es hatte sie ins Herz getroffen. Denn dass ausgerechnet Peter, der mitgeholfen hatte, Annas Leben zu zerstören, das Glück gehabt hatte, eine solche Liebe zu finden, das war einfach eine unglaubliche Ungerechtigkeit.

»Hallo, Frau Krüger!«, grüßte Diana Franzen und lächelte zurück. »Diesmal aber wirklich, oder?«

»Diesmal wirklich«, bestätigte Anna. »Sie sind zu dritt?«

»Ja, nur die Kinder und ich. Peter ist ja in Hamburg, wie Sie wissen.«

»Weiß ich.« Anna tippte an ihre Kappe und wollte sich schon abwenden, als die Frau »Anna!« rief. Sie blickte noch einmal hin, doch Diana Franzen hatte nicht sie gemeint. Sondern ihre Tochter! Als hätten sie beide im selben Moment denselben Gedanken gehabt, starrten sich Anna und Diana Franzen an. Die Tochter des Vergewaltigers hieß genauso wie sein Opfer! Peter Franzen hatte tatsächlich seinem Kind den Namen gegeben, der … Diana Franzen hob die Hände, fast wie in einer beschwichtigenden Geste. »Helgoland«, hauchte sie.

»Was heißt Helgoland?« Es hatte nicht unfreundlich klingen sollen. Tat es aber. Anna konnte nichts dagegen machen. Ihr Kopf schmerzte, die verdammte Evakuierung schien sich schon wieder länger hinzuziehen als erwartet – und nun stellte sie fest, dass Peter Franzen seiner Tochter diesen Namen gegeben hatte! Entweder war ihm das, was Anna angetan worden war, sowas von egal gewesen, dass er nicht einmal einen

Gedanken daran verschwendet hatte, wie das wirken könnte oder was es für Anna oder das Mädchen bedeuten könnte. Oder er hatte die Kleine absichtlich nach ihr benannt.

»Na ja, wegen der Langen Anna«, erklärte Diana Franzen, doch das Lächeln war künstlich, aufgesetzt, unsicher. »Ist ja ein sehr beliebter Name auf der Insel.«

Anna nickte. Sehr beliebt. Vermutlich hatte Diana Franzen sogar recht. Sie selbst war ja nach der berühmten Felsnadel benannt worden. »Ja«, murmelte sie. »Vermutlich.« Ihr Blick fiel auf das Mädchen, das neben seine Mutter getreten war. Hübsch war es. Wie die Mutter. Unschuldig. »Pass gut auf dich auf, Anna«, sagte Anna leise, wie zu sich selbst. Hoffentlich würde dieses Kind niemals Dinge erleben müssen, wie sie selbst sie erlebt hatte. Hastig wandte Anna sich ab und eilte die Friesenstraße hinunter Richtung Hummerbuden. Hier würde bald niemand mehr sein. Auch die Gartenstraße sah bereits ganz unbelebt aus. Anna schritt sie bis zum Lung Wai ab, bog dann nach links und machte die Runde über die Siemens-Terrasse. Hier war die Gefahr durch den Blindgänger am größten. Wenn da oben etwas schiefging und der Hang abrutschte, dann würden die Häuser hier am wahrscheinlichsten unter dem Felssturz begraben.

Ausgerechnet in der Apotheke brannte noch Licht. Anna klopfte an die geschlossene Tür und wartete. Der Inhaber machte sich gar nicht erst die Mühe, so zu tun, als sei er nicht da. Er öffnete ihr nach wenigen Augenblicken mit den Worten: »Diazepam alle, Frau Krüger?«

»Sie sollten jetzt schnellstens ihr Haus räumen, Herr Trenk«, erwiderte Anna. »Eigentlich sollten Sie längst evakuiert sein.«

»Längst?« Der Apotheker warf einen Blick auf die Uhr

über seinem Tresen. »Nach meinen Informationen soll die Entschärfung erst gegen vierzehn Uhr stattfinden.«

»Wo immer Sie Ihre Informationen herhaben, Herr Trenk, sie sind erstens falsch und tun zweitens nichts zur Sache. Die Evakuierung muss natürlich vor der Entschärfung stattfinden und nicht gleichzeitig.«

Der Apotheker musterte sie amüsiert. »Da haben Sie recht, Frau Krüger. Moment.« Er ging noch einmal zurück in den Laden, sperrte offenbar die Kasse ab, verschwand hinter einem Regal und kam Augenblicke darauf wieder zum Vorschein. »Rezept liefern Sie mir einfach nach«, sagte er, während er Anna die Tabletten in die Hand drückte. Verdammt, dachte Anna. Sieht man mir die Schmerzen so an? »Danke«, presste sie dennoch hervor und steckte die Schachtel in ihre Jackentasche, obwohl der Impuls, sofort eine oder zwei Pillen zu nehmen, beinahe übermächtig war. Der Apotheker verschloss die Tür und spazierte mit einer Gelassenheit die Siemens-Terrasse Richtung Landungsbrücke, dass es schon fast etwas Provozierendes für Anna hatte. Seit sie ihm mit Entzug seiner Zulassung gedroht hatte, schien er sie auf eine gehässige Weise zu respektieren. Und er ließ keine Gelegenheit aus, ihr auf subtile Weise zu verstehen zu geben, dass sie in seinen Augen nichts anderes war als eine Drogenabhängige, die sich glücklich schätzen durfte, ihn auf der Insel zu haben.

*

Siemens ist geräumt, meldete Anna an Paul. Seine Antwort kam in Sekunden: *Gut. Friesen?*

Fast.

Bitte beeilt euch.

Ich tu, was ich kann.

Was von Saskia gehört?

Nope.

Ok. Mach weiter.

Tatsächlich war es auffällig, wie unauffällig Saskia agierte. Während Anna das Gefühl hatte, ungefähr jedem Einwohner von Helgoland in diesen Stunden mehrmals zu begegnen, lief ihr ausgerechnet ihre Kollegin überhaupt nicht über den Weg. Andererseits: Sie hatten die Insel untereinander aufgeteilt. Es war deshalb nur richtig, wenn Saskia im Mittelland blieb, während Anna hier das Unterland und Paul das Oberland klarmachte.

Noch einmal durchschritt Anna die Friesenstraße. Sie war schon an Neles Haus vorbei, als sie abrupt stehen blieb. Etwas hatte ihre Aufmerksamkeit erregt. Als sie noch einmal ein paar Schritte zurückging, stellte sie fest, dass etwas an der Tür lehnte. Beim Näherkommen erkannte sie eine Zigarettenschachtel. Unwillkürlich lief ihr ein Schauder über den Rücken. Eine Zigarettenschachtel der Marke Marlboro. Wie damals, als ihr ein Irrer in einer solchen Schachtel einen menschlichen Daumen als Präsent geschickt hatte. Nein, nicht einfach ein Irrer. Es war Marten gewesen. Marten, der sich in der psychiatrischen Anstalt das Leben genommen hatte.

Natürlich konnte es reiner Zufall sein. Irgendjemand hatte die Schachtel weggeworfen, im Vorbeigehen, unachtsam. Ja, genauso würde es sein. Aber wenn es doch eine Verbindung gab … Immerhin war es nicht irgendein Haus, an dessen Tür die Schachtel lehnte. Es war das Haus, in dem sie seit vorgestern Nacht wohnte. Das Haus, vor dem jemand gestanden hatte, von dem nur die Fußabdrücke zu sehen gewesen waren.

Jemand, der geklingelt hatte und dann wieder verschwunden war, warum auch immer.

Anna nahm ein Taschentuch aus ihrer Jacke und hob damit vorsichtig die Schachtel auf, legte sie dann hin und öffnete sie so behutsam, als wäre auch dieses Objekt eine Bombe, die jeden Augenblick hochgehen konnte.

Doch die Schachtel war leer. Leer bis auf einen kleinen Zettel, den Anna im Moment der ersten Erleichterung beinahe übersehen hätte. Sie schüttelte das Papier heraus und drehte es um. *Auge um Auge.*

»Zahn um Zahn«, flüsterte Anna. »Tag um Tag.« Nur dass es hier nicht um Tage gehen konnte, sondern lediglich um Stunden.

*

Bisher hatte Paul Annas böse Ahnungen als Hirngespinste abtun können. Aber das hier war etwas anderes. Wenn er das sah, würde auch ihm klar werden, dass jemand ein perfides Spiel mit Anna spielte. Sie fummelte endlich zwei Diazepam aus der Packung und schluckte sie einfach runter, ohne etwas zu trinken zu haben. Egal, sie war es ohnehin gewöhnt. Dann wählte sie Pauls Nummer. Doch ehe sie etwas sagen konnte, blaffte ihr Chef ins Telefon: »Komm rauf, Anna. Zum Blindgänger.«

Dann eben persönlich, dachte Anna, steckte das Handy wieder weg und machte sich auf den Weg zum Oberland. Sie nahm die kürzere Route über den Invasorenpfad und war überrascht, dass ihr immer mehr Menschen von dort entgegenkamen. Denn eigentlich sollten zuerst Unter- und Mittelland geräumt sein, ehe das Oberland evakuiert wurde. Der

Pastor ging vorneweg, offenbar hatte Paul ihn angehalten, seine Schäfchen auf den rechten Weg zu führen: hinüber zu den Schiffen, wo ein Teil der Oberländer mit den Mittelländern ablegen würde, während ein anderer Teil vom Nordosthafen aus zur Düne gebracht werden sollte. »Moin, Herr Pastor!«, grüßte Anna, jovialer als ihr zumute war.

»Moin, Frau Krüger! Sollten Sie sich nicht auch in Sicherheit bringen?«

»Das werde ich, Herr Pastor. Aber erst, wenn ich alles doppelt und dreifach kontrolliert habe.«

»Und deshalb müssen Sie jetzt erst mal wieder rauf.«

»So ist es, Herr Pastor.«

»Tja.« Der Pfarrer hob die Hände gen Himmel. »Die Wege des Herrn sind unergründlich.«

Anna nickte. »Und manchmal schwer verständlich.«

Auch wenn er nicht ahnen konnte, was sie meinte, stimmte er zu. »Ja, Frau Krüger. Manchmal auch das.« Er blickte sich um, nickte den Gläubigen zu, die sich hinter ihm gesammelt hatten. »Dann mal weiter, die Herrschaften!«

Schon setzte sich der Tross wieder in Bewegung, während Anna in der entgegengesetzten Richtung den Falm hinauflief.

Paul war offenbar in einer heftigen Diskussion mit den beiden Kripo-Männern, die mit ihm etwas abseits der Bombe standen. »Das ist mir sowas von egal!«, erklärte er.

»Und uns ist egal, wie Sie darüber denken, Herr Freitag«, hielt Knabe dagegen, so kühl, dass Pauls Ärger völlig überzogen wirkte.

»Wenn hier ein Gewaltverbrechen vorliegt …«

»Was niemand zurzeit sagen kann …«

»Aber wenn! Dann müssen Sie ermitteln!«

»Deshalb sind wir ja hier, Herr Freitag. Ich fände es passender, wenn Sie die Sache nicht so emotional angingen.«

Pauls Halsschlagadern waren zu sehen. Anna hatte ihn selten so erzürnt erlebt, eigentlich noch nie. »Und ich fände es passender, wenn *Sie* die Sache professionell angingen!«, zischte er.

»Das tun wir, Herr Freitag. Und jetzt darf ich Sie bitten, sich wieder um ihre eigenen Angelegenheiten zu kümmern«, sagte der Kommissar im abgeklärtesten Ton, nickte sehr beiläufig Anna zu, die er jetzt erst wahrzunehmen schien, und gab seinem jungen Mitarbeiter einen Wink, ihm zu folgen.

»Was war das denn?«, wollte Anna wissen, als die beiden außer Hörweite waren.

Paul atmete tief durch. »Was für ein Tag«, seufzte er. »Was für ein Tag.« Er warf Anna einen Blick zu, als wäre sie dafür verantwortlich, dann stapfte er hinüber zum Räumkommando und wechselte einige Worte mit dem Sprengmeister, ehe er – nun scheinbar wieder etwas beruhigt – zu Anna zurückkehrte und erklärte: »Sie werden nicht mit den Kollegen in England in Kontakt treten.«

»Du meinst wegen der Uniform.«

»Richtig.«

»Aber wenn es eine Soldatin der britischen Armee ist, die …«

»Eben. Und selbst wenn nicht! Die Uniform muss schließlich jemandem gehört haben.«

»Und es muss einen Grund geben, warum die Tote sie trug«, folgerte Anna.

»Richtig.« Paul schüttelte den Kopf.

»Aber warum sollte sie dann nicht …«

»Politische Gründe«, knurrte Paul.

»Politische Gründe? *Das* haben sie gesagt?«

»Nein. Gesagt haben sie's nicht. Aber sie haben es deutlich genug durchscheinen lassen. Sie wollen *momentan keine unproduktiven Verquickungen riskieren.* So hat er es ausgedrückt, dieser ...« Der Polizeichef von Helgoland ließ in der Schwebe, als was er den Kripo-Mann betrachtete. Dann, als würde er sie gerade zum ersten Mal sehen, blickte er Anna ins Gesicht. »Offenbar seid ihr alle verrückt geworden.«

Für einen Moment verschlug es Anna die Sprache. »Wir alle?«, sagte sie schließlich verwirrt. »Was soll das denn heißen?«

»Erst du mit deiner Geschichte von Marten. Und jetzt die und ihre politische Verschwörung.«

»Aber Paul ...« Anna trat einen Schritt auf ihn zu. »Ich habe dir doch gesagt, dass Marten ... dass er sich selbst umgebracht hat. Erhängt.« Unwillkürlich fuhr sie mit der Hand zu der Jackentasche, in die sie die Zigarettenschachtel mit dem Zettel gesteckt hatte.

»Hast du, Anna, ja. Nur dass die nichts davon wissen.«

»Wer weiß nichts davon?« Konnte es sein, dass Paul vor ihr zurückwich? Dass er sie ansah wie ein ... wie eine Gefahrenquelle?

»Die Anstalt.«

»Die Anstalt? Du meinst die psychiatrische Abteilung der JVA?«

»Die Geschlossene, ja«, herrschte Paul sie an. »Und auch die Psychiatrische. Herrgott! Anna, was sollte das für eine bescheuerte Geschichte sein? Wie stehe ich denn da, wenn ich anrufe und mich erkundige, wann der Mann beerdigt wird und wo – wenn er quicklebendig auf seiner Station ist? Wie bist du denn auf den Blödsinn gekommen?« Da war er wieder,

der unbändige Zorn, der von ihrem Chef und Freund Paul Freitag Besitz ergriffen hatte, der Zorn, den sie vorhin schon so verstörend empfunden hatte, als er sich über die Unfähigkeit oder doch die mangelnde Bereitschaft zur Kooperation bei den Kripoleuten ausgelassen hatte. »Aber Paul«, sagte Anna leise. »Das hab ich mir doch nicht ausgedacht.«

»Nicht? Sicher? Und den Mitarbeiter, mit dem du gesprochen hast, den hast du dir auch nicht ausgedacht?«

»Natürlich nicht, Paul! Wie kommst du nur darauf?«

»Tja«, sagte Paul bitter und musterte sie kopfschüttelnd. »Wie komm ich nur darauf? Ach ja, vielleicht ja, weil es den Mann gar nicht gibt. Wie hieß er?«

»Ich ... ich habe ihn nicht gefragt, Paul.«

»Nicht gefragt. Ja. Das glaube ich jedenfalls.«

Es gibt eine unschöne Nachricht. Anna spürte, wie die Welt sich um sie her zu drehen begann. Sie meinte, die Stimme des Anrufers zu hören! *Ihr Kollege ... Ihr ehemaliger Kollege Weber hat sich das Leben genommen.* Luft! Anna rang um Atem. Griff hinter sich, ohne einen Halt zu finden. *Er hat sich in seiner Zelle erhängt.* Erhängt. Wie grausam. Wie endgültig. Was für ein elender Tod. Trostlos. Einsam. Scheußlich. Anna wankte. Als hätte er sich selbst bestraft. Marten. Sie sah ihn vor sich. Den Jungen. Den Kollegen. Den Verlorenen, einsam und verzweifelt am Strick baumelnd. Und spürte kaum, wie sie nach hinten kippte.

Wie ein Schraubstock umfasste Pauls Faust ihren Oberarm. »Hey, hey, hey«, sagte er behutsam. »Langsam, Anna. Jetzt nicht durchdrehen.« Er konnte sie nicht halten, sondern lediglich verhindern, dass sie zu Boden stürzte. So sank sie langsam herab und stützte sich mit beiden Händen auf. »Aber ich verstehe nicht ...«, stotterte sie.

Paul setzte sich neben sie. Sein Ärger schien verflogen. Als sie seine warme Hand auf ihrer spürte, musste Anna schluchzen. Doch im nächsten Moment hatte sie sich wieder im Griff. »Tut mir leid«, sagte sie leise. »Ich wollte nicht ... ich dachte nicht ...« Die Zigarettenschachtel. Sollte sie sie ihm jetzt zeigen? Würde ihn das überzeugen, dass hier etwas faul war? Oder würde er sie erst recht für verrückt halten? Wenn sie sich die Sache mit Marten nur ausgesponnen hatte, dann hatte sie sich womöglich auch die Sache mit der Botschaft nur ausgesponnen. Wer konnte schon sagen, was in einem kranken Hirn vor sich ging? Einem Hirn wie ihrem. Denn natürlich wussten alle, dass sie seit Jahren unter schweren Traumata litt, die angesichts der Erlebnisse hier auf der Insel kaum besser geworden sein konnten. Und unter einer Migräne, die ihr manchmal kaum erlaubte, noch klar zu denken. Dass sie abhängig war von Schmerzmitteln. Psychopharmaka! Wer einmal den Beipackzettel ihrer Medikamente gelesen hatte, der brauchte kein Psychiatriestudium, um an ihrer Zurechnungsfähigkeit zu zweifeln. »Es tut mir leid, Paul«, flüsterte sie. Sie würde die Schachtel und die darin enthaltene Botschaft für sich behalten. Im Moment hatte es keinen Sinn, Paul auch noch damit zu belasten. »Ich ... Vielleicht war es nur ein böser Scherz.« Sie blickte zu ihm auf.

»Ja«, sagte Paul. »Das wird es gewesen sein.« Aber wenn sie eines sehen konnte in seinen Augen, dann war es, dass er ihr nicht glaubte.

Schweigend standen sie auf, klopften sich den Schmutz von der Kleidung, so gut es ging, und nickten einander zu, als hätten sie es einstudiert. »Du gehst jetzt wieder runter und siehst zu, dass die letzten Leute aus dem Unterland die Insel verlassen. Ich mache hier weiter. Wenn um vierzehn Uhr hoffentlich alle evakuiert sind, machst du eine Stunde Pause und versuchst, dich in den Griff zu bekommen.« Er hob die Hand, um Anna an einer Erwiderung zu hindern. »Das ist alles. Obwohl ...« Er streckte die Hand aus. »Gib sie mir.«

»Was soll ich dir geben, Paul?« Er wusste von der Zigarettenschachtel?

»Deine Tabletten. Ich will, dass du sie sofort absetzt.« Sein Blick duldete keinen Widerspruch. »Das ist ein Befehl. Zu deinem eigenen Besten. Zu unser aller Sicherheit.«

*

Stalin ließ sich die Gelegenheit nicht entgehen, Anna in ihrem schwächsten Moment zu foltern. Mit aller Grausamkeit krallte er sich in ihr Gehirn und riss es förmlich in Stücke, während Anna, verzweifelt um Haltung ringend, den Weg wieder hinabstolperte, den sie erst vor wenigen Minuten heraufgekommen war. Marten lebte? Aber wie konnte es sein, dass ... Sie schaffte es kaum, einen klaren Gedanken zu fassen, musste sich einen Augenblick an einer Straßenlaterne gegenüber dem Klinikum festhalten. Inzwischen hatte ihr persönlicher Folterknecht auch ihr Sichtfeld eingeschränkt, das war ein klares Zeichen, dass Stalin sie in den nächsten Stunden, vielleicht auch Tagen nicht mehr aus seinen Klauen lassen würde. Niemand, der solche Schmerzen nicht selbst erlebt hatte, konnte sie sich vorstellen. Wobei Anna zweifelte, ob es noch jemand anderen gab, der sie so oft, so heftig und dauerhaft erlitt. Mehr als einmal hatte sie versucht, den Qualen durch eine endgültige Lösung zu entkommen. Aber immer hatte es jemanden gegeben, der sie ins Leben zurückgeholt hatte. Inzwischen fragte sie sich, ob es nicht besser gewesen wäre, mit dem Boot unterzugehen, auf dem sie im letzten Jahr von einer verblendeten Frau, die ihren Vater schützen wollte, festgesetzt worden war. Es wäre eine Qual von kurzer Dauer gewesen. Stattdessen peinigte sie die Migräne Jahr um Jahr und würde sie zweifellos auch den Rest ihres Lebens peinigen – wie lange dieser Rest auch sein mochte.

Sie hörte kaum den Signalton ihres Handys. Es war eher eine Ahnung, gefiltert durch Terror und Panik, die sie mit eisernen Fäusten umklammert hielt. Mit zitternden Fingern hob sie sich das Display vor die Augen. *Zahn um Zahn*, las sie. Ja. Die alte Botschaft. Die Botschaft von Marten. Marten, der in einer psychiatrischen Anstalt einsaß, weil er einen Menschen zu Tode gefoltert hatte. Marten, der lebte. Marten, der sie so sehr geliebt hatte, dass er für sie zum Mörder werden zu müssen glaubte. Anna tippte: *Marten lebt.*

Es dauerte nur einen kurzen Augenblick, dann traf die nächste Nachricht auf ihrem Smartphone ein:

Lies den Abschiedsbrief.

Er lebt!

Nichts. Keine weitere Antwort.

Den Abschiedsbrief. Wenn es ihn gab, wer konnte schon sagen, wann er eintreffen würde? Und wo? Das hieß, doch: Man würde ihn an ihre Postadresse liefern, also entweder in die Polizeistation oder zu Frau Hovekamp. Und wenn er in der Station eingetroffen wäre … Anna wählte die Nummer des Dienstpostens und hoffte nur, dass Frau Schneider sich melden, dass sie noch nicht evakuiert sein würde. Tatsächlich hob die Sekretärin ab: »Polizeidienststelle Helgoland, Schneider?«

»Anna hier.«

»Frau Krüger! Ist alles in Ordnung? Sie klingen so …«

»Alles in Ordnung, Frau Schneider. Habe ich Post bekommen?«

»Post? Nein. Heute ist die reguläre Post auch gar nicht gekommen. Wegen der Evakuierung …«

»Auch sonst keine Sendung für mich?«

»Nicht, dass ich wüsste. Ich kann ja mal …«

»Danke!« Anna legte auf. Immer noch hatte sie das Gefühl, als würden ihr immerzu Stromschläge durch den Kopf schießen, wieder und wieder und wieder, manchmal mehrere gleichzeitig. Gegenüber ging eine Tür auf. Die Oberärztin des Klinikums. »Frau Krüger?«

»Hallo, Frau … Doktor.« Der Name wollte ihr nicht mehr einfallen.

»Geht es Ihnen nicht gut?«

»Nur meine Kopfschmerzen.« Anna wusste, dass alle wussten, dass sie immer wieder unter schweren Migräneattacken litt.

»Ach, das tut mir leid. Haben Sie denn keine Medikamente?«

»Leider nichts bei mir«, keuchte Anna in dem vergeblichen Versuch, eine halbwegs würdevolle Erscheinung abzugeben. Paul hatte es gut gemeint, als er ihr die Tabletten abgenommen hatte, natürlich. Aber er hatte ihr die Hölle damit beschert.

»Warten Sie!«, rief die Ärztin. »Vielleicht kann ich Ihnen helfen!« Sie verschwand wieder im Klinikum und tauchte Augenblicke später erneut auf. »Hier. Probieren Sie das. Wir nehmen gerade an einer Studie teil. Ich muss Ihnen das sagen: Es könnten Nebenwirkungen auftreten.«

»Nebenwirkungen?«

»Kopfschmerzen …«

Unter anderen Umständen hätte Anna gelacht. Als Nebenwirkungen für ein Kopfschmerzmittel Kopfschmerzen?

»Die Kapseln sind nicht eigentlich für die Behandlung von Migräne vorgesehen. Aber meine bisherigen Ergebnisse deuten darauf hin, dass sie dagegen helfen könnten. Und in Ihrem Zustand …« Die Ärztin sah Anna mitfühlend an. »Aber ich habe natürlich vollstes Verständnis, wenn Sie lieber vorsichtig sein wollen.«

»Wie viele?«

»Eine pro Einnahme. Maximal dreimal täglich und mindestens sechs Stunden Abstand. Halten Sie sich bitte daran. Nicht nur Kopfschmerzen sind eine mögliche Nebenwirkung. Sie können epileptische Anfälle provozieren, neurologische Ausfälle, Halluzinationen. Die Dinger sind nicht ohne.«

Nicht ohne, das war auch Stalin. Alles war besser als der Schmerz. Schlimmstenfalls würde sich Anna eine bessere Welt zusammenspinnen oder sich zuckend am Boden winden. Aber der Schmerz mochte weg sein. Oder zumindest geringer. So weit konnte Anna noch denken. Die Ärztin reichte ihr eine Flasche Wasser. »Immer mit viel Flüssigkeit einnehmen.« Ja, das sagten sie alle. Anna nickte, obwohl sie das Gefühl hatte, ihr Kopf müsste dabei abfallen. Sie drückte eine der Kapseln aus dem Blister, warf sie ein und trank hastig von dem Wasser, das schmeckte, als hätte sie ihre Zunge in Essig eingelegt. Als sie aufblickte, um der Ärztin zu danken, sah sie sie nur noch von ferne. Die Frau war unterwegs zum Halunder Jet, wo die Mitarbeiter des Klinikums sich trafen, um in weniger als zwei Stunden auszulaufen.

Auch den Rest der Flasche trank Anna aus. Doktor Feilhauer, ging es ihr durch den Kopf. Das war der Name. Selten, dass jemand mal schnell und unkompliziert half. Und tatsächlich: Das Medikament schien unmittelbar zu wirken. Als würden sich die Gedanken in Annas Kopf ganz neu sortieren, begann sie wieder, klarer zu denken, klarer zu sehen, Hoffnung zu fassen. Auge um Auge, Zahn um Zahn, ging es ihr durch den Sinn. Was für ein perfides Spiel spielte da jemand mit ihr? Und was wollte er erreichen? Sie in den Wahnsinn treiben? Dann war er auf gutem Weg, sein Ziel zu erreichen. Mit Stalin als Helfer schien es dazu nicht mehr allzu viel zu brauchen.

*

Der Brief. Wenn sie sich bückte, knisterte er in der Tasche. Paracelsus Nordseeklinik *der Absender. Ihr Todesurteil der Inhalt. Ein weiteres. Es hatte ja schon genügend gegeben. Aber sie hatte sich entschlossen, dieses nicht mehr zur Kenntnis zu nehmen. Sie würde es jetzt durchziehen, bis es nicht mehr ging. Und dann würde sie sich erschießen. Warum denn nicht? Kurz und vermutlich nicht sehr schmerzhaft, weil es viel zu schnell ging. Und bis dahin sollten sie alle denken, was sie wollten. Es hatte sie noch nie groß interessiert, was die anderen denken – jetzt interessierte es sie erst recht nicht mehr. Am Ende spielte es keine Rolle, was die anderen über das Leben eines Menschen dachten. Am Ende kam es darauf an, worin dieses Leben bestanden hatte. Wenn es so kurz ist, so verdammt kurz, dann sollte es zumindest intensiv sein.*

»Darf ich stören?«

»Sie stören nicht.«

»Nur eine Frage …« Reiner Zufall, dass er dabei auf ihren Hintern starrte.

*

Vor dem Zollamt konnte Anna aus der Ferne ihre Kollegin Saskia sehen, die wie immer im Gespräch mit einem Mann war. Ole Kreißler von der Hafenmeisterei. Anna hatte ihn einmal bei einer Lagebesprechung im Rathaus kennengelernt, als es darum ging, die Hafenanlagen gegen eine erwartete Flutwelle zu schützen, die dann zum Glück ausgeblieben war. Kreißler war ein stockbiederer Mann. Aber das waren ja oft die Schlimmsten. Jedenfalls war es unverkennbar, dass er Saskia umbalzte wie ein liebestoller Hahn. Gerade als Anna sich abwenden wollte, trat noch ein anderer Mann hinzu, den sie nicht kannte oder doch zumindest auf die Entfernung nicht erkennen konnte. Wenn Saskia so weitermachte, gefährdete sie noch die ganze Evakuierung. Die Kollegin genoss ihre Wirkung auf Männer. Manchmal genoss sie sie ein bisschen zu sehr. Eigentlich immer. Und Anna log sich selbst gar nicht erst vor, dass es sie nicht nervte und dass sie Saskia nicht beneidete. Denn sie beide waren so ziemlich das totale Gegenteil voneinander. Nicht, dass Anna nicht auch irgendwie attraktiv gewesen wäre. Paul hatte es ihr mehr als einmal ziemlich deutlich zu verstehen gegeben, dass … und Marten … Aber während Anna eine geradezu körperliche Panik vor zu großer Nähe hatte und deshalb praktisch nicht in der Lage zu einer intimen Beziehung war, war Saskia völlig distanzlos, geradezu als wäre ein Mann, den sie noch nicht im Bett gehabt hatte, ein No-Go. Anna wählte ihre Nummer. »Saskia?«

»Moin, Kollegin, was liegt an?« Anna konnte Saskia sehen, wie sie sich in der Bewunderung der beiden Männer sonnte, während Anna langsam telefonierend auf sie zukam. »Wie geht es mit deiner Räumung voran?«

»Mittelland? Ist praktisch menschenleer«, erklärte Saskia und warf einen Blick über ihre Schulter, wobei sie nicht versäumte, ihr Haar effektvoll hinter sich zu werfen. Ihr Haar, das etwas zu blond war, um tatsächlich blond zu sein.

»Echt? Das Gewerbegebiet geräumt? Die ökologische Forschungsanstalt? Die Hafengebäude und die Kläranlage?«

Anna konnte sehen, wie Saskias Miene sich eintrübte. »Hab ich gesagt, das Mittelland ist menschenleer?«

»Hast du. Ging schnell.«

»Tja.« Jetzt hatte Saskia Blickkontakt aufgenommen, weil sie entdeckt hatte, dass Anna hinter den Hummerbuden hervorkam. Sie knipste das Handy aus und steckte es weg. Keinen Wimperschlag später zog sie es aus der anderen Tasche wieder hervor und nahm ein eingehendes Gespräch an. Anna konnte jetzt hören, wie sie sagte: »... kann ich noch nicht sicher versprechen. Aber wenn wir bis neun durch sind, dann gerne! ... Klar. Mach dich schick! ... Sowieso. Bye!«

»Zaubertrick?«, fragte Anna, ohne die beiden Männer zur Kenntnis zu nehmen, die sie mit einem Nicken gegrüßt hatten. Kreißler hatte auch noch irgendetwas gebrummt.

»Bitte?«

»Das mit dem Handy. Du steckst es in die linke Tasche und ziehst es dann wieder aus der rechten hervor.«

»Ja! Gut was?« Saskia lachte. Effektvoll. Strahlend. Ironisch. Anna konnte förmlich riechen, wie die Hormone der beiden Herren kochten. »Es sind zwei Handys.«

»Du hast zwei Handys?«

»Ist da was Besonderes dran? Soll es öfter geben.«

»Ich habe nur eine Nummer von dir«, erklärte Anna, die von Augenblick zu Augenblick spürte, wie die Medikamente den Schmerz zurückdrängten. Das Zeug, das ihr Frau Doktor Feilhauer gegeben hatte, wirkte wie nichts anderes jemals zuvor. Anna fühlte beinahe so etwas wie Euphorie in sich aufsteigen.

»Klar«, sagte Saskia lässig. »Und so bleibt das auch. Das andere Handy ist privat.«

»Findest du nicht, dass es wichtig wäre, dass du erreichbar bist?«

»Sicher. Dafür hab ich mein Diensthandy. Wenn ich euch auch noch die andere Nummer gebe, dann habe ich nie meine Ruhe.«

Anna musterte ihre Kollegin streng. »Wenn du so denkst, Saskia, dann bist du vielleicht im falschen Job.« Und ob sie das war. Und Anna wusste auch genau, welcher Job der richtige für sie gewesen wäre. Doch sie verkniff sich jede weitere Bemerkung, sondern ließ die drei stehen und machte sich daran, die Räumung des Südstrands zu kontrollieren.

*

Aus der Ferne konnte Anna den Journalisten des Hamburger Express an der Landungsbrücke sehen. Er war im Gespräch mit Gerd Raabe, der offenbar genoss, als Leiter der Evakuierung im Mittelpunkt zu stehen. Raabe hatte sich einen gelben Friesennerz übergezogen und stand in Gummistiefeln vor der Dünenfähre, neben sich einen der Bootsmänner. Offenbar ging es darum, für ein Foto Modell zu stehen. Anna musste grinsen, als sie die Männer so beieinander sah: Pfauen. Einer wie der andere. Selbst Weikert, der nun mit Sicherheit nicht aufs Bild käme, wirkte wie ein Journalistendarsteller, ein kleiner Bob Woodward auf Recherche, um die innersten Geheimnisse Helgolands aufzudecken. Tatsächlich hob Weikert wenige Augenblicke später sein Handy und knipste Raabe und den Matrosen, nickte und wandte sich dann ab, um einige der zu Evakuierenden anzusprechen, die mit ihren Rucksäcken und Regencapes ein paar Meter entfernt unter dem Vordach der Zollabfertigung standen und warteten.

Lipotzki von der Feuerwehr eilte an Anna vorüber, ohne sie zu sehen, obwohl er doch genau in ihre Richtung geblickt hatte. Gernot, der Krankenpfleger aus dem Klinikum, starrte unverwandt zu ihr herüber. Er stand nicht weit entfernt an eine Holzbohle gelehnt und rauchte. Annas Handy klingelte. Es war Weikert: »Ich brauche noch ein Interview mit Ihnen!«, sagte er, ohne Hallo.

»Moin«, erwiderte Anna. »Sie haben aus Versehen bei mir angerufen«, erklärte sie, obwohl sie natürlich wusste, dass es kein Versehen gewesen war.

»Netter Versuch«, entgegnete Weikert mit einem Schmunzeln in der Stimme. »Sie sind nun mal die berühmteste Polizistin der Insel. Und die muss mir schon für einen O-Ton zur Verfügung stehen.«

»Ohhh«, stöhnte Anna und legte auf. Sie beobachtete, wie Weikert drüben an der Landungsbrücke sein Mobiltelefon vom Ohr nahm, ungläubig daraufblickte und dann in schallendes Gelächter ausbracht. Ja, sie meinte fast, es sogar von ihrer Position am Südstrand aus noch hören zu können.

18. April, 12.25 Uhr. Noch 35 Minuten bis zum großen Inferno.

Die Luft hatte sich verändert. Shepard hatte ein gutes Gespür dafür, wann Maschinen am Himmel waren, wann sich Flugzeuge näherten. Es waren mehrere und sie kamen nicht überraschend. Überraschend war es für Shepard, dass sie aus verschiedenen Richtungen zur gleichen Zeit kamen: Da waren natürlich die Militärmaschinen aus Cuxhaven, die vom Marineoberkommando gesandt worden waren. Aber auch aus östlicher Richtung tauchte ein Flugzeug am Himmel auf, vielleicht aus Pinneberg? Es war ein Doppeldecker, sehr tief fliegend, beinahe wie ein Relikt aus dem Ersten Weltkrieg. Nach all den modernen Maschinen, die man in diesem Krieg am Himmel gesehen hatte, wirkte das Ding seltsam, fast fremd. Shepard nahm den Feldstecher zur Hand und versuchte, Näheres zu erkennen. Tatsächlich schien es so, als stünden die seitlichen Türen offen, ein gewagtes Unterfangen. Allerdings waren Piloten und ihre »Passagiere« in den zurückliegenden Jahren ganz andere Risiken eingegangen. »Fuck«, murmelte er.

»Lieutenant?«, sagte der Kapitän scharf, der neben ihm stand.

»Sorry, Sir. Ich staune nur, dass hier offenbar ein ziviles Flugzeug in den Luftraum dringt.«

»Es gibt keine zivile Luftfahrt hier«, erklärte der Kapitän knapp.

»Keine deutsche, ja. Aber das ist hier auch ein englischer Typ.«

Inzwischen hatte auch der Kommandant des Schiffs zu seinem Fernglas gegriffen und nickte. »Das ist nicht unser Problem, Shepard. Darum muss sich die Air Force kümmern.«

»Und wenn wir die Insel in die Luft blasen und dieser kleine Vogel ist zu nah dran?«

»Dann wird er was fürs Leben lernen, Lieutenant.«

»Hm. Oder fürs Sterben.«

In dem Moment knackte es im Kopfhörer des Kapitäns. »Einsatzleitung an Sprengmeister.«

»Hier spricht der Kapitän«, meldete der zurück. »Sprengmeister ist gerade bei letzten technischen Inspektionen.«

»Gut. Wir haben Fluggerät gesichtet, das nicht zu uns gehört. Auf einsatzfremde Maschinen wird keine Rücksicht genommen, verstanden?«

»Verstanden«, bestätigte der Kapitän.

»Gut. Over.«

»Over.«

Sie blickten auf die Uhr: noch dreiunddreißig Minuten bis zur Sprengung. Der kleine Doppeldecker schwenkte nach Backbord und kam auf sie zu.

8

Stalin schwieg. Das Unterland leerte sich schneller als erwartet. Natürlich hatte es längst wieder zu regnen begonnen. Anna hatte sich die Querstraßen vorgenommen und war schließlich an der Treppe zum Oberland angelangt. Sie blickte auf die Uhr. Alles nach Plan. Es waren noch zwei Stunden Zeit, um die letzten Verbliebenen von der Insel zu bringen. Eine gute Gelegenheit, noch einmal rasch in ihrer Wohnung in der Kirchstraße vorbeizuschauen und etwas zu trinken. Denn wenn es eine Nebenwirkung der Medizin gab, die sie von der Oberärztin des Klinikums bekommen hatte, dann war das offenbar, dass man unglaublich durstig wurde. Rasch lief sie die Stufen hoch und dann auf dem kürzesten Weg durch die Gässchen, die zwischen den eng gebauten Häusern lagen. Nirgendwo regte sich etwas, auch Pauls Segment schien inzwischen weitgehend evakuiert zu sein. Kurz vor dem Haus hielt sie inne, zögerte und betrat dann den Kirchhof. Wie auf Kommando schlug ihr heftiger Wind entgegen, während sie zwischen den Grabplatten hindurch zum Turm von St. Nicolai ging. Ein Blick in die geöffnete Tür des Gotteshauses sagte ihr, dass hier niemand mehr war. Jenseits der Pforte lag Leos Grab. Das Kreuz stand so da, wie sie es zurück in die Erde gedrückt hatte. »Hi, Leo«, sagte sie leise, wie sie es schon so oft getan hatte. »In spätestens zwei Stunden gehört die Insel allein euch. Helgoland, Insel der Toten, verrückt, was?« Sie strich mit den Fingerspitzen über das raue Holz. »Aber du bist nicht tot und wirst es nicht sein. Nicht, solang ich lebe.« Auch wenn niemand sagen konnte, wie lange das wohl noch sein mochte. Mit Schaudern dachte sie an die Schrift auf der Rückseite des Kreuzes. Sie trat um das Grab herum und betrachtete das morsche Mahnmal. »Anna« hatte da gestanden. Doch davon war nichts mehr zu sehen. Anna ging in die Hocke und starrte das Holz ganz genau an. Kein kleinster Rest von Kreide mehr? Kein einziger Buchstabe, der noch übriggeblieben wäre? War es möglich, dass der Regen das Holz so gründlich abgewaschen hatte? Oder hatte jemand die Aufschrift wieder entfernt? Und wenn ja, wer? Anna versuchte sich zu erinnern, ob sie Paul von der Entdeckung erzählt hatte. Doch inzwischen traute sie ihren eigenen Erinnerungen nicht mehr. Gerade wenn sie unter heftigen Migräneattacken litt, waren Realität und Einbildung manchmal kaum mehr zu unterscheiden. Und wenn sie sich die Aufschrift überhaupt nur eingebildet hatte? »Ach Leo«, seufzte sie. »Ich werde hier noch verrückt. Und das Schlimmste ist, ich weiß nicht, ob das genau das ist, was jemand erreichen will, oder ob ich mir auch das nur einbilde.« Ihr Blick schweifte ab, hinüber zu dem Haus, in dem sie ihre Wohnung hatte. Man konnte nur die äußerste Ecke davon sehen, denn der Kirchturm stand zwischen Leos Grab und Frau Hovekamps Anwesen. Aber das war vermutlich auch ein Grund gewesen, weshalb Anna sich damals ausgerechnet für diese Wohnung entschieden hatte: Sie konnte Leo nahe sein, ohne ununterbrochen seine letzte Ruhestätte vor Augen zu haben.

Ein blaues Haus. Eigentlich ein fröhlicher Ort, auch wenn vor den Fenstern die Friedhofsmauer lag und dahinter sich die Grabreihen erstreckten. Für Anna aber war die Wohnung, die sie dort bewohnte, spätestens seit dem Tag kein sicherer Hort mehr gewesen, an dem jemand eingedrungen und mit dem Blut eines Menschen ein riesiges Herz an die Wand ihres Schlafzimmers gemalt hatte. Vielleicht hätte sie irgendwann ausziehen sollen. Doch letztlich war es egal, wo auf der Insel sie wohnte: Der Fels war überall mit grausamen Erinnerungen besetzt. Letztlich waren es die Dämonen ihres eigenen Lebens, die Anna vor sich hertrieben, egal, wohin sie sich auf der Insel begab. Das Haus von Frau Hovekamp war so gut wie jeder andere Ort hier. Aber jetzt … Konnte es sein, dass einmal mehr ein dämonischer Hinweis dort auf sie wartete?

Zögernd ging sie hinüber, glaubte für einen Moment, eine Bewegung hinter einem der Fenster zu erkennen, verwarf den Gedanken aber dann wieder, denn auch Frau Hovekamp würde doch längst evakuiert sein, und außer ihnen beiden lebte sonst niemand in dem Haus. Dann suchte sie ihren Schlüssel heraus und war bereits im Begriff, aufzuschließen, als eine Nachricht auf ihrem Handy einging. Paul:

Bitte sofort zur Landungsbrücke. Notfall!

*

Sie ist nicht rein. Sie geht wieder weg. Hat sie was gesehen? Hoffentlich nicht. Beinahe wäre Anna Krüger … Aber jetzt eilt sie davon, Richtung Falm, Richtung Treppe, wohin auch immer. Und das ist gut. Falls sie wirklich noch mal zurückkommt, dann muss man eben sehen.

*

Der Notfall entpuppte sich als Schlägerei. Eigentlich war es nur ein Handgemenge gewesen. Ein Mann hatte die Nerven verloren und sich gegen einen etwas rustikal auftretenden Bootsmann gewehrt – der sagte natürlich: ihn angegriffen. Das lässt sich ein Matrose nicht bieten, schon gar kein Helgoländer Seemann. Nachdem der Fährmann ihm einen kräftigen Schubs gegeben hatte, war es dann also zu einer tätlichen Auseinandersetzung gekommen. Nichts, das Anna Krüger nicht schon etliche Male erlebt hatte. Zuerst in Hamburg, sogar ziemlich oft, später dann auch auf der Insel. Normalerweise war es die klassische Situation, in der mindestens einer der Beteiligten zu viel getrunken hatte. Nun ja, möglicherweise galt das auch in dem Fall. Anna rief laut: »Polizei! Hören Sie sofort auf!« Tatsächlich blickte der Mann, der den Streit begonnen hatte, für einen Moment auf. Es war der Moment, in dem ihm sein Gegner noch eben einen kräftigen Hieb an den Schädel versetzte. Der so Getroffene ging endgültig zu Boden und blieb einen Augenblick lang benommen liegen, während Anna über ihn hinwegsprang, auf den Bootsmann zu, ihn zurückdrängte und nach ihrem Handy griff. »Wenn Sie nicht sofort aufhören, Mann, dann verbringen Sie die nächsten vierundzwanzig Stunden in Gewahrsam! Und anschließend lassen wir Sie dem Haftrichter vorführen!«

»Schon jut, Frau Krüjer«, erwiderte der Matrose. »Er hat mich angegriffen. Dat woar Noutwehr!«

»Auch dafür gibt es Grenzen, Mann!« Anna funkelte ihn an und versuchte abzuschätzen, ob er endlich Ruhe geben würde. Tatsächlich wirkte der Seemann ziemlich entspannt, geradezu, als hätte er nur ein wenig Sport gemacht, ein wenig Zerstreuung gesucht. »Allet klar«, knarzte er. »Ick jeb schon Ruhe.«

»Okay.« Anna atmete auf. Hilfe zu holen, hätte zu lange gedauert. Dritte einzubeziehen hätte bedeutet, Dritte zu gefährden. Und alleine wäre sie mit diesem Schrank nur fertiggeworden, wenn sie ihn tatsächlich mit der Waffe bedroht hätte. Was in der Situation, in der es vor allem darum ging, die Leute zu beruhigen und in Sicherheit zu wiegen, ein fataler Schritt gewesen wäre. Sie wandte sich dem Mann zu, der sich gerade wieder aufrappelte. »Bleiben Sie bitte sitzen!«

Eine bemerkenswerte Zuschauerschar hatte sich um die Streitenden gebildet, ohne dass irgendjemand sich bemüßigt gefühlt hätte einzugreifen. Immer noch standen alle da und warteten. Auf einigen Gesichtern schien sich beinahe so etwas wie Enttäuschung abzuzeichnen, dass Anna die Schlägerei unter Kontrolle zu bringen schien. »Sie alle können sich jetzt endlich auf das Boot begeben«, erklärte die Polizistin und deutete auf die Fähre, die lediglich mit einem Mann am Steuer besetzt war, der auch nichts Besseres zu tun wusste, als sich die Situation wie ein Rugbyspiel anzusehen. Was gut war! Denn in seinen Augen erkannte Anna, dass etwas vor sich gehen musste, was sie selbst nicht auf dem Schirm hatte. Als sie sich umdrehte, war der Mann, der eben noch den Matrosen angegriffen hatte, schon fast über ihr. Sie konnte gerade noch so weit zur Seite springen, dass seine Faust sie verfehlte und ziellos durch die Luft schlug. Mit Mühe behielt sie ihr Gleichgewicht, stützte sich mit einer Hand an der Wand der Zollstation ab und riss dann doch die Waffe aus dem Holster. »Stopp!«, schrie sie, die andere Hand abwehrend gegen den Angreifer ausstreckend. Der Mann wirbelte zu ihr herum und machte einen Schritt auf sie zu, die Augen weit aufgerissen, die Zähne zornig gefletscht. »Du blöde …!« Weiter kam er nicht. Denn just in dem Moment überlegte es sich doch noch einer der Umstehenden, ein Bein vorzustrecken, sodass der Mann stolperte und der Länge nach vor Anna hinfiel.

Keinen Wimpernschlag später kniete sie auf seinem Rücken, presste ihren Ellbogen gegen sein Genick, fester als vielleicht nötig, und griff nach den Handschellen, die sie bei sich trug. Es bedurfte nur weniger geübter Bewegungen und der Mann lag wehrlos auf der Mole. Frauen, die eben noch atemlos die Auseinandersetzung beobachtet hatten, wandten sich kopfschüttelnd der Fähre zu und stiegen ein, Männer erklärten murmelnd ihren Respekt. Anna blickte sich nach demjenigen um, der den Angreifer zu Fall gebracht hatte. Und der Matrose, der Auslöser für das Drama gewesen war, schlenderte auf sein Boot zu und stolperte dabei rein zufällig über den Gefesselten, wobei er ihm kräftig gegen die Rippen trat.

Als sich die Landungsbrücke geleert hatte, stand Anna alleine mit dem Gefesselten da – und mit einem Mann, den sie hier und jetzt ganz und gar nicht erwartet hätte.

»Sie?«

»Offenbar im richtigen Augenblick.«

»Haben Sie ihm das Bein gestellt?«

»War das Beste, was ich tun konnte. Ich tauge nicht zum Helden.« Ulrich Weikert, Journalist des Hamburger Express, zwinkerte ihr zu. »Guter Auftritt jedenfalls. Kommt unbedingt in meinen Artikel.«

»Das war keine Show, sondern Arbeit.«

»Gute Arbeit also.«

»Danke«, seufzte Anna, strich sich das Haar aus dem Gesicht, angelte ihre Kappe vom Boden und warf dem Journalisten einen fragenden Blick zu. »Wie kommen Sie überhaupt hierher?«

»Auf dem Seeweg, Anna Krüger.«

»Aber die Insel wird doch gar nicht mehr angelaufen, bis die Evakuierung aufgehoben ist.«

Weikert hatte wieder sein etwas arrogantes, aber durchaus attraktives Lächeln aufgesetzt. »Von den großen Fähren natürlich nicht. Aber ein kleines Motorboot kann schon mal kurz anlanden.«

Der Mann am Boden ächzte. »Das wird Konsequenzen haben!«

»In der Tat«, erwiderte Anna. »Das wird es. Und zwar für Sie. Da wir evakuieren müssen, sind Sie auf die nächste Fähre gebucht. Genug Zeit, dass Sie mir jetzt Ihre Personalien sagen und ich mir mal Ihre Einträge durchgeben lasse.«

»Einträge? Sind Sie verrückt?«

Weikert grinste. »Ich denke, er hatte tatsächlich noch nicht sehr viel mit der Polizei zu tun – so, wie der mit Ihnen spricht …«

»Dann wird es Zeit, dass er lernt, wie's geht«, erklärte Anna und zerrte den Mann in eine aufrechte Position. »Können wir später telefonieren, Herr Weikert?«

»Jederzeit. Irgendwas Bestimmtes?«

»Ich hätte gerne Ihren Rat in einer Frage.«

»Erstaunt mich zwar, weil ich dachte, Sie sind beratungsresistent. Aber klar. Vielleicht bekomme ich ja noch mal einen O-Ton von Ihnen …« Er schürzte amüsiert die Lippen. »Stört es Sie, wenn ich noch ein wenig hierbleibe?«

»Absolut. Das ist hier eine Aufnahme von Personalien. Die unterliegt der Vertraulichkeit.«

»Verstehe. Sie rufen an?«

»Ich melde mich«, sagte Anna. »Und Sie gehen bitte auf die nächste Fähre.«

»Ich denke, es fahren keine.«

»Auf die Düne.«

»Oh. Aber ich …«

»Die Insel wird evakuiert. Vollständig. Das bedeutet, dass Sie sich hier nicht aufhalten dürfen.« Sie zerrte an dem Festgenommenen.

»Okay«, erklärte Weikert. »Wenn ich mir Ihr Vorgehen so ansehe, möchte ich das auch gar nicht.« Mit diesen Worten verschwand er Richtung Sammelpunkt, wo bereits wieder ein halbes Dutzend Menschen wartete, um möglichst rasch auf die Düne überzusetzen.

*

Annas Plan sah vor, dass sie auf dem nächsten Boot mit rüberfahren würde, um einmal auf der kleinen Nebeninsel nach dem Rechten zu sehen. Die Düne war kaum mehr als das, wonach sie benannt war: eine flache Erhebung neben der eigentlichen Insel, vor allem Sand, ein wenig Geröll, Strandhafer, Gestrüpp und ein paar Ferienhütten. Die bedeutendste Einrichtung der Düne war der Flughafen, die wahren Einwohner dieses zerbrechlichen Landfleckens im Meer waren die Seehunde, die sich hier zu Hunderten in der Sonne an den Strand legten und von den Touristen neugierig und meist mit der gebotenen Zurückhaltung beäugt wurden. Anna war selten auf der Düne, aber sie war gerne hier. Denn der Ort hatte eine angenehm unaufgeregte Atmosphäre, er war ein wenig melancholisch und sehr malerisch. Außerdem sah die Hauptinsel, sah das eigentliche Helgoland von hier so romantisch aus wie von keinem anderen Ort.

Als die Fähre anlegte, drängten sich die Passagiere – es waren rasch mehrere Dutzend geworden – auf den Steg, als könnte die Bombe jeden Moment hochgehen. Anna musste die Frauen und Männer etwas dirigieren, machte etliche bekannte Gesichter in der Gruppe aus: ihren ehemaligen Mitschüler Thorsten, eine Nachbarin aus der Kirchstraße, die Besitzer des Zeitschriftenladens am Falm …

Etwas abseits stand Saskias Vater und blickte herüber, als hätte er ein Gespenst gesehen. Aber wahrscheinlich war es nur Anna, die Gespenster sah. Der Mann war und blieb ihr unheimlich, auch wenn sie nichts Schlechtes über ihn sagen konnte und ihm im Grunde sogar ihr Leben verdankte. Dennoch ging etwas Düsteres von ihm aus, wie er da in seiner allzu weiten Jacke im Regen stand und zur Landungsbrücke hinstarrte, vermutlich nicht einmal zu ihr, sondern einfach zu der Szenerie. Es war ja auch ein seltsames und seltenes Bild, das sich dem Betrachter hier bot: ein Exodus, der aus einer lebhaften Insel mitten in der Saison eine Wüste machte, einen menschenleeren Ort, der darauf wartete, einmal mehr von einer gewaltigen Bombenlast befreit zu werden – oder ein Stück seiner Grundlage zu verlieren, falls das Ding doch hochging.

Anna stieg als Letzte ein, da hatte der Fährmann schon das Tau aufgefangen, das ihm der Kollege vom Kai aus zugeworfen hatte. Die Fähre setzte einige Meter zurück und beschrieb dann eine Kurve durch den Südhafen, ehe sie in die Binnenreede hinausbog. Die Überfahrt auf die Düne dauerte kaum drei Minuten, die Strecke war kurz, die Motorboote hatten starke Motoren. Binnen kurzer Zeit würden die meisten Halunder evakuiert sein, die meisten von ihnen auf die Düne.

Anna blickte in ihr Smartphone, sie war froh, wenn sie nicht angesprochen wurde. Den Querulanten hatte sie in der Obhut des Hafenmeisters zurückgelassen, von dem ihn

Saskia übernehmen und auf die Station bringen würde. Ein Ärgernis, natürlich, denn auch er musste ja runter von der Insel, und für ein Protokoll hatte eigentlich niemand Zeit. Anna nahm an, dass Paul ihn irgendwann demnächst wieder auf freien Fuß setzen würde, mit dem Hinweis, dass er damit Gnade vor Recht ergehen ließ, und in der Hoffnung, dass er seine Lektion gelernt haben würde. Vermutlich würde das auch die beste Lösung sein.

Das Boot lief in die kleine Mole vor der Düne ein und legte an. Auf der Mauer der kleinen Hafenanlage saßen hunderte Menschen, die die Evakuierung von hier aus beobachteten. Es würden nicht wenige darunter sein, die heimlich hofften, auch Zeugen einer Explosion zu werden, womöglich sogar eines Felssturzes auf dem Oberland. Zu beobachten, wie ein Teil der Insel in sich zusammenbrach und Häuser, Straßen und Anlagen unter sich begrub, war zweifellos ein bemerkenswertes Spektakel. Darauf zu spekulieren jedoch war unendlich zynisch. Am liebsten hätte Anna den Gaffern einen Platzverweis erteilt. Aber erstens hätte das ihre Kompetenzen überschritten und zweitens war sie hier nicht die Moralpolizei. Also wandte sie sich ab und marschierte strammen Schritts hinüber zum Nordstrand, dorthin, wo sich an normalen Tagen Robben und Nudisten das Ufer teilten. Natürlich war dies kein normaler Tag. Es waren inzwischen so viele Menschen auf der Düne, dass die meisten Seehunde sich ins Wasser zurückgezogen hatten. Und am FKK-Strand fanden sich auch keine Sonnenanbeter – zumal die Sonne sich weiterhin weigerte, sich endlich zu zeigen.

Anna mochte den Weg, der quer landeinwärts über Holzstege am kleinen Flughafen vorbeiführte. Auch auf den Bänken, die hier aufgestellt waren, saßen dicht die Evakuierten.

Als wäre auf der Düne ein Festival, dachte Anna. Woodstock in der Nordsee, improvisiert und freudig erregt.

Am Teich in der Mitte der kleinen Insel blieb sie stehen und betrachtete die leere Landebahn. Am liebsten wäre sie jetzt in eine der kleinen Maschinen gestiegen, die hier sonst tagtäglich landeten, und wäre weggeflogen, aufs Festland oder nach Sylt. Irgendwohin, wo alles unbeschwerter war als hier und jetzt. Einfach flüchten.

Ein Anruf. Schmalhorst. Anna überlegte kurz, ob sie rangehen sollte, ließ es dann aber. Der Nachwuchskriminaler würde sich schon wieder melden, wenn es wichtig war. Sie hatte ein anderes Gespräch vor. Plötzlich war der Plan da. Eigentlich war es ganz naheliegend gewesen, und doch hatte sie erst jetzt so weit gedacht! Sie spürte, wie ihr Herzschlag sich beschleunigte, und suchte rasch die Nummer der Anstalt heraus, zögerte nur einen Moment und wählte sie dann an. Es klingelte dreimal, viermal. Schon hatte sie den Daumen über dem roten Button, da hob jemand ab: »JVA Kiel?«

Es fühlte sich an, als hätte das Herz einen Schlag ausgesetzt. »Krüger hier«, sagte Anna. »Polizei Helgoland. Ich …«

»Helgoland? Rufen Sie wegen Herrn Weber an?«

»Ah, Sie wissen Bescheid, wunderbar«, erklärte Anna, während sie innerlich den Kopf schüttelte, was sie hier gerade tat. »Könnte ich vielleicht kurz mit Herrn Weber sprechen? Ginge das?«

»Sie sind noch mal wer?«

»Anna Krüger. Eine Kollegin von Herrn Weber.«

»Augenblick bitte.«

Sie hätte irgendeine Warteschleifenmusik erwartet. Bach vielleicht. Oder die Kleine Nachtmusik. Doch die Leitung schwieg. Schwieg so lange, dass Anna schon unsicher wurde, ob überhaupt noch eine Verbindung bestand. Gerade als sie im Begriff war aufzulegen, meldete sich ihr Gesprächspartner zurück: »Ein Gespräch müssten Sie bei der Anstaltsleitung anmelden, Frau Krüger.«

»Ja, sicher«, sagte Anna. »Klar, das leuchtet ein. Ich …«

»Wird aber nichts bringen.«

»Ach so? Und warum würde das nichts bringen, meinen Sie?«

»Herr Weber möchte nicht mit Ihnen sprechen.«

»Er möchte nicht …? Wie kommt er darauf? Haben Sie ihn denn gefragt? Ich meine: ihn selbst?«

»Er hat Ihren Anruf erwartet.«

»Meinen Anruf erwartet? Aber wieso?«

»Das kann Ihnen nur Herr Weber sagen«, erklärte der Klinikmitarbeiter ungerührt.

»Der nicht mit mir sprechen will …«, sagte Anna sarkastisch.

»Sieht so aus, als würden Sie's nicht erfahren.«

*

Im Regen wirkte die Entfernung der Hauptinsel deutlich größer, fast als wäre Helgoland seiner Düne ein kräftiges Stück entrückt. Fähre um Fähre kam vom roten Felsen herüber. Die Beobachter auf der Hafenmauer hatten sich zurückgezogen, die meisten von ihnen hatten ein geschütztes Plätzchen unter dem Vordach eines der kleinen Holzhäuser gefunden, die eigentlich als Ferienwohnungen genutzt wurden. Einst hatte in dieser Gegend ein mondänes Strandcafé gestanden. Aber das war längst weggebombt oder auch schon vor den Fliegerangriffen abgerissen worden, Anna wusste es nicht. Sie beeilte sich, auf das nächste Boot zu kommen, um wieder auf die Hauptinsel überzusetzen. Hier schien alles ruhig – anders als in ihr selbst. Zu den latenten Kopfschmerzen, die aber dank Doktor Feilhauers obskurem Mittel nur noch zu einem Brummen im Hintergrund geworden waren, kam noch Herzrasen hinzu. Seit sie mit Kiel telefoniert hatte. Marten lebte! Es war wahr! Und ihre Information war falsch gewesen. Paul musste sie ja langsam für verrückt halten.

Als hätte er telepathisch mitbekommen, dass sie gerade an ihn gedacht hatte, klingelte Annas Handy und ihr Freund und Vorgesetzter Paul Freitag war dran. »Anna?«

»Ja. Alles ruhig auf der Düne, Paul«, meldete sich Anna.

»Kannst du bitte in zwanzig Minuten in der Station sein?«

»Ich schaffe es vielleicht sogar in zehn.«

»Umso besser. Bis gleich.«

»Bis gleich.« Hatte sie Panik in Pauls Stimme gehört? Oder bildete sie sich das nur ein? Anna fühlte sich innerlich, als würde sie kochen, obwohl ihr äußerlich eher kalt war. Als sie von der Fähre auf die Landungsbrücke stieg, wäre sie fast danebengestiegen. Es war ausgerechnet Eck, der sie am Arm packte und davor bewahrte, ins Wasser zu fallen. »Danke«, keuchte sie.

»Sie brauchen eine Pause«, stellte der alte Mann fest.

»Es geht schon.«

»Sie müssen es wissen.« Seine Stimme klang so kaputt, wie es seine Leber sicherlich war.

»Sie gehen auf die Fähre?«

Er wiegte den Kopf, was wohl ein Nicken sein sollte. Hoffte Anna zumindest. »Gut«, sagte sie.

»Passen Sie auf sich auf.« Ein guter Rat, der wie eine Warnung klang. Anna nickte. »Und Sie auf sich«, erwiderte sie, dem Blick seiner wässrigen Augen ausweichend, ehe sie die Landungsbrücke so schnell sie konnte Richtung Binnenhafen verließ.

Es waren inzwischen deutlich weniger Menschen unterwegs. Fünf Minuten später trat Anna durch die Tür der kleinen Polizeistation. Frau Schröder machte sich gerade fertig. Sie hatte ihre Handtasche genommen und sich ein Halstuch umgebunden, im Grunde sah sie aus wie ihre eigene Mutter. Am liebsten hätte Anna gelacht. Aber erstens wollte sie die Mitarbeiterin nicht beschämen – und zweitens war sie im ersten Moment so erschrocken, weil die Sekretärin im Halbdunkel dieses Regentags ausgesehen hatte wie eine Leiche, grau vor grauer Wand, Gesicht und Hände fahl wie ein Gespenst. »Frau Schröder!«

»Frau Krüger. Ich muss los.«

»Wohin?«

»Auf die MS Helgoland«, erklärte die Sekretärin überrascht. »Das Schiff legt ja in ein paar Minuten ab.«

Natürlich, die Mitarbeiterin der Polizeistation wohnte in dem Teil der Insel, der auf den Dampfer evakuiert wurde. »Richtig. Beeilen Sie sich! Sonst müssen Sie noch wie die anderen im Regen auf der Düne stehen.«

Frau Schröder lachte. Ihre Zähne schienen fast blau. Anna tastete nach dem Lichtschalter neben sich. »Ach, das würde mir nichts ausmachen. Ich mag Regen.«

»Sie sind eben eine echte Insulanerin.«

»Na ja. Allerdings von Borkum.« Die Sekretärin zuckte die Schultern.

»Das gilt schon«, erklärte Anna und versuchte ein Lächeln. Aber eigentlich hoffte sie vor allem, dass Frau Schröder endlich ging. So wie die Frau aussah, war das einfach nur gruselig.

Wenige Augenblicke später fiel die Tür hinter der Sekretärin zu – um im nächsten Moment wieder aufzugehen, weil Paul eintraf. Er hielt sich nicht mit einer Begrüßung oder der Frage nach dem Stand der Dinge auf. Vielmehr schleuderte er seine Kappe auf seinen Schreibtisch, riss sich die oberen Knöpfe seiner Jacke auf und fuhr zu Anna herum. »Also! Was ist los mit dir?«, herrschte er sie an.

»Los mit mir? Ich weiß nicht, was du meinst, Paul.«

»Kiel«, blaffte Paul und ließ sich auf seinen Stuhl fallen, ohne den Blick von Anna zu wenden. »Kiel ist, was ich meine. Die JVA.«

Anna verschränkte die Arme. »Ich weiß, dass Marten lebt. Aber ich hab mir das nicht ausgedacht mit seinem Selbstmord, Paul. Jemand hat mich angerufen und …«

»Ich hatte dir gesagt, dass ich mit Kiel gesprochen habe, richtig?«

»Aber ja, klar. Warum …«

»*Ich* wüsste gerne, *warum*, Anna!« Sie hatte ihn selten so zornig erlebt. Der ganze Frust, der ganze Ärger dieser Evakuierungsaktion schien sich entladen zu wollen. »Warum rufst du noch einmal dort an? Kannst du mir das sagen? Ist dir nicht klar, dass die uns dort für vollkommen verpeilt und verblödet halten? Aber du rufst ja nicht nur dort an, sondern du willst sogar noch Herrn Weber sprechen. Herrn Weber, der dich beinahe umgebracht hätte und den sie in die Geschlossene gesteckt haben, weil er ein Sicherheitsrisiko für den Rest der Welt ist.«

»Ich wollte … es war …«

»Es war eine Schnapsidee, Anna! Die Kollegen in Kiel haben das erkannt, ich habe es erkannt. Und jetzt wäre ich dir dankbar, wenn du es auch erkennst.« Er beugte sich vor und blickte

Anna mit einer Mischung aus Verständnis und Verzweiflung an. »Anna«, sagte er plötzlich leise. »Die Kollegen haben mich angerufen und waren sehr irritiert. Erst melde *ich* mich, weil sich Marten angeblich umgebracht hat. Dann meldest du dich und willst mit dem Mann sprechen, der dich beinahe ermordet hätte ... Die glauben doch, dass wir hier komplett übergeschnappt sind. Und ich kann es ihnen nicht verdenken.«

»Ja«, flüsterte Anna und nickte. »Ich auch nicht. Es tut mir leid.« Sie wandte sich zum Gehen, hatte die Tür schon geöffnet, da hörte sie, wie Paul schnaubte. »Das war noch nicht alles, Anna.«

Stalin trieb seine Krallen tief in ihr Gehirn. »Was ist denn noch, Paul?«

»Ich habe eine Anzeige reingekriegt. Gegen dich.«

Für einen Augenblick war Anna sprachlos. »Gegen mich? Was wird mir denn vorgeworfen?«

»Körperverletzung. Dienstpflichtverletzung. Amtsmissbrauch. Freiheitsberaubung. Die ganz große Palette. Du sollst einen Mann am Hafen zusammengeschlagen und gefesselt haben.« Pauls Gesicht war maskenhaft. Anna kannte das. Es war seine Art, mit Dingen umzugehen, die ihm persönlich nahekamen: Er kapselte sich innerlich ab. »Kannst du mir dazu etwas sagen?«

Anna zögerte. Holte Luft. Schwieg dann aber und schüttelte den Kopf.

»Anna! Das ist keine Lappalie! Und wie du weißt, müssen wir der Sache nachgehen!« Paul stand auf, kam um seinen Tisch herum und trat zu ihr. »Mir wäre lieb, wir könnten das einfach schnell und konkret aus der Welt bringen. Mach eine kurze Aussage, lass uns das an Pinneberg übermitteln und warten, bis es sich erledigt hat.« Er legte ihr beide Hände auf die Schulter. »Ich weiß doch, dass das Unsinn ist, ich kenne dich doch!«

Annas Stimme war so leise, dass Paul sie kaum verstand. »Von wem kam die Anzeige?«

»Von wem? Keine Ahnung. Die ist anonym reingekommen. Aber du weißt, Körperverletzung ist ein Offizialdelikt. Das müssen wir auch verfolgen, wenn …«

»… wenn es keine Anzeige gibt. Weshalb es unerheblich ist, ob die Anzeige anonym eingegangen ist.«

»Richtig. Deshalb solltest du wirklich …«

»Nicht nötig, Paul«, unterbrach ihn Anna. »Es stimmt. Ich habe körperliche Gewalt angewendet.« Sie wand sich aus seinem Griff und schlüpfte durch die Tür. »Sollen sie ruhig ein Disziplinarverfahren einleiten in Pinneberg«, sagte sie im Gehen. »Und ein Strafverfahren einleiten wegen Körperverletzung.«

Die Frage war, wer sie angezeigt hatte. Denn es war kein Zufall, dass das an diesem Tag passiert war. Es *konnte* kein Zufall sein!

*

Vor der Tür wäre sie beinahe mit Frau Schröder zusammengestoßen, die wieder da war – oder immer noch? »Ach, Frau Krüger«, sagte die Sekretärin, »das hätte ich fast vergessen. Auf Ihrem Schreibtisch liegt ein Umschlag für Sie.«

»Ein Umschlag?«

»Sah aus wie private Post, deshalb habe ich ihn nicht geöffnet.«

»Alles klar, danke.« Anna zögerte kurz, sah durchs Fenster, dass Paul nicht an seinem Schreibtisch saß, offenbar war er mal kurz wohin gegangen, entschied sich, die Sendung noch eben zu holen und stand schon wenige Sekunden später wieder draußen. Endlich war Frau Schröder auf dem Weg zum Süddamm, wo die MS Helgoland lag. Nicht mehr viele Menschen liefen jetzt noch die Hafenstraße und die Westkaje entlang. Die Insel leerte sich. Ein Blick zur Uhr sagte Anna, dass noch gut eine Stunde Zeit war, ehe die Entschärfungsarbeiten beginnen sollten.

Sie drehte den Umschlag in ihren Händen. *Anna Krüger, Hafenstraße, 27498 Helgoland.* Natürlich hatte die Post gewusst, dass das ihre Dienstanschrift war, weil sie bei der Polizei arbeitete. Als Absender stand nur ein Kürzel auf der Rückseite: MDW.

Hinter Anna öffnete sich die Tür und Paul trat heraus. Er zögerte, sagte dann aber nichts, sondern setzte seine Kappe auf und marschierte strammen Schritts Richtung Falm, um sich ein letztes Mal mit dem Kampfmittelräumdienst zu besprechen.

MDW. *Er hat Ihnen einen Abschiedsbrief hinterlassen*, hörte Anna die Stimme des Anrufers, der ihr Martens Tod mitgeteilt hatte. Marten. Marten David Weber. MDW.

18. April, 12.28 Uhr. Noch 32 Minuten bis zum großen Inferno.

Der Krieg kennt nur Verlierer. Menschen werden getötet, Menschen töten. Familien werden zerrissen, jede Moral gerät aus den Fugen. Macht es einen Unterschied, ob man aufrecht stirbt, den Heldentod, Aug in Aug mit dem Feind, oder ob man in einem finsteren Loch liegt, im eigenen Kot, zitternd dem letzten Atemzug entgegenfiebert und versucht, noch einen Gedanken zu fassen, einen letzten. An die Frau zu denken, die man zurücklässt, an die Wärme ihrer Haut, ihr helles Lachen, an die Sommertage auf dem Fluss, die Kerzen auf der Weihnachtstafel ... Richard Grenfell wusste nicht, ob er vor Kälte und Angst zitterte, es kümmerte ihn auch nicht. Er hatte mit seinem Körper abgeschlossen, hätte sich gerne Gott befohlen. Aber die Verzweiflung ließ ihn nicht. Ließ ihn keinen Ausweg finden aus der Schleife von Selbstvorwürfen und Selbstmitleid. Helgoland, das sie Hell-go-Land genannt hatten, das sie wieder und wieder bombardiert hatten, nur um all das darauf zu vernichten, was Menschen hier errichtet hatten, vor allem die monströsen Bunkeranlagen am Hafen. Und dann die Idee, seine Idee, irrwitzig und perfide: Lasst uns doch die ganze Insel in die Luft sprengen. Gesagt. Nur so. Ein verrückter Gedanke, gar nicht wirklich ernst gemeint. Dass die Militärführung die Idee aufgreifen, dass sie ausgerechnet Woosnam beauftragen würden, der ein teuflisches Talent besaß, solche Jobs mit geradezu deutscher Präzision auszuführen ... Alles das ging – bruchstückhaft, als feure sein Gehirn die Gedankensplitter aus einer Stalinorgel – durch Grenfells Kopf, als er seine letzten Minuten in den

Tiefen des Tunnels verbrachte und die Zeit sich ins Unendliche dehnte, Sekunden zu Stunden wurden und Minuten zu Jahren. Plötzlich scheint die Gegenwart kein Ende mehr zu nehmen, so grausam foltert sie dich mit dem Gedanken an deinen letzten Augenblick, an den Moment, in dem ein Berg über dir zusammenbricht und tausende Bomben und Granaten deinen Körper in einem Höllenfeuer auslöschen. Die Idee, die Insel zu vernichten, würde nun am Ende ihn selbst vernichten, einen einfachen Soldaten, Marineoffizier niederen Ranges, einen Familienmenschen, leidenschaftlichen Chorsänger, Träger der Distinguished Conduct Medal, Kameraden. Wollte er, dass Helgoland unterging? Nein. Er hatte nie darüber nachgedacht. Jetzt war es zu spät. Jetzt saß er in dieser tödlichen Falle und konnte nur noch das eigene Ende abwarten. Aber er konnte es nicht erwarten, wurde verrückt bei dem Gedanken, dass es jeden Augenblick so weit sein konnte. Würde er etwas spüren? Oder ging es so schnell, dass er es nicht einmal merkte? Was würde das letzte Bild sein, das er vor sich sah? Joanne? Das alte Haus in Somerset? Sein Heim in Manchester? Oder die Toten dieses Krieges? Seine Toten? Die Männer, die er selbst getötet hatte? Die Fratzen der Sterbenden? Die Bomben, die er auf diese Insel abgeworfen hatte? Die Stelle, an der sein Kamerad John in der Nordsee versunken war? Verzweifelt hob Richard Grenfell seinen Kopf und stieß ihn mit aller Kraft gegen den Untergrund. Noch einmal. Und nochmals. Fand für einen Moment Ruhe in dem benommenen Taumel, der sich in seinem Geist ausbreitete. Bis die Geister und Schrecken umso deutlicher wieder hervortraten aus dem selbst verursachten Nebel. Und doch: Es war ein Augenblick schrecklicher Klarheit. Plötzlich wurde

Grenfell von einem Gefühl des Muts gepackt, einem kalten, brutalen, stählernen Mut, wie er ihn im Angesicht des Todes an der Front erlebt hatte.

Er konnte die Insel sprengen, vor der Zeit, womöglich sogar noch, solange Victor hier war. Er musste nur kräftig an dem Seil ziehen, mit dem er an eine Granate gefesselt war. Und genau das würde er tun. Er würde diese ganze verdammte Insel in die Luft sprengen, nur um Victor Blys Leben mit seinem eigenen zu beenden. Ein irres Kichern wollte sich Bahn brechen, scheiterte an dem Knebel, ließ ihn sich fürchterlich verschlucken. Er bekam kaum Luft, krümmte sich vor Qualen. Brachte es nicht über sich.

Dann, plötzlich, schien sich der Gedanke ganz von allein zu erfüllen: Ein Donnern drang zu ihm, ein Knallen, ein Beben fuhr unter seinen sich krümmenden Leib. Mit weit aufgerissenen Augen starrte er in die Finsternis und erwartete seinen letzten Moment auf Erden.

9

Falls du einsatzbereit bist: Die Kollegen vom Amt haben vier Problemfälle durchgegeben. Dr. Rückert, Fr. Hovekamp, Hr. Eck und Fr. Heckert. Bitte kümmern. Danke.

Anna hatte sich auf eine Bank am Binnenhafen gesetzt, nur ganz kurz. Dass sie Post von Marten bekommen hatte, hatte sie aus der Bahn geworfen. Einen Abschiedsbrief? Sie hatte es nicht gewagt, den Umschlag zu öffnen, nicht jetzt, nicht in diesem Zustand. Der Stress, der Ärger mit Paul und der Anzeige, der Vorfall an der Landungsbrücke, die ganze Sache mit der Evakuierung – und dann der Kopfschmerz, der sich wieder in den Vordergrund gedrängt hatte und sie quälte und quälte und quälte, wie schon lange nicht mehr … Nein, sie würde den Brief nicht jetzt lesen. Vielleicht später am Tag, wenn die Insel leer war und alle versorgt. Wenn die Sprengtruppe bei der Arbeit war und niemand etwas von ihr wollte. Falls Stalin es dann zuließ. Falls sie sich dann würde überwinden können. Also faltete sie den Umschlag und steckte ihn in ihre Jacke. Dann machte sie sich auf den Weg.

Frau Heckert. Die Hexe. Ihr Haus lag am nächsten. Alle nannten sie Hexe, weil sie Esoterikseminare gab, fragwürdige Mittelchen braute, über deren Zulässigkeit man durchaus mal hätte diskutieren können, und weil sie ständig orakelte.

Bevorzugt vom nahen Weltuntergang. Sie wohnte am Anfang der Gartenstraße, ganz in der Nähe von Annas Elternhaus. Anna ging nicht gerne dorthin, die Erinnerungen waren kein Vergnügen – und sie holten sie immer ein. Immer.

So war das auch dieses Mal. Als sie an dem Gebäude vorbeikam, in dem sie ihre Kindheit verbracht hatte, bemerkte sie, dass ausgerechnet aus dem Fenster, hinter dem einst ihr Kinderzimmer gewesen war, ein dunkles Tuch hing. Wie ein Zeichen des Todes, ging es ihr durch den Kopf. Warum um alles in der Welt ließ jemand ein solches Tuch bei dem Wetter aus dem Fenster hängen? Hastig stolperte sie vorbei und war wenige Schritte später an Frau Heckerts Haus angekommen. Alle Fenster waren geschlossen, die Vorhänge zugezogen, im Erdgeschoss die Fensterläden zugeklappt. »Ilse H.« stand am Klingelschild. Anna drückte den Knopf und wartete. Nichts. Sie klingelte noch einmal. Ein Hund bellte. Doch niemand erschien an der Tür. Als sie ein drittes Mal klingelte, steigerte sich das Bellen zu einem aggressiven Kläffen. »Wirklich niemand zu Hause?«, murmelte Anna zweifelnd. Welcher Hundebesitzer würde denn sein Tier zurücklassen, wenn die Gefahr bestand, dass es verschüttet wurde? Nein, wo der Hund war, war mit Sicherheit auch das Frauchen. Anna drückte den Klingelknopf und ließ den Finger darauf, bis sich das Tier nicht mehr beruhigen konnte und wie verrückt kläffte. Es dauerte nicht lange, da öffnete sich die Tür doch und eine tiefschwarze Mähne erschien, die das hagere Gesicht einer Frau um die fünfzig umrahmte. »Ja? Ach, die Krüger!«

Unter anderen Umständen hätte sich Anna etwas mehr Respekt ausbedungen. Aber »die Krüger« klang ziemlich genau so, wie Anna sich fühlte. »Frau Heckert, guten Tag.

Ich komme, weil wir die Insel evakuieren müssen. Wie Sie wissen.«

»Lassen Sie sich von mir nicht stören«, schlug die Hexe vor. Ihr Lächeln war nicht unfreundlich, auch wenn die langen Zähne seltsam wirkten.

»Es geht nicht darum, dass Sie uns stören könnten«, erklärte Anna. »Sondern darum, dass alle Personen, die sich auf der Insel befinden, Helgoland für ein paar Stunden verlassen müssen.«

»Alle Personen«, echote Ilse Heckert und warf Anna einen undurchsichtigen Blick zu. »Und?«

»Das betrifft auch Sie, Frau Heckert.«

»Ich fühle mich nicht betroffen. Sie sind ja auch noch da.«

»Auch wir werden die Insel verlassen«, stellte Anna klar. »Allerdings erst, wenn sichergestellt ist, dass sich keine weiteren Personen mehr hier befinden außer den Leuten vom Kampfmittelräumdienst.«

Die Frau nickte, als hätte sie es ja schon immer gewusst. »Fällt Ihnen etwas auf, Frau Krüger?«, fragte sie. »Sie sprechen nur von Personen und von Leuten. Bei Ihnen gibt es wohl gar keine Persönlichkeiten und keine Menschen.«

Anna ging nicht darauf ein. »Sie müssen jetzt bitte Ihr Haus verlassen und die Fähre auf die Düne nehmen.«

»Muss ich das?«

»Ja, Frau Heckert. Ich habe das nicht beschlossen und ich möchte das jetzt nicht mit Ihnen diskutieren.« Stalin verursachte eine Schwindelattacke in Annas Kopf.

»Sonst was?«, fragte die Hexe und kam einen Schritt näher. Anna konnte ihr Lavendelparfum riechen, so intensiv, dass es geradezu schmerzhaft war. »Sperren Sie mich sonst ein? Dann wird es erst recht nichts mit der Evakuierung, oder?«

»Hören Sie.« Anna versuchte, alles andere zu verdrängen und sich nur auf ihre Aufgabe zu konzentrieren. Arbeit, dachte sie. Arbeit ist die beste Therapie. Sie lenkt ab. Sie verleiht Sinn. Sie strukturiert die Zeit und das Handeln. Hatte sie alles schon tausendmal durchdacht. Sogar mit einem ihrer Therapeuten hatte sie es besprochen. Graupner hatte der geheißen. In Hamburg. So lange her, als wäre es in einem anderen Leben gewesen.

»Frau Krüger?«

»Es tut mir leid, Frau Heckert. Sie müssen jetzt bitte Ihr Haus verlassen. Es ist nur für ein paar Stunden.«

»Tut mir leid …«

»Zum Teufel!«, fuhr Anna die widerspenstige Frau an. »Was ist denn los mit Ihnen? Sie können doch mal für eine kleine Weile die Tür hinter sich abschließen und ein paar Hundert Meter wegfahren! Ist denn das zu viel verlangt?«

Die Hexe ging wieder auf Abstand, musterte Anna und schien sich einen Fluch zu überlegen. Dann aber erklärte sie mit sanfter Stimme: »Sie stehen unter Stress, Frau Krüger. Sie haben sich nicht im Griff.«

Anna zuckte die Achseln. »Das ist mein Problem, nicht Ihres. Aber Sie würden mir wirklich helfen, wenn Sie meiner Bitte nachkämen.«

»Bitte oder Aufforderung?«

»Bitte«, versuchte es Anna, denn endlich schien die Frau es zumindest in Erwägung zu ziehen, die Insel zu verlassen.

»Es geht leider nicht, Frau Krüger. Der Fels und ich, wir sind untrennbar miteinander verbunden.«

Verständnislos blickte Anna die Frau an, die unter ihren weiten, wallenden Gewändern eine zierliche Figur zu verbergen schien und deren Teint fast durchsichtig war. Wie die

Wachsleiche, ging es Anna durch den Sinn. Sie ist schmal und blass wie die Wachsleiche. »Sie sind vermutlich nicht über die Gefährlichkeit der Lage im Bilde«, sagte sie. »Der Blindgänger, um den es hier geht, ist eine Fünftausendkilobombe. Ein richtig großes Kaliber. Und es liegt auf dem Falm, direkt oberhalb von Ihrem Haus hier. Wenn das Ding hochgeht, kann es sein, dass ein großer Teil des Hangs abbricht und als Felssturz niedergeht. Dann wären Sie tatsächlich untrennbar mit dem Fels verbunden, verstehen Sie?«

»Ich glaube nicht, dass der Fels abbricht, Frau Krüger.«

»Das ist keine Glaubensfrage, Frau Heckert. Das ist einfach nur eine reale Gefahr.« Sie überlegte kurz. »Hören Sie, wir evakuieren Sie doch auf die Düne, das heißt doch, dass Sie die Insel gar nicht verlassen. Denn der Fels und die Düne stehen auf demselben Fundament. Wie ein Berg mit zwei Gipfeln. Sie gehen nur von dem einen Gipfel auf den anderen.«

Einen Augenblick schwieg die schmale Frau mit der wilden Mähne. Dann seufzte sie leise. »Gut. Ich werde es für Sie tun.«

»Zu freundlich«, sagte Anna und konnte einen leichten Sarkasmus in ihrer Stimme nicht unterdrücken.

»Ich habe die Karten gelegt«, erklärte die Hexe.

»Die Karten?«

»Ja. Ich fahre auf die Düne. Aber es wird keinen Felssturz geben.«

»Das haben Ihnen die Karten gesagt?«

»Nein.« Die Frau schlang ihre Arme um sich, als würde ihr frösteln. In dem Moment wusste Anna, was sie sagen würde: »Die Karten haben den Tod angekündigt.«

*

Anna wartete noch einige Augenblicke vor der Tür. Als Nächsten würde sie sich diesen Eck vornehmen. Sie erinnerte sich, dass sie ihn zuletzt an der Landungsbrücke gesehen hatte. Vielleicht war er ja inzwischen doch übergesetzt auf die Düne, das wäre natürlich eine Erleichterung gewesen. Ein Problemfall weniger. Aber wenn sie sich vor Augen führte, wie sich diese ganze Evakuierung bisher gestaltet hatte, war mit einem Problem, das sich von selbst löste, eigentlich nicht wirklich zu rechnen.

Die Hexe trat aus der Tür. Anna nickte ihr zu. »Danke, Frau Heckert.«

Die Frau zuckte die Schultern. Sie ging ein paar Schritte die Straße runter. »Frau Heckert?« Drehte sich noch einmal um. »Wollen Sie nicht die Tür abschließen? Zur Sicherheit?«

Doch die Hexe schüttelte den Kopf. »Nicht nötig«, sagte sie. »An meine Sachen wird niemand gehen.«

»Sie müssen es wissen.« Anna zuckte die Schultern. »Wir sehen uns.«

»Tun wir das?« Der Blick der geheimnisvollen Frau ruhte einen Moment auf Anna, als wollte sie in die tiefsten Tiefen ihrer Seele schauen. Dann wandte sie sich ab und setzte ihren Weg fort.

Anna schauderte. Sie tastete nach ihren Pillen, drückte eine aus dem Blister und zerbiss sie, weil sie nichts hatte, um sie runterzuspülen. Ein perfider Geschmack breitete sich in ihrem Mund aus. Sie versuchte, ihn zu ignorieren, versuchte, nicht an die düsteren Andeutungen dieser Hexe zu denken, und nahm ihren Weg Richtung Landungsbrücke auf. Die Heckert war schon nicht mehr zu sehen, erst als Anna auf den Südstrand bog, entdeckte sie sie etwas weiter vorne, wie sie mit einem der Bootsmänner sprach. Die Fähre, die gerade am

Steg lag, war nur noch mit ein paar Leuten besetzt, offenbar war die Evakuierung kurz vor dem Abschluss. Anna beeilte sich und erkundigte sich bei einem Mitarbeiter aus Gerd Raabes Team: »Kannst du mal auf deiner Liste nach einem gewissen Josef Eck schauen?«

»Unserem Inselphilosophen?«

»Philosophen?« Anna war versucht, ihn zu korrigieren: Inselpenner. Doch tatsächlich war Eck auf Helgoland kein Obdachloser mehr, hier hatte er endlich die sozialen Möglichkeiten, die er in Hamburg nicht mehr gefunden hatte. Auf Helgoland ließ man niemanden auf der Straße vegetieren.

Der Verwaltungsmitarbeiter lachte. »Na, seit er in der Tonne wohnt wie Diogenes ...«

»Entschuldige«, sagte Anna. »Ich komm da jetzt nicht ganz mit. In welcher Tonne wohnt er? Oder ist das nur so eine Redensart für Insider?«

»Du weißt das gar nicht? Er ist doch in eine von den Bojen gezogen, die da bei euch drüben herumliegen«, erklärte er, während er seine Liste überprüfte. »Also ich hab ihn hier zwar mal irgendwann heute gesehen, aber abgehakt hab ich ihn nicht. Steht auch gar nicht auf meiner Liste.«

»Hm. Klar. Eigentlich müsste er wohl auf Mittelland stehen.«

»Wenn du das sagst.«

»Ja. Er *wohnt* ja offiziell im Klinikum.«

»Tja, dann würde ich dort mal fragen. Das Klinikum ist auch gar nicht über uns evakuiert worden.«

»Schon klar«, sagte Anna, winkte und beeilte sich, Richtung Mittelland wegzukommen. Im Gehen wählte sie die Nummer der Ersten Offizierin der MS Helgoland. »Jenny?«

»Ja bitte?«

»Anna hier. Anna Krüger. Noch mal.« Sie konnte ein Seufzen am anderen Ende hören. »Wen suchst du denn diesmal?«

»Eck. Josef. Müsste auf eurer Liste stehen oder auf der des Jets.«

Es dauerte einen Augenblick, dann erklärte Jennifer Plock: »Steht bei uns nicht mit drauf. Ich hab die Liste des Jet auch hier, soll ich mal draufschauen?«

»Das wäre großartig, danke!«

Wieder wartete Anna einen Moment, dann war klar: »Steht auf der Liste des Jet.«

»Und?«

»Und was?«

»Ist er an Bord gegangen?«

Die Offizierin lachte. »Das kann ich dir nicht sagen. Da musst du Helge anrufen.«

Helge Heinzen. War mal ein Mitschüler von Anna gewesen. Keiner von den besonders sympathischen, obwohl es davon ohnehin wenige für Anna gegeben hatte. Zumindest nicht in den höheren Klassen. Aber er war in Ordnung. Manchmal trafen sie in »Henry's Hummerbude« aufeinander, dann wechselten sie ein paar Worte, einmal hatte Helge sie sogar auf ein Bier eingeladen. »Ich ruf ihn gleich an, danke!« Anna beendete das Telefonat und wählte Helges Nummer. Der meldete sich nicht. Sie probierte es ein zweites und ein drittes Mal, bis sie ihn endlich erreichte. »Der Halunder Jet, Helge Heinzen hier«, sagte er ganz geschäftsmäßig.

»Moin Helge, hier ist Anna Krüger.«

»Moin Anna, was liegt an?«

»Kannst du mal nach einem Passagier auf eurer Liste schauen? Eck, Josef.«

»Der Penner?«

»Ist er nicht mehr. War er in Hamburg, hier ist er einfach nur ein Bürger, dem wir helfen wollen, seine Probleme zu überwinden.«

»Schon gut, Anna. Hättest mir nicht so wortreich bestätigen müssen, dass wir von demselben Mann sprechen.« Sie konnte ihn schmunzeln hören. Vielleicht war er eigentlich doch ganz sympathisch, Anna hatte nie darüber nachgedacht. »Nö«, sagte er. »Steht auf meiner Liste, ist aber nicht da. Warte, ich frag noch mal unten an der Registrierung.« Anna konnte hören, wie er über einen anderen Apparat mit jemandem sprach, dann meldete er sich zurück. »Ist nicht hier. Sollen wir ohne ihn auslaufen?«

»Wartet bitte noch ein paar Minuten.«

»Wir sind ansonsten eigentlich vollzählig hier.«

»Wartet noch ein paar Minuten«, wiederholte Anna.

»Aye, aye, Sir«, erwiderte Helge Heinzen, und Anna konnte ihn förmlich sehen, wie er die Hand an seine Schläfe streckte. »Danke«, murmelte sie und steckte das Handy weg. »Der Philosoph in der Tonne«, sagte sie leise, während sie vor der kleinen Polizeistation ankam. »Eine Boje, die bei uns herumliegt.« Tatsächlich gab es einige Hochseebojen, die auf der Brache neben dem Holzbau abgelegt worden waren, riesige Dinger, jedes davon etliche Tonnen schwer. Rostig ragten sie über dem kargen Boden auf, mannshoch und höher. Da konnte man sich schon verbergen, sich vielleicht auch vor schlechtem Wetter, vor Wind und Regen schützen. Vielleicht. Vielleicht auch nicht. »Herr Eck?« Anna trat auf die größere der beiden Bojen zu. »Hallo?«

Keine Antwort. Sie blickte durch die diversen Öffnungen, doch da war niemand. Auch die zweite Boje war leer bis auf eine Katze, die sich darunter ein gemütliches Plätzchen gesucht hatte. Unter anderen Umständen hätte Anna das Tier womöglich eingefangen, Streuner waren auf Helgoland nicht gern gesehen, weil sie die geschützte Vogelpopulation gefährdeten. Aber jetzt gab es Wichtigeres zu tun. Sie wählte Saskias Nummer. Die Kollegin meldete sich prompt. »Ja?«

»Saskia, weißt du, wo dein Vater ist?«

»Wieso sollte ich? Ich bin beschäftigt.«

»Das sind wir alle. Er scheint sich der Evakuierung entziehen zu wollen.«

»Wundert mich nicht. Der hatte schon immer ein Problem mit Verpflichtungen.«

»Hör mal, deine Familiengeschichte ist jetzt gerade egal, wir müssen die Insel leer bekommen. Und das betrifft nun mal auch Herrn Eck.«

»Herrn Eck. Klar. Aber ich kann dir da auch nicht helfen …«

»Du könntest ihn suchen, Saskia!«

»Denkst du, ich schiebe hier eine ruhige Kugel? Ich habe auch meine Aufgaben! *Herr Eck* gehört aber gerade nicht dazu. Der ist deine. Ich bin nicht seine Babysitterin.«

Saskia hatte zwar ihren Vater auf die Insel geholt, eine echte Vater-Tochter-Beziehung oder gar ein Familienleben hatte sich daraus allerdings nicht ergeben. Eck war Eck, der ehemalige Penner, den es auf die Insel verschlagen hatte. Und Saskia war das Luder, das sich im Leben nahm, was es wollte, und auf andere keine Rücksicht nahm. Daran hatte sich durch die Familienbande, die es nun auf der Insel gab, nichts geändert, zumindest nicht aus Annas Warte. »Alles klar«, sagte sie und legte grußlos auf.

*

Da lag es, das Schiff. Groß und weiß und stolz. Sie wünschte, sie hätte einfach damit fortfahren können. Nie mehr wiederkehren zu diesem Totenfelsen, der Helgoland für sie geworden war. Nein, noch nicht geworden war: werden würde. Aber machte es einen Unterschied? War sie nicht längst Vergangenheit? Ihr Leben, das Leben, das sie sich immer vorgestellt hatte, es war längst vorbei, weil es keine Zukunft mehr hatte.

Wenn sie auf dem Schiff in einem unbeobachteten Moment über die Reling stieg, dann … Aber es gab ja keine unbeobachteten Momente. Nicht für sie.

*

Sie ahnt es nicht. Aber wir sind Verwandte im Geiste. Wir sehnen uns beide danach. Eine finstere Hoffnung ist das, eine süße und schreckliche. Wir teilen sie. Sie und ich. Und vielleicht wird sie ja bald gestillt. Für mich. Für sie. Wer weiß … Frieden wäre das. Vielleicht ist sie gar nicht so schrecklich, unsere Hoffnung. Unser Sehnen. Nach Stille. Für immer.

*

»Sie sehen sorgenvoll aus«, stellte Paul mit Blick auf den Sprengmeister fest, der sich ohne Rücksicht auf den feuchten Untergrund auf einem Geröllhaufen niedergelassen hatte und sich mit beiden Händen übers Gesicht rieb.

»Gibt auch allen Grund dazu«, erwiderte Klüver. »Manchmal jagt ein schlechter Befund den nächsten.«

»Aha.« Paul sah zu dem Zelt hin, das sie inzwischen über dem Blindgänger errichtet hatten. »Lassen Sie mich raten: Das hier ist so ein Fall.«

»Wenn's mit der Polizeiarbeit nicht mehr klappt, können Sie Hellseher werden«, beschied ihm der Sprengmeister.

»Und welchen Befund haben Sie zuletzt gehabt?«

Klüver schnaubte und schüttelte den Kopf. »Langzeitzünder.« Falls er erwartete, dass der Dienststellenleiter der Polizei Helgoland dazu eine Meinung hatte, wurde er enttäuscht. »Sie haben keine Ahnung, was?«

»Woher auch?«, fragte Paul. »Ich bin kein Sprengstoffexperte. Aber vielleicht mögen Sie mich ja aufklären.«

»Mögen nicht. Aber ich mach's trotzdem.« Klüver stand auf und trat an den Eingang des Zeltes, in dem zwei seiner Begleiter immer noch eifrig die Schaufeln schwangen. »Es gibt zwei Sorten von Zündern«, erklärte er. »Aufschlagzünder und Langzeitzünder.«

»Lassen Sie mich raten: Die Langzeitzünder zünden schon in der Luft.«

»In der Luft? Was meinen Sie denn damit?«

»Na ja, wenn sie offenbar keinen Aufschlag brauchen ...«

Klüver sah ihn an, schüttelte den Kopf und stellte fest: »Vergessen Sie die Wahrsagerei.«

»Okay. Was also ist der Unterschied?«

»Der Langzeitzünder zündet erst nach längerer Zeit.«

»Aha. Ist aber ja nicht passiert. Das Ding liegt ja noch unversehrt da.«

»Das ist eben die Frage. Ist es wirklich unversehrt?«

»Aber wenn der Zünder ausgelöst hätte, dann wäre die Bombe doch explodiert.«

Klüver nickte. »In dem Punkt haben Sie recht. Die Frage ist: Ist auch der Zünder im Inneren unversehrt?« Er bildete mit einer Hand die Form eines Trichters und hielt den Zeigefinger der anderen darüber. »Sehen Sie, normalerweise ist es so, dass beim Aufprall der Bombe auf den Boden der Schlagbolzen nach vorne katapultiert wird und auf die Sprengladung trifft, die dann hochgeht.«

Paul nickte. So weit war die Sache klar. »Was aber wohl beim Langzeitzünder so nicht geschieht«, schlug er vor.

»Richtig. Weil bei dieser Konstruktion zwischen dem Bolzen und dem Sprengstoff noch eine weitere Schicht liegt.« Er schüttelte die zylinderförmige Hand. »In der ist eine chemische Substanz. Genau genommen zwei. Beim Aufschlag zerbricht eine Schicht zwischen den beiden Substanzen, sodass die eine sich mit der anderen vermischt. Erst wenn sich dieses Gemisch aufgelöst hat, kann der Bolzen durchschlagen auf den Sprengstoff – und dann geht das Ding hoch.«

Paul schüttelte den Kopf. »Aber was soll das denn für einen Sinn haben? Der Zweck der Bombe ist es doch, dass sie explodiert. Warum sollte man das künstlich verzögern?«

»Terror«, erklärte Klüver.

»Terror?«

»Wenn die Opfer denken, alles wäre vorbei, und wenn sie aus ihren Kellern und Bunkern kriechen, wenn sie schutzlos sind und sich sicher fühlen, dann geht das Ding hoch. Und was für ein Ding! Das untergräbt die Moral des Gegners.«

»Des Gegners? In den Kellern und Bunkern sitzen doch sowieso meist nur die Frauen und Kinder. Und die Alten.«

»So ist es«, sagte Klüver leise. »Welcher Kämpfer an der Front kann noch kämpfen, wenn er weiß, dass nicht einmal der Bunker noch Schutz bietet für die Wehrlosen, die zu Hause auf ihn warten, für seine Frau, seine Kinder, seine Eltern …«

18. April, 12.29 Uhr. Noch 31 Minuten bis zum großen Inferno.

Es war ein erhabener Anblick, den Fels aus der See ragen zu sehen. Aus der Ferne war von den Verwüstungen, die die Bombardements bewirkt hatten, nichts zu erkennen. Der leichte Dunst, der über dem Meer lag, wirkte wie ein Filter, durch den die Insel zart lachsfarben erschien: ein Gemälde in Pastell. »Schön«, flüsterte Shepard, der Erste Offizier.

»Ja«, bestätigte der Kapitän. »Die weißen Felsen vor Dover und die roten Felsen hier, das sind Anblicke, die man nicht vergisst.«

Eine Weile herrschte Schweigen. Dann fragte Shepard: »Wird man sich in einer Generation noch daran erinnern?«

»Erinnern?«

»Wenn die Insel verschwunden ist.«

»Verschwunden, das wollen wir doch nicht hoffen, was?«

Shepard wiegte den Kopf. »Wenn ich bedenke, was wir hier seit letztem Jahr an Sprengstoff hergebracht haben ...«

»Man kann eine ganze Insel nicht einfach vom Planeten sprengen.« Der Kapitän wandte den Kopf. »Oder denken Sie, das kann man?«

Shepard seufzte. »Es haben ja allein schon vor unseren Lieferungen unglaubliche Bestände an Granaten, Minen, Torpedos und anderer Munition in den Tunneln existiert. Und wir haben ich weiß nicht wie viele Schiffsladungen aus Cuxhaven herübergebracht. Sprengmittel aus dem ganzen Reich. Die Nazis hätten über Jahre weiter Krieg führen können mit den Waffen, die sie noch hatten. Dieser Fels ist bis obenhin vollgepackt mit Feuer.«

»Verstehe.« Nachdenklich blickte der Kapitän auf die Insel. »Es gibt aber eine klare Aussage unseres Oberkommandos: Wir haben nicht die Absicht, die Insel zu sprengen.«

Der Erste Offizier lachte bitter. »Mag sein. Aber wer kann das schon berechnen? Wir wollen es vielleicht nicht. Aber ich würde nicht darauf wetten, dass wir es nicht trotzdem tun. Vielleicht ist es nicht unsere Absicht, aber wir nehmen es hin.«

»Ach was. Ich bleibe dabei: Man kann nicht eine ganze Insel wegpusten. Das schafft nicht einmal die britische Armee.«

»Ich bete zu Gott, dass Sie recht haben«, erwiderte Shepard leise. »Mein Großvater stammte von hier. Das war einmal ein Teil des britischen Empire. Hier hat der Union Jack geweht. Unser König hat über dieses kleine Land geherrscht. Warum haben wir es uns nicht einfach zurückgenommen?«

»Fragen Sie mich was Leichteres, Jack. Jetzt ist es zu spät für Alternativen. Wir haben einen Auftrag, und wir werden ihn zu Ende bringen. Let's get the job done.«

10

Um Eck würde sie sich kümmern, wenn Rückert erledigt war. Dass ihr alter Englischlehrer immer noch zu den Problemfällen gehörte, nachdem sie sich so um ihn bemüht hatte, ärgerte Anna. Es war eine Sache, dass er zu den Wenigen zählte, die in ihrer persönlichen Lebensgeschichte eine positive Rolle gespielt hatten, dafür war sie ihm natürlich dankbar und sie würde es immer sein. Aber es war eine ganz andere Sache, dass er jetzt ihre Arbeit torpedierte, indem er sein eigenes Leben in Gefahr brachte. Zwei Dummheiten in einer einzigen Weigerung.

Die Friesenstraße lag verlassen vor ihr, kein Mensch war mehr zu sehen. Ja, dachte Anna, alle auf der Düne. Nur Rückert nicht, dieser störrische alte Mann. Er und Eck und Frau Hovekamp, die ja auch weit jenseits der siebzig, vermutlich schon deutlich über achtzig war. Vielleicht lag es ja auch am Alter, vielleicht hatten die Alten das Gefühl, dass sie nichts zu verlieren hatten und lieber hier auf der Insel starben als sie noch einmal zu verlassen.

Anna drückte die Klingel und wartete. Natürlich passierte nichts. Ob er sie schon beobachtet hatte, als sie die Straße runtergekommen war? Oder ob er sich erst jetzt hinter einem der Fenster postierte und wartete, ob sie von allein wieder verschwinden würde? »Herr Doktor Rückert? Anna Krüger hier!« Sie klingelte ein weiteres Mal und noch ein drittes Mal, diesmal länger, intensiver, penetranter. Stalin schrillte in ihrem

Kopf. Nichts. Das Haus blieb ruhig, kein Laut, kein Licht, kein Hinweis auf Leben. Kurz überlegte Anna, noch einmal einen Rundruf zu machen, ob Rückert nicht inzwischen doch auf der Düne oder ersatzweise in einem der anderen Asyle gelandet war. Doch im Grunde wusste sie, dass das Unsinn war. Sie wandte sich ab, ging ein paar Schritte vom Haus weg, tat, als verließe sie den Ort – und drehte sich dann blitzschnell herum. Schnell genug, um den Vorhang wieder zufallen zu sehen, hinter dem jemand abgewartet und sie beobachtet hatte. Also doch.

Sie nahm den Finger nicht mehr vom Klingelknopf, auch nicht, als sie von drinnen schon Rückerts »Jaja, ich komme ja schon, ich komme, ich komme ja schon!« hörte. Sollte er sich ruhig schämen. Sollte es ruhig unangenehm für ihn sein. Für Anna war es schließlich auch unangenehm.

Endlich ging die Tür auf und der alte Mann steckte sein zerknittertes Gesicht nach draußen. »Ich mache nicht mit«, sagte er statt einer Begrüßung.

»Das ist nicht Ihre Entscheidung, Herr Doktor Rückert.«

»Ist es sehr wohl. Sie können mich nicht zwingen.«

»Aber gestern waren Sie doch auch einsichtig«, versuchte es Anna mit mildem Ton. Doch ihr alter Lehrer schüttelte den Kopf. »Ich war nicht einsichtig, Anna Krüger. Ich habe mich nur geschlagen gegeben. Wollte die Konfrontation vermeiden.«

»Dann tun Sie das doch heute bitte auch. Diesmal wird es klappen mit der Entschärfung, dann ist das ganze Thema vom Tisch.«

Der alte Mann schnaubte bitter. »Bis der nächste Blindgänger gefunden wird. Und dann der übernächste und immer so weiter.«

»Mag sein«, stimmte Anna zu. »Oder auch nicht. Keiner kann in die Zukunft blicken.«

»Eben«, sagte Rückert, als würde das irgendetwas erklären. Er war im Begriff, die Tür wieder zu schließen, doch Anna stellte geistesgegenwärtig den Fuß in den Spalt und legte die Hand auf das Türblatt. »Bitte. Zwingen Sie mich nicht, Sie zu zwingen. Bitte, Herr Rückert.« Und leiser: »Sie und Ihre Frau.«

Der alte Mann zuckte mit den Augenbrauen. »Meine Frau? Sie ist nicht da, das hab ich dir doch gesagt!«

»Sie haben es gesagt, Herr Doktor Rückert.« Anna seufzte. »Aber ich glaube Ihnen nicht. Niemand hat sie die Insel verlassen gesehen. Sie steht auf keiner Passagierliste der letzten Wochen. Und niemand weiß etwas davon, dass sie eine Schwester in Bremen hat.«

»Cuxhaven.«

»Auch dort nicht.«

Da trat der alte Mann beiseite und öffnete die Tür ganz. »Bitte«, sagte er. »Tritt ein, sieht dich um. Wenn du meine Frau findest, nimm sie mit.«

Einen Augenblick zögerte Anna. Aber sie wusste, dass sie sich später gefragt hätte, ob es womöglich nur ein Bluff gewesen war, wenn sie das Angebot jetzt nicht angenommen hätte. »Danke«, sagte sie leise und betrat respektvoll das Haus, das sie mit dunklen Holzmöbeln und niedrigen Decken empfing. »Darf ich?«

»Sieh dich um, wo immer du willst. Du kannst auch in mein … in unser Schlafzimmer gehen.«

»Frau Rückert?«, rief Anna. Sie warf ihrem alten Lehrer einen entschuldigenden Blick zu. »Wenn sie jetzt geantwortet hätte, hätte ich nicht so aufdringlich sein müssen.« Der dunkle Flur führte zu dem Wohnzimmer, in dem es aussah, als hätte hier schon seit Jahren niemand mehr gemütlich gesessen und ferngesehen oder ein Buch gelesen. Seitlich lag ein kleines

Esszimmer mit einer billigen Möbelgarnitur. Die Treppe nach oben war schlecht beleuchtet, ein Arbeitszimmer, in dem ein Computer auf Standby vor sich hin surrte, das Schlafzimmer, so penibel aufgeräumt, dass Anna sich unwillkürlich fragte, ob diese weibliche Sorgfalt überhaupt noch von Frau Rückert selbst geübt werden konnte, wenn sie doch im Rollstuhl saß. Ihr ehemaliger Lehrer trat hinter Anna durch die Tür. »Die meiste Zeit ist Hannelore hier oben. Also, wenn sie da ist. Es ist schwierig für sie, ins Erdgeschoss zu kommen. Die Treppen, du verstehst …«

»Ja, natürlich. Das tut mir leid.« Tatsächlich erblickte sie am Fenster auf einem Tischchen ein Schulbuch, Biologie, und eine Packung Zigaretten der Marke »Peer 100«, daneben ein Feuerzeug und einen Aschenbecher, gerade so, als hätte noch vor ganz Kurzem jemand dort gesessen und rauchend in die Ferne geblickt. Denn in der Tat war die Aussicht von hier wunderbar. Richtung Landungsbrücke und Düne. Nur der Bau des Rathauses verstellte ein wenig den Blick. »Ihr Lieblingsplatz«, erklärte der alte Mann und seufzte. Es war sicher nicht einfach für ihn, nicht einfach für beide, so zu leben: behindert, alternd, auf sich selbst gestellt. Denn soweit Anna wusste, hatten die Rückerts keine Kinder.

»Möchtest du auch den Speicher besichtigen? Oder den Keller?«

Anna schüttelte den Kopf, blickte noch Richtung Badezimmer, doch die Tür dort war offen und es brannte kein Licht. Nein, Frau Rückert würde sich nicht im dunklen Badezimmer hinter der Tür verstecken und schon gar nicht auf dem Speicher oder im Keller. Im Rollstuhl. Lächerlich. »Entschuldigen Sie«, murmelte Anna.

»Kein Problem«, erklärte der alte Mann und begleitete

seine ungebetene Besucherin wieder nach unten. Auch die Tür zur Küche stand offen. Eine kleine Küche ohne Raum, sich zu verbergen. Frau Rückert war nicht da. »Danke. Jetzt wäre es mir nur ein Anliegen, dass Sie selbst …«

»Dass ich selbst auch die Insel verlasse«, vollendete ihr ehemaliger Lehrer den Satz. Er seufzte. »Gut. Ich werde es für dich tun, Anna Krüger. Ein Gefallen für meine ehemalige Schülerin. Du warst mir immer besonders lieb und teuer.« Blickte an sich herab. »Darf ich mir noch rasch etwas anderes anziehen?«

»Natürlich, Herr Doktor Rückert. Und danke, dass Sie unserer Bitte entsprechen.« Sie wandte sich zur Eingangstür, streifte die Garderobe und zwängte sich nach draußen. »Kann ich mich auf Sie verlassen?«

»Natürlich kannst du das. Ich stehe zu meinem Wort.« Ein ironischer Zug umspielte sein schmales Gesicht. »Damit wären wir dann wohl vollzählig.«

»Vollzählig?«

»Nun, ich nehme an, ich bin der letzte Widerständler gewesen.«

»Ach.« Anna winkte ab. »Gibt immer noch zwei Problemfälle. Von einem weiß ich nicht einmal, wo ich ihn finde.« Sie seufzte. »Und der andere ist ausgerechnet Frau Hovekamp.«

»Frau Hovekamp?« Doktor Rückert überlegte einen Augenblick. »Soll ich mich um sie kümmern? Ich kenne sie ja gut.«

Kurz überlegte Anna, doch dann winkte sie ab. »Lassen Sie nur, Herr Doktor Rückert. Ich mache das schon. Ihnen bin ich dankbar, wenn Sie jetzt schnell aufs Boot gehen.«

»Wie du möchtest, Anna Krüger«, sagte der alte Mann und wandte sich um. Er bückte sich, hob etwas auf und reichte es ihr. »Das hast du wohl gerade verloren.«

Das Schreiben. MDW. Martens Abschiedsbrief.

*

Die Spannung steigt! – Helgoland evakuiert

Helgoland. Während ein Expertenteam von Kampfmittelräumern und Geologen die Entschärfung des am Sonntag gefundenen Blindgängers vorbereiten, erlebt die Insel einen Exodus ihrer Einwohner. Auf Weisung der Behörden müssen alle Menschen Helgoland verlassen. Nur die unmittelbar an der Beseitigung der Bombe Beteiligten bleiben zurück. Was für Alte und Kranke eine Zumutung ist, ist für andere ein Abenteuer. In diesen Stunden findet die vollständige Evakuierung statt. Der größte Teil der Einwohner wird auf die Nachbarinsel Düne verbracht. Andere nehmen Quartier auf den wichtigsten Linienschiffen MS Helgoland und Halunder Jet, die eigens zu diesem Zweck vor der Insel liegen. Obwohl die Experten nicht mit einer Flutwelle rechnen, haben sie eine Sicherheitszone von mehreren Meilen vorgeschrieben. Es wird befürchtet, dass bei einer unkontrollierten Explosion ein großer Teil der Klippe abbricht und bewohnte Bereiche der Insel unter sich begräbt. Entsprechend gespannt ist die Stimmung unter den Insulanern. Der Hamburger Express berichtet für Sie weiter vom Ort des Geschehens. UW

HamExpress online

*

Es waren nur wenige Schritte zu Neles Haus. Anna gab eine kurze Meldung an Paul durch, dass sie sich um Frau Heckert und Herrn Doktor Rückert gekümmert und sie beide dazu gebracht hatte, der Evakuierungsanweisung zu folgen. Dass sie noch nach Eck suchte. Und dass sie als Nächstes zu Frau Hovekamp gehen würde. Aber vorher wollte sie noch eine ganz kurze Pause in »Doras Hotel« einlegen, um endlich diesen Brief zu lesen.

Als Anna wenig später den Umschlag aufriss, zitterten ihre Hände. Marten ist nicht tot, ermahnte sie sich selbst. Er lebt. Das war nur ein schlechter Scherz. Ob der Brief ebenfalls ein schlechter Scherz war? Konnte man überhaupt so ohne weiteres ein Schreiben aus der geschlossenen Psychiatrie nach draußen schicken? Andererseits hatte der JVA-Mitarbeiter ja gesagt, dass es einen Abschiedsbrief an sie gebe. Aber einen Abschiedsbrief? Marten war nicht tot, anders als es der Mann am Telefon gesagt hatte. Offenbar war das nur eine Falschmeldung gewesen. Ob sie sich gezielt an Anna gerichtet hatte? Hätte der Anrufer die Geschichte auch Paul oder Saskia erzählt, wenn einer von ihnen rangegangen wäre? Jemand hatte ihr einreden wollen, Marten hätte sich das Leben genommen. Jemand wollte ihr einreden, er hätte einen Abschiedsbrief an sie hinterlassen. Allerdings gab es den Brief. Wenn er denn überhaupt von Marten stammte. Kannte sie seine Handschrift? Nein. Aber außer der Adresse und dem Kürzel für den Absender war der Brief sowieso am Computer geschrieben. Ob Marten in der Psychiatrie überhaupt an den Computer durfte? Der Poststempel! – Unleserlich.

Annas Blick fiel auf die Wand, an die sie die verschiedenen Informationen geschrieben hatte. Rechts daneben schrieb sie untereinander die Worte *Abschiedsbrief. Todesnachricht.*

Falschmeldung. Psychiatrie. Sie nahm ihr Handy und rief die obskuren Nachrichten noch einmal auf und notierte diese links neben dem Diagramm: *Du bist die Nächste. – Das werden wir ja sehen.* Am Telefon hatte er gesagt: *Du bist als Nächste dran.* Dieselben Worte hatten auf ihrem Spiegel gestanden. Auf Leos Kreuz nur: *Anna.* Und dann die Botschaft in der Zigarettenschachtel: *Auge um Auge.*

In dem Moment, in dem sie das Mobiltelefon wieder weglegte, machte es erneut »Pling« und eine weitere Textnachricht ging ein:

Er hatte es verdient.

Anna spürte, wie ihr Herz in der Brust trommelte. Er hatte es verdient. Wer? Marten? Sie hielt den Atem an, als sie die dürren Zeilen des »Abschiedsbriefes« las:

Anna!
Es musste sein. Alles. Es tut mir leid. Und jetzt gibt es nur noch dich und Peter. Aber nicht mehr lange. Wir werden alle sterben. Alle. Und wir können nichts tun. Nichts. Es ist vorbei.
Leb wohl und stirb wohl.
M.

Nicht mehr. Nur das. In der unpersönlichen Schrift eines Computerdruckers. M. Marten. Anna fühlte sich, als hätte jemand ihr Innerstes vereist. Offenbar war dieses Schreiben nicht ein Abschiedsbrief eines Menschen, der noch lebte – es war eine Todesdrohung. Denn nichts anderes war ja deutlich zu lesen: Sie, Anna Krüger, Polizistin auf Helgoland, hatte nicht mehr lange zu leben. Und sie konnte nichts dagegen unternehmen. Angesichts ihres Umstandes, angesichts der immer heftigeren und in immer kürzeren Abständen in ihrem Kopf wütenden Schmerzen, schien ihr diese Botschaft näherliegend, als sie womöglich gemeint war. Andererseits: Wer sagte denn, dass sie nicht tiefernst gemeint war?

Anna drückte das Blatt auf einen der Nägel in Neles Wand. Wie ein Steckbrief, wie ein Menetekel hing der Brief zwischen den Notizen. Als wäre er der Mittelpunkt eines Rätsels, in dem sich Wahnsinn und Tod ein finsteres Stelldichein gaben. »Das entscheide ich selbst«, sagte sie heiser. Denn wann und wie sie ums Leben kam, das würde Anna Krüger selbst in die Hand nehmen, so viel wusste sie seit geraumer Zeit.

Eine Weile stand sie sinnend vor der düsteren Collage, dann ließ sie sich aufs Bett fallen und schloss für einen Moment die Augen. Als sie sie wieder öffnete, starrte sie auf ihr eigenes Abbild, das sie im Spiegel an der Decke über sich erblickte. Ob sie langsam den Verstand verlor? Ein Wunder wäre es nicht gewesen, bei all dem, was ihr geschehen war, allem, was sie durchgemacht hatte – und bei den Schmerzen, die sie täglich peinigten, heute mehr noch als in der letzten Zeit. Sie griff nach ihrem Handy und rief noch einmal die ominösen Nachrichten auf. Dann tippte sie: *Wer bist du?* Und drückte auf »Senden«.

Es dauerte nur Sekunden, bis die Antwort eintraf: *Dein Schicksal, Anna Krüger.*

Anna fragte sich, welche Stimme sie gehört hätte, wären diese Worte ausgesprochen worden. Doch so sehr sie auch in ihr Innerstes lauschte: Sie konnte nichts hören. *Du täuschst dich*, tippte sie.

Als Reaktion kam im selben Atemzug nur ein Fragezeichen. Anna nickte. Ja, das konnte sie sich vorstellen, dass das Schwein, wer immer es war, in diesem Moment ratlos war. *ICH bin DEIN Schicksal*, schrieb sie und schickte die Nachricht ab. In dem Augenblick ging unten die Tür. Geistesgegenwärtig zog Anna die Pistole und warf sich neben das Bett.

Tatsächlich war jemand ins Haus eingedrungen, Anna konnte deutlich die Schritte hören, und wenige Augenblicke später tauchte ein Schatten in der Tür auf. »Halt!«, rief Anna. »Hände hoch!«

»Um Gottes willen, willst du mich erschießen?« Nur vordergründig klang Nele Steenkamp gelassen. In ihrer Stimme schwang ein leichtes Zittern mit.

»Nele! Entschuldige.« Anna richtete sich hinter dem Bett auf und steckte die Waffe weg.

»Was sollte das denn?«

»Entschuldige. Ich dachte …«

»Du dachtest *was*?«

Anna zögerte. »Es ist nichts Ungewöhnliches, dass Einbrecher Evakuierungen nutzen.«

»Einbrecher? Anna, das hier ist Helgoland, nicht die Bronx.«

Ja, dachte Anna, das hier ist Hell-go-Land. Sie bemerkte, wie Neles Blick zur Wand ging – und dass die Freundin sofort durchblickte, was sie da machte. »Eine Privatermittlung?«, fragte Nele.

»Wie kommst du denn darauf?«

»Na, sonst hättest du nicht gerade meine Schlafzimmerwand genutzt, an der immer meine Lederklamotten hingen, sondern du hättest das in der Station installiert, oder?«

»Du solltest zur Polizei gehen, Nele«, erklärte Anna statt einer Antwort.

»Vielleicht sollte ich das wirklich. Ich habe zunehmend das Gefühl, *ich* muss auf *dich* achten.«

Vor dem Fenster hörten sie ein Rumpeln. Doktor Rückert zog einen kleinen Rollkoffer vorbei Richtung Landungsbrücke. »Er scheint sich auf mehr als einen Nachmittag einzurichten«, sagte Nele spöttisch.

»Wahrscheinlich hat er seine Studienbücher mitgenommen. Für den Fall, dass sein Haus unterm Falm verschütt geht.«

»Hier? Das kann ich mir ehrlich gesagt nicht vorstellen. Und wenn, dann hätte er mal lieber seine Frau mitgenommen.«

»Die ist weg«, sagte Anna. »Ich habe das Haus durchsucht.«

»Durchsucht? Echt jetzt? In seinem Beisein oder wie?«

Anna zuckte die Schultern. »Er hat es mir angeboten.«

»Und sie war nicht da?«

»Nein.« Anna sah die Wohnung der Rückerts noch vor sich. »Ihre Zigaretten lagen noch auf dem Tisch.«

»Oh. Ich wusste gar nicht, dass sie raucht.« Die Information schien Nele die Frau spontan sympathisch zu machen.

»Peer 100«, erklärte Anna.

»Peer 100? Die gibt's doch schon seit Jahren nicht mehr.«

»Hm«, sagte Anna. Sie fragte sich, ob sie kalten Rauch im Haus gerochen hatte. Raucherhaushalte hatten diesen ganz spezifischen Geruch, der sich ewig hielt. Doch sie konnte sich nicht erinnern. Roch es hier danach? Nele war immerhin auch Raucherin. Ob sie in ihrem Schlaf- und Arbeitszimmer geraucht hatte? Die berühmte Zigarette danach vielleicht …
»Warum bist du eigentlich noch hier? Du solltest doch längst auf dem Jet sein.«

Nele setzte ein seltsames Lächeln auf. »Hat sich schon erledigt«, sagte sie und verließ das Schlafzimmer und das Haus so unvermittelt, wie sie aufgetaucht war.

*

Während sie den Lung Wai hinablief, wählte sie die Nummer der Forensischen Psychiatrie der JVA Kiel und ließ sich mit der Abteilung verbinden, in der sie Marten untergebracht hatten. »Kellermann?«, meldete sich ein Mann mit seltsamem Singsang.

»Krüger hier«, sagte Anna. »Anna Krüger von der Polizeistation auf …«

»Helgoland«, fiel ihr der Stationspfleger ins Wort. »Wir hatten Ihren Anruf schon erwartet.«

»Tatsächlich? Ich wollte Sie fragen …« Anna stockte. »Wieso haben Sie meinen Anruf erwartet?« Aber klar, da war Pauls Anruf gewesen, der sich mit der Frage nach Martens Ableben blamiert hatte. Dennoch: War das ein Grund, dass nun auch noch Anna anriefe? Nun, vielleicht, um das Missverständnis aufzuklären.

»Sie wollen sicher wissen, wann und wo die Beisetzung stattfindet.«

»Beisetzung?«

»Von Herrn Weber.«

»Von Herrn Weber«, echote Anna tonlos. »Aber Marten … Herr Weber lebt doch noch.«

»Pardon?«

»Na, er ist doch gar nicht gestorben!«, stellte Anna klar.

Kurz herrschte Schweigen in der Leitung. »Also verstehen Sie mich nicht falsch, Frau Krüger«, sagte der Psychiatriemitarbeiter. »Aber das ist alles ein wenig seltsam. Zuerst ruft Ihr Kollege an und fragt nach Herrn Webers Selbstmord, als der Patient noch lebt. Und nun rufen Sie an und behaupten, er wäre noch am Leben, wo er sich doch vor ein paar Stunden das Leben genommen hat.«

»Er hat was?«

»Sich erhängt.«

»Aber ... aber ...« Anna hatte das Gefühl, als müsste sie den Boden unter ihren Füßen verlieren. Sie war gerade auf dem ersten Absatz der großen Treppe zum Oberland angelangt und kurz davor, wieder hinabzustürzen, so unerwartet traf sie diese Information. »Er hat sich erhängt?«

»Aber das wussten Sie doch. Sonst hätten Sie doch nicht angerufen, oder?« Kellermann schaffte es sogar in einem Zustand völliger Verwirrung noch, in diesem eigentümlichen Singsang zu sprechen.

»Also, ich ... ich ... wusste es tatsächlich nicht«, erklärte Anna und hielt sich an der niedrigen Mauer fest, während ihr Blick hinüberglitt Richtung Düne, wo so viele Menschen zu sehen waren wie überhaupt noch niemals zuvor. Die Molen und die Dämme waren voll von Menschen, die zu ihr herüberstarrten, als warteten sie nur darauf, dass Anna das Bewusstsein verlor und die große Treppe hinunter in den Tod stürzte. »Meine letzte Information war, dass er lebt.«

»Tja, das tut mir leid. Jetzt ist er tot.«

»Eigentlich habe ich wegen dem Brief angerufen.«

»Dem Brief?«

»Er hat mir doch einen Abschiedsbrief geschickt.«

»Hm.« Wieder schwieg der Stationspfleger. »Von einem Brief ist mir nichts bekannt«, sagte er dann. »Und eigentlich wüsste ich, wenn er einen Brief rausgeschickt hätte. Hat er aber nie getan. Kein einziges Mal. Schon gar nicht in letzter Zeit.« Er schien zu lauschen und fügte dann hinzu. »Einen Abschiedsbrief, sagen Sie?«

»Egal«, flüsterte Anna. »Egal.« Und legte auf. MDW. Das stand klar für Marten David Weber. Aber hieß es auch, dass er das Schreiben selbst verfasst, dass er den Brief selbst abgeschickt hatte?

*

»Geht es Ihnen nicht gut?«, fragte jemand, der wie aus dem Nichts aufgetaucht neben ihr stand.

»Oh! Frau Doktor Feilhauer! Alles gut, danke. Was machen Sie noch hier? Sie sollten längst …« Anna blickte auf die Uhr. Die Zeit lief ab. In einer halben Stunde sollten die Entschärfungsarbeiten beginnen. Wie auf Kommando kam in dem Moment eine Nachricht von Paul aufs Handy: *Alles klar? Alle weg?*

»Moment«, sagte sie, antwortete ihm rasch: *Bin dran* und wandte sich wieder der Ärztin zu.

»Wie Sie wissen, mussten wir zuerst die Patienten evakuieren«, erklärte Frau Doktor Feilhauer. »Jetzt hole ich schnell meine Sachen …« Sie nickte Richtung Oberland. »Und dann nichts wie weg, was? Sie sollten eigentlich auch runter von der Insel, finde ich. Wenn niemand mehr da ist, müssen Sie doch gar nichts mehr beschützen. Oder sehe ich das falsch?«

»Sie sehen das ganz richtig«, entgegnete Anna. »Aber noch sind ja nicht alle weg.« Sie deutete auf ihr Gegenüber. »Danke, wenn Sie jetzt schnell machen. Das Sprengkommando will in ein paar Minuten loslegen.«

»Sprengkommando?«, erwiderte die Ärztin erschrocken.

»Der Kampfmittelräumdienst«, korrigierte sich Anna.

»Verstehe. Danke!« Frau Doktor Feilhauer eilte die Stufen weiter hoch, blieb aber noch einmal stehen und drehte sich um. »Haben die Tabletten geholfen?«

»Sehr! Danke!« Und in der Tat, Anna spürte Stalin, ja, er quälte sie. Aber dennoch funktionierte sie. Es war so, wie sie es mal mit Ecstasy erlebt hatte: Du bist fix und fertig, aber die Batterie hat immer noch Saft. Folter ohne den erlösenden Tod, dachte sie. Darauf lief es mit Stalin hinaus. Noch. Aber irgendwann würde dieser Zustand vorbei sein. Entweder weil Stalin aufgegeben hatte oder, was wahrscheinlicher war: weil der Tod doch endlich gekommen war. *Nicht mehr lange. Wir werden alle sterben. Alle.* Wer immer den Brief geschrieben hatte: Er sprach die Wahrheit.

*

18. April, 12.30 Uhr. Noch 30 Minuten bis zum großen Inferno.

Die erste Salve kleinerer Detonationen. Einige Sprengsätze an der Oberfläche der Insel. Sie hatten sie absichtlich so geschaltet, dass sie minimale Erschütterungen verursachten und keinesfalls versehentlich die große Explosion auslösen konnten. Es ging darum, die Vögel von der Insel zu verscheuchen. Tatsächlich erhoben sich ganze Schwärme von Möwen, Basstölpeln, Lummen, all die großen, eleganten Seevögel, die auf diesem Felsen nisteten, obwohl er so oft Ziel heftiger Bombardements gewesen war. Doch das Gedächtnis der Tiere war kurz. Sie kehrten immer wieder zurück. Das würden sie auch jetzt tun. Schon nach wenigen Augenblicken würden sich die ersten Vögel wieder auf ihren Nistplätzen niederlassen.

Fasziniert betrachtete Shepard durch sein Fernglas den Tanz, den die Tiere in der Luft vollführten, ehe sie nach und nach wieder landeten. Sie würden noch ein zweites und auch noch ein drittes Mal solche »Warnungen« in Form kleiner Donnerschläge aussenden, in der Hoffnung, dass die Tiere dann für eine Weile das Weite suchten: Zeit, den eigentlichen Schlag auszuführen.

Shepard hatte an vielen Bombardierungen teilgenommen, hatte unendlich viel Feuer und Eisen über die Städte der Deutschen kommen lassen. Er war am Tod zehntausender Menschen beteiligt gewesen. Mindestens. Doch nichts von alledem hatte sich so barbarisch angefühlt wie der Akt des Grauens, den sie in wenigen Minuten diesem kleinen Flecken Erde antun würden, dieser Insel, die zerschunden und wehrlos im Meer lag, von allen

Menschen verlassen, Heimat nur für die Tiere und Pflanzen, die sich in den Überresten der Zivilisation eingerichtet hatten.

11

Helgoland. Die Vorbereitungen für die Entschärfung des Blindgängers, der vor fünf Tagen auf der Insel gefunden wurde, gestalten sich unerwartet schwierig. Die 5-t-Bombe gehört zu den größten Kalibern, die im Zweiten Weltkrieg abgeworfen wurden. Eine Sprengung kommt nicht in Betracht, weil befürchtet wird, dass große Teile der Klippe abbrechen und Häuser unter sich begraben könnten. »Wir sind nicht glücklich mit der Situation«, erklärte Gerd Raabe, der für die Inselverwaltung eine Evakuierung aller Einwohner vorbereitet. »Der Untergrund ist fragil und die Wetterbedingungen machen es nicht einfacher.« Tatsächlich regnet es seit Tagen fast ununterbrochen auf der kleinen Insel in der Deutschen Bucht. Ein erster Evakuierungsversuch musste unterbrochen werden.

Aktuell untersuchen mehrere Kampfmittelexperten die Umgebung nach weiteren Blindgängern. »Eine Explosion der Bombe könnte weitere Detonationen noch unentdeckter Sprengkörper nach sich ziehen«, so der beauftragte Sprengmeister. Seine Männer arbeiten unter verschärften Bedingungen. Statt von einem Splitterschutzcontainer aus das Gelände mit Maschinen abzusuchen, müssen sie unter einem einfachen Plastikzelt arbeiten. Eine falsche Bewegung und es gibt keine Chance auf Überleben.

Die unmittelbare Umgebung des Blindgängers soll nun schichtweise abgetragen werden, um weitere Entschärfungsmaßnahmen zu ermöglichen.

HamExpress online

*

»Na, da bin ich mal gespannt, was dann noch so an Leichen ans Tageslicht kommt«, sagte Schmalhorst, der unbemerkt neben Anna getreten war und lässig an einem der Stützpfeiler lehnte, als der Vortrag zu Ende war.

»Sie hoffen auf Arbeit?« Anna konnte nicht anders, sie musste diesem jungen Kerl mit kleinen Gehässigkeiten begegnen, obwohl sie ihn durchaus sympathisch fand, vielleicht auch gerade deshalb.

»Vielleicht will ich ja bloß ein paar Anlässe finden, öfter hier zu sein. Oder länger.« War das ein Zwinkern? Sollte dieses zynische Gespräch ein Flirt werden? »Machen Sie doch einfach Urlaub hier«, erwiderte Anna. »Besser für uns alle.«

»Sie meinen, für Sie, für mich und für den Mörder?«

»Mörder? Wissen Sie schon etwas, was ich noch nicht weiß?«

Schmalhorst schüttelte den Kopf. »Zu früh für irgendwelche belastbaren Aussagen. Aber man hat ja einen Kopf. Und einen Bauch.«

»Aha.«

»Scheint Sie nicht sehr zu beeindrucken.«

Anna lachte. »Doch, doch«, sagte sie. »Unbedingt. Vor allem der Bauch.«

Sie ließ ihn stehen und begab sich zu Paul, der im Gespräch mit dem Sprengmeister war.

Der junge Kripomann lachte verlegen. War er etwa schüchtern? »Was passiert jetzt mit den bisherigen Untersuchungsergebnissen?«

»Haben wir an die Gerichtsmedizin übermittelt. Die sollen uns mal ihre Einschätzung sagen. Es muss ja nicht alles stillstehen, während wir hier festsitzen.«

»Weil Sie nicht mal wissen, in welche Richtung Sie ermitteln sollen, wenn Sie nicht mehr über die Leiche erfahren.«

»So ungefähr.« Schmalhorst betrachtete den Sprengmeister und flüsterte Anna zu: »Erinnert mich ein bisschen an meinen Chef.«

»Nur dass Ihr Chef eindeutig völlig humorfrei ist, was?«

»Hm«, machte der Kripomann. »Stimmt. Aber Bomben sind ja auch lustiger als Leichen.«

»Wenn das mit den Rissen so extrem ist, wie uns die Geologen weismachen«, erklärte der Sprengmeister gerade, »dann kann jederzeit ein Stück abbrechen. Und wenn wir Pech haben, reißt es auch noch den Blindgänger mit sich und er tut, was er seinerzeit nicht getan hat.«

»Hochgehen?«

»Hochgehen.«

»Scheiße«, sagte Paul.

»Allerdings. Deshalb ist es besser, wir machen schneller. Auch wenn ich gar nicht überzeugt bin, dass die geologische Situation so heikel ist, wie es uns die Herren Fachleute weismachen wollen.«

»Ist das so unwahrscheinlich?«, wollte Anna wissen. »Ich meine, die Insel ist doch wie verrückt bombardiert worden.«

»Eben«, erwiderte Klüver. »Aber nur einmal ist der Fels in

sich zusammengestürzt, und das war, als diese riesige Explosion nach dem Krieg ausgelöst wurde.«

»Operation Big Bang«, murmelte Paul. Jeder auf der Insel wusste, was das bedeutete, dieser Horror war tief im kollektiven Bewusstsein verankert und sogar im kollektiven Gedächtnis derer, die es nicht erlebt hatten. Wobei: Direkt erlebt hatte es freilich außer den beteiligten Soldaten, die es von ihren Schiffen aus beobachteten, und der zugelassenen Presse niemand. Denn die Insel war ja geräumt worden, ehe man versucht hatte, sie vom Planeten zu sprengen.

Klüver zuckte die Achseln. »Aber ausschließen können wir's natürlich nicht. Wir sind uns der Verantwortung absolut bewusst.«

»Das wissen wir«, entgegnete Paul. »Und wir sind Ihnen dankbar dafür.«

»Danken Sie uns hinterher.« Der Sprengmeister hob die Hand zum Gruß und wandte sich ab.

»Falls wir dann noch die Möglichkeit dazu haben«, murmelte Anna und suchte Pauls Blick.

»Tja«, sagte der leise. »Falls.«

*

»Haben Sie eigentlich ein Ritual?«, wollte Anna wissen, während sie beobachtete, wie Klüver seine gepanzerte Jacke umlegte und eng an seinem Körper festschnallte.

»Ritual?«

»Na, trinken Sie einen besonderen Schnaps, ehe sie den Zünder rausziehen? Oder küssen Sie einen Talisman? Ich meine, in so einer Situation ist man doch …« Sie zögerte.

»Irrational, weil es der letzte Moment sein könnte? Nein.

Keine Irrationalität«, erklärte der Sprengmeister. »Kein Ritual. Und schon gar kein Schnaps. Wer bei mir Schnaps trinkt, fliegt in derselben Sekunde raus. Schnaps ist für einen Kampfmittelbeseitiger der Tod.«

»Leuchtet ein«, sagte Anna. »Gibt es noch irgendwas, was wir für Sie tun können, ehe wir die Insel verlassen?« fragte sie, während sie ihm seinen Helm reichte.

Der Sprengmeister blickte nicht einmal auf. »Wir würden jetzt gerne ungestört weiterarbeiten.«

Ohne noch etwas zu sagen, wandte Anna sich ab und ging den Weg hinüber zum Friedhof. Ein letztes Mal würde sie Leos Grab besuchen, dann war es Zeit, auf die Fähre zu gehen und den Dingen ihren Lauf zu lassen.

*

Oppelt. Er stand dort drüben, als wäre nichts geschehen. Blickte auf diesen verfluchten Felsen, der sich blutrot aus dem Meer erhob. Nun, er hatte ja auch nichts zu befürchten. Er würde sein Leben weiterleben, als wäre alles in bester Ordnung. Doch das war es nicht. Als sie ihren Blick über die Menschen schweifen ließ, die sich an den Fenstern zusammendrängten, spürte sie heißen Hass in sich aufsteigen. Am liebsten hätte sie … Aber was hätte das geholfen? Der Lauf der Dinge war unausweichlich.

Oppelt blickte herüber, schien auf sie zukommen zu wollen. Doch sie wandte sich ab und lief die Treppen hinab, wo sie sich eilig in eine Toilettenkabine zurückzog. Allein. Fern von allen. Für sich. Zuletzt war man immer für sich.

*

Menschenleer lag das Oberland vor ihr. Kein Mensch mehr am Falm, niemand auf dem Mittelweg oder dem Lung Wai. Die Kirchstraße ausgestorben. Die einzigen Menschen, die noch hier waren, lagen auf dem Friedhof. Ein Regenschauer prasselte auf Anna nieder, als sie an der kleinen Mauer entlang zu Frau Hovekamps Haus lief. Die Insulaner waren Schietwetter gewöhnt, das juckte sie nicht. An diesem Tag aber wäre vieles leichter gewesen, wenn die Elemente mitgespielt hätten. Zumindest war die See gnädig und hatte auf hohen Wellengang verzichtet. Vom oberen Ende der großen Treppe aus hatte Anna gesehen, wie die MS Helgoland ablegte, während gleichzeitig die Fähre um die Landungsbrücke bog, auf der auch Doktor Rückert jetzt sein sollte. Der Halunder Jet würde als Nächstes den Hafen verlassen, dann gab es nur noch ein paar vereinzelte Gestalten, die sich aufs letzte Boot begeben würden, ehe das Monster unschädlich gemacht wurde.

Anna sperrte auf, wunderte sich erst, dass es so still und dunkel im Haus war, klopfte an Frau Hovekamps Tür, die ja im Erdgeschoss war, lauschte, überlegte kurz, ob sie nach oben in ihre eigene Wohnung schauen sollte, entschied sich dann aber dagegen und klopfte noch einmal. Heftiger. Die alte Dame war schwerhörig. Das hatte in der Vergangenheit schon für ziemlich dramatische Situationen gesorgt … Tatsächlich ging hinter der Milchglasscheibe Licht an, das auch auf den düsteren Flur fiel. »Anna?«, fragte Frau Hovekamp durch die Tür, als hätte sie auf ihre Mieterin gewartet.

»Ja, Frau Hovekamp, ich bin es!«

»Musst du nicht arbeiten?«

»Ich bin dienstlich hier, Frau Hovekamp«, erklärte Anna. »Es geht um Sie.«

»Um mich?« Die alte Frau blickte Anna erschrocken an und zog ihre Strickjacke fester über der Brust zusammen. »Hab ich etwas angestellt?«

Anna schenkte ihr ein Lächeln, auch wenn sie den Schmerz in ihrem Kopf kaum aushalten konnte. »Ja«, sagte sie. »Das haben Sie. Sie sollten längst auf der Düne sein.«

»Auf der Düne«, flüsterte Frau Hovekamp blinzelnd. »Aber das geht nicht.«

»Warum soll denn das nicht gehen, Frau Hovekamp?« Anna griff nach ihrem Arm und drückte ihn leicht. Eine Geste des Vertrauens. Die alte Frau sah so verunsichert aus. »Was ist denn los?«

»Ach, Kindchen.« Dass Anna in ihrer Eigenschaft als stellvertretende Dienststellenleiterin der Helgoländer Polizeistation vor Ort war, beeindruckte Frau Hovekamp nicht, schließlich kannte sie Anna seit deren frühester Kindheit. »Ich kann hier nicht weg.«

»Warum denn nicht? Kommen Sie, ich helfe Ihnen!«

Die alte Frau seufzte und blickte resigniert zu Boden. »Ich bin so vergesslich«, sagte sie so leise, dass Anna sie kaum verstehen konnte. »Ich vergesse alles. Alles.«

»Sie müssen gar nicht viel mitnehmen«, erklärte Anna. »Ihren Schlüssel und eine Jacke, das genügt. In ein paar Stunden sind Sie schon wieder hier.«

»Die Schlüssel, ja. Aber das ist es ja gerade. Immer, wenn ich aus dem Haus gehe, vergesse ich abzuschließen. Gestern war die Tür zweimal offen, obwohl ich zweimal dachte, ich hätte sie zugeschlossen!« Sie sah auf, Tränen standen in ihren Augen. Ja, dachte Anna, es ist die Angst. Angst, nicht mehr nur alt und gebrechlich zu sein, sondern auch noch vergesslich zu werden. Dement. Nicht mehr lebensfähig. »Ach«, sagte sie, so positiv, wie sie es nur konnte. »Sie hatten bestimmt einfach wichtigere Dinge im Kopf! Wir machen das so, dass Sie jetzt Ihre paar Sachen packen, dann schließen wir gemeinsam ab und ich bringe Sie rasch runter zum Nordosthafen, damit man Sie auf die Düne bringt.«

Dankbar nickte die alte Frau, seufzte und holte sich etwas zum Überziehen, während Anna einen kurzen Blick in die Küche warf, ob der Herd abgeschaltet war und auch sonst nichts mehr lief. Wenige Augenblicke später stand Frau Hovekamp an der Tür. »Ich schaffe das schon zum Nordosthafen, Anna«, sagte die alte Dame tapfer. »Kümmere du dich nur um deine Arbeit. Und darum, dass hier abgeschlossen ist.«

»Natürlich, Frau Hovekamp.« Anna drückte ihre Vermieterin noch einmal. So rührend, wie sich die alte Dame in der Vergangenheit schon um sie gekümmert hatte, war das das Mindeste, was sie tun konnte. »Dann bin ich noch einmal kurz oben in meiner Wohnung und schließe dann ab, wenn ich gehe.«

»Gut.« Frau Hovekamp nickte ihr noch einmal freundlich zu und lenkte dann ihren typischen akkuraten Schritt Richtung Rekwai, um zur Treppe ins Unterland zu gelangen. Einen Augenblick zögerte Anna noch, ob sie sie nicht doch begleiten und ihr helfen sollte, denn der Aufzug fuhr inzwischen nicht mehr, wer nach unten musste, musste die große Treppe benutzen. Aber dann entschied sie sich, die alte Dame nicht zu beschämen.

Kalt war es in ihrer Wohnung, Anna hatte vergessen, die gekippten Fenster zu schließen. Die klamme Luft griff ihr in die Glieder. So schön hätte es hier sein können, wenn nicht inzwischen lauter schreckliche Erinnerungen auch mit dieser Wohnung verbunden gewesen wären. Unwillkürlich ging

Annas Blick zu der Wand hin, an die ihr mörderischer Verehrer einst ein riesiges Herz mit Blut gemalt hatte. Es schauderte sie.

Ulrich Weikerts Nummer hatte sie in ihrem Handy gespeichert. Sie mochte den Journalisten, auch wenn er mit seinen Sensationsgeschichten die Wahrheit immer wieder etwas sehr dramatisch beschrieb. Vielleicht mochte sie ihn auch gerade deshalb. Er hatte das Talent, in der größten Katastrophe das Faszinierende zu sehen, was natürlich auch daran liegen mochte, dass er als Reporter zwar immer nahe dran, aber eben nie betroffen war. »Herr Weikert?«

»Frau Krüger! Schießen Sie los.«

Anna zögerte. Dann fasste sie sich ein Herz: »Eine Frage.«

»Nur zu!«

»Rein hypothetisch, okay?«

»Rein hypothetisch, klar. Immer.« Sie konnte ihn schmunzeln hören.

»Stellen Sie sich vor, jemand erzählt Ihnen vom Tod eines Menschen.«

»Ist schon mal vorgekommen.«

Sie räusperte sich. »Der Betreffende ist aber gar nicht tot.«

»Hm.«

»Was würden Sie denken, wenn es wenig später dennoch geschehen wäre?«

»Dass der Betreffende tot ist? Nun, ich denke, dann wird ihn derjenige, der Ihnen davon erzählt hat, vielleicht abgemurkst haben?«

»Wenn es aber nachweislich Selbstmord war.«

»Sie meinen, jemand weiß, dass der Betreffende Selbstmord begehen wird? Klingt für mich, als wäre es ein angekündigter Selbstmord.«

Anna nickte versonnen und blickte aus dem Fenster, hinter dem der Friedhof von St. Nicolai lag. »Ja. Könnte man meinen.«

Weikert hörte ihren Zweifel. »Aber Sie glauben nicht daran? Was ich mich frage: Weshalb hat er es Ihnen erzählt?«

»Gute Frage.«

»Haben Sie eine Idee?« Als sie nicht antwortete, schlug er vor: »Um Sie zu warnen?«

»Vielleicht«, antwortete Anna zögerlich.

»Ein Hilferuf?« Weikert brummte nachdenklich. »Oder weil er denkt, es wäre schon geschehen?«

»Hm.«

»Fällt Ihnen was Besseres ein?«

»Ich suche noch nach einer Antwort.«

»Verstehe.« Weikert klang ganz beiläufig, als er fragte: »Und wer ist der Betreffende?«

»Ach. War ja nur hypothetisch«, erwiderte Anna.

»Stimmt«, sagte Weikert, wobei seine leichte Enttäuschung nicht zu überhören war. »War rein hypothetisch. Erzählen Sie mir, wenn Sie eine befriedigende Antwort gefunden haben?«

»Vielleicht«, sagte Anna.

»Sehr großzügig.«

»Tut mir leid. Aber danke für Ihre Hilfe.«

»Da nicht für«, erwiderte Weikert und legte auf. Um mich zu warnen, dachte sie. Vielleicht war das der Grund? Aber wovor?

Frau Hovekamp ist jetzt auch weg, schrieb sie an Paul und wollte das Handy schon wieder wegstecken, als es »Ping« machte: *Dein Computer.*

Mein Computer? Erst nachdem sie es abgeschickt hatte, fiel ihr auf, dass nicht Paul der Absender gewesen war. Sondern die Nummer, die ihr die perfiden Nachrichten geschickt hatte. So wie jetzt: *Viel Spaß damit.*

*

Ihr Laptop stand auf dem Tisch. Aufgeklappt. Und surrte leise. Sie hatte ihn ausgeschaltet. Oder nicht? Ging es ihr wie Frau Hovekamp, die dachte, sie hätte abgeschlossen, aber dann war die Tür doch offen gewesen? Zweimal? Oder hatte Frau Hovekamp abgeschlossen? Und Anna hatte ihren Computer ausgeschaltet. Und dennoch war die Tür offen gewesen und Annas Computer lief. Leise. Gefährlich. Lauernd. Zögerlich tippte sie auf eine Taste. Sofort fuhr das Gerät mit einem leichten Rauschen hoch und auf dem Bildschirm tauchte ein Bild auf: das Dreieck, das nach rechts zeigte – ein Film, der darauf wartete, abgespielt zu werden. Anna tastete nach dem Stuhl, setzte sich und fuhr mit dem Cursor auf »Play«, dann klickte sie und versteinerte bei den ersten Worten, beim Klang dieser Stimme, angesichts der Erinnerungen, die sich auf sie stürzten wie ein Schwarm von bösartigen Haifischen, der sich verschworen hatte, ihre Seele zu zerfleischen. *Na, sieh mal einer an, wer da kommt. Anna Krüger! Was für eine schöne Überraschung!*

Fast unmittelbar übergab sie sich auf den Boden, sank hin und hielt sich keuchend den Bauch, der genauso schmerzte wie der Kopf. Aus dem Nichts war Anna nur noch Schmerz und Elend, unfähig, hinzusehen zu dem Bildschirm, auf dem sich alles das abspielte, was sich mehr als zehn Jahre lang wieder und wieder vor ihrem inneren Auge abgespielt und sie gequält und erniedrigt hatte. *Nicht hinfallen, Schätzchen!*, sagte Steve das Schwein, den sie Steve der Große genannt hatten.

Wir werden bestimmt gleich Besuch bekommen. Du solltest den Weg freimachen. Komm einfach her und mach es dir bequem. Hier zum Beispiel. Sie hörte seine Hand, wie er auf den Tisch klopfte. Hörte, wie er lachte, so sicher, als wäre das alles für ihn Routine. *Leg doch ab. Nur nicht schüchtern sein. Wir wollen doch, dass es ein schöner Nachmittag wird. Auch für deinen Freund. So ein richtig schöner Nachmittag. Oder, was sagt ihr, Jungs?*

Sie hörte ihre eigene Stimme. Schluchzen. Schreien. Hörte Leo, der plötzlich in der Tür gestanden hatte und alles mit ansah. Mit ansehen musste! Denn so, wie sie Anna gezwungen hatten, sich von Steve missbrauchen zu lassen, so hatten sie ihn gezwungen, Zeuge zu sein. Hilflos beide. Vergehend vor Schmerz und Scham. Und sie hatten das alles aufgezeichnet, hatten einen Film gedreht! Bis jetzt, bis zu dieser Sekunde hatte Anna das nicht gewusst, hatte die Vergewaltigung für etwas gehalten, was nur diejenigen bezeugen konnten, die sie erlebt hatten. Doch es gab einen Film. Einen Film, den irgendein Schwein ins Internet hochgeladen hatte. Jemand, der dieses Video an ihrem Computer aufgerufen hatte, um es ihr zu zeigen.

»Warum?«, keuchte Anna und wischte sich die Tränen aus den Augen. »Warum nur?«

Aber die größere, die wichtigere Frage war: wer? Wer konnte das getan haben? In Annas Kopf herrschten Sturm und Krieg. Sie schaffte es nicht, einen klaren Gedanken zu fassen. Ihr war so übel, dass sie das Gefühl hatte, sterben zu müssen. Gleichzeitig fühlte sie sich so übermächtig von einer Welle von Hass mitgerissen, dass sie am liebsten die ganze Welt kaputtgeschlagen hätte. Und dabei lag sie nur einsam auf einer einsamen Insel, hilflos und fertig, während hundert

Meter weiter die Experten sich über die größte Bombe beugten, die seit Menschengedenken hier entschärft worden war. Alles schien in diesem Moment an ein Ende gekommen zu sein. Es gab ja keinen Sinn mehr, weiterzuleiden.

Ach bitte, nun hör aber auf. Du weißt genau, dass um diese Zeit keiner in der Nähe ist.

»Halt's Maul!«, schrie Anna in die Einsamkeit ihrer Wohnung hinein. »Hör endlich auf!« Sie rappelte sich auf, um diesen teuflischen Film zum Schweigen zu bringen, während Steve das Schwein ungerührt erklärte: *Und ich habe eine Allergie, weißt du? Eine Allergie gegen Weibergeschrei. Tja, das ist wirklich Pech. Willst du wissen, was passiert, wenn ich Weibergeschrei höre?*

Mit aller Kraft schlug Anna den Deckel des Laptops zu und schleuderte das Gerät vom Tisch. Aber dennoch sah sie genau vor sich, was passiert war, nachdem Steve das Schwein diese Worte gesprochen hatte. Sah sie vor sich, wie er seine Hose öffnete und mit seinem Schwanz auf sie zielte. Seinem Schwanz, den er Sekunden später in sie hineingestoßen hatte, während seine Freunde sie an Armen und Beinen festhielten und Leo mit einem Messer am Hals zuschauen musste. Noch einmal krampfte sich ihr Magen zusammen und sie spie den Rest seines Inhalts quer über den Tisch und auf den Boden. Dann drehte sie sich um und lief die Treppen hinunter und hinaus auf die Straße, wo sie um Luft ringend stehen blieb und ins Nichts starrte. Nein, nicht ins Nichts. Hinüber zum Friedhof. Zu Leos Grab. Denn das Böse war ja mit dieser perversen Tat nicht zufrieden gewesen. Und offenbar war es immer noch am Leben. Anders als Leo.

*

Paul, du musst ganz schnell kommen!
Was ist passiert?
Mein Computer. Ein Film. Schrecklich!!!
Anna, was ist mit Eck?

Immer noch war ihr so übel und schwindlig, tobte Stalin so irrwitzig in ihrem Kopf, dass sie kaum in der Lage war zu denken. Es dauerte eine Weile, ehe sie es überhaupt schaffte, die nächsten Buchstaben zu tippen. *Gleich.* Sie rang um Luft, lehnte sich an die Hauswand, um irgendeine Art von Halt zu bekommen. *Bin auf der Suche.* Viermal musste sie es tippen, um es fehlerfrei hinzubekommen, so sehr zitterten ihre Finger. Steve das Schwein. Dass sie ihn überhaupt noch einmal hatte wiedersehen müssen, war ein fürchterlicher Schlag. Aber dass sie *die Szene* noch einmal hatte sehen müssen, erleben müssen, das brachte sie fast um. So jung war sie gewesen. So hübsch. So zerbrechlich. Aber sie war ja auch zerbrochen an diesem Verbrechen. Es hatte ihr Leben ruiniert und Leo am Ende ins Grab gebracht. Von ihr war letztlich nur eine menschliche Hülle übrig geblieben, von Leo gar nichts mehr. Nichts mehr als die Erinnerung.

Beeil dich! Wir haben noch 15 min! Wir sehen uns unten am Nordosthafen. Bring Eck mit.

Fünfzehn Minuten bis zu den Entschärfungsarbeiten. Mehr als tausend Menschen warteten auf der Düne und auf den zwei großen Schiffen. Ganz Helgoland hielt den Atem an und betete, dass das Ding nicht hochging und die Existenzen etlicher Familien vernichtete und wer weiß welchen weiteren Schaden anrichtete. Und Anna Krüger, die mitverantwortlich dafür war, dass alles gut ging und reibungslos ablief, kauerte sich hier in der Kirchstraße an eine Hauswand und kam nicht von ihrer Vergangenheit los. Und auch nicht von dieser verfluchten Insel.

Wo ist Saskia?, tippte sie.

Auf dem Jet.

Saskia war also an Bord des Halunder Jets gegangen. Eigentlich hätte Anna auf die MS Helgoland gehen und Paul zur Düne übersetzen sollen. Jeder der drei Polizisten mit einem Teil der Inselbewohner am jeweiligen Ort ihrer Evakuierung. Aber die MS Helgoland war ebenso ausgelaufen wie der Halunder Jet. Jetzt gab es nur noch die letzte Fähre zur Düne unten am Nordosthafen.

Eck. Wo, verdammt noch mal, war der Kerl? Mehrmals an diesem beschissenen Tag war er ihr über den Weg gelaufen. Sie hatte sogar mit ihm gesprochen. Wenn er da gleich gesagt hätte, dass er keine Lust hat, die Insel zu verlassen … Aber jetzt, im Endspurt, war es fast unmöglich, einen Mann ohne festen Wohnsitz zu finden.

Sie hatten ihm einen Platz im Altenheim organisiert. Und eine Behandlung im Klinikum. Er war also ganz in der Nähe der Fundstelle untergebracht worden. Aber Eck hatte lange Jahre auf der Straße gelebt. Und so hatten alle sich damit abgefunden, dass er sich schwertat, dauerhaft ein Dach über dem Kopf zu haben. Immer mal wieder war er eine Nacht weggeblieben. Vor allem an milden Tagen hatte er schon mal eine Düne am Nordoststrand dem Altenheim vorgezogen. Einmal hatte Anna ihn dort in den frühen Morgenstunden gefunden und ihm helfen wollen. Doch Eck hatte sich jede Einmischung verbeten: »Ich bin freiwillig hier und stelle ja nichts an.«

»Aber Sie könnten doch jetzt in einem schönen Bett liegen, Herr Eck, und …«

»Zwischen lauter Scheintoten und Halbtoten. Ich habe nicht mehr viel Leben in meinen Knochen, Frau Krüger. Und das bisschen, was ich noch habe, will ich spüren.«

»Und das können Sie nicht im …«

»Im Altenheim, sprechen Sie's nur aus. Nein. Kann ich nicht. Dort wartet man, dass es vorbei ist. Aber Leben, Frau Krüger, ist keine Krankheit. Das muss man nicht auskurieren. Ich gehöre nicht an einen solchen Ort.«

Anna hatte ihn verstehen können. »Vielleicht könnte Saskia …« Immerhin war sie seine Tochter.

»Saskia? Da gehöre ich erst recht nicht hin«, hatte Eck erklärt. »Die lebt ihr eigenes Leben. Die braucht niemanden, der ihr bloß zur Last fällt. Nein, ich komme ganz gut zurecht so. Ich sitze hier, schaue mir den Sonnenaufgang an, und wenn mir kalt wird, kann ich immer noch nach drinnen gehen. Wissen Sie, ich habe die letzten zehn Jahre, na ja, eher mehr, in Hamburg auf der Straße verbracht. Da gibt es keinen so weiten Blick wie hier am Meer. Es ist, als stünde einem das Leben noch einmal ganz offen, wenn man so am Strand sitzt. Als läge alles vor einem. Als wäre alles, was man getan hat, unwichtig. Ja, vor allem das.« Und er hatte sie mit seinen seltsamen Augen angesehen, als gäbe es viel Schlimmes, woran er dabei dachte. Vermutlich tat er das.

Aber jetzt ging es eben darum, dass dieses bisschen Leben nicht aus Versehen ein abruptes Ende nahm. Und dass nicht noch mehr Schlimmes dazukam. Und diesen Plan vereitelte Eck, indem er sich nicht finden ließ!

Wieder eine Nachricht von Paul: *Einer der Arbeiter hat ihn irgendwo bei der Vogelwarte gesehen.*

Bei der Vogelwarte. Wo die Schrebergärten waren. Anna fühlte wieder Übelkeit aufsteigen. In einem der Gartenhäuschen hatten sie sie vergewaltigt. Und irgendjemand hatte es gefilmt. War es einer von den vieren gewesen, die ihr das angetan hatten? Oder gab es noch einen Fünften? Jemanden, von dem Anna bisher nichts gewusst hatte? *Okay*, antwortete sie und ging los Richtung Vogelwarte. Natürlich musste sie zu allererst an Fleischer denken, den ehemaligen Polizeistellenleiter, der seinen Neffen Steve gedeckt und damit verhindert hatte, dass die Täter zur Verantwortung gezogen worden waren. Aber Fleischer war tot. Ermordet von Marten, der Anna damit hatte rächen wollen und der nun selbst tot war.

»O Gott«, keuchte sie, während sie am Kirchhof vorbei und die Lummenstraße runter Richtung Vogelwarte lief. Wer hatte diesen Film gedreht? Wer war in seinen Besitz gekommen? Steve war auch tot. Lars Braun saß in einem Sanatorium im Rollstuhl und konnte sich kaum noch bewegen, seit Marten für einen beinahe tödlichen Unfall gesorgt hatte. Von der Viererbande kamen noch Bernd Bergson und Peter Franzen infrage. Bernd Bergson war erfolgreicher Anwalt in Hamburg und war schon lange nicht mehr auf Helgoland gesehen worden. Peter Franzen lebte mit seiner Frau und den beiden süßen Kindern auf der Insel, als wäre nichts geschehen. Ein angesehener Bürger unter angesehenen Bürgern, unbeschwert und freundlich. Anna hatte ihm verziehen, nachdem der Albtraum mit Marten passiert war. »Peter Franzen«, knurrte Anna. Es konnte niemand anderer sein. Er war der Einzige, der noch übrig war. Zumal es jemand sein musste, der auf der Insel war. Jemand war ja in Frau Hovekamps Haus eingedrungen und hatte sich an Annas Computer zu schaffen gemacht. »Nicht abgeschlossen. Klar. Eine alte Frau in Angst und Schrecken versetzen. Sie an sich selbst verzweifeln lassen.« Die Vogelwarte kam in Sicht. Eck allerdings nicht. Anna zögerte. Sollte sie jetzt wirklich auch noch in den Schrebergärten suchen? Denn nichts lag näher, als dass sich der Alte dort irgendwo ein Plätzchen gesucht hatte. Am Ende würde sie genau an dem Ort vorbeikommen, wo ihr Martyrium begonnen hatte. Wo ihr unbeschwertes Leben geendet hatte. Wo die vier Monster ihr das alles angetan hatten.

Stalin hämmerte auf ihr Gehirn ein. Stöhnend blieb Anna stehen, nestelte noch einmal die Tabletten aus der Tasche, die ihr Frau Feilhauer gegeben hatte. Warf eine ein und schluckte sie runter. Sie musste kurz an den Jungen denken, der vor einer Weile völlig zugedröhnt beinahe eine Katastrophe inmitten der Schausteller und Buden des Hamburger Doms ausgelöst hätte. Wie viel von dem, was sie wahrnahm, war eigentlich noch echt? Wie viel war Wahn? Anna wusste, dass sie mit zu vielen Psychopharmaka nicht mehr ganz zurechnungsfähig war. Aber sie wusste auch, dass sie es ohne erst recht nicht mehr war. Stalin war wie ein Computervirus im Gehirn. Er ließ ihre Wahrnehmung verrücktspielen.

»Herr Eck?«, rief sie und versuchte verzweifelt, den Schmerz zu ignorieren. »Herr Eck? Bitte!«

Nichts. Niemand. »Herr Eck! Bitte geben Sie mir ein Zeichen! Wir brauchen Ihre Mithilfe!« Sie holte Luft. »Bitte!!«

Kein Eck. Kein Mensch. Kein Laut. Nichts. Sie war allein hier. Allein mit all ihren Gespenstern und unsichtbaren Monstern.

*

Die Schrebergärten. Für Anna ein grausiges Idyll. Wo andere die Rosen sahen, sah sie die Dornen. Zwischen den Büschen und Hecken auf lieblichen Pfaden fühlte sie sich, als griffen von allen Seiten die Erinnerungen nach ihr. Hier war es gewesen. Hinter jeder kleinen Fensterscheibe einer der putzigen Lauben konnte gerade ein Verbrechen stattfinden, so wie es damals an ihr begangen worden war. Mit bangen Gefühlen hastete Anna an den Zäunen entlang, spähte zu jeder Hütte hin, verzichtete aber darauf, irgendwo zu klopfen, zumal die Schrebergärten ebenso gespenstisch leer waren wie der Rest der Insel. Je schneller sie hier wieder wegkam, umso besser.

Als sie nach einer gefühlten Ewigkeit wieder am Ausgang angelangt war, rief sie bei Paul an.

»Anna?«

»Ja. Paul, ich kann Eck nicht finden. Er ist verschwunden.«

»Scheiße. Das kann doch nicht sein!«

»Saskia hat keine Ahnung?«

»Hast du sie nicht noch mal angerufen?«

»Nein. Ich dachte, die Fäden laufen bei dir zusammen …«

»Ruf sie an. Wenn sie auch nichts weiß, dann müssen wir damit leben.«

»Aber wenn er nicht …«

»Was? Willst du die Entschärfung noch mal verschieben und wieder alle Leute in ihre Häuser zurücklassen? Du weißt, was es für ein Aufwand war. Und wie schwierig …«

»Klar, Paul. Du hast recht. Ich rufe Saskia an. Und wenn sie auch nichts weiß, dann hauen wir ab und lassen das Sprengkommando seine Arbeit machen.«

»Alles klar. Bis gleich am Hafen.«

»Noch was, Paul.«

»Was denn?« Er stand unter Druck, und Anna konnte es hören.

»Da war ein Film auf meinem Computer, Paul.«

»Ein Film? Willst du jetzt über Filme plaudern? Anna, wir haben eine Evakuierung abzuschließen!«

»Ein Film von der Vergewaltigung.«

»Was für eine Vergewaltigung? Ich versteh überhaupt nichts ...«

»Meiner, Paul. Von meiner Vergewaltigung. Damals. In den Schrebergärten.«

»Ein Film? Jemand hat das aufgenommen?«

Anna schwieg. Sie hätte jetzt gerne geweint. Aber auch das hätte ihr keine Erleichterung gebracht.

»O Gott, Anna, das tut mir leid. Schrecklich.«

»Kannst du kommen? Zu Frau Hovekamps Haus?«

»Anna, das geht jetzt nicht. Wir sind kurz vor der Entschärfung.« Er seufzte. »Später. Wenn das alles vorbei ist, ja? Versuch jetzt nicht mehr daran zu denken. Okay?«

»Ja. Bis gleich.«

»Telefonier mit Saskia.«

»Mach ich.«

Saskia. Die würde ihr nicht helfen können. Nicht bei ihrem wahren Problem. Jemand hatte einen Film gedreht. Es konnte nur jemand gewesen sein, der wusste, was passieren würde. Bernd Bergson? Wäre er nach Jahren zurück auf der Insel gewesen, Anna hätte mit Sicherheit davon erfahren. Lars Braun? Für den galt dasselbe. Außerdem war er kaum fähig, sich zu bewegen. In seinem Rollstuhl wäre er gar nicht in Annas Wohnung gelangt. Also blieb nur einer, ein Einziger, der dabei gewesen war: Peter Franzen.

Aber der war in Hamburg. Sagte jedenfalls seine Frau. Anna hatte schon Gerd Raabes Nummer getippt, als ihr Handy klingelte. »Habt ihr ihn immer noch nicht evakuiert?« Es war Saskia.

»Leider ist er nicht zu finden.«

»So schwer kann's ja wohl nicht sein, einen alten Mann zu finden und auf die Düne zu bringen!«, blaffte Saskia.

Einen Moment lang war Anna versucht, zurückzukeifen, ihr mal so richtig die Meinung zu geigen. Nicht so schwer, einen alten Mann zu finden? Wenn er nicht gefunden werden wollte? Einen Mann, der jahrelange Übung hatte, sich vor der Welt zu verbergen, weil er in den hintersten Winkeln auf der Straße und unter Brücken gelebt hatte? Was glaubte sie eigentlich? Und warum, zum Teufel, hatte sie sich nicht selbst um ihren Vater gekümmert? Aber dann drückte Anna das Gespräch einfach weg und rief Raabe an. »Gerd?«

»Anna! Alles okay bei euch?«

»Kannst du mir sagen, ob Peter Franzen auf der Evakuierungsliste steht?«

»Peter Franzen.« Es war unschwer zu hören, dass Raabe wusste, was zwischen Anna und ihrem ehemaligen Mitschüler vorgefallen war. »Warte mal.« Es dauerte ein paar Sekunden, ehe Raabe ihr durchgab: »Haben wir ausgelistet. *Franzen, Peter: nicht anwesend.* Einer weniger, den wir von der Insel schaffen mussten.«

»Alles klar, Gerd, danke.« Sie steckte ihr Handy wieder ein. Aber natürlich war nichts klar. Hieß das, dass Peter Franzen tatsächlich nicht auf der Insel war? Oder hatte er sich nur eine perfekte Legende erschaffen? Ein Alibi?

Es war Zeit. Anna musste zur Fähre. Und doch wollte es ihr nicht gelingen, die Lummenstraße wieder runterzugehen Richtung großer Treppe. Runter zum Nordosthafen, wohin Paul gerade auf dem Weg war. Ihn dort zu treffen und mit ihm überzusetzen auf die Düne. Denn je näher der Zeitpunkt der Entschärfung kam, umso stärker spürte sie den Drang, einfach dazubleiben und zu warten. Zu warten, dass das Ding hochging. Dass es hochging und ihr den Kopf wegriss. Den Kopf, in dem Stalin saß. Das Monster, das ihr das Leben zur Hölle machte. Hatte sie Angst vor einer Explosion? Nein, natürlich nicht. Schmerzen hatte sie auch so, grausame Schmerzen. Es würde sicher nicht schmerzhafter sein, wenn ihr der Kopf zerfetzt wurde. Wie sollte es. Immerhin spürte sie einmal mehr die Wirkung von Doktor Feilhauers bemerkenswerten Medikamenten. Es war, als würde der Schmerz nicht mehr in ihr, sondern neben ihr existieren. Er war da und er war höllisch – aber ein Teil ihres Bewusstseins lebte außerhalb dieses Schmerzes, beinahe als wäre sie aus sich selbst getreten und betrachte jetzt nur noch das Drama, das Stalin an ihr vollführte.

Ein Anruf. Paul. Sie drückte ihn weg. Bog auf das nördliche Ende des Falm ein und blieb stehen. Von hier aus konnte sie hinunterblicken zum Nordosthafen. Tatsächlich stand Paul schon unten und drehte sich ratlos um sich selbst, während eine Schaluppe mit ihrem Steuermann immer noch am Kai lag und wartete. *Bin schon auf dem Wasser*, schrieb Anna. Sie konnte sehen, wie er plötzlich aufs Handy guckte, sich noch einmal um die eigene Achse drehte, dabei aber besonders zur Reede hinblickte, ob er Anna irgendwo entdeckte, sich dann an den Schiffer wandte und schließlich auf dessen Boot stieg.

Dann war Anna allein auf der Insel. Allein mit dem Bombenteam, das in zweihundert Metern Entfernung die letzten Vorbereitungen traf, um sich ans Werk zu machen.

*

Wie hilflos du bist, Anna Krüger. Ahnungslos. Weißt nicht, was geschehen wird. Denkst, es wäre bald zu Ende. Aber nichts ist jemals zu Ende. Denn es gibt immer ein Danach. Und ein weiteres Danach. Und immer so weiter. Nur der Tod kann all das beenden. Der Tod wird uns helfen. Auch dir. Schon ganz bald, Anna! Sehr viel schneller, als du es dir vorstellen kannst.

*

Während sie hinüberlief zur Fundstelle, wählte sie noch einmal Jennifer Plocks Nummer. Die Offizierin der MS Helgoland meldete sich sofort mit den Worten: »Wir sind längst ausgelaufen, Anna.«

»Ich weiß. Nur zur Sicherheit: Ist Peter Franzen bei euch an Bord?«

»Peter? Klar. Ich sehe die Familie gerade. Die stehen wie alle anderen an Steuerbord und schauen zur Insel rüber.«

»Kann ich mir vorstellen. Also alle da, ja? Du siehst …«

»Ich sehe die Franzens. Die Frau, die Kinder … Okay, Peter selbst sehe ich gerade nicht. Keine Ahnung …«

»Aber er ist an Bord?«

»Er ist an Bord gegangen, ja.«

»Du hast ihn also gesehen?«

»Also ihn persönlich … Kann ich mich jetzt nicht erinnern, Anna. Ich …«

»Du weißt also nicht, ob er an Bord ist. Und du weißt auch nicht, ob er wirklich an Bord *gegangen* ist, ja?«

»Hallo?«, beschwerte sich die Offizierin, die diesen Ton nicht von Zivilisten gewöhnt war. »Was ist los?«

»Nichts, Jenny, entschuldige. Meine Migräne.« Anna bemühte sich, ihr Inneres im Zaum zu halten, obwohl sie das Gefühl hatte, als wollte der Wahnsinn mit ihr losgaloppieren, so aufgewühlt war sie. »Die Frage ist, ob du Peter auch nach dem Auslaufen an Bord gesehen hast. Als ihr schon draußen wart.«

Die Offizierin sog hörbar die Luft ein. »Keine Ahnung, Anna, echt. Wir sind hier maximal beschäftigt. Das Schiff ist voll, eigentlich übervoll, wir haben ständig die Presse an den Hacken, einige der Passagiere sind mehr als nervös ... Da kann ich nicht jeden ständig im Auge haben. Warum sollte ich auch?«

»Schon klar, Jenny. Alles gut. Danke.«

»Tja. Gerne.«

Peter Franzen war an Bord gegangen. Aber war er auch an Bord? Oder war nur seine Familie dort und er hatte sich noch einmal runtergeschlichen von dem Schiff, ehe es abgelegt hatte?

Pling!

Anna jagte ein Schauder über den Rücken.

In fünf Minuten am Lummenfelsen.

Am Lummenfelsen. Ein Ort ohne Deckung. Ein Ort, an dem man jeden Menschen, der dort war, schon von weitem sah. Vor allem aber: der Ort, an dem Leo zu Tode gestürzt worden war!

*

18. April, 12.50 Uhr. Noch 10 Minuten bis zum großen Inferno.

Wie die Strahlen eines Sterns lagen die Schiffe der Royal Navy in neun Seemeilen Entfernung ringsum die kleine Insel. Aus der Luft blickte man auf eine rote Sonne und ihre Corona. Und alle fieberten sie der Supernova entgegen, der Explosion dieser kleinen Welt und ihrer scheinbar ewigen Schönheit. Doch diese Ewigkeit würde nur noch wenige Minuten währen – dann begann die Zeit der Erinnerung. Die Zeit, in der Helgoland, »Heiligland«, nur noch in den Gedanken der Menschen und auf alten Bildern existierte. Deät Lun, wie die Halunder die Insel nannten, würde genau das nicht mehr sein: »das Land«. Und es würde ihr endlich das Schicksal widerfahren, das in so vielen Erzählungen und Legenden behauptet wurde: Helgoland würde zum Atlantis der Nordsee werden.

Noch zehn Minuten. Der Kapitän hatte die Schiffsglocke läuten lassen. Neunmal würde sie noch schlagen. Das waren die Gedanken, die Edward Jellis bewegten, als er vor die Brücke trat und sich meldete. »Gunner Jellis zur Stelle!«, meldete er. Der Kapitän quittierte mit einem Nicken, ohne ihn anzusehen. »Bloody job«, murmelte er.

12

Klüver steckte das Handy weg. Was für eine Truppe von Dorfgendarmen. Hier durfte wahrlich nichts passieren, sonst war dieses nette kleine Inselchen am Arsch. Das würde es aber vielleicht auch so sein. Denn der Blindgänger war ein verzwicktes Ding: Nicht nur waren zwei der drei Auslöser total verrostet und konnten abbrechen, wenn man sie zu fest anpackte, der Mantel der Bombe hatte einen Riss, aus dem Sprengstoff nach außen gedrungen war und sich auf dem umgebenden Erdreich verteilt hatte. Wie immer sie das verfluchte Teil anpackten, es blieb lebensgefährlich, selbst für den erfahrensten Kampfmittelbeseitiger. Einer der Männer trat zu ihm. »Chef, wir sollten kontrolliert sprengen«, sagte er mit ernster Miene.

Klüver seufzte. Nickte. Und stimmte zu: »Sollten wir. Können wir aber nicht.« Die Geologen hatten ganz klar gesagt, die Gefahr eines größeren Felsabbruchs sei zu groß. Schlimmstenfalls könnte es zu einem Einsinken des Felsens auf der Fläche von mehreren hundert Quadratmetern kommen, so groß wie damals, als die Briten die ganze Inselspitze gesprengt hatten. Wobei in dem Fall die Gefahr nicht in der Größe der Detonation lag, sondern in der Beschaffenheit des Untergrunds. Die Engländer hatten nun einmal Millionen Tonnen an Bomben auf diese kleine Insel abgeworfen und sie damit sturmreif geschossen. Der ganze Fels war durchzogen von Rissen. Eine unvorteilhafte Abbruchkante und das ganze Unterland war verschüttet.

»Wir machen weiter«, erklärte Klüver. »Bergen und abtransportieren, das ist alles, was wir tun können. Und müssen.«

»Jawohl, Herr Klüver.« Der Mitarbeiter nickte und trat wieder an die Einsatzstelle, wo das Monster aus der offenen Wunde des Felsens ragte wie ein U-Boot aus einer Welle. Die Chancen lagen fünfzig-fünfzig, dass sie diesen Einsatz alle überleben und dass Helgoland anschließend noch die Insel sein würde, die es war.

*

Der Regen war stärker geworden. Anna lief das Wasser von der Polizeikappe in den Nacken, aber sie spürte es nicht. Alles, was sie spürte, war eine Mischung aus Wut, Hass und Panik. Ja, Panik. Denn da draußen gab es keine Deckung. Wenn ihr Peiniger sie dort erwartete, war sie schon von weitem zu sehen, wie sie über die Wiese oder den Klippenrandweg entlangkam. Ihr war schlecht. Die Medikamente schlugen ihr auf den Magen. Vielleicht war es auch der Wahnsinn, der in ihrem Leben Einzug gehalten hatte. Als wäre er jemals weg gewesen, dachte sie, während sie über die buckelige Wiese stolperte. Fünf Minuten. Das ging nur, wenn man gerade nah dran war. Wusste der Absender der Nachricht, dass sie drüben bei den Schrebergärten gewesen war? So wie damals, als die vier Jungs ihr dort aufgelauert hatten?

Aus der Distanz war nichts zu erkennen, aber der Regen machte es auch schwierig. Anna fluchte, während sie sich den Westklippen näherte. Die Lummenfelsen lagen nah an der

Langen Anna, die sie oft besucht hatte, weil ihr der Fels in ihrer Einsamkeit Trost bot: zwei Außenseiter auf dieser Insel. Sie rutschte aus und stolperte über eine Grasnarbe, fiel auf ein Knie und stützte sich mit den Händen ab. Ächzend richtete sie sich auf, wischte sich die Augen, atmete durch, keuchte und lief weiter. Noch ein paar Meter. Doch da war niemand. Niemand, der auf sie wartete. Aber vielleicht sollte ja auch sie zuerst da sein. Vielleicht beobachtete sie ihr Peiniger aus der Ferne und kam, wenn sie vor Ort war. Sie blickte sich in alle Richtungen um. Der Leuchtturm wäre eine Möglichkeit gewesen. Von dort aus konnte man sehr gut hierhersehen. Der Radarturm in ihrem Rücken lag noch näher. Wenn alle evakuiert waren, konnte wer auch immer dort vielleicht Stellung beziehen. Mit der richtigen Waffe konnte man zumindest vom Radarturm aus mit Leichtigkeit auf jemanden schießen, der an den Lummenfelsen stand. Instinktiv ging Anna hinter der Aussichtsbank, die dort stand, in Deckung. Die Aussichtsplattform lag im Schutz eines Erdwalls, vermutlich eines ehemaligen Bombentrichters, den man nur hübsch für die Touristen gestaltet hatte. Wenn sie sich an die Seite stellte, konnte man sie weder vom Leuchtturm noch vom Radarturm aus sehen. Allerdings sah auch sie auf diese Weise nicht, ob jemand kam, von wo und vor allem: wer. Eine kleine Weile stand sie da und spürte ihr Herz hämmern. Stalin metzelte in einem Teil ihres Bewusstseins, während das andere ihn dabei völlig unbeeindruckt beobachtete. So etwas hatte sie noch nie erlebt. Die Medikamente von Frau Feilhauer schienen sie richtiggehend aufzuspalten in zwei Menschen, von denen der eine gequält und gefoltert wurde, während der andere reglos und ohne Gefühle danebenstand und sein Ding durchzog.

Niemand. Auch nach zehn Minuten im strömenden Regen war niemand aufgetaucht. Vorsichtig löste Anna sich von dem Erdwall, sah den gepflasterten Fußweg hinauf, dann über die Wiese, die den roten Felsen bedeckte, drehte sich noch einmal um – und tat dann, was sie an diesem Ort nicht bleiben lassen konnte: Sie trat nach vorne an den Rand der Klippe und blickte hinunter an den Fuß der Insel, vierzig Meter in die Tiefe, dorthin, wo Leos Körper zerschmettert worden war. Der Schock war so groß, dass sie beinahe das Gleichgewicht verlor. Annas Schrei gellte über den Felsen, übers Meer und bis tief in ihr Innerstes. Dort unten lag Leo! Sie konnte ihn genau erkennen! Seine Jeans. Sein T-Shirt, sein … Und dann war Stalin da und griff auf ihr zweites Ich über. Krallte sich so fest in ihr Gehirn, dass sie die Hände an die Stirn presste und rückwärtstaumelte, bis sie der Länge nach hinstürzte, sich die Schulter am Felsen anschlug, zur Seite rollte und sich in ihrem Schmerz wälzte. »Leo«, ächzte sie. »Leo!« Sie konnte nicht klar denken. Der Schreck war so groß, dass sie von einem heftigen Krampf geschüttelt auf der Erde lag und erst nach Minuten wieder zur Ruhe kam.

»Leo«, flüsterte sie. »Wie kann das sein?« Natürlich konnte es nicht sein, das wusste sie. Leo war tot. Seit Jahren. Wie sollte er dort unten liegen? Es war nur ein Hirngespinst gewesen, Einbildung, eine Halluzination.

Und doch: Sie hatte ihn gesehen. Ganz klar. Mit eigenen Augen. Unter Aufwendung aller Kraft rappelte sie sich auf und verharrte einige Augenblicke auf den Knien. Rang um Fassung, um ihr Gleichgewicht und um ihre geistige Klarheit, drängte Stalin zurück und stand endlich auf. Jetzt, da sie wusste, was sie erwartete, atmete sie tief durch und näherte sich noch einmal dem Klippenrand, setzte vorsichtig

Fußspitze vor Fußspitze und wagte es schließlich, den Blick in die Tiefe zu richten. Ja. Da lag, was sie gesehen hatte. Die Jeans. Das T-Shirt. Genau wie eben. Aber da lag kein Mensch. Kein Leo. Nur die Kleidung, die irgendjemandes Kleidung sein konnte. Zufall? Konnte es wirklich Zufall sein, dass an der Stelle, an der Leo in genau diesen Sachen zu Tode gestürzt war, nun ebensolche Kleider lagen, als wäre Leo van de Loop hier und heute vom Lummenfelsen gestoßen und getötet worden? Und ausgerechnet hier und heute und vor allem jetzt bestellte jemand Anna an diesen Ort, um dann selbst nicht aufzutauchen? Nein. »Das ist kein Zufall«, flüsterte Anna. »Das ist kein Zufall, Leo. Jemand möchte mich in den Wahnsinn treiben. Und du sollst eines seiner Werkzeuge sein.«

*

Wer immer es war, er war auf der Insel. Er war in Frau Hovekamps Haus gewesen, hatte die Kleidung am Lummenfelsen platziert und sie dorthin bestellt. Beobachtete er sie? Vermutlich. Aber er würde sie nicht auf Dauer beobachten können, ohne Gefahr zu laufen, dass sie ihn entdeckte. Dafür war die Insel zu unübersichtlich. Hier oben auf der Klippe war es einfach, sie von fern im Auge zu behalten, ohne sich selbst zu erkennen zu geben. Aber in den kleinen Gassen des Ober- und Unterlands, da war es anders. Da musste ein heimlicher Beobachter damit rechnen, dass das Objekt seiner Observation plötzlich aus dem Blickfeld geriet oder hinter der nächsten Ecke wartete, bis der Verfolger plötzlich ebenfalls auftauchte. Es fiel Anna in ihrem Schmerz nicht leicht, sich das bewusst zu machen. Aber als sie zu der Erkenntnis gekommen war, da war es, als träte plötzlich ein Hoffnungsschimmer an den Horizont. Denn damit hatte sie endlich ein Mittel in der Hand, nicht mehr nur Getriebene in diesem perfiden Spiel zu sein. Als sie sich wieder auf den Weg machte, hatte sie einen Plan gefasst. Einen ebenso klaren wie harten Plan. Sie würde das Schwein herausfordern. Und dann würde sie es zur Strecke bringen.

Sie warf die Polizeikappe über die Klippe und sah ihr hinterher, wie sie ins Meer fiel und im nächsten Moment von den Wellen weggespült wurde. Die Schulterklappen schleuderte sie hinterher. Das alles brauchte sie nicht mehr. Nicht für diesen Kampf. Ob sie sie hinterher noch benötigte, darum konnte sie sich dann kümmern. Falls sie dann noch lebte.

Als Erstes musste sie ein paar Informationen einholen. Hastig lief sie zurück zur Kirchstraße. Es wunderte sie nicht, dass die Tür von Frau Hovekamps Haus offen stand. Sie griff nach ihrer Pistole und trat in die Düsternis des Flurs, wo sie unvermittelt die Wachsleiche aus dem Stollen vor sich sah. Hätte sie die Waffe entsichert gehabt, sie hätte die Frau durchlöchert, die dort an der Garderobe im Halbdunkel auf sie wartete. Doch nach der ersten Schrecksekunde erkannte Anna, dass es nur Frau Hovekamps alter Mantel war und ein Kopftuch, das darüber hing. Nichts als leere Kleider. Stöhnend steckte Anna die Pistole weg. Nein, hier war niemand. Das Haus war verlassen. Weder hier noch im Obergeschoss war jemand. Der Computer stand am selben Platz wie vorhin. Aufgeklappt. Hatte sie ihn nicht zugemacht? Hatte sie ihn nicht fortgeschleudert? Anna versuchte sich zu erinnern. Egal. Sie klappte ihn zu, steckte ihn in einen Müllbeutel, um ihn vor dem Regen zu schützen, und machte sich auf den Weg zum Mittelland. Sie brauchte Munition. Die Pistole war zwar geladen, aber sie wollte genügend Patronen bei sich haben. Außerdem Handschellen, schließlich hatte sie ihre an den Typen an der Landungsbrücke verschwendet. Kompromisse würde sie nicht mehr eingehen. Sie hatte lange genug gelitten. Schon möglich, dass sie dieses Spiel nicht überlebte. Aber sie würde nicht die Einzige sein, die hier verlor.

Als sie wenige Minuten später den Laptop in der Polizeistation wieder aufklappte und noch einmal das Video aufrief, war sie schon gar nicht mehr erstaunt, dass der Film plötzlich nicht mehr online war. »Das war so klar«, knurrte sie und strich sich das nasse Haar aus der Stirn. »So klar.« Sie sollte den Film sehen, ein weiterer Hieb in ihre Seele. Wenn sie nicht wahnsinnig wurde, dann würden zumindest die anderen sie für verrückt halten. Was aufs Gleiche hinauslief. Denn wer erst einmal den Stempel aufgedrückt bekommen hatte, für den war ein normales Leben sowieso vorbei. Als ob Anna jemals ein normales Leben gehabt hätte. Nicht mehr, seit Steve und seine Freunde damals über sie hergefallen waren in diesem idyllischen kleinen Gartenhäuschen, wo niemand sich ein solches Verbrechen hätte vorstellen können. Aber die Vorstellung, die die Menschen vom Bösen hatten, hatte nicht viel gemeinsam mit dem Bösen, wie es wirklich war. Tagtäglich und überall. Denn es war überall. Und in diesem Augenblick war es auch hier. Auf der Insel.

Sie loggte sich in den Polizeicomputer ein und begann, einige Recherchen anzustellen, immer wieder einen Blick zur Tür werfend. Denn natürlich war ihr klar, dass sie so allein auf der Insel praktisch zum Abschuss freigegeben war. Die Schutzmaßnahmen der kleinen Polizeistation auf Helgoland waren lächerlich. Jeder hätte die Tür aufbrechen können.

Panzerglas gab es nicht, Sichtschutz erst recht nicht. Die Außenkamera! Anna machte ein Fenster auf ihrem Bildschirm auf, mit dem sie zumindest die Straße vor dem Eingang im Blick behalten konnte. Wenn allerdings jemand über die Wiese neben dem Haus kam, dann nützte auch das nichts. Die Wiese neben dem Haus! Anna stand auf und blickte aus dem Seitenfenster. Da lagen sie, die drei großen Bojen. Ob dieser Eck tatsächlich in einer davon zu hausen beabsichtigte? Oder womöglich schon eingezogen war? In unmittelbarer Nähe zur Polizeistation. War das ein Schutz für ihn? Oder eine Gefahr für sie? War ihm zu trauen? Einem Mann, der nichts zu verlieren hatte, der sich in ominösen Andeutungen und einer seltsamen Todessehnsucht erging? Andererseits: Konnte Eck einen Film ins Internet hochladen? Ihr einen Link schicken? Wie würde er an diese Aufnahmen gekommen sein? Hatte er überhaupt ein Mobiltelefon, um Textnachrichten zu schicken? Wie wahrscheinlich war das alles? Wie wahrscheinlich war es überhaupt, dass sich jemand all diese teuflischen Maßnahmen ausdachte, die Anna seit Tagen quälten?

Letztlich war die eine alles entscheidende Frage: Hatte das alles miteinander zu tun? Die Quälereien, die Nachrichten, der Abschiedsbrief, Martens Tod, die Leiche im Stollen … Die Leiche im Stollen! In dem Augenblick wusste Anna, was zu tun war.

Tatsächlich hatte die Gerichtsmedizin ein erstes Gutachten gemailt. Das war schnell gegangen. War auch nur eine »Vorläufige Stellungnahme«. Aber der Befund! Annas Hände zitterten, als sie das Dokument herunterscrollte. Der Befund machte plötzlich alles klar. Alles. Und doch nichts. Nur, dass sie jetzt wusste, wer ihr das alles angetan hatte.

Immer noch zitternd, griff sie nach ihrem Handy und tippte:

In einer Viertelstunde in Doras Hotel.

Dann schickte sie die Nachricht an die ihr unbekannte Nummer.

*

»Stopp!«, rief Klüver und wischte sich Regen und Schweiß von der Stirn. So ging es nicht weiter. Sie hatten keine Chance, das Ding zu entschärfen. Drei Zeitzünder. Jeder konnte jeden Augenblick losgehen. Natürlich hatten sie die verfluchte Bombe bewegt. Mehrmals. Immer nur um Winzigkeiten. Dennoch war es gut möglich, dass die Säure, die die Membran zersetzen sollte, dadurch in die entsprechende Richtung gelenkt worden war, dass sie ihr Teufelswerk schon verrichtete: leise, unsichtbar, diskret. Bis es zum Kontakt der beiden Flüssigkeiten kam und die Zündung ausgelöst wurde. Vielleicht in einer Stunde, vielleicht in drei Tagen. Vielleicht aber auch in den nächsten Sekunden.

»Was sollen wir machen, Chef?«, fragte einer der Mitarbeiter.

»Alleine bekommen wir das nicht hin. Wir brauchen Hilfe.«

»Okay. Wen soll ich anfordern?«

»Niemanden. Ich mache das«, erklärte Klüver und ging ein paar Schritte zur Seite. »Herr Raabe? Klüver hier. Können Sie mir mit einer Telefonnummer behilflich sein?«

*

Sie nahm nicht den üblichen Weg die Hafenstraße entlang und dann durch den Komede Wai. Stattdessen lief sie den Invasorenpfad hoch zum Oberland und von dort – fast in Sichtweite der Kampfmittelräumarbeiter – die Treppe wieder hinunter und die Siemens-Terrasse entlang, um von hinten in die Friesenstraße zu gelangen. Immer wieder blieb sie stehen, drückte sich an eine Hauswand oder hinter einen Busch und sah sich um, hielt inne und lauschte. Doch außer dem Strömen des Regens war nichts zu hören. In der Nähe des Sprengkommandos hatte sie ein, zwei Rufe erhascht. Aber sie hatte kein Wort verstanden. Die Männer schienen sich auf ihre Aufgabe zu konzentrieren, und das war gut so.

Auch die Friesenstraße lag ausgestorben vor ihr. Ein paar wenige Schritte und Anna stand vor der Tür zu Neles Haus. Doras Hotel. Das einstige Inselbordell ihrer Mitschülerin. Bizarr. Anna konnte es immer noch nicht wirklich glauben. So lange hatte sie Nele gekannt und so wenig über sie gewusst …

Sie sperrte auf und lief die Treppe hoch ins Schlafzimmer, den wichtigsten Raum im Haus. Auch für sie. Da war sie, ihre Collage, auf der schon so viel zu lesen war und auf der sie doch so wenig hatte erkennen können. Bis jetzt. Jetzt war das anders. Jetzt ergab plötzlich alles einen Sinn, ein Bild, vor allem: eine grausame, tödliche Wahrheit!

Sie prüfte das Magazin in ihrer Pistole, entsicherte sie und legte sie auf das Nachttischchen. Die Tür unten hatte sie angelehnt gelassen. Sie erwartete schließlich Besuch. Und sie würde den Besucher hier oben erwarten. Sie würde nicht an der Tür stehen, wo sie mit einem plötzlichen Überfall rechnen musste oder mit anderen bösen Überraschungen. Nein, *sie* würde die Überraschung inszenieren. Jetzt war ihre Zeit, das Spiel in die Hand zu nehmen. Lang genug war sie eine Figur im Spiel eines anderen gewesen. Jetzt hatte sie den Spieß umgedreht – nur dass der andere es noch nicht wusste.

Mit dem Rücken zum Fenster stand Anna in dem Raum, der erfüllt war vom Geruch kalten Zigarettenqualms und aufdringlichen Parfüms, und ließ ihren Blick über die Zettel und Notizen gleiten, die sie auf der Wand angebracht hatte. Namen. Orte. Bemerkungen. Jetzt, da sich die Schleier zu lüften begannen, erkannte sie Zusammenhänge, die sie vorher nicht erkannt hatte. Da waren Marten und sein Tod auf der einen Seite, der unbekannte Anrufer auf der anderen. Er hätte sich nicht einfach nur mit »JVA Kiel« gemeldet, er hätte seinen Namen gesagt, vermutlich auch seinen Dienstgrad, irgendetwas, das auf seine Autorität verwies. Seine angebliche Autorität. Da waren Eck und seine Boje, die verschiedenen Mitarbeiter des Insel-Klinikums. Die Hexe Heckert, die ihr wertvolle Hinweise gegeben hatte, ohne es zu merken, ebenso wie Friederike Reeker vom Imbiss. Vor allem waren da die Wege! Wege, die es vielen Personen unmöglich machten, Anna das anzutun, was man ihr angetan hatte. Zumindest nicht allein. Wenn es aber tatsächlich nur eine Person gewesen war, und daran hatte Anna keinen Zweifel, dann konnten es nur noch ein paar wenige sein. Auch wenn ihr völlig schleierhaft war, welchen Zweck dieser Albtraum verfolgt hatte. Aber mit der Erkenntnis war er zu Ende. Es gab keine Möglichkeit mehr, Anna zu jagen, ihr das Leben zur Hölle zu machen. Dachte sie zumindest.

*

Niemand sieht dich, selbst wenn du ganz offen vor aller Augen Platz nimmst und einfach nur dasitzt. Vor aller Augen …

Es ist ja niemand mehr da. Und Anna Krüger sieht nur noch ihre Gespenster. Es ist fast schon tragisch, sie dabei zu beobachten. Eine junge Frau, die sich nicht von ihrer Vergangenheit lösen kann. Wie sie jetzt seltsam über die Insel läuft, auf verschlungenen Pfaden, das hat fast etwas Rührendes. Man könnte meinen, der Teufel wäre hinter ihr her. Aber letztlich ist er das natürlich. Er ist ja hinter uns allen her. Jeder wird von ihm verfolgt. Und jeder von uns kann es selbst sein: der Teufel. Nur dass jeder der Teufel für jemand anderen ist. Anna Krüger aber flieht vor einer ganzen Armee von Dämonen, das ist so offensichtlich, dass man beinahe Mitleid mit ihr haben könnte. Beinahe.

*

Die Collage an der Wand blickte auf Anna herab, als wollte sie sagen: Endlich siehst du das Offensichtliche. Anna saß auf dem Bett und lauschte, lauschte darauf, dass endlich die Tür unten aufgedrückt würde und jemand die Treppen heraufkam. Doch es dauerte. Kein Wunder: Sie hatte plötzlich den Plan geändert. Oder war es doch nur ein Schachzug im Spiel ihres Peinigers? Hatte er gewusst, dass sie an diesen Punkt kommen würde? Sie stand auf und trat ans Fenster. Vor der Insel warteten die beiden großen Schiffe, die MS Helgoland und der Halunder Jet, sowie etliche weitere Boote, auf denen die Menschen, die nicht auf der Düne waren, warteten, dass der Blindgänger endlich entschärft war und sie wieder zurück auf ihren geliebten Felsen durften. Wenn der Zeitplan des Kampfmittelräumdienstes aufging, würde es in etwa zwei Stunden so weit sein. Allerdings wussten auch Nichtprofis, dass es oft länger dauerte. Manchmal sogar sehr viel länger. Sie hatten es den Leuten nicht so genau gesagt, sie hatten niemanden gegen die Maßnahme aufbringen wollen. Es war ja ohnehin eine schwerwiegende Sache, tatsächlich alle Menschen von der Insel zu evakuieren. Und jetzt waren da draußen alle die, die Anna hätten helfen können. Und auf dem Felsen waren nur noch die, die sich um die Bombe kümmerten. Und ein Mensch, der Anna vernichten wollte. Nur psychisch? Oder auch physisch? Spielte es eine Rolle?

Ein Geräusch ließ sie herumfahren. Sie nahm die Pistole vom Nachtkästchen und stellte sich etwas seitlich, sodass sie nicht im ersten Moment von der Tür aus zu sehen war. So war sie zumindest vor einem plötzlichen Angriff sicher. Verstecken würde sie sich nicht, das hatte sie nicht nötig. Sie war gewappnet und sie war gewillt, es hier und heute durchzuziehen. Der Sache ein Ende zu bereiten, wie auch immer. Allerdings wusste sie, wie ihr Plan in seiner perfekten Form aussehen würde.

Schritte kamen die Treppe herauf. Langsam. Fast entspannt. Ja, ihr Gegenüber hatte einen weniger schmerzhaften Weg gehabt bis hierhin. Bis hierhin, dachte Anna. Ab jetzt wird er umso schmerzvoller sein. Sie fühlte das Gewicht der Waffe in ihrer Hand, den kalten Stahl, die todbringenden Patronen. Von draußen war ein Alarmton zu hören: die Sirene, mit der das Räumkommando ankündigte, dass nun am Zünder gearbeitet wurde. Das war der Zeitpunkt, an dem das Mordwerkzeug jederzeit hochgehen konnte. Besser hätten sie es nicht timen können, dachte Anna und hielt den Atem an. Die Schritte auf der Treppe verharrten einen Moment, Anna konnte ein Atmen hören. »Nur zu«, sagte sie. »Ich warte schon.«

Zwölf Jahre lagen zwischen heute und dem verfluchten Tag, an dem sie ihr das angetan hatten, Steve und seine Kumpane.

Und noch jemand, von dem Anna bis jetzt nichts gewusst hatte und dessen Existenz ihr erst seit heute klar war – und dessen Identität sie ahnte. Dennoch konnte sie nicht vermeiden, dass ihr Herz wie wild schlug, als der Besucher die letzten Stufen heraufkam und durch die Tür trat. »Ein würdiger Ort, um die Sache zu Ende zu bringen.«

»Ich wusste, dass Sie kommen würden.«

»Du bist zäh, Anna Krüger, das muss man dir lassen. Jede andere hätte längst den Verstand verloren.«

»Vielleicht habe ich das ja«, erwiderte sie und zielte mit der Pistole mitten aufs Herz. Ihre Hand war jetzt ganz ruhig, ihr Blick so konzentriert wie durch ein Zielfernrohr. Sie hatte es nicht gewusst, aber auf diesen Moment hatte sie lange Jahre gewartet, das wurde ihr jetzt klar. Und sie würde diesen Moment nutzen, auch daran zweifelte sie keine Sekunde mehr.

Dann hörten sie plötzlich beide das Dröhnen des Hubschraubers, der näher kam.

*

18. April, 12.56 Uhr. Noch 4 Minuten bis zum großen Inferno.

Joanne. Greta. Mum. Die Frauen seines Lebens zogen an ihm vorbei, standen vor ihm und blickten auf ihn herab. Voll Liebe. Voll Mitleid. Sie würden ihn begleiten. Er musste die Lider nicht zusammenpressen, um sie vor sich zu sehen, es war ja ganz finster. Nur in ihm brannte ein Licht. Vielleicht würde dieses Licht überleben. Es wird für dich brennen, Joanne, dachte er noch. Und dann wurde ihm klar, dass er seine Mutter bald wiedersehen würde. Und seine Schwester. Und alles wirkte auf einmal ganz klar, ganz vernünftig. Beinahe so, als gäbe es gar keine Alternative. Ja, plötzlich war sogar das Zittern vorbei. Seine Hände waren jetzt ganz ruhig, auch seine Beine zuckten nicht mehr. Er musste jetzt bloß noch den Mut finden, sein Schicksal selbst in die Hand zu nehmen. Ja, das musste er. Aber selbst das erschien mit einem Mal ganz leicht. Mit dem Gedanken an die Hand seiner Mutter, die sich ihm entgegenstreckte, rollte er sich zur Seite. Ein Ruck ging durch seinen Körper. Und für einen Augenblick schien die Zeit stillzustehen.

13

»Klüver! Wissen Sie, was das mit dem Hubschrauber soll?« Pauls Stimme überschlug sich. Das Dröhnen der Rotoren ließ noch auf der Düne die Erde erzittern. »Hören Sie mich?«

»Ich höre Sie, Herr Freitag!«, brüllte der Sprengmeister gegen den infernalischen Lärm zurück. »Ich habe den Heli bestellt. Wir kommen hier nicht mehr weiter, und das Ding kann jede Minute in die Luft gehen.«

»Aber der Hubschrauber ... das ist doch Wahnsinn!«

»Ist es, Freitag. Ist es«, stimmte der Chef der Kampfmittelbeseitiger zu. »Aber unsere einzige Möglichkeit. Wir bekommen den Blindgänger hier nicht entschärft. Alles Langzeitzünder.«

»Können Sie die nicht auch rausdrehen?«

»Können wir. Aber einige Fabrikate sind so konzipiert, dass sie genau dann auslösen.«

»O Gott.«

»Und sprengen können wir ihn auch nicht. Sie wissen ja, wie es hier um die Statik bestellt ist.«

»Und nun?«

»Wir versuchen, ihn rauszuziehen.«

»Rauszuziehen?«

»Meine Männer wickeln ihn in ein Netz aus Bändern und Ketten und klinken ihn dann am Heli ein. Der hebt ihn aus der Kuhle und fliegt ihn weg. Wir lassen das Ding auf einem Boot ab und sprengen es dort.« Klüver hustete. »Weit genug weg von Helgoland, dass Sie wahrscheinlich nicht mehr die Explosion hören werden.«

»Wow«, sagte Paul. »Und warum haben Sie uns das nicht gesagt?«

»Wir dachten bis vorhin, wir schaffen es auch anders. Außerdem war mir nicht klar, dass die Marine die Basis hier nicht räumen würde. Aber wenn sich die Herrschaften unseren Anweisungen schon widersetzen, dann sollen sie sich wenigstens nützlich machen.«

Paul mochte Klüver zwar nicht unbedingt besonders gut leiden. Aber er bewunderte den Mann. Offenbar hatte der Sprengmeister Nerven wie wenige andere. Ein Talent, das in dem Beruf mehr als hilfreich war. »Dann mal alles Gute«, sagte er.

»Danke. Wird schon.« Klüver legte auf. Und Paul konnte von der Düne aus sehen, wie sich ein Seil oder eine Kette aus dem Helikopter herabsenkte. Der stählerne Koloss stand jetzt senkrecht über der Fundstelle. Nicht auszudenken, was passierte, wenn der Hubschrauber an dem Ort abstürzte.

*

»Offensichtlich bestand die schwere Rückenwirbelfraktur bereits längere Zeit vor dem Tod des Opfers.«

»Sie haben Sie gefunden?« Ein leises Lachen. »Ich dachte es mir. Es gab Anzeichen. Und ich muss zugeben, ich habe ja immer darauf gewartet, dass es passiert. Was war das? Ein Zitat aus dem Bericht der Gerichtsmedizin?«

»Allerdings«, sagte Anna mit kalter Stimme. »Sie war

folglich zum Zeitpunkt des Todes bereits seit mehreren Jahren querschnittsgelähmt. Das erklärt auch diverse Skelettschädigungen …«

»Tja. Ein schweres Schicksal.«

»Schicksal? Oder *auch* das Ergebnis eines Verbrechens?« Anna hielt die Pistole so ruhig auf die Brust ihres Gegenübers gerichtet, als wäre es kein todbringendes Instrument. Sie war eine gute Schützin, ja, immer gewesen. Aber einen Menschen erschossen hatte sie noch nie. Das war schließlich auch nicht das Ziel polizeilicher Ausbildung. Es ging allenfalls darum, den Gegner kampfunfähig zu machen. Doch hier und jetzt kümmerte Anna sich nicht um die Ethik der Polizeiarbeit. Denn dies war keine polizeiliche Maßnahme, keine Ermittlung, die zu einem Abschuss vor Gericht gebracht werden musste. Dies war ihre persönliche Geschichte. Eine Geschichte, die sie auch persönlich vollenden würde.

»Wer sagt uns schon, was ein Verbrechen ist, Anna Krüger? Verbrechen sind Ideen. Ideen davon, was ein Mensch tun darf und was nicht. Ideen, die andere Menschen formuliert haben. Menschen, die genauso fehlbar sind wie jeder, den sie selbst Verbrecher nennen.«

»Und was war das Verbrechen dieser armen Frau?«

Wieder dieses leise Lachen. Als wäre alles ein Spiel, dachte Anna. Aber das war es nicht. Nicht mehr. Diesmal war es ernst. Denn diesmal war sie nicht mehr das Objekt, sondern sie handelte. Mit aller Konsequenz.

»Darf ich mich setzen?«

»Bitte. Es macht keinen Unterschied.«

»Danke. Wie bist du dahintergekommen, Anna Krüger?«

»Es waren die Zigaretten.«

»Die Zigaretten?«

»Peer 100. Es gibt sie schon seit Jahren nicht mehr. Die Marke ist nicht mehr erhältlich.«

»Sieh an. Das wusste ich nicht.«

*

»Paul! Alles klar bei euch?«

»Saskia, hast du was von Anna gehört?«

»Außer dass sie keine Ahnung hat, wo mein Vater ist? Nein. Wieso?«

»Verdammt! Ich bin hier rüber auf die Düne. Und sie hat gesagt, sie wäre schon dort.«

»Auf der Düne? Sollte sie nicht auf den Dampfer?«

»Ursprünglich ja. Aber dann hat sich alles so verzögert, weil ein paar Nervensägen sich der Evakuierung verweigert haben.«

»Womit du vermutlich auch meinen Vater meinst. Aber wenn ich dir eines sagen darf …«

»Lass gut sein, dein Vater interessiert mich nicht. Ich frage mich, warum Anna mir erzählt, sie wäre schon auf dem Wasser – und dann ist sie nicht mehr erreichbar und auch nicht auf der Düne aufgetaucht.«

»Vielleicht ist sie das ja«, sagte Saskia. »Auf dem Wasser, meine ich. Sind ja nicht nur wir mit den großen Schiffen draußen auf der See. Hier gibt's doch überall haufenweise Boote. Große, kleine, such dir was aus. Wahrscheinlich ist sie auf einem von denen. Wenn sie schon sagt, sie wäre *auf dem Wasser …*«

»Ich wünschte, es wäre so, Saskia.« Paul Freitag klang verzweifelt. »Aber ich kenne Anna. Und ich habe das ganz starke Gefühl, dass sie immer noch drüben ist auf der Hauptinsel. Außerdem ist sie nicht erreichbar. Hat ihr Handy ausgeschaltet.«

Saskia lachte spitz. »Na, wenn schon. Sie wird sich schon nicht unter den Falm stellen und warten, dass er auf sie drauffällt, weil die Bombe hochgeht. Und die ganze Insel fliegt sicher nicht in die Luft. Das haben nicht mal die Briten geschafft.«

»Gib mir Bescheid, wenn du was von ihr hörst.«

»Klar doch. Hast du eine Ahnung, was das mit dem Helikopter soll? Ist die Marine jetzt auch beteiligt?«

»Amtshilfe. Sie versuchen, das Ding wegzubringen und es an einem anderen Ort zu sprengen.« Es war unüberhörbar, dass Paul nicht erfreut darüber war, davon nicht schon früher erfahren zu haben.

»Nicht schlecht. Haben sie keine Angst, dass es explodiert, wenn sie es bewegen?«

»Keine Ahnung, Saskia. Aber wenn ich Klüver richtig verstanden habe, dann geht so ein Langzeitzünder nicht notwendig wegen einer raschen Bewegung hoch, sondern weil ein chemischer Prozess in Gang gesetzt wird, der die Zündung erst nach einer gewissen Zeit auslöst.«

»Sie hoffen, das Ding bleibt friedlich, bis sie es abtransportiert haben.«

»So ungefähr.«

»Und geht dann irgendwann später hoch. Hm.«

»Ich hoffe nur, es explodiert nicht ausgerechnet, wenn es an dem Hubschrauber hängt. Nicht auszumalen, was das alles auslösen könnte.«

»Nun entspann dich mal, Paul. Wir können sowieso nichts tun. Jetzt sind die Sprengstoffexperten am Zug. Und danach fahren wir alle wieder rüber auf die Insel. Ich lad dich heute Abend auf eine Flasche Wein ein, wie wär's?«

»Sprechen wir nachher drüber«, sagte Paul und beendete das Gespräch. Eine Flasche Wein mit Saskia. Hatte er schon mal gehabt. Mit anschließendem Sex. Und Tränen. Seinerseits. Die Frau war nicht das, was er brauchte. Genau genommen vermutete er das, was er brauchte, drüben auf der Hauptinsel. »Irgendwo da drüben läufst du rum, Anna«, murmelte er, mit zusammengekniffenen Augen die Häuserreihen von Helgoland absuchend. »Aber wo? Und warum?«

*

»Sie haben die Zigarettenpackung auf dem Tischchen liegen lassen, als hätte Ihre Frau kürzlich noch dort gesessen und rauchend aus dem Fenster geschaut. Das hat sie nicht. Sie ist auch nicht nach Cuxhaven zu ihrer Schwester gereist. Weder hat jemals jemand von einer solchen Schwester gehört, noch stand Ihre Frau auf einer Passagierliste nach Cuxhaven, Doktor Rückert!« Anna hatte sich in Rage geredet. Sie starrte auf ihren ehemaligen Lehrer herab, die Pistole unablässig auf ihn gerichtet, als hätte sie es mit einem gefährlichen Raubtier zu tun.

»Willst du nicht die Waffe wegnehmen, Anna? Das ist so melodramatisch. Und auch nicht ganz ungefährlich, wenn ich mir die Bemerkung erlauben darf.«

»Warum?«, fragte Anna und auf seinen verständnislosen Blick: »Warum musste Ihre Frau sterben?«

»Warum? Weil Sie es verdient hatte.«

»Und den Unfall hatte sie auch verdient, ja?«

»Absolut. Er war die gerechte Strafe.«

»Hatten Sie nicht Angst, dass sie etwas sagt?«

Der alte Mann straffte sich etwas und sah an Anna vorbei aus dem Fenster, als stünden dort im trüben Nachmittagshimmel die großen Wahrheiten des Lebens geschrieben. »Jeden Tag, Anna. Jeden Tag. Deshalb war der Rollstuhl und die damit verbundene Fesselung ans Haus die beste Vorsichtsmaßnahme.«

»Eingesperrt hatten Sie sie! Ohne Aussicht auf Entkommen.«

»So kann man es durchaus sehen«, erklärte Doktor Rückert und hob in einer unschuldigen Geste die Hände. »Du kannst das nicht beurteilen. Du weißt nicht, was sie getan hat. Und du bist doch am Ende von derselben Art. Wie alle Frauen.« Sein Blick wechselte unvermittelt zu tiefer Missbilligung, ja Abscheu.

»Alle Frauen? Wollen Sie damit sagen, Sie haben sie ermordet, weil sie eine Frau war?« Anna glaubte ihren Ohren nicht zu trauen. »Alle Frauen sind gleich, ja?«, zischte sie. »So wie Ihre.«

»Mehr oder weniger. Du bist das beste Beispiel, Anna Krüger.«

»Wofür denn, verdammt!« Beinahe hätte sie unabsichtlich geschossen. Sie spürte, wie ihr Zeigefinger sich um den Abzug krampfte, mehr als gut war. Es ging schließlich nicht darum, jemanden einfach abzuknallen. Diese Geschichte musste zuerst zu Ende gebracht werden.

Der ehemalige Lehrer seufzte, seine Stimme war leise geworden, als er ganz langsam aussprach, was ihn beschäftigte: »Du warst ein so gutes Mädchen gewesen, Anna. Lieb und höflich und rein. Ein Kind ohne Makel, jederzeit freundlich gegenüber jedermann. Ich hatte dich liebgewonnen, wirklich.« Wieder wanderte sein Blick nach draußen, doch diesmal versonnen, gerade so, als schaute er in die Tiefen eines glücklichen Zeitalters. Bis sich sein Gesichtsausdruck wieder verhärtete: »Bis du deine Kindheit hinter dir gelassen hast. Erwachsen wurdest.« Er schnaubte verächtlich. »Erwachsen. In Wahrheit war es die Häutung einer Schlange. Ist sie zuerst noch ein harmloses kleines Tier, das niemandem etwas zuleide tut, wird plötzlich ein gefährliches Monster daraus, das jeden umbringt, der ihm zu nahe kommt. Jeden Mann.« Plötzlich traf sein Blick sie wie ein Pfeil. »Du warst genauso eine Schlampe wie die anderen, Anna Krüger.« Mit einem Mal klang ihr Name aus seinem Mund wie Gift und Galle. »Hast die Jungs alle verrückt gemacht! Ich habe es ja genau mitverfolgt. Als du erblüht bist, sind sie durchgedreht. Alle. Auch mein Marten.«

»Ihr Marten? Was meinen Sie mit ›mein Marten‹?«

»Ach, so schlau warst du dann doch nicht? Diese Kleinigkeit ist dir entgangen? Marten war mein Sohn, Anna. Marten David Weber. Den zweiten Vornamen hat er von mir. Es ist auch meiner.«

»Dann haben Sie Ihre Frau betrogen? Mit Frau … Weber?«

»Betrogen? Ich? Meine Frau?« Rückert lachte, als wäre es ein köstlicher Scherz. »Nein, Anna Krüger, betrügen kann man nur jemanden, dem man etwas bedeutet. Ich habe meiner Frau nichts bedeutet. Genau genommen sie mir zu dem Zeitpunkt auch nichts mehr. Zwischen uns war es aus.«

»Sie wollten sie beseitigen, um ein unbeschwertes Leben mit Frau Weber führen zu können«, mutmaßte Anna. »Deshalb haben Sie sie die Treppe hinuntergestoßen.«

»Mit Frau Weber? Die war doch genauso eine Hexe wie meine Frau. Ich hätte beide die Treppe runterstoßen sollen.

Marten war nicht zu beneiden um diese Mutter. Und um seinen angeblichen Vater auch nicht, diesen Schlappschwanz.«

»Wusste Herr Weber, dass er nicht der Vater war?«

»Wozu sollte er?« Rückert winkte ab. »Der arme Kerl konnte ja nichts dafür. Seine Frau war das Biest.«

»Sie meinen die Frau, mit der Sie ein Kind gezeugt haben?«

»Renate Weber, ja. Genauso böse wie meine Frau. Und du.«

»Ich bin nicht böse, Herr Rückert«, sagte Anna, doch in dem Moment war sie nicht sicher, ob sie nicht log. Denn tatsächlich fühlte sie zum ersten Mal in ihrem Leben etwas wie einen überwältigenden Zerstörungswillen. Und das Objekt dieser Wut saß vor ihr: ein schmaler, alter Mann, der ohne Stock kaum gehen konnte.

*

Sie hatten das Ding so sorgfältig verschnürt, als wäre es ein Winterreifen im Hochgebirge: baukrantaugliche Spezialbänder, Edelstahlkarabiner und eine Kette, die aus dem Helikopter hing, mit der man ein ganzes Einfamilienhaus hätte transportieren können. Mehrere Tonnen Sprengkraft, aber nur das Gewicht eines größeren SUV. Und dennoch lagen die Nerven in Klüvers Team blank. Das lag nicht zuletzt daran, dass der hinterste Teil des Blindgängers bis jetzt im Geröll feststeckte. Was jetzt nicht passieren durfte, war, dass das Monstrum entzweigerissen wurde. Dann wäre alles aus. »Fertig?«, rief Klüver. »Alle Schlaufen gesichert?«

Die Kollegen hoben die Daumen. »Dann soll es sein«, stellte der Sprengmeister fest. »Alle weg jetzt!« Auch er selbst machte sich mit schnellen Schritten davon und nahm hinter einer Kuppe in der Wiese Deckung, bizarrerweise einem Bombenkrater. Dann löste er die Sirene aus, ließ fünfzehn Sekunden vergehen und gab dem Hubschrauberpiloten das vereinbarte Zeichen.

Die Rotoren begannen, ihren Rhythmus zu ändern, unterschwellig kam ein langgezogenes Heulen dazu, dann hob sich der Helikopter um eine Winzigkeit. Langsam stieg der Vogel auf. Es schien, als wäre alles andere auf dieser Welt ausgeblendet, als gebe es nichts als das Fluggerät und seine Last. Die Kette spannte sich unter dem Gewicht der Bombe. Mit einem Klirren ruckten die Glieder zusammen. Der Hubschrauber gewann unbeirrt Zentimeter um Zentimeter an Höhe. Das Gestein hinter dem Blindgänger begann zu bröckeln, ein größerer Brocken kippte nach vorne. »Halt!«, rief Klüver in sein Handy, mit dem er Kontakt zum Co-Piloten hielt. »Halt!! Noch mal runter! Ganz langsam!«

Der stählerne Vogel hielt inne und senkte sich dann wieder, noch langsamer, als er aufgestiegen war. Die Bombe rollte wieder in ihre Ausgangsposition. Doch der Gesteinsbrocken, der sich vom Fels gelöst hatte, hing nun schräg darüber. »Wir müssen einen Teil des Hangs zusätzlich abstützen. Bleibt in der Luft, bewegt euch nicht.«

Klüver wusste selbst, dass es eine verrückte Anweisung an die Piloten war: Eine scharfe Böe und es war fast unmöglich, den Helikopter reglos in der Luft zu halten. Dennoch taten die Marineflieger ihr Bestes, während Klüver seine Befehle über die Insel bellte und seine Männer zu Höchstleistungen antrieb – ohne noch einen Gedanken daran zu verschwenden, dass jeder Handgriff, jeder Schritt der letzte sein konnte.

Gerade als die Männer eine Eisenstrebe ansetzten, um den Geröllbrocken zu stützen, löste er sich mit einem tiefen

Grollen und stürzte in die Grube, direkt an die Seite des Blindgängers. Der Schrei des Mannes, dessen Bein unter dem Stein zermalmt wurde, gellte so laut über die Insel, dass ihn sogar die Mannschaft im Hubschrauber hören konnte. »Was ist da los?«, rief der Co-Pilot in Klüvers Ohr.

»Wir haben einen Verletzten. Wir können nicht mehr warten. Zieht das Ding hoch. Vorsichtig, aber schneller als vorhin.«

»Mann!«, fluchte der Co-Pilot. »Nächstes Mal spielen wir Mikado.« Aber dann nickte er seinem Kollegen zu, der ihn fragend ansah, und der Helikopter stieg erneut in die Höhe.

*

»Sie haben sie jahrelang vor der Öffentlichkeit verborgen. Eingesperrt. An den Rollstuhl gefesselt. Und dann? Warum musste sie am Ende dennoch sterben? Sie hätte ja in ihrem Gefängnis bleiben können, bis sie von selbst starb.«

Der alte Mann ließ sich auf das Bett zurücksinken und betrachtete sein Spiegelbild an der Decke. Unwillkürlich fragte sich Anna, ob er diesen Blick zum ersten Mal vor sich sah oder ob auch er zu Neles Kunden gezählt hatte.

»Sie musste deinetwegen sterben, Anna Krüger.«

»Meinetwegen? Was habe ich jemals mit Ihrer Frau zu schaffen gehabt? Ich wusste nicht einmal, dass es sie gibt!« Anna trat vor ihn hin und zielte mit der Pistole auf seinen Kopf, während Stalin in ihrem Kopf wütete. Für einen Moment glaubte sie, in ihm das entstellte Gesicht der Wachsleiche vor sich zu sehen. »Wissen Sie, was eine Wachsleiche ist?«

»Ein Leichnam, der nicht verwest? So etwas wie eine Mumie, nicht wahr?«

»Ihre Frau ist eine Wachsleiche. Ich würde sie Ihnen gerne zeigen.«

Rückert schloss die Augen. »Nein«, flüsterte er. »Ich habe mit ihr abgeschlossen.«

»Aber mit mir nicht, richtig?«

»Mit dir nicht, Anna Krüger. Ich dachte, ich hätte mit dir abgeschlossen. Aber dann hast du Marten getötet.«

Anna holte Luft. »Ich frage mich ernsthaft, wer von uns beiden dem Wahnsinn näher ist, Herr Doktor Rückert. Sie wissen, dass ich gestern und heute auf der Insel war. Wie soll ich … Ihren Sohn getötet haben? Er lebt … er lebte in der psychiatrischen Abteilung der JVA Kiel. Das hätte ich nie im Leben geschafft.«

Ein bitteres Lächeln umspielte die faltigen Züge des alten Mannes. »Nicht so, Anna. Du brauchtest gar nicht hinzufahren. Es hat ausgereicht, dass du getan hast, was du getan hast.«

»Und was, verdammt noch mal, soll das gewesen sein?«

»Du hast ihn zu einem seelischen Krüppel gemacht. Er war innerlich tot, auch wenn er äußerlich noch am Leben war. Weil du ihn zurückgestoßen hast, so wie du mich zurückgestoßen hast.«

»Sie? Zurückgestoßen? Sie sind völlig verruckt!« Anna suchte etwas Abstand. Sie hatte das Gefühl, aus diesem Greis könnte jeden Augenblick ein Dämon auffahren und sie anspringen. In welcher Welt lebte Rückert überhaupt? Welcher Wahn trieb ihn zu diesen immer irrwitzigeren Gedanken?

»Ich habe dich so geliebt, Anna Krüger. So gut und rein warst du. Bis zu diesem Sommer. Erinnerst du dich, wie ich dich unterstützt habe? Ich habe dir geholfen. Wir haben uns auf dem Schulhof getroffen …«

»Wir haben uns nicht getroffen. Wir sind uns begegnet«, fiel ihm Anna in die Rede, doch Rückert ignorierte den Einwurf. »Ich habe mich auf dich gefreut«, erklärte er. »Jeden Morgen. Auf das Lächeln, das du mir zugeworfen hast …«

»Ich war nur höflich!«

»Darauf, wie du dich für mich hübsch gemacht hast …«

»Ich mich für Sie hübsch gemacht?« Anna lachte auf. »Sie sind …«

»Wie du zu mir gekommen bist und gefragt hast. Herr Doktor Rückert, können Sie mir das noch einmal erklären? Dabei hattest du es genau gewusst. Auf deine Art, dich zu melden, habe ich mich gefreut. Diesen Blick aus deinen Augen. Dieses Einvernehmen zwischen uns. Keiner von den anderen hatte eine Ahnung. Und dann kam dieser Sommer, aus dem du zurückgekommen bist als die Hure, die du geworden warst.«

Sie hätte etwas eingeworfen, wenn ihr auf diese Ungeheuerlichkeit eine Erwiderung eingefallen wäre. Stattdessen stand Anna starr vor ihrem ehemaligen Lehrer, der eine harmlose Schulzeit wie eine heimliche Romanze zwischen einer Schülerin und ihrem Klassenlehrer darstellte.

Flüsternd kam Rückert näher: »Ich habe ihn besucht.«

»Marten?«

»Ja. Marten. Ich habe ihn in der Anstalt besucht. Er … er war nicht mehr er selbst. Hat mich nicht mehr verstanden. Hat von seiner Schuld gefaselt. *Seiner* Schuld, Anna Krüger, verstehst du? Als hätte *er* Schuld auf sich geladen. *Er!*«

»Er hat einen Menschen ermordet, Rückert. Und beinahe hätte er auch mich getötet«, erklärte Anna und wich eine Handbreit zurück.

»Er war doch nur das Werkzeug.« Rückert blickte durch sie hindurch, als stünde hinter ihr die Vergangenheit und mit dieser Vergangenheit die Wahrheit. »Du hast ihn dazu gebracht. So wie du ihn jetzt getötet hast.«

»Ich habe ...«

»Nein! Natürlich warst du nicht dort, Anna Krüger!«, brüllte Rückert plötzlich zornig und richtete seinen Blick wieder in die Gegenwart. »Aber ich war dort! Ich habe gesehen, dass es den alten Marten nicht mehr gibt. Dass nur noch seine Hülle existierte! Er war nicht einmal mehr ein Schatten seiner selbst. So konnte er nicht weiterleben. So durfte er nicht. Wir haben lange darüber gesprochen in seiner Zelle.« War es ein Schluchzen, das Rückerts Brust entfuhr? »Er hat es lange nicht eingesehen. Aber dann ... dann hat er es schließlich verstanden.«

»Was verstanden, Rückert? Was hat er verstanden?«, fragte Anna entsetzt, die ahnte, was kommen würde, die es wusste, aber doch nicht glauben konnte.

»Dass er sterben musste, Anna Krüger. Dass er sterben musste.«

»Sie haben ihn dazu gebracht«, flüsterte Anna und wich noch ein wenig weiter zurück. »Sie haben ihn dazu bewegt, sich das Leben zu nehmen. Und dann ... dann haben Sie ...« Aber nein! Als der Anruf gekommen war, hatte Marten doch noch gelebt! »Aber der Anruf?«

*

Die Idee war, dass an jedem der drei Orte, an die viele Menschen evakuiert worden waren, ein Vertreter der Polizei die Stellung hielt: Saskia auf dem Halunder Jet, Anna auf der

MS Helgoland und Paul auf der Düne. In Ausnahmesituationen war das an sich ein guter Plan, den Paul Freitag unterstützte. Doch in diesen Minuten galt die Ausnahmesituation von der Ausnahmesituation: Anna war verschwunden. Und jedes Mal, wenn das in der Vergangenheit passiert war, wäre es beinahe tödlich ausgegangen – wenn es nicht tödlich ausgegangen *war*.

Paul wählte die Nummer des Sprengmeisters, legte dann aber wieder auf, ehe noch die Verbindung zustande gekommen war. Über dem Oberland schwebte der Helikopter, genau über der Fundstelle. Es hatte keinen Sinn, die Männer jetzt verrückt zu machen. Die waren jetzt in ihrem Element und voll und ganz mit ihrer Aufgabe beschäftigt. Das war gut. Es wurde höchste Zeit, dass die verdammte Bombe endlich entschärft wurde. »Was ist los, Paul?«, fragte die rauchige Stimme einer Frau hinter ihm.

»Nele«, seufzte Paul. »Ach nichts.«

»So siehst du nicht aus, Paulchen. Ich kenne dich.« Nur sie zwei wussten, wie gut Nele Steenkamp ihn tatsächlich kannte. Aber diese Kenntnis lag lange zurück, und wie es in Pauls Innerstem aussah, das konnte auch die ehemalige Inselhure nicht erkennen. »Es ist wegen Anna«, sagte er leise.

Nele lachte heiser. »Sag bloß. Das ist ja mal ganz was Neues.« Sie hatten gemeinsam schon in höchster Gefahr geschwebt wegen Anna. Aber sie hatten auch beide nichts weniger als ihr Leben Anna Krüger zu verdanken. »Kann ich was tun?«

Paul schüttelte den Kopf. »Im Moment nicht. Ich weiß nicht, wo sie ist. Aber sie war den ganzen Tag schon so … so … und das immer stärker«, stammelte er.

»So was?«

Paul suchte nach dem richtigen Wort. »Durchgeknallt.«

»Hat sie eine Migräneattacke?«

»Höchstwahrscheinlich.«

»Und Medikamente genommen.« Nele wusste, wie es um Annas Disziplin bestellt war, wenn Stalin ins Spiel kam. Sie versuchte, das Monster mit Drogen niederzuhalten und vergiftete sich damit zusehends selbst. Zuletzt hatte Anna eine Therapie mitmachen müssen. Von Paul Freitag verordnet. Sonst wäre sie nicht länger im Dienst der Helgoländer Polizei beschäftigt worden.

»Sie hatte Wahnvorstellungen«, flüsterte Paul, der nicht wollte, dass irgendjemand sonst ihn hören konnte. »Irre Sachen. Hat sich verfolgt gefühlt. Hat Dinge gesehen und gehört, die einfach nicht sein konnten.« Er strich sich mit den Händen übers Gesicht. »Hat sich eingebildet, Marten sei tot.«

»O Gott. Wieso?«

»Keine Ahnung, Nele. Aber das Absurde ist, dass er sich inzwischen tatsächlich das Leben genommen hat.«

»Du meinst, sie hat es gewusst, bevor es passiert war?«

Er sah sie mit einem abgründigen Blick an. »Offensichtlich.«

Auch Nele wusste nicht, wie sie mit dieser Information umgehen sollte. Einen Moment standen sie beide schweigend am Anleger und sahen hinüber auf die Hauptinsel, über der der Hubschrauber in der Luft stand und wo in dieser Sekunde erneut das Signalhorn der Kampfmittelräumer ertönte. »Gruselig«, flüsterte Nele, und Paul wusste nicht, ob sie die Bombe meinte oder Anna. Vermutlich beides. »Jedenfalls muss ich rüber«, sagte er.

»Auf die Insel?«

»Bleibt mir nichts anderes übrig. Denn so wie es aussieht, ist Anna immer noch dort.«

*

»Der Anruf«, schnaubte Rückert. »Du solltest wissen, was du ihm angetan hast!«

»Er hat noch gelebt«, sagte Anna leise. Ihr Herz schien sich zu einem winzigen, schmerzenden Knoten verdichtet zu haben. Sie hätte heulen können. Vielleicht heulte sie auch?

Rückert schüttelte den Kopf. »Marten war ein schwacher Junge«, erklärte er bitter. »Dass er drei Tage brauchen würde, es endlich zu tun, damit hatte ich tatsächlich nicht gerechnet. Drei Tage, die ihn sicher gequält haben. Sie gehen auch auf deine Rechnung, Anna Krüger. Wie so vieles. So viele Menschen hast du unglücklich gemacht. Allen hast du den Kopf verdreht. Allen. Auch diesem van de Loop natürlich, auf den die anderen kleinen Huren scharf waren. Ihr beide, ja, das gebe ich zu, ihr habt ein hübsches Paar abgegeben. Aber damals war ich vor allem enttäuscht. Enttäuscht und gekränkt. Dass du diesem Bürschchen den Vorzug gegeben hast. Und dass du keinen Deut besser warst als meine Frau.«

»Ihre Frau, die Sie zum Krüppel gemacht hatten? Ist es das, was Sie sagen wollen, Herr Rückert?«

»Ja, verdammt!«, fuhr der alte Mann sie an und richtete sich auf. »Nachdem Sie mich mit einem englischen Soldaten betrogen hatte. Einem Engländer, den sie schon kannte, als diese Insel noch heil war.«

»Was um alles in der Welt wollen Sie damit sagen, Mann?«

»Helgoland wäre nicht von den Engländern in die Steinzeit gebombt worden, wenn meine Frau uns damals nicht verraten hätte. Sie war eine Verräterin. Vielleicht nicht die einzige. Aber sie war mitverantwortlich dafür, dass Hagedorn und Knaup und Trönjes und wie sie alle hießen von den Nazis hochgenommen wurden.« Seine Stimme brach. »Und dass unsere Insel wie wahnsinnig bombardiert und alles, alles, alles ausgelöscht wurde. Alles.«

»Das hat Ihre Frau getan?«

»Das hat sie getan. Und mich später mit dem Offizier betrogen, dem sie damals alles verraten hatte.«

»Einem Engländer? Aber die Verschwörer sind doch von den Nazis hingerichtet worden«, sagte Anna in dem Versuch, irgendeine Logik in Rückerts Worten zu finden.

»Er war ein Spion der Nazis. Und sie war sein Liebchen. Wir alle waren ihr nichts wert. Sie hat uns alle um den Finger gewickelt, jeden von uns. Bis ich sie daran gehindert habe. Sie die Treppe hinabzustoßen, war das Beste, was ich für die Männer dieser Insel tun konnte.«

Voll Abscheu wandte Anna sich ab. Wie konnte ein Mensch sich die Wahrheit nur so pervers zurechtbiegen? Alles, was Rückert sagte, war eine verzerrte Version der Realität, vollkommen absurd, aber in sich von unumstößlicher Logik. Doch dann erkannte sie, was in Rückerts Darstellung nicht stimmte: »Das ist gar nicht möglich«, sagte sie. »Ihre Frau muss noch ein Kind gewesen sein. Die Sache ist fünfundsiebzig Jahre her!«

»Sie war fünfzehn«, erklärte der alte Mann bitter. »Zwanzig Jahre später hat sie mich kennengelernt.«

»Aber Sie …«

»Sie war meine Lehrerin. Biologie.« Er lachte verächtlich. »Privatunterricht.«

Seine Lehrerin! So wie er Annas Lehrer gewesen war!

Hatte er sich mit Anna zu rächen versucht? War sie die Wiederholung einer Geschichte, die Jahrzehnte früher unter völlig anderen Vorzeichen stattgefunden hatte? »Sie sind ein Scheusal«, flüsterte sie. »Sie wissen ja gar nicht, wie pervers Sie sind, Rückert.« Ein Geräusch in ihrem Rücken ließ sie herumfahren – gerade rechtzeitig, um seinen Stock noch auf sie niedersausen zu sehen.

*

18. April, 12.56 Uhr. Noch 4 Minuten bis zum großen Inferno.

Ein letztes Mal würden sie eine kleine Explosion auslösen, um die verbliebenen Tiere vom Felsen zu scheuchen. Dann stand die Höllenfahrt an und Hell-Go-Land würde in die Luft geblasen wie kein anderer Ort zuvor. Shepard atmete durch, nickte Jellis zu, der nach dem Auslöser griff, dem am dünnen Kabel. Obwohl es nicht die entscheidende Detonation war, sondern im Gegenteil eine Art lebensrettende Aktion, zitterten die Finger des Gunners, waren seine Hände feucht. Er schluckte, blickte noch einmal zu Shepard, wartete auf das Signal, hörte die Sirene, nickte dem neben ihm stehenden Kapitän zu, der den Feldstecher lässig auf der Brust baumeln hatte. Noch gab es ja nichts zu sehen, aus dieser Entfernung nicht einmal die Vogelschwärme, die sich noch einmal in die Luft erheben würden. Und dann legte er den Daumen auf den Knopf und – zuckte zusammen. Es hatte eine kleine Explosion gegeben. Doch, tatsächlich, man konnte eine Wolke sehen, die über dem Felsen aufstieg. Kein Rauch, nicht Staub und Geröll, sondern Vögel, aufgescheucht durch die Detonation. Zitternd blickte Jellis auf seine Hand. Der Daumen schwebte immer noch über dem Knopf: Er hatte nicht gedrückt. Er *hatte* nicht.

14

Sie ging nicht ans Handy. Absichtlich? Oder gab es ein Problem? Nichts hätte Paul weniger gewundert. Anna zog Ärger magisch an. Er hatte in der kurzen Zeit, seit er sie kannte, mehr Dramen, Lebensgefahren und unnatürliche Todesfälle erlebt als in seinem ganzen Leben davor. Und dennoch, vielleicht auch gerade deshalb fühlte er sich für sie verantwortlich. Mehr als für jeden anderen Menschen auf der Welt, von seiner kleinen Tochter abgesehen.

Wenigstens der Sprengmeister ging ran. »Ich hoffe, Sie haben einen guten Grund anzurufen, Herr Freitag«, knurrte er statt einer Begrüßung in sein Mobiltelefon. »Wir sind hier gerade in der heikelsten Phase unserer Arbeit.«

»Ist Anna Krüger bei Ihnen?«

»Nein. Sie alle sollten doch von der Insel verschwinden!«

»Hören Sie, das ist auch für mich kein Spaß. Ich muss herausfinden, wo die Kollegin geblieben ist.«

»Heißt das, wir sollen abbrechen?«

Sollten sie? Paul wusste es nicht. Allerdings hätte er das ohne offensichtliche unmittelbare Gefahrenlage ohnehin nicht anordnen dürfen. Auf den vagen Verdacht hin, dass entgegen der amtlichen Evakuierungsverfügung doch noch jemand auf dem Felsen verblieben sein könnte, war ein Abbruch der Arbeiten jedenfalls nicht zumutbar. Er war auch nicht verhältnismäßig oder aus sonstigen übergeordneten

Gründen angemessen. »Nein«, sagte Paul. »Natürlich nicht. Entschuldigen Sie, dass ich gestört habe. Kommen Sie denn wenigstens voran?«

»Wenn man uns in Ruhe arbeiten lässt, kommen wir auch voran, Herr Freitag.«

»Alles klar. Verstanden. Toi, toi, toi.«

»Ja. Ihnen auch.«

Dann war die Leitung tot und Paul nickte dem Bootsmann zu. »Legen Sie ab, Claassen.«

Der Fährschiffer tippte sich an die Wollmütze und erwiderte: »Machen wir, Herr Oberwachtmeister.«

Sekunden später waren sie auf der Binnenreede und steuerten auf die Hauptinsel zu, während über dem Oberland der Helikopter aufstieg wie ein Luftballon an einer Schnur, die sich lang und länger zog, bis sie ganz gestrafft war. Und dann sahen sie ihn: den Blindgänger. Die Bombe. Das Monstrum. Wie ein riesiges schwarzes Insekt schwebte es über der Insel, verbunden durch einen scheinbar winzigen Faden mit einem noch größeren bösen Insekt, das darüber schwebte wie ein Alien an der Nabelschnur seiner Mutter, zwei todbringende Scheusale über dem wehrlosen Körper, der da aus der See ragte: Helgoland.

*

Es war nur ein kurzer Moment der Benommenheit, aber doch lang genug, um dem Alten die Flucht zu ermöglichen. »Herr Rückert!«, rief Anna, die noch das Poltern seiner Schritte im Ohr hatte. »Kommen Sie sofort zurück! Bleiben Sie stehen!« Sie griff sich an den dröhnenden Kopf, blickte sich um, griff nach der Waffe, die ihr aus der Hand gefallen und halb unters

Bett geschliddert war. Dann hastete sie hinterher. Erst auf der Treppe bemerkte sie, dass Blut von ihrem Ohr den Hals hinunterlief. Später, dachte sie. Später würde sie sich darum kümmern. Jetzt musste sie Rückert fassen, bevor er ihr entwischte. Die Tür war zu. Sie riss sie auf und stolperte nach draußen. Drehte sich um die eigene Achse, starrte in alle Richtungen und sah: nichts. Keine Menschenseele. Die Straße war ausgestorben. Vor allem, es war kein Doktor Rückert zu sehen, weder Richtung Hafen noch Richtung Düne. »Scheiße!«, fluchte sie und versuchte, einen klaren Gedanken zu fassen. Er konnte ja nicht weit sein. Mit dem Stock war er langsam. Dennoch war er nirgends zu sehen. Das hieß, er war entweder in eine der nächsten Seitenstraßen abgebogen oder in eines der Häuser. In sein Haus? Es war nur ein paar Schritte entfernt!

Wenige Sekunden später war sie dort, drückte gegen die Tür – und fiel beinahe ins Innere, weil sie nur angelehnt war. Absicht? Er wusste, dass du ihm hinterherrennst, dachte Anna. Er wollte, dass du ihn suchst. Was unmittelbar zu der Erkenntnis führte: Er erwartet dich.

»Schließ die Tür, Anna Krüger«, sagte die Stimme des Alten aus dem Halbdunkel der Wohnung. Sie konnte ihn nicht sehen. »Es ist niemand da, der dir helfen kann. Wir bringen es jetzt hinter uns.«

Anna schloss die Tür, aber instinktiv ließ sie sie nicht einrasten. »Wo sind Sie? Was haben Sie vor, Rückert?«

»Kein Doktor mehr?«, fragte der ehemalige Lehrer und klang amüsiert. »Du wirst dich doch nicht emanzipieren?«

»Kein Doktor mehr, Rückert«, erwiderte Anna. »Und auch keine überheblichen Sprüche mehr. Gerne bringen wir es jetzt zu Ende. Aber geben Sie sich gefälligst zu erkennen.«

»Wirf die Waffe weg, Anna Krüger. Ich ziele auf dich.«

Sie schleuderte die Pistole quer durch den dunklen Flur ins Wohnzimmer in der vagen Hoffnung, sie könnte von alleine auslösen – was sie aber nicht tat.

»Brav.« Der Alte trat aus dem Schatten der Garderobe.

»Wieso diese englische Uniform?«, fragte Anna, ohne sich von der Stelle zu rühren.

»Weil sie mich mit einem Engländer betrogen hat, natürlich!«, blaffte Rückert sie an. »Einem Soldaten! Dem Mann, an den sie die Widerständler verraten hat, verstehst du denn nicht?« Selbst im Halbdunkel der Wohnung konnte sie seine Augen funkeln sehen. Immer noch glühte der Zorn in ihm. »Die Nazis hatten überall ihre Spione. Auch in den Reihen der Engländer. Er war ein Nazi in englischer Uniform, das war er. Und er war ihr Geliebter. Das war nicht einfach Betrug, das war Verrat. Sie hatte die mutigen Männer auf dem Gewissen, die von der Gestapo an den Galgen gebracht wurden!«

»Und dafür musste sie sterben«, sagte Anna leise.

»Sterben? Nein.« Er lachte bitter. »Dafür musste sie leiden. Sterben musste sie deinetwegen, Anna Krüger.«

Anna ging langsam auf ihn zu. »Bleib stehen!«, herrschte er sie an.

»Sonst was?«

»Sonst nimmt das hier ein schnelles und trauriges Ende, Anna Krüger.«

*

Es war völliger Unsinn gewesen, ins Oberland hinaufzuhasten, in die Kirchstraße zu Frau Hovekamp. Er hatte einfach nicht nachgedacht. Anna hatte ihm doch erzählt, dass sie für ein paar Tage zu Nele ziehen würde, das hieß: in Neles Haus. Warum noch mal? Paul wusste es nicht mehr, aber es war auch egal. Als er vor Frau Hovekamps Häuschen stand, dessen blaue Farbe einen frischen Anstrich gebraucht hätte, hätte er sich selbst ohrfeigen können. Er *wusste,* dass gerade etwas falschlief, er konnte es genau spüren. Und nichts spürte er genauer, als dass es mit Anna zu tun hatte. Sie war auf der Insel geblieben, und das konnte keinen guten Grund haben – sondern nur einen bösen. Über seinem Kopf hörte er das Dröhnen der Rotorenblätter des Helikopters, der sich näherte. Wie der Schatten eines Raubvogels hing auf einmal die Bombe über ihm, nur ein paar wenige Meter entfernt. Instinktiv duckte Paul sich unter einen Türsturz.

Vielleicht war sie ja in Neles ehemaligem Inselbordell und … ja, was auch immer. Jedenfalls musste er schnellstens runter ins Unterland, in die Friesenstraße, und dort nachsehen. Und wenn er sie in dem Haus nicht vorfand, dann würde er zur Polizeistation rüberlaufen. Die Polizeistation! Er rief die Durchwahl von Annas Festnetzapparat an. Aber natürlich hob sie nicht ab. Hieß das, dass sie nicht dort war? Spielte es eine Rolle?

So schnell er konnte, nahm Paul die große Treppe in den unteren Teil der Insel, fluchte, weil der Lift nicht fuhr. Natürlich nicht: Es war ja kein Fahrstuhlführer mehr da. Fluchte, dass die Insel so verzwickt angelegt war, knickte mit dem Knöchel um und humpelte weiter Richtung Landungsbrücke und dann rechts ab. Im Windschatten der Häuser konnte er den Motor der Fähre hören, die ihn gebracht und die er dann wieder zurück zur Düne befohlen hatte, auch wenn das hieß, dass er den Bootsmann erneut ordern musste, sobald er Anna gefunden hatte. *Falls* er sie fand!

Die Stimmung auf der Insel war gespenstisch. Keine Menschenseele war hier, der Regen wischte einem in Böen ins Gesicht, die Wolken hingen so tief, als wollten sie ganz genau zugucken, was da mit dem Blindgänger geschah. Der Lärm des Hubschraubers immerhin verlor sich zunehmend in der Ferne. Hieß das Entwarnung? Hatten sie das Ding von der Insel geschafft?

Unwillkürlich blickte Paul Richtung Falm, obwohl man von hier aus natürlich rein gar nichts sehen konnte. Dann endlich kam er bei »Doras Hotel« an, dem Haus, in dem Nele einige Jahre lang überwiegend im Liegen gearbeitet hatte. Von außen sah es so unspektakulär aus wie alle anderen Gebäude ringsherum. Gerade dass nicht noch ein Gartenzwerg auf dem Fensterbrett stand. Allerdings fand Paul Freitag die Tür offen. Und als er sie aufdrückte und ins Innere rief, sprangen alle Alarmsignale in ihm an. Es war nicht bloß der Polizist, der Gefahr witterte, es war noch viel mehr der Freund. Annas Freund, der eine unsichtbare, kalte Hand nach sich greifen spürte.

*

Im Zwielicht war es nicht gut auszumachen, ob er nur bluffte oder ob er wirklich bewaffnet war. Also blieb Anna stehen. »Weshalb sollte sie meinetwegen sterben?«

»Sie hat mich erpresst«, erklärte Rückert leise, und beinahe klang es, als wiche alle Härte aus ihm. »Sie.« Er holte Luft. »Mich.« Weinte er?

»Womit hat sie Sie erpresst?«

»Sie wusste von uns.«

»Von wem wusste sie?«

»Von uns beiden, Anna Krüger, von dir und mir.«

Anna zögerte. »Von uns«, wiederholte sie zweifelnd. »Was bitte sollte sie von uns wissen?«

»Sie wusste, dass ich dich liebte. Sie hat mich dafür gehasst. Und dann ...« Inzwischen atmete er schwer. Unauffällig schob Anna einen Fuß etwas vor, rückte näher an ihn heran. »Und dann hast du dich in eine Hure verwandelt!«, schleuderte er ihr plötzlich entgegen, so heftig, dass Anna zurückzuckte. »Hast alle Jungen verrückt gemacht und dich diesem kleinen geilen van de Loop an den Hals geschmissen! Das musste ich dir heimzahlen, dafür musstest du leiden!« Nun war er es, der auf sie zukam, sodass Anna unwillkürlich etwas weiter zurückwich. Er war im Vorteil, er kannte die Örtlichkeiten bestens, während sie aufpassen musste, nicht über eine Schwelle zu stolpern, an einem Mauervorsprung anzustoßen oder einer Treppe zu nah zu kommen. »Aber irgendwie ist sie hinter die Sache mit dem Film gekommen. Und dann hat sie mich erpresst. *Ich gehe zur Polizei.* Als hätte Fleischer nicht alles dafür getan, dass die Sache unterm Teppich bleibt.« Rückert lachte bitter. *»Ich rufe bei der Zeitung an. Dann bist du erledigt, du feiner Herr Oberstudienrat«*, äffte er weiter seine Frau nach. *»Ich werde dich vernichten.* Nach allem, was sie mir angetan hatte!« Er atmete tief durch. »Eigentlich wollte ich sie gar nicht umbringen. Aber beim dritten Mal hat sie einfach aufgehört zu atmen.«

»Beim dritten Mal? Was soll das heißen?«

»Ich wollte, dass sie Todesangst hat«, erklärte Rückert. »Wieder und wieder und immer wieder. Ich habe sie gewürgt fast bis zur Bewusstlosigkeit. Ich konnte die Panik in ihren Augen sehen ...« Während er von seiner Foltermethode erzählte, leuchteten seine Augen im Dämmerlicht dieses

Horrorhauses. »Und dann hat sie aufgehört zu atmen. Absicht!«, schrie er und sein Speichel spritzte vor Empörung durch die Luft. »Das hat sie absichtlich gemacht! Die Hure!« Er atmete heftig, beruhigte sich etwas und fuhr fort: »Aber dann hab ich sie in die Uniform von diesem Schwein gestopft und runtergetragen in den Keller, wir haben ja diesen alten Zugang zu den Stollen hier, weil das Haus auf einem alten Keller erbaut wurde, und hab sie in den Tunnel geschleppt und in einen Winkel geworfen, so weit drinnen wie nur möglich. Aber stell dir vor …« Plötzlich stand Rückert so nah, dass sie seinen Atem riechen konnte und das Zittern seines Gesichts sehen konnte. »Da fängt sie an zu wimmern«, sagte er ganz leise. »Sie war nicht tot! War sie nicht! Nicht tot! Sondern am Leben!« Er wandte sich ab und blickte hinaus zum Fenster, hinter dem der trübe Tag auf dem Meer lastete. »Aber sie konnte ja nicht weg.« Ein leises Kichern schüttelte ihn. »Sie war ja gelähmt! Lag da und wimmerte und konnte sich nicht vom Fleck rühren.« Rückert blickte über die Schulter zu Anna, als wollte er sichergehen, dass sie einverstanden war. »Ich bin einfach zurück und habe die Tür wieder geschlossen. Einen anderen Zugang zu diesem Stollen gab es ja nicht.«

*

»Sie haben sie ihrem Schicksal überlassen«, flüsterte Anna und konnte ihre Abscheu vor Rückert nicht mehr verbergen, wollte sie nicht verbergen.

»Du denkst, ich sei ein Scheusal? Du hast ja keine Ahnung, Anna Krüger. Du weißt nicht, was sie mir angetan hat. Natürlich weißt du das nicht, du bist ja genau wie sie und wie alle Frauen.«

Anna sah sich unauffällig um. Langsam hatten sich ihre Augen an das Halbdunkel des Hauses gewöhnt. Nur einen Schritt von ihr entfernt stand eine Kommode, darauf eine Vase. Leer. Die ideale Waffe, wenn man das Überraschungsmoment nutzte. »Der Hubschrauber!«, schrie Anna panisch auf und starrte in eine Ecke beim Fenster. Unwillkürlich folgte Rückert der Geste mit seinem Blick. In dem Moment packte Anna die Vase und schleuderte sie so fest sie konnte in seine Richtung. Doch der Angriff verfehlte ihn, das Porzellangefäß flog um Haaresbreite an seinem Kopf vorbei und zerschmetterte im nächsten Augenblick das Fenster. Klirrend fielen die alten Scheiben in sich zusammen. Rückert zuckte, von einigen Scherben getroffen, zurück und hielt sich die Hand ans Ohr. »Was zum …« Doch Anna war schon bei ihm und presste ihn gegen den Rahmen, aus dem spitz die Zacken der geborstenen Glasfront ragten. »Sie haben sie verhungern lassen!«, brüllte sie Rückert an, während sich die Reste des Fensters in seinen Rücken bohrten. »Verdursten! Allein! Im Finstern! Sie Monster!« Es war, als brüllte Stalin aus ihrem Mund, so irrwitzig und ungezügelt klang es selbst in ihren Ohren. »Sie Schwein!«

Hätte sich der alte Mann nicht mit erstaunlicher Kraft aus ihrem Griff gewunden, sie hätte ihn womöglich an den Resten seiner Fensterscheiben aufgespießt. Doch Rückert war nicht nur zäh, er war vor allem stärker, als er aussah. »Das wirst du bereuen, Anna Krüger«, ächzte er und schlug mit aller Gewalt mit der Faust gegen ihre Stirn, einmal, zweimal und noch ein drittes Mal, bis Anna schwarz vor Augen wurde und sie zurücktaumelte. Die Gelegenheit für Rückert, seinerseits einen Aschenbecher nach ihr zu schleudern. Er traf. Eine Platzwunde an der Schläfe machte, dass Anna das Blut über die

Augen troff. Sie wankte weiter rückwärts, sah sich nach der Waffe um, die ja irgendwo liegen musste. Fand sie nicht – und wurde von Rückert mit einem kräftigen Stoß zurückgeworfen. Mit einer Hand fing sie sich an einer Türklinke ab, sodass sie nicht zu Boden ging. Aber der Alte rief nun alles ab, was er an Kräften noch im Leib hatte. »Das wirst du büßen, Anna Krüger. Du wirst dir wünschen, dass du nie auf die Welt gekommen wärst!« Seine Augen schienen zu glühen, als er ihr hinterherkam. In dem verzweifelten Versuch, sich Deckung zu verschaffen, riss Anna die Tür auf – und stand vor einer Treppe, die in die Dunkelheit führte. Sie konnte sich nicht mehr schnell genug umdrehen, als dass sie Rückerts nächstem Hieb entkommen wäre. Was dann folgte, war ein Feuerwerk von Schmerz und Scham: Anna stürzte scheinbar ins Nichts, eine steile Treppe abwärts, die kein Ende zu haben schien. Als sie endlich aufschlug und benommen liegen blieb, hatte sie das Gefühl, sich buchstäblich jeden einzelnen Knochen gebrochen zu haben. Und dann ging das Licht an und stieß ihr wie heiße Nadeln grell in die Augen.

*

»Und Sie sind?«

»Schmalhorst. Kripo Kiel.« Der junge Mann streckte ihm leutselig die Hand hin.

»Ach. Interessant! Darf ich fragen, weshalb Sie zurzeit auf der Insel sind?«

»Klar«, erwiderte Schmalhorst und grinste. »Dürfen Sie.«

»Und?«

»Kann ich Ihnen leider nicht sagen.«

»Sehr witzig.« Weikert hatte diese Antwort so oft gehört,

dass er sich nicht einmal mehr ein müdes Lächeln abringen konnte. »Tolle Aktion, was?«, sagte er stattdessen, weil es eine der erfolgversprechendsten Methoden eines Reporters war, einfach nur zu plaudern. Oft kam man bei einem Gespräch, das scheinbar gar nichts mit dem Fall selbst zu tun hatte, an Informationen, die man sonst nie erhalten hätte.

»Sehr eindrucksvoll, ja«, stimmte Schmalhorst zu.

»Aber tragisch, die Sache mit dem Selbstmord.«

»Selbstmord?« Falls Schmalhorst nur so tat, als wüsste er nicht Bescheid, dann tat er das ziemlich glaubwürdig.

Weikert zuckte die Achseln. »Immerhin einer weniger zu evakuieren«, sagte er leise.

»Netter Versuch, mehr zu erfahren«, grinste der Kripomann.

»Sie kommen vermutlich gerade gar nicht weg von der Insel«, vermutete der Journalist. »Sind ja alle Schiffe im Einsatz. Und Flugverkehr gibt es nicht ...«

»Wir kommen zurecht.«

»Wir? Sie sind zu mehreren auf Helgoland?«

Schmalhorst presste die Lippen aufeinander. Ein Zeichen, dass er mehr gesagt hatte als er wollte.

»Ich wäre auch gerne wieder in Hamburg«, erklärte Weikert wahrheitswidrig. »An meinem Schreibtisch wartet dermaßen viel Arbeit auf mich ...«

Der Kripomann grinste. »Auf welchem Schreibtisch nicht.«

»Ja«, sagte Weikert wissend. »Das Verbrechen schläft nie.«

»Ein wahrer Satz«, bestätigte Schmalhorst.

»Und wofür sind Sie so zuständig bei der Kripo?«, wollte Weikert wissen.

»Mord«, antwortete Schmalhorst knapp und mit einem Lächeln, als hätte er *den Nachtisch* gesagt.

»Darf ich Ihnen meine Karte geben?« Schon nestelte Ulrich Weikert seine Visitenkarte aus der Tasche.

»Kennen Sie Frau Krüger von der Polizei?«, fragte Schmalhorst unvermittelt.

»Anna Krüger? Alte Freundin von mir«, übertrieb Weikert. Vielleicht ließ sich ja auf dem Wege eine Gesprächsbasis aufbauen! »Warum fragen Sie?«

Der Kripomann blickte ihn aus seinen dunklen melancholischen Augen an. »Ich mache mir Sorgen um sie.«

Die Hand mit der Visitenkarte schwebte in der Luft. Schmalhorst konnte sehen, dass sie ein wenig erzitterte. »Ja«, sagte Weikert leise. »Wer tut das nicht?«

*

»Wie sie«, hörte sie seine Stimme. »Wie sie.« Leise. Drohend. Die Hand noch am Lichtschalter. In der anderen ein Fleischermesser. Er zog eine Blutspur hinter sich her. Oder war es ihr Blut, das auf den Stufen verteilt war?

Anna versuchte sich zu konzentrieren, den Kopf klar zu bekommen, sich gegen das Dröhnen und Hämmern in ihrem Schädel zu stemmen, deutlich zu sehen! »Wie Ihre Frau?«

»Ja. Genau hier hatte sie gelegen. Und sie hatte alles gesehen. Mehr als sie sich selbst schon ausgemalt hatte.«

»Sie sich selbst ...« Anna griff sich an den Brustkorb, der bei jedem Atemzug schmerzte. Offenbar hatte sie sich eine Rippe gebrochen. Oder mehrere. Mit der anderen Hand wischte sie sich das Blut von der Stirn und von den Augen. Sie würde das Schwein zur Strecke bringen, das stand fest. Er hatte seine Frau auf dem Gewissen, doppelt! Hatte sie zuerst in den Rollstuhl gebracht und dann ums Leben. »Es war diese Treppe? Der Rollstuhl?«

»Sie hatte mir nachgeschnüffelt«, erklärte Rückert. »Vorher schon. Und dann hatte sie mich zur Rede gestellt. *Ich habe es entdeckt. – Was hast du entdeckt, Schatz? – Deine Kammer.* Ja, sie hatte entdeckt, dass ich mir hier unten meine eigene Welt geschaffen hatte. Mit dir als meinem Licht in der Dunkelheit.« Sein Blick glitt über die Wände und Anna folgte ihm. Was sie sah, ließ sie erzittern.

*

Der Kies spritzte unter Klüvers Stiefeln. Immer wieder rutschte er einige Meter auf dem Invasorenpfad, ehe er auf dem Pflaster der Hafenstraße anlangte, wo er sich verausgabte wie seit Schulzeiten nicht mehr. Die kleine Barkasse wartete mit laufendem Motor. Die Matrosen hatten ein Schlauchboot vorbereitet, das sie in ein paar Minuten zu Wasser lassen würden. Dann ging es nur noch darum, den richtigen Ort und den richtigen Zeitpunkt zu bestimmen. Für die Soldaten war es ein Abenteuer, ja Klüver hatte sie sogar im Verdacht, dass es ein Spaß für sie war. War es aber nicht. Er hatte genügend Sprengungen vorgenommen, um zu wissen, dass immer etwas schiefgehen konnte. Immer. Ein Bombensplitter, ein unvorteilhafter Winkel, ein Windstoß, Pech allein genügte schon, um aus einer angeblich kontrollierten Sprengung einen Albtraum zu machen. Er hatte Kollegen sterben sehen, kannte Männer, die erblindet waren, einmal war ein Kind unerwartet um eine Ecke gekommen und hatte eine Hand verloren … Nein, das hier war kein Abenteuer. Aber er musste den Männern von der Marinebasis dankbar sein. Denn ohne sie wären sie bei der Entschärfung auf jeden Fall gescheitert. Er hatte die Sache von Anfang an falsch eingeschätzt. Hatte geglaubt, sie könnten mit den üblichen Mitteln eine so außergewöhnliche Lage in den Griff bekommen. Einmal mehr musste er lernen, dass das wichtigste Handwerkszeug des Kampfmittelbeseitigers Demut hieß. Denn die Menschen waren weitaus besser im Zerstören als im Gestalten. Und die Entschärfung eines Sprengkörpers war ein Akt sensibelster Gestaltung.

»Danke!«, rief er, noch im Laufen. »Wir können ablegen!« Und sprang an Deck, schlug der Länge nach hin, packte den Arm eines Matrosen, der ihm hochhalf, nickte ihm zu und hielt sich dann mit beiden Händen an der Reling fest, denn das Boot schoss wie ein Pfeil durch den Südhafen, den Jachthafen und den Vorhafen hinaus vor die Südmole, um dann einen weiten Bogen zu beschreiben und Kurs Nordnordwest zu nehmen: dorthin, wo der Helikopter in einiger Entfernung über dem Meer stand, unter sich das Mordwerkzeug aus dem Zweiten Weltkrieg.

*

Fotos von Anna Krüger. Als Jugendliche. Als Kind beinahe noch. Eines sogar mit Zahnspange! Das Bild mit den weißen Jeans vom Klassenfoto. Und alle stark vergrößert. Beinahe sah es aus wie das Zimmer eines Teenagers mit Postern von Stars an den Wänden. Anna kämpfte sich mühsam vom Boden hoch, spürte, dass eines ihrer Handgelenke heftig pochte, vom Schmerz, der inzwischen nicht mehr nur im Kopf, sondern praktisch überall in ihrem Körper tobte, ganz abgesehen. »Was ... ist das? Was soll das sein?«, ächzte sie und betrachtete dieses Kabinett genauer. Im grellen Licht der Deckenlampe blickte sie auf sich selbst: Von diversen Aufnahmen lächelte die junge, fröhliche Anna Krüger ihr entgegen, das Mädchen, das sie einst gewesen war. In einem anderen Leben.

Sie wandte sich um, entdeckte weitere Aufnahmen auf der anderen Seite des Kellerraums. Fotos, die sie nicht kannte. Schnappschüsse. Bilder, die sie auf dem Pausenhof zeigten, vor dem Schultor, auf dem Sportplatz – in knappem T-Shirt und Hotpants. Ein Foto, das besonders groß neben der Tür prangte. »Woher haben Sie die alle?« Anna wandte sich zu Rückert um, der an einen Tisch getreten war, auf dem ein Projektor stand. »Selbst aufgenommen? Heimlich?«

»Heimlich«, sagte der Alte. »Wie das klingt ...« In einer stolzen Geste breitete er die Arme aus und erklärte: »Kann es ein schöneres Kompliment geben als eine solche Sammlung?« Und dann, ganz leise: »Du warst so ein Engel, Anna Krüger. So ein liebes Mädchen. Es ist eine Schande, dass du ...« Er atmete tief durch. »Aber dass du meinem Marten auch noch das Herz gebrochen hast, das war das Schlimmste.«

»Ich habe mit Marten doch gar nichts zu tun gehabt!«, fuhr ihn Anna an, die ahnte, was er vorhatte. »Lassen Sie das bleiben!« Sie deutete auf den Projektor, der gegenüber einer weißen, leeren Wand stand.

»Dein Fehler, Anna. Hättest du ihn genommen, statt dich diesem van de Loop an den Hals zu werfen, dann wäre alles anders gekommen.« Rückert lachte bitter. »Er dachte ja, dass er vielleicht irgendwann später ... Ich musste ihm zeigen, dass du genauso eine kleine, dreckige Hure warst wie alle anderen. Es war ein Kinderspiel, Stefan und seine Bande dazu zu bringen. Ein Briefchen genügte.« Lächelnd zitierte er: *»Anna erwartet Steve in der Schrebergartenlaube 43. Heute Nachmittag um 15.00 Uhr. Zeigt ihm, wie man eine Frau nimmt.*

Stefan hat genau reagiert, wie ich es von ihm erwartet hatte. *Steve der Große.*« Wieder dieses Kichern, während Rückert den Projektor anwarf und auf dem Videorekorder auf »Play« drückte. Anna stürzte einen Schritt auf ihn zu, um ihn zu hindern, doch Rückert streckte das Fleischermesser in ihre Richtung und sagte mit eisiger Stimme: »Keinen Schritt weiter, Anna Krüger. Wir bringen das hier zu Ende. Du bist längst ein Wrack. Aber wenn du hier rauskommst, wirst du denselben Weg gehen wie Marten: in die Psychiatrie. *Falls* du hier rauskommst.«

»Warum?«, schluchzte Anna. »Was habe ich Ihnen jemals getan?«

»Was du mir getan hast?« Rückert schüttelte den Kopf über so viel Unverstand. »Nachdem du mir das Herz gebrochen hattest und Marten?«

»Aber Sie waren es doch, der ihm das Herz gebrochen hat! Sie haben ihn zuschauen lassen, wie mich die Schweine vergewaltigen!« Anna rang um Luft. Schon hörte sie wieder Steves schmierige Stimme: *Na sieh mal einer an, wer da kommt. Anna Krüger!* Sie spürte, wie sie würgen musste.

»Du hast ihn hinter Gitter gebracht, Anna. Du hast dafür gesorgt, dass er in die Psychiatrie kam. Am Ende warst du dafür verantwortlich, dass er jetzt tot ist!« Die letzten Worte hatte Rückert gebrüllt. Seine Augen waren blutunterlaufen, Schweiß troff von seiner Stirn, obwohl es in diesem Keller so kalt war wie in einer Kühlkammer.

Der Projektor warf unbarmherzig die Bilder an die Wand. Anna und die vier Kerle, von denen allerdings nur drei zu sehen waren: die beiden, die sie festhielten, und Steve, der seine Hose öffnete. Anna schloss die Augen, hielt sich die Ohren zu, bis ein stechender Schmerz durch ihre Finger fuhr: Rückert hatte die Klinge über ihre Hand gezogen, dass das Blut nur so herunterlief. »Schau zu, sonst steche ich dich ab wie ein Schwein«, zischte Rückert, der plötzlich ganz nah hinter ihr stand.

*

Gespenstisch fühlte es sich für Paul Freitag an, dieses leere Haus auf dieser leeren Insel zu betreten. Gleich hinter der Tür führte eine steile Treppe nach oben in den ersten Stock. Dorthin, wo Nele ihr Arbeitszimmer gehabt hatte. Kurz hielt Paul inne und lauschte. War jemand hier? Er versuchte, sich zu orientieren. Küche, WC, ein verwaistes Wohnzimmer, das mussten die Räume hier im Erdgeschoss sein. Oben dann das Schlafzimmer, ein Bad, sonst nicht viel ... Es war ein kleines Haus. Und kein Anzeichen, dass sich jemand hier befand. Mit einigen vorsichtigen Schritten durchmaß er den Flur, blickte in die Erdgeschossräume, dann stieg er die Treppe hoch, in Neles ehemaliges Reich.

Mit dem ersten Blick erfasste er, dass hier eine Auseinandersetzung stattgefunden haben musste. Er entdeckte Blut – und er sah Annas Collage an der Wand: eine Ermittlungstafel, wie sie sie damals in der Polizeistation eingerichtet hatten, als ...

Ein Geräusch. Paul fuhr herum. Doch es war nur ein Windstoß gewesen, der die Tür unten zugeschlagen hatte. Instinktiv hatte Paul nach seiner Waffe gegriffen. Zwei Menschen mussten hier gewesen sein. Mindestens. Und sie hatten gekämpft. Jetzt aber war das Haus leer, und die Frage war: Wo waren die beiden hin? Anna und wer auch immer. Denn es war klar, dass Pauls Kollegin mit der Sache zu tun hatte.

Wieder einmal. Anna schien die Katastrophen geradezu anzuziehen. Er blickte aus dem Fenster, von wo aus man ein Stück des Südstrands sehen konnte. Alles lag ausgestorben da. Niemand würde ihm helfen können, seine Kollegin zu finden: die Frau, die er liebte.

*

Zitternd stand Anna in Rückerts Keller und erlebte einmal mehr den Horror, der ihr ganzes Leben geprägt hatte. Musste zusehen, wie ihre Jugend, ihre Unschuld und ihr Lebensmut gebrochen wurden. Musste Steve, das Schwein, hören, Rückerts heißen Atem in ihrem Nacken, und Stalin in ihrem Kopf. Es gab nichts an und in ihr, das nicht wehgetan hätte, der Tod wäre eine Erlösung gewesen, und für einen Augenblick spielte Anna mit dem Gedanken, den Alten dazu zu bewegen, ihr das Messer in den Rücken zu stoßen, um dem Albtraum endlich ein Ende zu bereiten. Es war eine Sehnsucht, eine leuchtende Verheißung, den Wahnsinn hinter sich lassen zu dürfen, Frieden zu finden nach all den Jahren, in denen sie von ihrem Kopfschmerz gequält und von der Erinnerung gepeinigt worden war.

Doch dann blitzte plötzlich ein Satz in ihrem Kopf auf, den Rückert einmal auf den Klippen zu ihr gesagt hatte: Achte auf Marten.

»*Achte auf Marten*«, ächzte sie, als der Film endlich, endlich zu Ende war und auf der Wand nur noch Weiß flimmerte.

Der Alte sagte nichts, aber es schien, als hielte er auf einmal den Atem an.

»Das haben Sie zu mir gesagt. Zuerst dachte ich, Sie wollten, dass ich auf ihn aufpasse.« Es fiel ihr schwer, trotz all der

Schmerzen, die sie litt, zu sprechen. »Dann dachte ich, Sie wollten mich warnen, wollten mir einen Hinweis geben, dass er gefährlich ist. Aber in Wirklichkeit …«

»In Wirklichkeit wollte ich dir eine letzte Chance geben, Anna Krüger. Du hättest ihn davor bewahren können, Fleischer zu töten. Du hättest dir nur ein bisschen mehr Mühe geben müssen, ihn zu finden. Hättest ihn beobachten müssen. Hättest es mit ihm probieren können! Ihm eine Chance geben! Doch er war dir die Mühe nicht wert.« Ein Schnauben in ihrem Rücken. Der Film war zu Ende. Rückert drückte auf »Rewind«.

»Ich hatte es nicht kapiert«, erklärte Anna. »Und selbst wenn … Was hätte ich ausrichten können? Er wäre auch wegen versuchten Mordes verurteilt und in die Klinik gesteckt worden. Zu Recht!« Anna fuhr herum, verlor beinahe das Gleichgewicht, weil auch ein Knöchel bei ihrem Sturz in Mitleidenschaft gezogen worden war, starrte Rückert mit hasserfüllten Augen an. »Sie haben ihn doch dahin gebracht, Ihren *Sohn!* Sie haben ihn zum Mörder gemacht.«

Er beugte sich zu seinem Rekorder, um erneut auf »Play« zu drücken. Das war der Moment, in dem Anna ihre Chance ergriff. Mit einem schnellen Hieb gegen die Schulter stieß sie ihn zur Seite, packte den Rekorder, riss ihn vom Tisch und warf ihn nach dem Alten, der die Hände schützend hochhielt und dabei das Messer verlor. Anna hechtete danach, bekam es zu fassen und fuhr zu Rückert herum, der sich gerade wieder auf sie werfen wollte. Zu spät. »Jetzt sind Sie dran«, flüsterte Anna und stand auf, den Blick nicht von ihrem Gegner lassend. »Das war Ihr Leben, Rückert. Jetzt ist es vorbei.«

*

»Läuft nicht, wie es laufen soll, eh?«

Paul fuhr herum, weil er nicht damit gerechnet hatte, von *irgendjemandem* angesprochen zu werden. »Herr Eck!« Er sog scharf die Luft ein. »Sie sollten längst evakuiert sein!«

»Um mich wäre es nicht schade«, erwiderte Saskias Vater. »Aber um Sie! Warum treiben Sie sich denn noch hier herum? Es gibt doch gar niemanden mehr, auf den Sie aufpassen müssten.«

Paul nickte. »So sollte das eigentlich sein«, sagte er. »Eigentlich müsste ich jetzt auch auf der Düne drüben sein.« Er nickte in Richtung der Nebeninsel. »So wie Sie.«

Eck schüttelte lächelnd den Kopf. »Die wollten mich auf ein Schiff auslagern. Die MS Helgoland. Sieht hübsch aus, ist aber nichts für mich.« Er legte den Kopf schief. »Aber?«

»Aber was?«

»Warum sind Sie trotzdem hier?«

Paul seufzte. »Haben Sie meine Kollegin Anna Krüger gesehen?«

Die Augen des Alten waren unergründlich. Er ließ sich Zeit mit seiner Antwort, lauschte auf die Rufe der Kampfmittelbeseitiger, die der Wind zu ihnen heruntertrug. »Wann?«

»In letzter Zeit natürlich, Mann!« Paul räusperte sich. »Entschuldigung.«

»Kein Problem. Ich komme gut damit klar, wenn mich die Polizei etwas härter anpackt. Damit habe ich Jahre gelebt.«

»War nicht so gemeint.«

»Ich weiß.«

»Und?«

»Sicher hab ich sie gesehen. Mehrmals heute. Sie war ja ständig unterwegs.«

»Unter anderem auf der Suche nach Ihnen, Herr Eck.«

Der Alte nickte. »Ich weiß. Tut mir leid. Aber wissen Sie, wenn man mal ein paar Jahre auf der Straße gelebt hat, dann ist das mit den Anweisungen eine schwierige Sache. Man tut sich schwer damit, sich etwas sagen zu lassen.«

Paul wartete.

»Zuletzt war sie hier in der Nähe«, erklärte Eck. Er schien sein Gedächtnis zu durchsuchen, wandte sich dann Richtung Mittelland, nickte, als wäre er einverstanden mit seiner Erinnerung, dann drehte er sich um und deutete die Friesenstraße entlang. »Sie war in dem Haus, aus dem Sie gerade gekommen sind«, erklärte er. »Ich glaube aber, ich habe sie wenig später in ein anderes Haus gehen sehen. Dort vorne. Bin mir nicht sicher, aber sie sah komisch aus.«

»Komisch?«

»Gehetzt. Wie ein Tier.« Er horchte in sich hinein. »Wie ein gehetztes Tier.« Nickte. »Ja. Auch wenn ich sie nur aus der Ferne beobachtet habe. Aber ich erkenne, wenn jemand gejagt wird. Habe ich oft genug erlebt.«

*

»Und Sie passen hier auf dem Halunder Jet auf uns auf?«

Sie schloss kurz die Augen, versuchte, den aufwallenden Zorn zu unterdrücken. Der Ton. Es war so offensichtlich, dass er zu flirten versuchte. Er! Der es doch wusste. Als einer von ganz wenigen. Sie antwortete nicht. Was sollte sie auch sagen?

»Das ist schön«, erwiderte er. »Dann sind wir ja in guten Händen.« Er schmunzelte, zwinkerte ihr zu. Als wäre nichts geschehen! Als wäre die Welt in bester Ordnung! Doch das war sie nicht! Nichts war in Ordnung. Ein paar Monate vielleicht und hier würde das Leben weitergehen. Nur ihres nicht.

»Ja«, flüsterte sie mühsam. »In besten Händen. Sicher.«

»Ich bin ja so froh«, sagte er. Einen Moment lang zweifelte sie, ob sie richtig gehört hatte. »Froh, ja?«, erwiderte sie, giftiger, als es hätte klingen sollen.

»Sie nicht?«, entgegnete Dr. Oppelt irritiert. »Also ich habe mich jedenfalls sehr gefreut, als ich die Werte gesehen habe.«

»Die Werte?«

»Ihre jüngsten Werte. Die Marker«, erklärte er. »Ein CA-125-Wert von vierzig ist ja geradezu vorbildlich.«

»Vorbildlich?«, wiederholte sie, lauschte, ob in seinen Worten irgendetwas zu entdecken war, das sie Lügen strafte. Wagte nicht, zu glauben. »Sie meinen, die Werte waren gut?«

»Gut? Sie waren wunderbar, Frau Berneking«, sagte der Leiter des Inselklinikums. »Aber das hatte ich Ihnen doch in meinem Arztbrief dazu geschrieben. Haben Sie ihn denn nicht bekommen?«

Saskia sank auf eine freie Sitzfläche nieder und hielt sich fest. »Ich … ich konnte den Brief nicht öffnen«, flüsterte sie. »Ich … ich hatte …«

Angst.

Der Arzt setzte sich neben sie. »Das müssen Sie nicht, Frau Berneking«, sagte er voll Mitgefühl. »Es ist auch gar nicht gut. Angst hilft uns nicht weiter. Die Werte sind ausgezeichnet. Ihre Chancen, wieder gesund zu werden, sind endlich richtig gut.«

»Mehr als ein paar Prozent?« Saskias Blick ging nach draußen, dorthin, wo in einiger Entfernung ein Hubschrauber nordwärts flog.

Doktor Oppelt legte seine warme, trockene Hand auf ihre. »Sie werden wieder gesund. Wir schaffen das.«

Saskia nickte. »Wenn Sie es sagen …«

»Ich sage es.« Er drückte ihre Hand, sacht und freundlich. »Ich weiß, wie es um Sie steht. Ich weiß, dass Sie zurzeit nicht so aussehen, wie es scheint. Sie haben sehr eindrucksvoll Ihre Fassade aufrechterhalten, Frau Berneking. Aber im nächsten Jahr werden Sie die Perücke verbrennen und all das Make-up und alles.«

»Die Medikamente, Herr Doktor. Die vor allem.«

»Die vor allem«, lachte der Klinikleiter erleichtert. »Wissen Sie, es hat mir schon sehr wehgetan zu sehen, dass ein so blühendes, faszinierendes Leben so früh …« Dann schluckte er doch. Schüttelte den Kopf und atmete tief durch.

»Sie flirten doch nicht, oder?«, sagte Saskia mit einem Lächeln.

Der Arzt räusperte sich. »Na, Sie machen es einem nicht leicht.«

»Zu flirten?«

»Nicht zu flirten.«

Den Kuss hatte er sich verdient.

*

18. April, 12.59.45 Uhr.

Ein letztes Mal tönte die Sirene über die Insel. Ein hohler, trostloser Ton. Friedlich lag Helgoland im Meer, ein stolzer roter Felsen, umgeben von ruhiger See. Keine Wolke stand am Himmel, sogar der Wind schien an diesem Tag den Atem anzuhalten.

Die BBC spielte ihre Fanfare ab, gleich würde das Zeitzeichen erklingen. Zehn kurze Sekundentöne: der Countdown.

Die HMS Lasso lag ruhig auf dem Wasser, ringsum hatten sich die Schiffe und Boote in einem riesigen Kreis gesammelt, der die Insel umgab. Der kleine Doppeldecker war auf Abstand zu dem Felsen gegangen, eine Militärmaschine hatte sich auf Position begeben, von der aus die Marine ihre Aktion filmen ließ: die Operation Big Bang.

Zehn.

Die Männer hielten die Luft an.

Neun.

Jellis legte die Hand auf den Knopf.

Acht.

Der Schatten der Militärmaschine streifte übers Deck.

Sieben.

Niemand sagte mehr ein Wort.

Sechs.

Kreischend ließ sich eine Möwe auf der Reling nieder.

Fünf.

Alle starrten hinüber zu der Insel.

Vier.

Jellis straffte sich.

Drei.

Er schloss kurz die Augen.

Zwei.

Alle hatten mitgezählt.

Eins.

Der Kapitän nickte Jellis zu.

Der letzte Ton.

Jellis drückte auf den Knopf.

Nichts geschah. Eine Sekunde verging, eine zweite. Etwas schien sich auf der Insel zu bewegen. Ein Riese erhob sich grau und schwerfällig über dem Hafen, wuchs plötzlich schnell und immer schneller, hüllte schon bald die Insel ein und schien sie zu verschlingen. Dann rollte der Donner heran, dieses gewaltige Tosen der Explosionen, die tausend- und abertausendfach das Innere der Insel zerrissen. Es steigerte sich zu einem unvorstellbaren Dröhnen, während der Riese hinaufwuchs in den Himmel und zu einer gewaltigen Wolke wurde, die sich über dem Ort auftürmte, der eben noch Helgoland gewesen war. Aus dem Sockel des Felsens stieg eine Welle empor, die den Schiffen entgegenrollte, ein letzter, schwacher Gegenschlag des wehrlosen Wesens, dessen Antlitz in einer scheinbar endlosen Abfolge von Detonationen zerfetzt wurde, während draußen auf der See die Männer über die Gewalt ihres Werkes staunten. Es gab einige, die in Jubel ausbrachen, es gab viele, die sich beschämt abwandten. Gunner Jellis, der die Aufgabe gehabt hatte, den Knopf zu drücken, aber betete leise und hoffte, dass Gott seine Tränen sah.

15

Die Stelle, an der Rückerts Frau gefunden worden war, war durch den Erdrutsch verschüttet worden. Vom Haus des alten Mannes aus konnte man sie nicht mehr erreichen. Aber es ging noch tief genug in den Stollen, dass sich das Licht, das aus dem Keller drang, zu einem matten Schimmer verlor. Anna atmete schwer, als sie den Rückweg antrat. Auch wenn sie immer noch aus mehreren Wunden blutete, spürte sie kaum noch Schmerzen. Vor allem hatte sich die Migräne zurückgezogen, ja, Stalin war kaum mehr als ein leises Hintergrunddröhnen in ihrem Kopf, das immer schwächer wurde, während sie mit jedem Schritt, den sie tat, immer stärker zu werden schien. Als wäre das Tau, das sie an ihre Vergangenheit gefesselt hatte, mit einem sauberen Schnitt durchtrennt worden. Als hätten sich die Ketten mit einem kräftigen Hieb gelöst.

Sie schloss die Tür, sperrte ab, blickte sich um. Dann trat sie an die Wand und löste das Bild, das sie beim Sport zeigte, ab, danach ein Bild vom Pausenhof, eines vom Schultor, ein Klassenfoto, eine Aufnahme für das Jahrgangsheft – zum Schluss riss sie das Foto mit den weißen Jeans ab, dieses Bild, das sie selbst immer vor ihrem inneren Auge gehabt hatte, wenn sie an sich in jener Zeit zurückdachte. Und im Augenblick, da sie es zerknüllte, war es, als löse sich der Kopfschmerz, dieser unbarmherzige Folterknecht in ihrem Schädel, in nichts auf, ja, als fahre ein Dämon aus ihrer Stirn und ließe sie endlich aus seinen Klauen.

Ihr war schwindelig. Sie hielt sich an dem Tischchen fest, auf dem der Projektor stand. Das Video! Sie hob den Rekorder auf und zerrte die Kassette heraus, denn ohne Strom funktionierten die Tasten nicht mehr. Dann warf sie sie hin und zerschmetterte sie mit dem Rekorder, dessen Front dabei auseinanderflog. Je mehr sie sich verausgabte, umso mehr Kraft schien in ihre Glieder zurückzukehren.

Von fern hörte sie ein schwaches Klagen, ein Rufen, etwas, das sie nicht interessierte. Es würde bald vorbei sein.

Dass jemand die Treppe herunterkam, fiel ihr gar nicht auf, so sehr war sie von der Erkenntnis gebannt, dass es in der gequälten, kranken Anna Krüger offenbar noch eine andere gegeben hatte, die jetzt an die Oberfläche trat: eine starke junge Frau, die sich nichts und niemandem unterwarf, schon gar keinem Schmerz und keinem Hass. Eine unbeugsame junge Frau. Eine gnadenlose Frau.

»Anna?«

»Paul.«

»Was ist hier geschehen? Was ist mit dir?« Voll Entsetzen trat Paul Freitag in den Keller, blickte sich um, bemerkte das Blut überall und die Zerstörungen. Erkannte, was auf den Bildern zu sehen war, die verstreut auf dem Boden lagen, teils zerknüllt, teils zerrissen. »Das bist du«, sagte er zögerlich.

Anna zuckte die Schultern. »Wie man es nimmt«, sagte sie gleichmütig.

»Wo ist ...« Unwillkürlich wanderte Pauls Blick zu der Tür. Er zögerte.

»Es gibt Geschichten, die nie ein Ende nehmen, Paul«, sagte Anna leise. »Grausame Geschichten, die endlos weitergehen. Manchmal denkt man, man lebt in einer solchen Geschichte. Und manchmal stellt man dann fest, dass auch die grausamste Geschichte ein Ende hat. Und dass das Leben weitergeht, wenn man eigentlich schon damit abgeschlossen hat.«

Paul trat auf sie zu und legte die Hände auf ihre Arme. Sie zuckte nur kurz zusammen, als er den angeknacksten Oberarm berührte. »Wer hat dir das alles angetan?« Sein Blick wanderte zu ihrer Stirn, auf der eine große Platzwunde immer noch leicht sickerte.

»Niemand, Paul«, sagte sie. »Niemand, auf den es jetzt noch ankommt.« Sie hob ihr Gesicht zu ihm und er verstand.

Als sich ihre Münder wieder voneinander trennten, war Anna so leicht ums Herz, wie sie es seit jenen Jugendtagen der ersten Verliebtheit mit Leo nicht erlebt hatte. Doch Pauls Miene blieb ernst. »Wir haben ihn evakuiert.«

Anna lauschte seinen Worten, hielt kurz inne, dann stimmte sie zu: »Ja. Das haben wir.«

»Er ist nicht wiederaufgetaucht.«

»Tatsächlich?«

»Ja«, sagte Paul. »So war es.«

»Wenn du es sagst …«

»Sollen wir eine Trauerfeier für ihn …?«

»Nein. Bitte nicht.«

Paul nickte langsam, strich ihr eine Haarsträhne aus der blutigen Stirn. »Willst du mir sagen …?«

Anna schüttelte den Kopf. »Vielleicht später irgendwann.«

Und Paul nahm sie in den Arm, hielt sie ganz fest, so fest, wie sie es seit damals nicht mehr ausgehalten hatte. Doch jetzt genoss sie es, liebte die Wärme, die von ihm ausging, glaubte, seinen Herzschlag zu fühlen, drückte ihr blutiges Gesicht an seine Brust und seufzte.

»Du hast deine Gründe gehabt, Anna. Das weiß ich. Und deshalb ist es gut.«

»Ja, Paul«, flüsterte sie. »Danke. Alles ist gut.«

Und alles war gut.

*

MONTAG

Auch wenn es weiterhin unverdrossen regnete und noch Tage regnen würde, fühlte sich die neu angebrochene Woche für die Helgoländer an wie der Aufbruch in eine unbeschwerte Zukunft. Wie groß die Gefahr durch den Blindgänger gewesen war, war vielen erst hinterher wirklich bewusst geworden. Mancher hatte es erst am nächsten Tag realisiert, als er die Zeitung in Händen hielt. Fünf Tonnen Sprengkraft, das war ein Monstrum gewaltigen Ausmaßes. Wäre die Bombe hochgegangen, hätte es Tote gegeben, wenn die Insel nicht evakuiert gewesen wäre. Umso größer war die Erleichterung, auch wenn es ein paar Frauen und Männer gegeben hatte, die ärztliche Betreuung ausgerechnet dann gebraucht hatten, als die Entschärfung vorbei war. Im medizinischen Fachjargon sprach man von Posttraumatischer Belastungsstörung.

Der Halunder Jet nahm wieder Kurs auf seinen Heimathafen Hamburg, die MS Helgoland war gen Cuxhaven ausgelaufen. In der kleinen Polizeistation war am folgenden Morgen die Mitarbeiterin Saskia Berneking mit einem Kopftuch erschienen, einer Art Turban, den sie sich kunstvoll um das kahle Haupt geschlungen hatte. Auf Make-up hatte sie verzichtet. »Es ist alles gut«, hatte sie erklärt, als sie in die schockierten Gesichter der anderen geblickt hatte. »Hier seht ihr die echte Saskia. Die andere war nur Fassade. Und ja, ich bin krank. *War* krank. Aber jetzt sieht es endlich wieder gut aus für mich.« Worauf sie nacheinander Frau Schneider, Paul und zuletzt Anna umarmt hatte, Letztere vielleicht etwas länger als die anderen.

Die Kripo hatte sich verabschiedet und wissen lassen, dass mit ernsthaften Ermittlungen wegen der weiblichen Leiche aus dem Stollen nicht zu rechnen sei. Da es keinen Hinweis auf ein Gewaltverbrechen gab, die Identität vermutlich ohnehin nie geklärt werden würde und man aus dem LKA darauf aufmerksam gemacht worden war, dass diplomatische Verwicklungen mit Großbritannien nicht wünschenswert waren, verzichtete man darauf, die ungewöhnliche Kleidung der Toten im Bericht besonders hervorzuheben. Weshalb sollte die Frau keine englische Fliegeruniform getragen haben?

Die Räumung der Insel wurde in der Presse allgemein als logistische Meisterleistung gewertet, und der Einsatzleiter Gerd Raabe fühlte sich ermutigt, eine Vielzahl von Interviews zum Thema zu geben, bevorzugt fürs Fernsehen. Dass ihn Ulrich Weikert in seinem großen Artikel für den Hamburger Express nicht einmal erwähnte, empfand er als besondere Gehässigkeit.

Statt Raabe indes fand sich ein anderer Bewohner der Insel im Mittelpunkt von Weikerts Berichterstattung: ein alter Mann, der erst seit kurzer Zeit auf Helgoland lebte, aber bereits jetzt als »der Diogenes von der Hafenstraße« galt oder wahlweise als »Insel-Philosoph«, ein gewisser Josef Eck. Ihm wurde auch der Satz zugeschrieben: »Diese Insel wird nie untergehen, die könnte selbst der liebe Gott nicht versenken.«

Eine Erkenntnis, die in jenen Tagen vermutlich der größte Teil der Halunder unterschrieben hätte. Sie waren schließlich alle wohlbehalten aus der kurzen Evakuierung zurückgekehrt auf den roten Felsen in der Deutschen Bucht. Alle waren sie wieder da – mit einer Ausnahme: Aus unerfindlichen Gründen fand sich zwar ein gewisser Dr. Rückert auf der »Evakuierungsliste MS Helgoland«, hinter seinem Namen aber konnte kein Haken gemacht werden, als es darum ging, das Schiff wieder zu räumen. Einige glaubten, ihn an der Landungsbrücke gesehen zu haben, wo die auf die Düne zu Evakuierenden ausgeschifft wurden. Doch auch hier gab es keine Erkenntnisse über seinen Verbleib. Man musste davon ausgehen, dass der alte Herr unbemerkt über Bord gegangen war, während alle gebannt auf die Insel gestarrt hatten. Bei den Temperaturen der Nordsee und angesichts des hohen Alters des Mannes war er vermutlich innerhalb kürzester Zeit in den Wellen versunken. Von insgesamt 1.678 zu evakuierenden Personen waren demnach 1.677 wieder auf die Insel zurückgekehrt. Eine Person aber blieb rätselhafter Weise verschwunden. Auch dazu zitierte der Hamburger Express den alten Insel-Philosophen: »Helgoland ist eine Insel voller Geheimnisse. Und sie wird niemals alle preisgeben.«

*

Hi, Leo!

Wir haben uns nie kennengelernt. Aber ich weiß, wie wichtig Du Anna warst. Und Du wirst es immer sein. Du wirst immer der zweite Mann neben mir sein. Na ja, wohl eher der erste. Aber damit komme ich gut zurecht. Denn ich weiß, dass Du sie über die schwere Zeit gerettet hast. Ohne Dich hätte sie das alles nicht durchgehalten. Dafür werde ich Dir ewig dankbar sein.

Anna wollte, dass ich diesen letzten Eintrag in ihr Tagebuch schreibe. Es war ihr wichtig. Ich kann das verstehen. Und es macht mich stolz, dass sie mir so die Möglichkeit gibt, mich bei Dir zu bedanken. Denn ohne Dich hätte auch ich mein Glück nicht finden können. Danke, mein Freund.

Paul

Helgoland. Nach mehreren missglückten Versuchen konnten die Mitarbeiter des Kampfmittelräumdienstes am Freitagnachmittag eine 5.000-Kilo-Bombe aus britischer Produktion entschärfen. Der Blindgänger war am vergangenen Wochenende bei Arbeiten auf der Klippe gefunden worden und drohte, einen Felssturz auszulösen. Die Inselverwaltung ließ vorsorglich ganz Helgoland räumen. »Eine Zumutung«, befand Dr. Anemone Heckert, eine Heilpraktikerin, deren Haus von einem etwaigen Steinschlag betroffen gewesen wäre. »Die Insel hat schon ganz andere Zumutungen ausgehalten.« Womit die gelernte Kosmetikerin, die auf Helgoland auch mystische Wanderungen anbietet, nicht ganz richtigliegt: Bei einer großen Sprengung nach dem Ende des Zweiten Weltkriegs brach ein großer Teil der Insel in sich zusammen. Die markante Spitze des Felsens wurde dabei zerstört. Der nun gefundene Blindgänger gehörte zur größten Kategorie von Bomben, die je über deutschem Boden abgeworfen wurden. »Ein Monster«, beschreibt es der Leiter der Inselverwaltung dem Hamburger Express gegenüber: »Diese Bombe ist der Albtraum jedes Insulaners. Wir haben genügend Erfahrung mit Bombenterror, um die Gefahr einschätzen zu können. Hier war sie riesig.«

Mit Hilfe der Bundeswehr wurde der Sprengsatz schließlich geborgen und per Hubschrauber auf eine Entfernung von mehr als fünf Kilometern gebracht, wo die Bombe kontrolliert gesprengt wurde. Die Detonation war bis zu den benachbarten Nordfriesischen Inseln zu hören.
UW

Dank

Allen, die Anna Krüger geholfen haben, das Licht der Welt zu erblicken und sich darin zurechtzufinden, möchte ich an dieser Stelle herzlich danken. Thorben Buttke, mein umsichtiger und feinsinniger Lektor, hat das Projekt von Anfang an begleitet und manche Mine für mich beiseitegeräumt. Polizeioberrat Alfred Geyer (†) hat mir lange mit Rat und Tat zur Seite gestanden. Prof. Dr. med. Wolfgang Wagner und Dr. med. Birgit Tatsch haben mir zahlreiche Fragen beantwortet. Helgoland erklärt und eröffnet hat mir in ganz besonderer Weise Detlef Rickmers. Mit seinem »Hotel auf den Hummerklippen« hat er es sogar möglich gemacht, dass man dort in einem Tim-Erzberg-Zimmer übernachten kann. Iris Binnewies hat mir vielfach geholfen. Die Crew der MS Helgoland war ein Quell der Inspiration. Ihnen allen und den vielen, die ich hier gar nicht aufzählen kann, die aber ebenfalls auf unterschiedlichste Weise mitgewirkt haben, diese Heldin zu erschaffen, die mir über die Jahre sehr ans Herz gewachsen ist, danke ich von Herzen.
Falls Sie noch nicht auf Helgoland waren: Holen Sie es endlich nach, es lohnt sich!

Leseprobe

Tim Erzberg

Hell-Go-Land

Kriminalroman

HarperCollins

TAG 4

Montag, 1. Februar, 06:36 Uhr,
54° 11' nördliche Breite, 7° 53' östliche Länge,
Windstärke 9, West

Am Montag hatte sich der Schmerz gerade so weit zurückgezogen, dass Anna, wenn sie sich Mühe gab, nicht ganz absonderlich auf andere Menschen wirkte. Sie hatte den Wecker auf sechs Uhr dreißig gestellt und hätte beinahe verschlafen. Immer noch wirkten die Medikamente spürbar nach. Sie dämpften den Schmerz und verursachten leichten Schwindel. Vor allem jedoch hatte Anna das Gefühl, als wäre ihr Sichtfeld eingeschränkt. Aber das konnte auch von der Migräne selbst kommen, die sich immer noch hinter dem Schleier der Betäubung in ihrem Schädel festkrallte.

Sie würde das jetzt durchziehen. Es war mehr als freundlich gewesen, dass man ihr diese Stelle angeboten hatte. Immerhin hatte sie nur ein paar Jahre Berufserfahrung. Da war die stellvertretende Leitung der Polizeidienststelle Helgoland ein großer Vertrauensvorschuss. Nun gut, es gab natürlich auch nur drei ständige Beamte und ein oder zwei Hilfskräfte. Trotzdem, sie war dankbar, und sie wollte ihren Job gut machen. Sie würde ihn gut machen. Und deshalb würde sie an diesem Montag auch Punkt acht Uhr zum Dienst erscheinen, egal ob sie zu fünfzig Prozent einsatzfähig war oder nur zu vierzig.

Gleich nach ihrer Ankunft am Donnerstag war sie bereits einmal kurz vorbeigegangen, doch da hatte sie nur Polizeiobermeisteranwärter Marten David Weber angetroffen. Es war ein eher gezwungener Small Talk über alte Zeiten gewesen: Marten war zwei Klassen unter ihr zur selben Schule gegangen. Immerhin war sie ziemlich überrascht gewesen, woran er sich noch erinnern konnte. Ihre Zahnspange, die weißen Jeans, die sie zwei Sommer lang buchstäblich jeden Tag getragen hatte (und die tatsächlich ziemlich sexy gewesen waren), ihre Lieblingsfächer, natürlich Leo ... »Du bist jedenfalls der Richtige, um bei der Polizei zu arbeiten, Marten«, hatte sie gesagt, als das Gespräch auf Marten gekommen war. »Dein Gedächtnis ist ja der reinste Polizeicomputer. Wenn hier mal was passiert, müssen wir nur dich losschicken, um die Zeugenaussagen aufzunehmen.«

»Wenn hier mal was passiert?« Marten hatte gelacht. »Hier passiert nichts. Das weißt du doch, Anna. Helgoland ist so aufregend wie ein toter Fisch im Watt.«

Helgoland. Das einzige Land mit fast hundert Prozent Selbstmordrate. Denn wer hierblieb, brachte sich ums Leben. Hier gab es nichts, was es wert gewesen wäre, auf der Insel zu versauern. Das Klima war zwei Drittel des Jahres fies und menschenfeindlich. Es gab keine Konzerte (wenn man mal vom Inselfest im Juli und der Kurmusik im Pavillon absah), kein Theater, nicht mal ein richtiges Kino. Die Kneipen waren von Touristen verseucht oder, wie jetzt außerhalb der Saison, geschlossen oder Säufertreffs. Nichts an der Insel war jung, und nichts war so alt, dass man es mit Stolz betrachtet hätte. Außer vielleicht der Insel selbst. Dass es sie noch gab, war ein Wunder. Gegen all die Sturmfluten und all die Bomben hatte sich der Fels in der Nordsee gehalten, zerbrochen zwar in zwei Teile und übersät mit Kratern, aber doch unverrückbar, stur wie die Menschen, die auf ihm hausten. Wie Anna, für die es wenige Gründe gegeben hatte, zurückzukehren, aber viele Gründe dagegen.

Sie hatte sich zuerst gewundert, dass sie das Angebot nicht sofort abgesagt hatte. Wollte sie sich wirklich antun, all die alten Wunden wieder aufzureißen, wollte sie ihr bisschen Leben, das sie sich im tausendmal größeren Hamburg erkämpft hatte, an der Gangway einer Nordseefähre zurücklassen, um auf dieses armselige Eiland zurückzukehren? Wofür sollte sie das? Eine Nacht lang hatte sie wach gelegen und sich gefragt, weshalb es sie dorthin zog. Dann hatte sie es gewusst: Sie wollte ihre eigene Vergangenheit überwinden, um endlich eine Zukunft haben zu können. Und dazu musste sie sich den Schatten stellen, die über ihrem Leben hingen.

Marten war ein Lichtblick. Er sah zwar aus wie ein Zwitterwesen aus Mensch und Klabauter, klein, schief, linkisch, aber er lachte sie an, auch an diesem Montag, an dem Anna Krüger ihren Dienst antrat. Sie war gerädert von den zurückliegenden Tagen und noch mehr von den Nächten, fühlte sich etwas wackelig auf den Beinen, aber sie war verdammt noch mal eine Helgoländerin, und sie würde das jetzt durchziehen. Es mochte eine verrückte Anwandlung gewesen sein, zur Polizei zu gehen, es mochte eine Schnapsidee gewesen sein, sich auf den freien Posten der Polizeidienststelle ihrer Heimatinsel zu melden. Aber jetzt, da sie sich dafür entschieden hatte, würde sie so geradlinig sein, wie es die Halunder waren. Und wer konnte schon sagen, ob es nicht wirklich die beste Therapie war, endlich ihre bösen Geister in den Griff zu bekommen oder sich wenigstens von ihnen zu befreien.

»Moin, Marten«, rief sie, fröhlicher, als sie war.

»Moin, moin«, entgegnete der Kollege und hob die Hand an eine nicht vorhandene Dienstmütze. »Schon wieder eingelebt?«

»Kennst du ja, Marten. Wer von der Insel kommt, ist nie wirklich weg.«

»Klar«, sagte der junge Mann und lächelte verständnisvoll. »Helgoland nimmst du immer mit, egal wohin du gehst.« Er hatte ja keine Ahnung, wie schrecklich recht er damit hatte.

»Chef schon da?«

»Sag bloß nicht Chef zu ihm. Sonst schickt er dich umgehend zurück aufs Festland.«

»Sondern?«

»Hm?«

»Wie soll ich zu ihm sagen?«

»Wir sind hier alle per Du«, hörte sie eine Stimme hinter sich. Als sie sich umdrehte, stand ein ungewöhnlich großer und vor allem ungewöhnlich gut aussehender Mann in der Tür, unter dessen dichten, dunklen Brauen fast schwarze Augen funkelten. »Und ich bin übrigens Paul. Paul Freitag.« Er streckte ihr seine kräftige Rechte hin, die sich angenehm trocken und warm anfühlte. Anna räusperte sich. »Anna«, erwiderte sie. »Freut mich.«

»Uns auch«, sagte der Dienststellenleiter und nickte ihr bekräftigend zu. »Dann zeig ich dir mal den Laden.«

Anna war früher nie hier gewesen, trotz der Ereignisse, die ihr ganzes Leben verändert hatten. Aber dafür hatte es im Grunde auch keinen Anlass gegeben. Das Gebäude war, wie alle anderen Zweckgebäude auf der Insel, schlicht und funktional, um nicht zu sagen: ziemlich hässlich. Zwei Stockwerke, wobei sich die entscheidenden Räumlichkeiten im Erdgeschoss befanden. Ein Büro mit drei Schreibtischen. Ein Besprechungsraum, den Marten seltsamerweise »Vernehmungsraum« nannte und der eigentlich nur die Verlängerung des Büros war. Der Waffenschrank, in dem sorgsam verschlossen die Dienstpistolen aufbewahrt wurden. »Benutzt ihr die auch mal?«

»Nur, wenn wir den Flaschenöffner nicht finden«, witzelte Marten.

»Ist Gott sei Dank nicht nötig«, erklärte Paul. »Ich glaube, ich bin einmal mit der Dienstwaffe zum Hafen rüber, als es eine gewalttätige Auseinandersetzung unter einigen russischen Matrosen gab.«

»Und, musstest du sie einsetzen?«

Paul schüttelte den Kopf. »Eine Einladung auf eine Flasche Wodka schien mir wirksamer.«

Sogar eine kleine Arrestzelle gab es im rückwärtigen Teil. »Schon mal jemand hier eingesperrt gewesen?«, fragte Anna, die sich kaum vorstellen konnte, dass es dazu jemals Anlass gab auf einem Eiland mit nur gut tausend Einwohnern.

»Öfter, als man denkt«, entgegnete Paul mit ernster Miene. »Natürlich keine Einheimischen. Die Insulaner können wir nach Hause bringen und bei ihren Frauen abliefern, wenn sie zu voll sind, um den Weg alleine zu finden.« Klar, dachte Anna, in der dunklen Jahreszeit sind hier einige Häuser vor allem Ausnüchterungszellen für frustrierte Ehemänner. »Also hauptsächlich Touristen?«

Paul nickte. »Hauptsächlich Touris, ja. Wenn sich die Fähre weigert, Sturzbetrunkene zu transportieren. Oder wenn einer auf der Überfahrt randaliert hat. Ab und zu mal ein Taschendieb, der sich am Hafen zwischen die alten Damen gemischt hat und dumm genug war, beim Bezahlen in der Kneipe eine Blümchengeldbörse zu zücken. So was.«

Anna nickte. Klar. Wie alles auf Helgoland: harmloser Kleinkram. »Und wer macht das Büro?«, fragte sie Paul. »Ich meine Telefon, Koordinierung, Dienstpläne verwalten und so was?«

»In der Saison bekommen wir üblicherweise einen Azubi zugeteilt«, erklärte Marten. »Und es gibt noch Frau Schneider.«

»Für zwei halbe Tage die Woche«, murmelte Paul, und es war unschwer zu hören, dass er das für absolut unzureichend hielt.

»Aber heute ist keiner von ihren Tagen«, schloss Anna haarscharf, doch Marten schüttelte den Kopf. »Schwer vergrippt. Schon seit Anfang letzter Woche.«

Paul seufzte. »Sie ist noch krankgeschrieben für diese. Mal sehen, wann sie wieder auftaucht. Aber momentan gibt es auch nicht wirklich viel zu tun. Wir dachten übrigens, du nimmst den Tisch hier.« Der Dienststellenleiter klopfte auf eine der lichtgrauen Kunststoffplatten. Rechner, Bildschirm, Tastatur, Maus mit Pad, Stiftebecher ohne Stifte, ein Stapel Papiere – und ein kleines Päckchen. »Post hast du auch schon«, erklärte Marten und klang ein wenig amüsiert.

»Post? Du meinst Arbeit.«

»Nee, nee«, stellte Paul fest. »Wir sind ja hier keine Unmenschen. Außerdem, das wirst du bald feststellen, arbeiten wir uns hier nicht zu Tode.« Er zuckte mit den Schultern. »Wenn wir ehrlich sind.«

Tatsächlich stand auf dem Päckchen zwar die Adresse der Dienststelle, aber auch klar und deutlich ihr Name: Anna Krüger. »Komisch«, sagte sie. »Wer weiß überhaupt schon, dass ich hier angefangen habe.« Sie nahm das Päckchen zur Hand, das kaum größer als eine Zigarettenschachtel war. Es fühlte sich ganz leicht an. Nun war sie doch neugierig. Unterlagen von der Personalabteilung auf dem Festland konnten es nicht sein, dafür war es zu klein. Bestellt hatte sie zwar ein paar Sachen, aber an ihre neue Privatadresse, und auch nichts, was so klein gewesen wäre. Außerdem trug es den Poststempel von Helgoland, wie sie mit einem Blick auf die Briefmarke feststellte. Es war gut zugeklebt, sie musste die

Schere nehmen, um das Packband zu lösen. Kurioserweise war es tatsächlich eine Zigarettenschachtel, die sich unter dem Packpapier fand. Einen Moment zögerte sie, sie wusste selbst nicht, warum. Marlboro. Sie nahm den Geruch von Tabak wahr. Doch es hatte sich eine andere Note daruntergemischt. Als sie die Schachtel öffnete, spürte sie, wie sich die Haare an ihren Armen aufstellten.

»Uhh«, sagte Marten. »Das sieht verdammt doch nach Arbeit aus.«

Windstärke 8 oder 9 ist für Helgoländer keine große Sache. Was auf dem Festland als schwerer Sturm beurteilt würde, gilt am nordwestlichsten Ende der Deutschen Bucht allenfalls als kräftige Brise. Doch die schwere See ist in jedem Winkel des Eilands zu hören und an vielen Stellen auch zu spüren. Der Fels in der Nordsee gleicht einem Schiff im unberechenbaren Meer. Vor dreihundert Jahren hat der Sturm die Insel in zwei Teile zerbrochen. Seither ragen die Trümmer noch verletzlicher aus den heimtückischen Wassern auf, nordöstlich die Düne, flach und schutzlos, westlich die Hauptinsel: Oberland, Unterland und Mittelland. Von einer winzigen Landebahn für kleinere Flugzeuge auf Düne abgesehen, besteht die einzige Verbindung zwischen Helgoland und dem Festland aus einigen Fähren, die in den Saisonmonaten Touristen, Waren und die Post bringen und den Inselbewohnern ermöglichen, der Abgeschiedenheit zu entfliehen. In den harten Monaten Oktober bis März steuert nur eine einzige Fähre zweimal pro Woche den Südhafen an. Ihr Heimatstandort ist Cuxhaven. Sie nimmt auf dem Weg zur Insel auch noch Windstärke 9 in Kauf, auf der Rückfahrt mitunter sogar Windstärke 10: Orkan. Wenn ein Sturm im zweistelligen Bereich vorausgesagt ist, läuft sie das Eiland aber nicht mehr an. Es sind die Zeiten, in denen zwar die sturmgewohnten Helgoländer ihren Geschäften fast ebenso nachgehen wie bei jeder anderen Witterung, in denen sie aber allein auf der Welt sind, abgeschnitten von allem, ohne Verbindung zu Wasser oder zu Luft. Denn natürlich kommt bei Orkan auch kein Flugzeug mehr nach Düne, und sogar das Übersetzen zwischen den zwei Inselteilen wird ab einem bestimmten Wellengang so gefährlich, dass die Einwohner davon Abstand nehmen.

Der Wetterbericht für die nächsten Tage sagte einen Orkan voraus. Wer die Nordsee kennt, weiß, dass sich das Wetter schnell und heftig ändern kann. In den letzten Tagen war eine Westwinddrift eingetreten. Das bedeutete, dass er ein Tief mit sich führte. Die Ausläufer hatten Regen gebracht, nun kam der Wind aus Südwest, und die Temperaturen gingen deutlich zurück. Die nächste Fähre würde nicht kommen, vielleicht auch die übernächste nicht. Gemeindeverwaltung und Polizei richteten sich darauf ein, Ausgangssperren zu verhängen. Was wie die Maßnahme eines totalitären Regimes klingt, ist eine Schutzmaßnahme für die Bevölkerung. Denn immer wieder werden Menschen durch Sturmböen vom Felsen in den Abgrund gedrängt und stürzen in den Tod. Gleichwohl nehmen die Halunder Ausgangssperren nicht sonderlich ernst. Die Alten nicht, weil sie denken, auf sich selbst aufpassen zu können, die Jungen nicht, weil sie glauben, dass ihnen schon nichts passieren wird. Und die Polizei nicht, weil sie weiß, dass sich niemand darum kümmert.

Der Schock war wie eine Therapie gewesen. Augenblicklich war die Migräne verschwunden. Anna merkte es erst, als sie mit den beiden Kollegen in der Praxis eingetroffen war und vorsichtig die Treppen hochstieg. Vorsichtig, weil sie mit einer hinterhältigen Schwindelattacke rechnete. Doch da war kein Schwindel mehr. Das Adrenalin hatte den Feind in ihrem Kopf weggespült. Und nun standen sie in dem überraschend dunklen Behandlungszimmer von Dr. Strecker, das makabre Präsent zwischen sich auf dem Labortisch.

»Sicher, dass es nicht einfach nur ein böser Scherz ist und nur so aussieht wie das, was wir denken?« Paul hatte sich entschlossen, aus dem Fenster zu schauen. Er hatte genug gesehen.

»Böser Scherz?«, sagte Dr. Strecker trocken. »Vielleicht. Aber nicht so, wie Sie das meinen. Es ist, was es ist. Dazu muss man kein Pathologe sein.«

»Vielleicht stammt er von einem Schwein«, schlug Marten vor, dessen Wangen glühten, während Pauls fahl waren, als würde er jeden Augenblick umkippen.

Der Arzt schüttelte den Kopf. »Schweine haben Klauen. Außerdem, wie viele Schweine gibt es auf der Insel. Nein, es ist, was es ist. Ein menschlicher Daumen.«

Anna nickte. Noch einmal blickte sie durch die große, beleuchtete Lupe, die Dr. Strecker über die Schale gezogen hatte, in der das Objekt lag. Klein, gekrümmt, eher grau als rosig, eigentlich von ganz ähnlicher Farbe wie Pauls Gesicht. Ein unwirklicher Moment. Sie spürte einen bitteren Geschmack auf der Zunge. Das *Ding* sonderte einen ganz leichten, aber umso perfideren Geruch ab. »Kann man sagen, ob er von einem lebenden oder von einem toten Menschen stammt?«, wollte sie wissen.

»Sie meinen, ob der Mensch noch lebte, als ihm der Daumen abgetrennt wurde? Nein. Nicht mit Sicherheit. Es gibt Blutspuren. Von daher können wir sicher sein, dass er nicht an den Strand gespült worden ist oder längere Zeit draußen herumlag.«

»Frau oder Mann?«, wollte Paul wissen.

»Auch das lässt sich nicht mit Gewissheit sagen. Ich würde eher auf einen Mann tippen, denn der Nagel sieht nicht sehr gepflegt aus, und insgesamt wirkt der Daumen eher grob. Aber das ist keine medizinische Aussage.«

Paul nickte stumm. Marten atmete schnell, ihm war die Aufregung anzumerken. Anna überlegte, wie man noch mehr über das »Objekt« herausfinden könnte. »Lässt sich etwas zum Alter sagen? Ich meine, wie alt der Mensch ist, zu dem der Daumen gehört.«

Dr. Strecker schüttelte den Kopf. »Erwarten Sie keine Wunder. Vielleicht bietet das Labor im Klinikum noch etwas mehr Möglichkeiten der Analyse, keine Ahnung. Mit den Mitteln, die ich hier in der Praxis habe, kann ich Ihnen bei der Faktenlage nicht sehr viel mehr sagen, als Sie selbst sich ausrechnen können. Menschlicher Daumen, vor vermutlich einigen Tagen abgetrennt, vermutlich von einem lebenden Menschen, und zwar durch eine scharfe Klinge. Ob es sich dabei um ein Amputationsmesser oder ein japanisches Kochwerkzeug gehandelt hat, wer weiß das schon.«

»Was könnten uns die Kollegen vom Klinikum sagen?«, wollte Anna wissen.

»Ich weiß es nicht. Einen DNA-Test werden die auch nicht dahaben. Die Blutgruppe bestimmen?« Er zuckte mit den Schultern. »Ich weiß es wirklich nicht.«

»Sollten wir das Ding ins Klinikum bringen?«, fragte Marten, als sie wieder vor der Praxis standen. Unausgesprochen waren sie sich einig, dass es eine Schnapsidee gewesen war, den Daumen einem Hausarzt vorzulegen. Andererseits war das Inselklinikum natürlich auch ein Witz. Es war zwar für die Notfallversorgung erste Wahl, aber darüber hinaus keine ernst zu nehmende medizinische Instanz, wenn man vom Spezialgebiet Neurologie absah. Vielleicht war es auch das, was Anna bewogen hatte, ausgerechnet nicht das Klinikum vorzuschlagen, sondern den einzigen Arzt, den sie auf der Insel kannte – seit Freitag.

Paul schüttelte unwirsch den Kopf. »Bringt nichts«, knurrte er. »Strecker hat recht, die werden uns auch nichts sagen können, was uns wirklich weiterbringt. Wir nehmen das Objekt wieder mit und machen uns endlich an die Arbeit.«

»Wenn wir die Blutgruppe wüssten, könnten wir den Kreis der Personen eingrenzen«, warf Anna ein.

Paul hob die Hände. »Also bitte. Marten, du bringst den Daumen zum Klinikum und findest heraus, ob die mehr sagen können. Anna, du kommst mit mir zurück zur Station.«

Der Rest des Tages hatte aus Recherche bestanden. Marten war nach kurzer Zeit ohne weitere Erkenntnisse wieder in der kleinen Polizeistation aufgetaucht und hatte den Daumen in der »Asservatenkammer« verstaut, wie er den Kühlschrank nun nannte. Anna hatte bereits eine Akte angelegt und dabei festgestellt, dass die Aktenpflege auf diesem Außenposten im Meer alles andere als mustergültig war. Kaum ein Vorgang, der einen Berichtsbogen hatte, wenig, das mit einem Abschlussbericht versehen gewesen wäre. Keinerlei klare Zuständigkeiten. Aber vielleicht brauchte es dergleichen auf einem so winzigen Flecken auch nicht.

Da niemand auf dem Revier aufgetaucht war, hatten sie genügend Zeit gehabt. Paul hatte mit Pinneberg telefoniert, die das Objekt geschickt haben wollten und nicht einzusehen schienen, dass ohne Fähr- und Flugverbindung nichts geschickt werden konnte. Für ein Einschalten der Kriminalpolizei sei es zu früh. Solange niemand einen Daumen vermisste, sei nicht einmal klar, ob überhaupt eine Körperverletzung vorliege. Nach mehreren Gesprächen mit verschiedenen Dienststellen hatte Paul den Hörer auf die Gabel geknallt und sich zu dem Ausruf »Vollidioten!« hinreißen lassen.

Marten hatte eine Tafel angelegt, als ginge es darum, einen Killer zu suchen. Dabei konnte natürlich nicht einfach von einem Gewaltverbrechen ausgegangen werden. Erst einmal war die Frage: Wer zum Teufel hatte einen Daumen verloren? Die andere Frage stellte Marten ganz nebenbei, fast als wollte er sie nicht aussprechen: »Wieso schickt das gerade dir jemand?«

Anna starrte nach draußen in einen bleigrauen Himmel, vorbei an Martens Tafel, auf der er mit dicken roten Strichen Stichworte notiert hatte. »Ja«, sagte sie. »Wieso? Keine Ahnung. Offensichtlich ein Willkommensgruß.«

»Netter Willkommensgruß«, erwiderte Paul und ließ seinen Blick auf Anna liegen, so als könnte er sie allein dadurch schützen, dass er sie nicht mehr aus den Augen ließ. Sie hatten etwas sehr Sanftmütiges, diese Augen, etwas beinahe Verletzliches, dachte Anna, als sie seinem Blick begegnete.

»Also war es jemand, der wusste, dass du hier anfangen würdest.«

»Das können viele sein«, warf Paul ein. »Freunde, Bekannte, Einheimische, die dich an Land gehen sehen haben, Kollegen vom Festland …«

»Du denkst, irgendein Polizeibeamter in Pinneberg hat sich übergangen gefühlt und deswegen einen Daumen aus der Asservatenkammer geklaut, um ihn Anna hinterherzuschicken? Was kommt dann als Nächstes? 'ne Leiche aus der Kühlkammer?«

»Wir wissen erst mal überhaupt nichts, Marten.« Zu Anna gewandt stellte Paul klar: »Das ist hier eine Dorfpolizei, kein Morddezernat. So was ermitteln wir hier praktisch nie. Uns fehlt auch völlig die technische Ausrüstung.«

»Wir müssen das Ding aufs Festland schicken«, stellte Marten fest. Anna stand auf und trat ans Fenster. Wenn man ein wenig wartete, konnte man von Zeit zu Zeit die Gischt über dem Südhafen aufspritzen sehen, helles Grau vor dunklem. »Nein«, sagte sie. »Erst strengen wir uns selbst mal ein bisschen an.« Sie nahm Martens Stift und trat an die Tafel. Dort standen bisher nur die Punkte: *Daumen, männlich (vermutl.), lebendig/tot?, Poststempel Helgoland (Freitag), Inselbewohner.* Hinter den letzten Punkt setzte sie die Klammer *(vermutl.).* »Wieso soll es ein Inselbewohner sein?«, fragte sie. »Es kann doch ebenso gut ein Besucher gewesen sein, der die Post in einen Briefkasten hier geworfen hat.«

»Einen der zwei Briefkästen«, korrigierte Paul und klang beinahe amüsiert.

»Am Freitag ist keine Fähre mehr gekommen«, erklärte Marten.

»Und was, wenn der Absender den Brief am Donnerstagabend eingeworfen hat? Wann wäre er dann abgestempelt worden?«

Die beiden Männer blickten sich an. »Am Freitag«, murmelte Marten.

»Du überprüfst, ob die Postkästen vor oder nach Ablegen der letzten Fähre zum letzten Mal geleert wurden«, wies Paul seinen Kollegen an.

»Kann also sein, dass es ein Inselbewohner war«, sagte Anna. »Muss aber nicht. Wenn wir eines sicher sagen können, dann, dass es ein perverses Schwein sein muss, das solche Post verschickt. Wer so was tut, ist auch imstande, sich selber einen Daumen abzuhacken, nur um jemandem das Leben zur Hölle zu machen.«